·张昌山 主编·滇云八年书系·旧刊文存·

今日评论
文存 九

JINRI PINGLUN WENCUN

张昌山 ◎编

云南出版集团

云南人民出版社

目 录

第四卷第十九期（1940年11月10日）

这一周		1
罗斯福当选与今后的美国	钱端升	5
德意日同盟后的抗战形势	吴学义	9
呈贡县的国情普查研究工作	李景汉	13
论所谓新文学与新理想	欧阳采薇	19
浙西的政治工作（通讯）	张振华	23

第四卷第二十期（1940年11月18日）

这一周		28
日寇撤兵与中国抗战	罗隆基	32
欧战的思想背景	王赣愚	36
我们需要的经济政策	钱端升	41
战后物价问题	伍启元	45
浙西的教育（通讯）	张振华	49

第四卷第二十一期（1940年11月24日）

这一周		55
人口品质的一个政策	潘光旦	59

我们需要的教育政策	钱端升	67
中国与民意政治	罗隆基	71
设计执行与考核	黄六平	76
再谈玉龙雪山	李霖灿	80

第四卷第二十二期（1940年12月1日）

这一周		86
悼丁佶先生	陈序经	90
日本的南进	王迅中	93
农村游资的吸收	费孝通	97
人口流动的一个政策（上）	潘光旦	103
我们需要的世界政策	钱端升	108

第四卷第二十三期（1940年12月8日）

这一周		113
中美借款及其使用	伍启元	118
日伪订约	钱端升	123
社会之筛	李树青	127
人口流动的一个政策（下）	潘光旦	132
云南看云	沈从文	137

第四卷第二十四期（1940年12月15日）

这一周		141
傀儡组织与伪约	邵循恪	145
中国目前的政党问题（上）	罗隆基	153

中国人民与民主政治	林良桐	160
巴格达之梦	周信铭	164
我们在提倡科学么（通讯）	宋叔良	168

第四卷第二十五期（1940年12月22日）

这一周		171
大战的趋势	钱端升	175
今日的自由主义	王赣愚	180
中国目前的政党问题（下）	罗隆基	184
从语言的习惯论通俗化	王了一	192
纪磨血老人胡子靖先生	沈家球	196

第五卷第一期（1941年1月12日）

这一周		199
民国三十年度的工作	钱端升	205
金融借款与金融政策	伍启元	209
劳工的社会地位	费孝通	214
论财产权与自由权	林良桐	219
敌伪在浙西的经济侵略（通讯）	张振华	222

第五卷第二期（1941年1月19日）

这一周		230
说工读兼营		
——大学变通论之一	潘光旦	234
我对"炉旁播讲"的观感		
——表示了罗斯福总统"外交新政"的动态	张忠绂	240

美国外交的新动态
　　——援英与制日　　　　　　　　　　　王赣愚　244
党治与法治　　　　　　　　　　　　　　　楼邦彦　249
日本的南进　　　　　　　　　　　　　　　钱端升　254

第五卷第三期（1941年1月26日）

这一周　　　　　　　　　　　　　　　　　　　　259
抗战时期的西化问题　　　　　　　　　　　陈序经　261
谈所谓"文化膏药"问题　　　　　　　　　蔡枢衡　275
工业与交通　　　　　　　　　　　　　　　张德昌　280
法国最近的外交政策　　　　　　　　　　　周信铭　284
悒　郁　　　　　　　　　　　　　　　　　汪曾祺　289

第五卷第四期（1941年2月2日）

这一周　　　　　　　　　　　　　　　　　　　　292
德国的远东政策　　　　　　　　　　　　　邵循恪　296
日寇的动态　　　　　　　　　　　　　　　王迅中　300
内地新工业中劳工的地域来源　　　　　　　史国衡　304
洱源散记　　　　　　　　　　　　　　　　曹立瀛　310

第四卷第十九期（1940年11月10日）

这一周

南宁自上月二十九日收复后，敌人节节溃退，我军东南逼近钦洲，西南逼近镇南关，桂境残敌几告肃清。无论敌人的溃退完全由于当不了我方的压迫，或更由于其他原因，这不能不算是军兴以来大快人心之事。日来各方传说甚多。或谓敌人之在越南者亦已大部撤回海南岛。或谓敌人对宜昌甚或其他更大据点，如广州等，也有放弃消息，这些消息固然尚未证实，但涠洲岛的敌人则确已退去，广州宜昌则确有大火。于是各种推测亦随之发生。或意敌人将有事于东北，故不得不集中军力。或谓敌人将南进，故减少在中国的部队。依我们的推测，压迫苏联必无其事，南进则不应轻视越桂的军事，故南进北进当俱非事实。我们以为敌人之所以退，一是受我方的压迫。敌人增援不易，故不能不作相当的撤退，以期缩短战线。二是敌人或者将效颦希特勒而取和平的攻势。敌人之望和，正如大旱之望虹霓。敌人或者以为放弃若干地方，可以诱致我们言和。敌人如果有此妄想，则行见我方必以克服龙州的姿态，将各战区敌人一齐痛加打击也。

如果望我们言和是妄想，则望我们加入轴心更是妄想。为德意着想，际此无力克英的当儿，如日本能以全力相助，自然最好不过。故德意自然希望中日早日成立和议，俾中日可以助之剪除英国的势力。但为我们着想，我们与轴心犹如风马牛之不相及。日本是敌人。德意本身是暴力，而且也是助纣为虐者。我们不特要打倒日本，我们也希望德意早日被打倒。如果德意望我们加入轴心，他们诚是异想天开。天下荒谬之事莫过于此。无怪罗斯福对此事付之一笑，且声明绝对是谣言。要是德意日长此造谣，希冀淆惑友邦对我的视听，我们或者可以绝交德意的方式，使他们知造谣之无用。

据国际新闻社伦敦三日电，希特勒又向美政府表示愿与英和。这个消息甚是奇突，但不是没有可能。希特勒是一个怪杰。他没有一时一刻不作损人利己的打算。他不是与人打击，便是弄人昏迷。他四个月来，已数度想一举而克英。克英既不可能，他于是又想以和平攻势，希冀英国内部分裂，希冀罗斯福落选。他如果又在采取和平攻势，则他之按兵不参加意希之战，与他傀儡日本之同时乱放和平空气，均可得一解释。不过，希特勒的把戏大家也早已看穿。即使有和平攻势，英美也一定不会被骗的。

美国大选的最后数日，两方竞争至为热烈。威尔基罗致了一切反对罗斯福的分子，与罗作对，且用种种方法破坏罗斯福的声誉。罗斯福则斥此种组合为"不神圣同盟"。罗斯福所作演说少而不失庄严。尤甚值得注意的是赫尔所作的竞选演说。赫尔老成硕望，为国人所重。他也大声疾呼，劝国人选罗斯福连任，他这种劝告势必发生极大力量。罗氏当选后，赫尔的地位权力益将提高，当无疑义。此诚和平与世界优良秩序之福星也。

意希战争，一周来愈趋激烈，英国已遣军援助希腊，但德国则虽有大军在罗马尼亚，却仍作壁上观，袖手未肯加入。土耳其看住了保加利亚，不许后者攻希。如后者攻希，则土将站在希腊方面参战，因土保中立，南斯拉夫也守中立。在德国与巴尔干诸国中立的形态中，意大利欲胜希腊本应不是难事。无如意海军因受英国海军的牵制，不易发挥力量，而陆军则又师直为壮，希军不但未败，且在阿尔巴尼亚境内已屡有斩获。由此可见，抵抗暴力，如有决心有统一，则纵为弱国，仍有获胜希望。我们敬祝希腊前途无量，并祝希腊能驱除强寇，并祝希腊能助意人建设新的意大利。

贝当政府与希德勒究竟成立何种勾当，两方均讳莫如深，第三者不易测度。罗斯福曾以正式手续询问究竟，但贝当的答复仍是语焉不详。观于贝当上月三十一日所发的严厉布告则愈见贝当之做贼心虚，再观于魏刚在北非之著文论法国领土属地不应让人，我们更有理由疑贝当之已允割地。大概希特勒对法国所打的如意算盘尚不易成为事实。即使贝当拉凡尔可以恬不知耻，法国或尚有人在。

美国海军近颇活跃。本周内，海军有两种举动颇足表示美国对大西太平两洋俱采不放弃的态度。美政府深恐法属马提尼克群岛落入轴心国家手中，故近日有很多军舰正神秘地向马提尼克包围。或者美国收管马提尼克之日已不在远。又美国为加强在夏威夷的军力起见，最近又指拨了辅助舰三十余艘供夏威夷舰队使用，此后且将源源增拨。这种姿态或者即是日本不敢轻易南进的理由罢！

美国海军实力如何，因四十余年未经战阵，故论者言人人殊。但据海军作战部长史塔克上月二十九日所作谈话，似美国海军，不特军容之盛甲于全世，且作战准备也很周到。美人对己国武力向少铺张，其所言类皆事实。故史塔克这种表示颇可使侵略者有所顾忌，而反侵略者增几分快慰。

欧战一年，各国所失船只为数颇巨，计总共有四百万万吨。内英国失一百六十万吨，德意失一百三十万吨，英国的同盟国及中立国失一百二十万吨。这对各方俱是很严重的损失。我们不知德意方面所失的一百三十万吨如何计算。如果这一百三十万吨不包括德国所征服的国家（如丹麦挪威）的损失，则德意的海运不久必归于零。

印度国民党领袖尼赫鲁于上月三十一日在阿拉哈巴达被捕，本月五日且被叛徒刑四年。被捕时，他正与甘地举行会议。我们对印度独立运动向表示同情。为民主各国共同的利益起见，我们又望印度方面不取决裂的态度。但要印度方面不取决裂的态度，英国至少应承认印度国民党的独立要求为合理。如果一面承认合理，一面进行商讨独立的手续，即在大战期中，印度尽可暂缓独立的实现。乃不此之图，而竟将尼赫鲁拘捕，我们深以英政府所采的态度及方法两俱失当。好在甘地及尼赫鲁俱尝多次入狱，每一次入狱，印度辄走近独立一步。我们深望尼赫鲁这次的被捕也可发生同样的结果。至于对尼赫鲁本人，则我们更愿表示无穷的同情。他去年游华，曾给了我们民族不少的善意与鼓励。我们祝他在狱康健，祝他能早日恢复自由，更祝他代表的独立运动早日成功。

美国有所谓一碗饭运动者，始于一九三八年冬，各地表同情我国者于每冬集会一次，吃一碗简单之饭，捐若干可赈中国难民之钱，更藉以作各种同情于我的表示。自一九三八以来，逢冬举行，至今已为第三次。今岁此种运动，在纽约与华盛顿者，已经举行，在其他城市者亦将次第举行。据传今岁情形倍见热烈。我们抗战三年，愈抗愈有劲，本值得美人更多的同情。但对我同情的增加也是美国仇日心增加的指数。

敌人在沪乱扣外轮之事本不是今日始，但日前竟连扣外轮达六艘之多，内中且有德轮意轮。敌人只知牟利，扣葡轮希轮而没收其货物或课以重税，固是情理中事。但德意是敌人的盟国，乱扣盟友之轮未免不讲交情，实则敌人宁敢开罪他们的领袖希特勒。其所以有扣轮之事，乃因日本为"无组织的国家"，所以商人的行动与军人的行动每不一致。

罗斯福当选与今后的美国

钱端升

美国四年一度的总统选举又归罗斯福获得了胜利。这是罗斯福第三次当选为总统。一九三二年，他以四七二零票对五九票战胜了胡佛总统。一九三六年，他以五二三票对八票战胜了共和党总统候选人蓝敦。这次他又以四六八票对六三票战胜了共和党总统候选人威尔基。据最后的报告，已揭晓之四千五百万票中，罗斯福得了二〇，五六六，三二八票。仅就总统选举人的票数而言，这次罗斯福所获的票数或不及前四年之多。我们如记得罗斯福上次所获的多数是空前的，我们如更记得美人对第三次的连任向不具好感，自华盛顿以降，无人敢作第三次的问鼎，则罗斯福此次的当选不特是大多数人民拥护的表示，而也是罗斯福功高德厚，物望所归有以使然。

罗斯福此次不但克服了美人反三任的深固成见，而且也战胜了威尔基，这也是值得为罗斯福称道的。战胜胡佛不足为异，只消人品比胡佛可取，而又能指出胡佛在任内的缺点，便不难获胜。战胜蓝敦不足为异，只消竞选的技术高于蓝敦，纵使各大日报多数袒护蓝敦，仍可获胜。战胜杜威，塔夫脱等（本年夏本有被共和党推举为候选人希望者），也不足为异，虽则今岁的潮流承认已流向共和党方面。但战胜威尔基则不易。一则因为威尔基是成功的企业家而不是政客。美人心理喜新厌旧。罗斯福的八年当政已失去了一切的新奇，威尔基则正如一件新式的屋宅或衣服，居之穿之，可以满足喜新厌旧的天性。二则因为威尔基可以得到反"新政"者的热烈拥护，大概美国多年情形，凡是较贫的人，受着"新政"实惠的人与思想进步的人，几全体拥护"新政"拥护罗斯福，罗斯福的政敌本难吸引，在另一方面，反"新政"

的人每不能共同拥戴一人。但此次威尔基则因出身为大资本家之故，虽对经济政策尽可故示进步，而其能为资本家及其他反"新政"者的拥护，则远在胡佛，蓝敦，杜威及塔夫脱之上。三则因威尔基能演说，能谈话，能吸引人，具有优强的人品，其竞选本领颇足以颉颃罗斯福。因此种种，威尔基当选的可能极大。也因此种种，罗斯福之战胜威尔基是一件更值注意之事。

然则罗斯福究因何而获胜的呢？究因何而具有如此盛大的物望呢？罗斯福政敌甚多，究因何而能乘狂风破巨浪，压倒一切呢？则又不能不于美国的内政外交中求解释。

先言内政。罗斯福自一九三三年任总统后，即推行"新政"。新政的精神在扶助劳农，在抑制资本的横暴。其藉以达到此目的的途径甚多：如设局限制不正当的金融交易，如严厉执行反垄断法，如救济失业工人，如增加农业放款，如提倡国际互惠贸易皆是。新政的方法纵有可议之处，新政的目的则确正大而光明，为任何人所不能反对，即资本家对之，亦如哑巴之吃黄连，有苦无从诉说。因此，不特受新政实惠者，乐于拥护罗斯福；不特富于进步的社会思想者每引罗斯福为同志，即反对新政者亦苦于不易觅得一种攻击罗斯福的适当口号。换言之，罗斯福的口号——"新政"——是积极的；反罗斯福派的口号却是消极的。这就足以判明了两方势力的厚薄。

但是单靠内政，罗斯福或尚不能克服美人对于第三任的反对，及威尔基本人伟大的拉票力。幸而在外交方面，当前的形势更有利于罗斯福。美人自上次大战以来，本偏向于不问欧亚之事；自一九三四年起，孤立主义更是浓厚至无以复加的程度。不参战成了美人几乎异口同声的要求。罗斯福之不主参战只是一万三千万口中的一声，本无足异。但罗斯福有两点颇引起人民的敬佩和信任：第一，他早已警告人民，极权主义是危险主义，美人应以不参战的方式，尽量助中英法等打倒极权主义的势力。起先美人多疑罗斯福别有作用，但到了去年六月，则美人几乎多能佩服罗斯福的先见。第二，罗斯福秉政七八年，国际声望极大，对于外交，亦熟练而稳当。如果美国国策不变，罗斯福颇自为这国策的执行者。如果美国不幸而参战，则罗斯福的连任可使美国较易获胜。新总统无论为谁，俱不能如罗斯福之可以驾轻而就熟。罗斯福在外交上既占了这大大上风，复加以在内政方面的优势，其连任乃成了必然的结果。

罗斯福今已当选了，自明年一月二十日起，至一九四五年一月二十日止，将为他的第三次任期。在未来的四年两个多月中，他究将如何行使他的职权，美国的内政外交又将生何变化，当然是全世界人士所关心的问题。我们温习过去，并默观目前局势，或可作如下的推断：

在内政方面，罗斯福将不会放弃他新政目标的，但也未见其在雷厉风行。本来罗斯福的新政，在过去七八年中，已有过不少的变动，其在初期（一九三三至三五），推行新政者类皆邃于理而拙于技。故法令之颁，有如雨后春笋，机关林立，开支浩繁，不特富有阶级。视新政如仇敌，凡思想及习惯之稍倾保守者亦视新政为秕政。及后二三年（一九三五至三七）中新政法令有许多被最高法院判为违宪，新政颇受顿挫。但罗斯福并未因此而灰心，亦并未因此放弃其主张。于此，我们得知罗斯福对新政确具有信心，而不是藉新政以取好于民的机会主义者。因此，我们也可以推知罗斯福在第三次任内也不会放弃新政的基本政策。何况他多次的胜利，俱是受服膺新政的劳农阶级的拥护？

不特以常理推测，罗斯福不会放弃新政，即从具体的表现言之，不放弃也将为必然的结果。罗斯福当政七八年中，阁员已数易，但执行新政的各部会，则无论如何更易，总未离新政派的手中。现任的内长，法长，农长，商长，救济行政长，交易管理所所长等均是新政派人物。这是罗斯福不放弃新政的一证。原任副总统加纳以保守闻名于世。新当选为副总统的华拉斯则是农民代表，新政健将，且为罗斯福排众议以提出之人。这是又一证。本年美国加紧军需制造，以通用汽车公司总经理纳德森为军需工业委员会主席，委员类皆国内第一流资本家。一时颇有人向罗斯福建议，以政府放弃新政，放弃抑制资本，实业界充分从事生产的交换条件。但合作固罗斯福所需求，而放弃新政则罗斯福并未应允。这是又一证。

但今后四年，战争与和平将为美国最关心的。既如此，罗斯福自然也不能不顾虑到资本方面的好恶。故新政的目标虽不会放弃，新政的设施虽不会取消，但激烈的措施究可避免。如罗斯福操纵有方，或者他四年之内，他能将旧有民主共和二党另分为保守进步二党。若然则四年之后，和战问题解决之后，美国将由进步党当权，而社会立法将有比新政更彻底的迈进。

在对外方面，罗斯福多年来的政策不脱维持和平与国际秩序，发展互惠贸易及反对极权主义二者。亚欧二战先后发生后，美国无论在积极或在消极方面，均须与日德意为敌，而与中英为友。政府中与和战有关的外海陆三长（即赫尔，诺克斯，斯汀生）亦无不与总统志同道合。依常理言之，今大选既过，政府的外交政策似应立趋于显明而且强硬，反对者的意见可以不问。且罗斯福既已获胜，共和党，孤立主义者，及其他有意诋责罗斯福为主战派者，宜可休息数年，俾全国得以一致为罗斯福的政策作后盾，而政府的折冲力量得以加强。换言之，我们如不细考罗斯福的真正抱负及美国内部党政的关系，我们似有理由可为如下的结论："罗斯福本主采有效方法以制裁极权侵略者。因内部牵制，未能实现其主张。今既获连任，美国的参战将为指顾间事"。

但我以为参战（指直接以军队参加）不是罗斯福的主张。罗斯福欲为一难能之事，即不参战而打倒极权主义。他数年来屡言欲以不参战的方法援助中国及英法。我以为这不是欺人之谈，而是实话。不但罗斯福如此，即赫尔及华德门等也不想参战。美国此时固在努力备战。但所谓备战者乃防备不可免之战事，而不是遽即作战之意。美国今后在物质方面自将极力援助中英，但只有在二种情形之下，美国会参战。一是德意日向美挑战，美国不得已而应战。二是美国虽以物质全力助中英，而中英仍不能免于败亡，于是美国毅然参战，以图挽救既倒之狂澜。但第二种情形的参战也须看美国军备已否完成。美国在一九四四年前殆不会有可战的陆空军，故在是时前美国只会应战而不会自动参战。

即退一步而假设罗斯福确有参战之意，美国除了上述的二种情形外，也不会参战。美国党争颇烈，孤立主义的势力亦不可厚侮。如自动参战，罗斯福或仍将为美国大多数人民所反对。只有应战与救中英于危亡，方能得国人的同意。

所以我们的观察不同于一群"美国必战论"者。我们相信，自今而后，美国对中英的物质援助将大有增加。我们相信，自今而后，美国将以强敏的姿态，以海军慑吓日本。我们相信，自今而后，美国将以积极地方法，铲除日意德在南美的政治经济势力。但这些俱是所谓参战以外有效制裁方法中的几种方法，而不是参战的先声。

我们中国人对上述美国的对外政策实无可以悲观的理由。何以呢？盖美国是一极可靠的朋友，虽然我们却不能全靠美国。我们虽然不能全靠美国，而美国确是极可靠。我们抗战，本须自力与友助并重。无友助，则因自力不够，抗战将难制胜。不靠自力而全靠友助，则纵有此友助，亦只能败日，而不能建国。今罗斯福获连任，美国方面充分的援助已无问题，是则友助一项已稳而又稳。但美国既不致参战，则全靠美国，也不可能。是则我又必须时刻专心致志于自力的发挥。这实是胜敌建国的理想环境，我们自然尽可乐观。

德意日同盟后的抗战形势

吴学义

自九月二十七日德意日同盟成立，英国放弃对日妥协政策，美国开始对日采取积极行动，中国才正式走上胜利之途。抗战以来，经过不少的危机，困难，风波，终归平安度过，等到了国际情势最有利于我的大转变。光明的前途，已可望见。此乃三年半艰苦抗战的成绩与结果。

往事不必多提，旧账不必再算。单说今年七月法国向德投降后，对华封锁安南路线，英国为"缓和欧洲局势，迫于实际的需要"，对华封锁滇缅公路及香港港口，给予中国精神上物质上的打击，殊为重大。假若其后德国攻陷伦敦，英国更退步，而与日寇作完全的妥协，牺牲中国；或日寇不顾英国的妥协，悍然攻占香港；美国鉴于东西局势已非，改变方针，退保菲律宾或夏威夷；苏联为应付东西两方日德的威胁，只图自保；则外援既绝，抗战前途，诚不堪设想。其时适值宜昌失守，重庆及各地惨遭轰炸，矛盾摩擦，内忧外患，八九月间，各地各方有各种各样的离奇谣言。加以今年四川先旱后涝，秋收只六七成，人心恐慌，米价比去夏高涨十倍多。生活困难，人心惶惶，谣言遂乘机而起，以为大难将临，抗战将届最恶劣的场合。

幸而天佑中国，否极泰来，德意日同盟发表，直接的目的，欲征服中英；间接的目的，欲阻止美国援助中英。表面上，是对付中英美；实质上，将来苏联也为其第二步的对象。目前利害的切肤是中英；而最大的共同目标则为美国。美国自始反对侵略，不妥协，不承认侵略者所造成的既成事实，欲维持世界的合法秩序。不过因为内受孤立派的牵制，外遭英国妥协政策的影响。孤掌难鸣。故去年七月虽声明废止美日商约，截断英日东京谈判，但今年一月商约满期后，仍不见有若何作为。兹幸德意日同盟对美挑战，孤立派已不能盲目作梗。英国遭此当头一棒，击醒了保守党顽固派的亲日迷梦，使其不得以不中止对日妥协政策。加以美国的督促，压迫，滇缅公路乃得于十月十八日重开。故滇缅公路的重开，及连带开放的香港海口，最大的直接原因，实为德意日同盟所促成；其次则为美国开始采取积极行动，督促英国共同实施平行政策的结果。

日寇为三国同盟闯了祸：引起英美对日积极行动及国内的恐惶不安不满。十月二十三日香港电，东京消息，四相会议决定之"（一）表面上以外交手段缓和英美。（二）暗中积极准备，伺机以闪电战术南进。（三）谋日苏妥协，并破坏英美苏接近。谋日泰对远东军事经济合作。"然三国同盟，在欧洲，是日助德意攻英，并牵制美国，使不能助英。这回是直接欲征服英国，英国为保全自己，已"不能"再与日妥协。美国罗斯福连任总统，大约无问题。以罗斯福的老练，国务卿赫尔的理想深沉，陆相史汀生海相诺克斯的强硬，驻日大使格鲁的正直，均不致受小鬼前倨后恭的欺骗，故"不会"对日"缓和"。预料罗斯福当选后，即有进一步的积极行动；明年一月正式就职后，将有更进一步的积极行动。英美等合作制倭，便可制其死命。德意对英已"再而衰"，无论军事经济均无力助日。举足轻重的苏联，固不欲卷入战争漩涡，亦不愿对欧洲战争，与英美联合来接近，以保持其隔岸观火的渔翁政策，但对中日战争，则绝对不至助日灭华。因为苏日是死对头，正好利用中国牵制日寇在泥沼中，消耗日寇的实力，以除苏联东顾之忧。故抗战以来，苏联不断助华，实系为自己打算，正符合其渔翁政策。日寇谋与苏妥协，纵能缔结互不侵犯协定，以便对抗英美，亦不过适中苏联挑动鼓励帝国主义国家自相残杀的渔翁政策，绝不能使苏联中止对华的同情与援助。不过苏联运用其渔翁政策时，亦不可做得太过，致予日寇调动苏"满"边境的驻军南下，则将增加日寇侵华的兵力。好在苏德等国对于条约观念很薄，已往缔结不少"互不侵犯""互助条约"，不需要时即一手推翻。故苏联纵令与日缔结什么纸上的条约，亦不过是"鱼藏剑"，不能给予日寇充分有效的保证，故日寇仍不敢放心抽兵南下。

德意日同盟发表后，美国即声明不受恫吓，仍继续援助英国，以免"唇亡齿寒"。假若中英被"征服"后，德意日由大西洋太平洋夹攻美国，更难应付。故德意想藉同盟的威胁，使美国中止助英，显未达到目的；但德意亦未吃亏，总算摩拳擦掌，联合投了一次恐吓信。惟日本高攀附骥，有害无利。一个月以来，精神上物质上已吃了不少亏，英国中止对日妥协，美国采取积极行动，对日禁运，对华贷款，撤退侨民表示决心，增派海陆军至菲律宾，增强实力。准备勒死或活捉太平洋的妖怪，世界人类的公敌。

"困兽犹斗"，日寇当还想极力挣扎，软硬并进，亦不可忽视。日寇资源被封锁后，则铤而走险，以安南及海南岛为根据，"候机以闪电战"企图攻占资源丰富的荷印。此点观诺克斯对菲律宾的布置，似可放心，只须美国海军事先或临时迅速取得使用新加坡军港，便足制服日寇的海军。惟泰国位居新加坡之背、缅甸之侧，日寇可利用安南与泰国的交通线，运陆军捣乱新加坡的后方，并威胁缅甸。此举于地理上纸上谈兵，或有相当的理由；但实际上日寇不易调出数十万陆军，增辟数千里的新战场。其在安南登陆后，迟迟不敢攻滇，即因调兵未齐，布置未完，况进兵攻新加坡，直接与英对敌，间接与美冲突，除军事上的敌对行为外，经济，交通，日寇亦显非英美的敌手。故非至万不得已，日寇不敢轻于尝试。惟为期万全，仍须先事预防，准备，供给中国大量新式武器，以严密监视之。至泰国"小家碧玉"，竟偏好与登徒子为伍，引狼入室，必后悔莫及。不过在尚未破脸之前，英美华仍须尽外交上的能事。海外部长吴铁城赴泰访问，目前很合时机。希望他能尽职责，不虚此行。

德意日同盟发表以来只一个月，国际形势对中国日形有利。承德意日的抬举，以中国与英美并列为敌；英美亦只好把中国并列为同一战线，放弃妥协，消极，畏缩姑息政策，改采积极平行行动。中国得此精神上物质上的鼓励援助，更加兴奋勇猛。今后国际形势益趋好转，中国的抗战更加坚强。其间负领导之责的，当推美国。美国对日的态度与步骤，与中日战局有直接的影响。如取第一种，战争的途径，美日发生军事冲突，则日寇为缩短防线，第一期自宜昌岳州汉口南昌九江撤退。如日寇南进失利，或自度海军敌不过英美，则有腾出海军对付英美，第二期自芜湖南京杭州上海乃至海南岛南宁广州撤退，保持徐州据点。如中国反攻激烈，游击队捣乱其后方，则保守石线以北，平津及绥远。因为自北平站古北口至承德，已有铁道，接通北宁路之锦州可由陆军防守。毋须倚赖海军。故第三期的撤退，比较不肯轻易实现。第四期保守东北四省，除非中苏夹攻，或日本国内发生革命，单凭外交谈判，不易使其撤退。

美国对日的第二种途径，为避免作战，单凭经济封锁，以断绝日寇的资源经济。虽需时较久，但是最稳当有效的方法。虽可因此引起战争，然美国既有准备，亦无所惧。中国只须英美源源接济，更可长期抗战，以收牵制夹攻之效。德意日同盟的效果：形成西方的战争，英美对德意，势均力敌，日无力助德意；东亚的战争，英美华全力对日，胜利可操左券，德意亦无力助日。至于中国胜利到什么程度，则观上述日寇分四期撤退的推测，仍有赖国人的努力。抗战已到最后阶段，此时多努力一分，将来即多收获一分。军事上的反攻，追击，占领，乃事实上最直接了当的收复失地。军事胜利的表现，讲和时最有力的基础材料。"求人不如求己"，军事重于外交。我们应该自己努力，及时努力，以求最大之胜利，以达军事第一，胜利第一的最终目的。

呈贡县的国情普查研究工作

李景汉

中国今日，抗战与建国同时进行。抗战需要全国总动员，建国需要整个的具体办法。两方面都需要关于全国人口，资源等立国基本要素的精确统计。因为惟有根据大量普遍的客观事实，方能产生适合国情，通盘周密的统治计划与整个国策，然后方能发挥最大的力量，达到最高的效率。亦惟有这样，方能避免人力，财力以及时间上的枉费和种种不合现实的成见，偏见，谬见及种种主观的玄想。时至今日，情势已不再容许我们耗费我们的任何时间或精力，像从前错了再改的继续下去。外力强迫我们必须按照恰好合理的步骤前进。

有人总以为调查研究是多此一举的麻烦事。其实是达到最后目标之最妥当最抄近的坦途，而其他以为是省事便捷的路，结果反倒绕了远，兜了圈子。我们不是常说："知己知彼，百战百胜"么？也不是常说："知难行易"么？但我们已往对于"知"的方面太忽略了。国情普查是知道自己实力，认识本国状态的首要工作。

普查固然重要，但是谈何容易，尤其是在中国的今日。国家基本情形的调查是百端待举，但因人力，财力及时间的限制，不能同时举行，就不得不考虑到先后缓急的次序。再者，全国的普查需要大量的确定经费，而国家今日财政不裕，筹款不易，也不该浪费一钱。普查需要经验丰富的专门人才及种种能胜任的工作人员，而我国今日人才有限，大多数的国民又未受教育，知识程度甚低，文盲尚甚普遍，即通晓文字之调查员亦不可多得。普查需要交通便利，而目下交通阻塞，乡村尤甚，仍多在行不得也的状态之下。普查需要良好之法制，而我国地广人众，种族复杂，目下全国虽告统一，而许多地方之政治尚未修明，法令尚未普遍。此外困难问题，尚不止此。然吾人当此需要材料之际，不能因噎废食，亦不妄想达到精密完善之程度，只求在可能范围内达到应付需要之程度。国库不充，自有穷干的办法。人才缺乏，自有简单的办法。至于具体的方案，究竟如何，绝非仅凭想象所能决定。盖差之毫厘，谬以千里。对于有关普查之一切细节，万不能稍有忽略。否则以中国土地之广，人口之众，在普查技术之某点上稍有差池，不知要白费多少时间，人力与财力。例如在问题表上多一不很需要之问题，则在每张表上也许即须占据两方寸之纸面，并且也许每调查员即须用十分钟之时间询问一个国民。如此，若须询问四万万人，其所用纸面之总数，所需之纸费，印刷费及询问与填表所用时间总数之多，均可惊人。此外对此问题答案所用统计分析时间及费用，尤为惊人。又例如计算统计之方法很多，稍有不慎而采用时间较费之方法时，不知又要虚费多少总时间与金钱也。关于我国已往之调查，曾有多少人顾到了这些以为是小的问题（其实是大的问题）？因此对于普查之时日，普查之项目与表式，各项目之确定意义，普查员之人选与训练之资料的统计与分析等种种问题，无不需要绞吾人之脑汁，方不致出大毛病。一方面必须参考各国之成例，而另一方面，尤为重要者，须要在我国社会内实地研究，以期根据经验得失，获得妥当的具体办法。这步实验的工作是万不可缺少的。

清华大学国情普查研究所就是针对上述的需要而成立的，希望在这方面稍有贡献。再说的清楚些，它是专门研究实验各种国情普查的方法技术，而它本身不是要举行全国的各种普查。它是着重找寻适当的方法，而不是着重材料的本身。至于举行普查而得到全国的大量材料。是政府的事情。研究所成立于民国二十七年，由清大社会系与经济系的一部分教授兼任所中主要职务。

县是中国向来行政制度的单位，也是今日地方自治的单位。故国情普查实验区域，亦最好以县为单位。在一县内实验有效的方法，即可因地制宜的推行于其他各县。经过多方面的考虑，研究所决定先以云南呈贡县为普查实验区。该地距昆明十七公里，为一比较贫苦的三等小县，是一个比较固定的七万人口的农村社会，宜于人口及农业等普查的初步研究。研究所决定先从事人口普查方法的实验。实验的主要原则是：第一，调查结果务求可靠；第二，经费务求节省；第三，时间务求经济；第四，方法务求简单。这样实验的结果，方能推行于中国其他比较穷的县份，人才缺乏的县份，文盲众多的县份，交通不便的县份，以及种种其他方面落后的县份。

关于问题表所包括的问题不可太多，多则费时费款；亦不可太少，少则对于政治，经济及社会建设所依据之基本事实恐有脱漏。我们详查本国的需要及参考欧美的成例，认为最基本之问题，计有十项，即：各人姓名、各人与户长之关系，通常住所，籍贯，性别，年龄，婚姻，教育，职业及废疾。

关于每张调查表格计有二十五栏，可填二十五人。故平均每张表可填写五户，较国内从前所用之每张表只能填写一户者，节省甚多。并尽量多采用符号填写答案。表格上并无填表例之说明。每调查员发给《调查员须知》一册，详细说明填表方法，关于填表的方法，由调查员挨户查问，被调查者作口头答复，再由调查员填写调查表。

普查之时日系以旧历正月十五日午夜零时为标准。此时期内人民多在家过年，且多有空闲时间。

对于应填人口的标准，系采用平常住所人口制，因为我国多属农村社会的人口，富于固定性，大多数人民都有通常住所。

关于普查之组织系统，为谋行政及指导上的便利，成立顾问委员会，由省府行政长官组织之。又成立呈贡县普查研究委员会，主持普查工作，由本县县长与党部委员及研究所教授组织之。主要工作人员及经费均由所中担任。调查员由本县小学老师担任。将来推广于全国时，应以就地取才为原则，尽量征求本地的适当人才，加以短期的训练，使之参加工作。

关于监察区及调查区，系根据本县原有三个行政区及八十二乡镇，划分为三个监察区与八十二个调查区。除少数调查员外，大部分是以本区的小学教员调查本区的人口，这样减少了许多困难，增加了调查便利甚多。调查进行时有总巡视员二人，监察员三人，调查员八十二人。乡保甲长负领导兼解释的责任。

关于调查员的训练，期限共计五日，系在县城内集合，由普委会供给饭食与住宿。前三日由教师解释"调查员须知"，并互相讨论质疑及练习填写假定之家庭人口。后二日在指定之乡村内实地练习调查。关于宣传方面有口头宣传及通令布告。

调查员所带的东西很简单，一管毛笔，一个墨盒，一束调查表，一本

《调查员须知》，一张属相年龄对照表，一袋"普"字签（填写某户后，贴在门口上之标记）与一洋火盒之浆糊。平均每调查员每日填写八十余人，亦有填写二百余人之多者。平均每一调查员约用八日之久即可填毕他所担任之调查区。监察员巡察时收到填好之表格后，即作初步审核，将发现错误之表格发还复查更正。调查及复查结束之后，即作全县户口十分之一的抽查，其结果发现此次调查材料准确之程度在百分之九十以上。

关于统计方面，已试验者为平常所用之划记法及印度常用之条纸法（即将符号及数字写于长八公分，宽三公分之长方纸条上，插入本板上分类之栏内而统计之）。此二法皆为人工统计法。试验结果，条纸法之准确程度高于划记法，前者比后者之错误减少百分之八十六；在时间上亦比划记法经济，约节省百分之八；但在经费上比划记法多百分之三。总起来说，条纸法优于划记法。对于美国最近发明之介乎人工与机器之间的边洞统计法及英美整理人口普查材料所用之机器统计法，尚未试验。

关于调查费用，八十二个调查员皆为小学教员，他们在调查期间，原则上照常上课领薪，不再另领调查薪金，故只酌给津贴。每调查员发给固定津贴六角。此外发给成绩津贴，即所填写之调查表列为甲等者每张津贴七分，列为乙等者津贴六分，丙等五分，丁等四分。关于此次视察，训练，印刷，文具，奖状，津贴，巡视员及监察员等薪金与其他有关之杂费合计总调查费约两千元。划记法统计费约一千二百元。条纸法统计费约一千四百元。这是在抗战期间民国二十八年内物价高涨时的费用。若在平时则必减少甚多。至于设计工作多由教授们担任，不易估计其费用。

普查研究所根据此次在呈贡的经验，拟在云南再选择不同性质之十县，举行较大规模的人口普查，俾作进一步的研究实验。这样所得的结果将更有推行全国的把握。

此外，研究所于民国二十八年十月，在呈贡之十七乡镇约计两万人口之区域内，开始研究实验人事登记的方法，只包括出生与死亡两项。又自民国二十九年二月起，增加婚姻及迁徙两项，并推广实验范围到全县。在县内三区。每区设指导员一人。每保设人事管理人员一人，由保长兼充，负行政上之责任；人事登记员一人，由小学教员兼充，负技术上之责任。每甲设人事报告员一人，由甲长兼充，负注意所属甲内生死等事项之发生及随时招同呈报人将该事项报告管理员与登记员登记之责任。登记员每填表一张，得领津贴五分。管理员与报告员皆为义务职。不久拟将人事登记区域推广至邻县，至少包括十万以上之人口数。如此可以得到人口之生命指数，亦为我国尚未有之规模较大的实验。此种研究颇不易，亦须继续数年，继能得到圆满之结果。尤为重要者，必须政府积极合作，最好认为是政府本身应该办好的事。这样实验之困难继能避免，研究之结果亦继能正确。最近本省教育厅长龚自知先生关于呈贡人口普查之初步报告，曾在《云南日报》社论内阐明其重要性。如果各处地方长官对于此种研究皆有龚氏之深刻认识与推进态度，则此种实验工作将有迅速合理之进展。

关于国情普查，除静态与动态人口之研究外，以农业普查为最需要。研究所遂于民国二十九年春季举行呈贡全县挨户农业普查之实验。普查之主要表格有三张。第一张为（甲）耕地面积及地权，包括二十八年春季播种时之水田旱地，菜地，果地等面积及是否自有，租入，典入或租出等项；（乙）水田及旱地作物，包括二十八年内各季作物种类及收获量等项；（丙）灌溉，包括所灌面积，灌溉方式等项；（丁）家畜，包括二十八年冬至日家畜之种类及数目等项。第二张为菜圃表，包括二十八年内三次作物之种类及收获量。第三章为果园表，包括二十八年内之果树种类，棵数及收获量。关于监察区，调查区之划分，工作人员之组织系统，调查人员之选择与训练，普查之示谕与宣传，初步审核与复查及抽查等办法，大致如人口普查时之情形。调查员亦为小学老师，每人每日若兼授课，至少可填八户；若不兼授课，每日可填十六户以上，包括三张表格。

为补充挨户普查之大量的，可是简单扼要的材料起见，又在全县内按照抽样法原则，详细调查五百农户。其项目包括（一）每户人口；（二）谷租，分租及钱租之性质与缴纳之数量；（三）房屋之种类及建造费用；（四）全年所用各种粮食数量；（五）全年所用各种自有及购用肥料之量值；（六）各种农具之量值；（七）各种作物栽培方法；（八）轮种情形。此外又以每单位，填写各村农业估计表，包括（一）本村上中下各种田地之面积及价值；（二）各种赋税及积谷量；（三）长工，月工，日工及牛工等之待遇；（四）各种作物之价格及收成；（五）森林面积，种类及产物。此次农业普查之结果颇为圆满。所得材料尚在采用不同之统计方法整理实验中。

对于家庭手工业，轻重工业，矿产，商业，生活程度以及其他各种主要社会现象之普查,亦将按照先后缓急之次序,慎选适当之实验区域,逐渐从事研究。并随时将实验有效之结果报告国人,以资参考应用。这样,使学术与政治真能够密切的联系起来。并望政府对于普查研究所之工作尽量予以实验之便利,国人加以赞助与批评,俾此种建国之基本研究事业,得以顺利进行,早日达到切实应用之程度。

论所谓新文学与新理想

欧阳采薇

文学与人生，有很密切的联系，我们从文学作品中，既可窥出作者的思想，性格和情感等等；文学作品也能影响当代和后世的思想道德。所以我国古代，有时藉文学的力量，辅佐教化之不足。儒教的大师孔子，即曾采风问俗搜集各地民歌，辑为国风，再加以雅颂编订为诗经。然而他态度宽容，不曾采取不必要的干涉。所以今日的三百篇中，有喁喁谈情的诗章，也有低诉民间疾苦的诗章。感谢我们这位至圣先师，保存住民间诗歌的活泼体态。他也不曾定下若干条金科玉律做束缚我们思想和情感的桎梏。

读《今日评论》四卷十二期陈铨先生《论新文学》，开篇先将现实的文人硬划成三派，赐以"文匠""文骗""文丐"的好头衔。尽情嬉笑怒骂。我屏息凝气，一句句往下看，不敢透一口气，生怕亵渎了好文章。果然，好文章在后头。十一条簇新的理想——嚇，你们一般蠢才，这就是新文学的法规。你们从事文学的人，只有萧规曹随，跟着我的脚印走；否则，你们就违背新时代的精神。拜读至此，我有点吓呆了，心想，这是论新人生哲学，论新教育，还是论新政治呢？我这个傻瓜，莽莽撞撞，想替陈先生添写一条，凑成一打，更得劲：

第十二，理想的婚姻，是以优生为目的，不是爱情的结合。

这条和前十一条准合得上拍。人家乍看，怕会认做希特勒手订的法律。唐突了好文章，陈先生请别见怪，我这里给你万福了。

五四运动以后，接着几位先进的努力倡导，我们能够用普通文字，说我们所要说的话，推倒死语言，运用活语。这不啻是我们的文艺复兴，与但丁用意大利文写神曲，解除拉丁文字的桎梏东西并美。我们得到这种新工具，才能表达我们种种的新思想，临文无所涩塞，曾几何时，陈先生又来发起新新文学呢？以我个人观察，新文学初起，给予文字一种解放，能畅达波涛澎湃的新思潮。于是，文学的园地里，开出绚烂如锦的花卉。近年以来，小说，戏剧，诗，散文等，都是与日俱进，但有一小小的瑕疵，即是有时会流成公式般的作品。普罗文学盛行，罢工……枪声……大流血等等，充满字里行间，抗战文艺勃起，青年爱国……离家……从军或游击，又满篇满载。文学最忌模仿，积久渐成滥调。到此地步，文学就失掉它的力量。字字句句，呈现在读者的眼帘，却不能打动他的心。热心文学的人，应对此痛下铁砭，陈先生怎反背道而驰？

陈先生说："我们的国家民族，无时无刻，不是生死存亡的关头"。诚然，在获到最后胜利以后的数十年之内，仍是我们的生死存亡关头。天下兴亡，匹夫有责，学文学的人，自然不会单吟风咏月。说些美的谎，就欣然意得。环境能影响文学作品的内容。他当然会借他一支笔，描写中华民国的锦绣河山，英勇抗战的丰功伟绩，摹绘敌寇残酷的轰炸，疯狂的暴行，来促醒全民族的爱国热诚，来唤起友国的同情与协助。然而一切须出发于至情，爱民族，爱国家。情感真挚，声泪俱至，尽管自由发挥，不拘泥一定的形式，一定的题材。思想情感，蕴蓄得越深，写在纸上，感动人的力量越大。诚如陈先生所言，中国有志文学的人，都应发扬你的十一条理想，"凡是不合于这几个理想的观念，必须要摧毁"。大家都变做应声虫，言非心声，怎么说？怎么写？

现在我们来谈谈你的新理想。"理想的人生，是战斗，不是和平"，"理想的人是战士，不是君子"，"理想的道德是征服，不是怜悯"。这头三条，我就不敢赞成。我们中华民族，不是为战争而战争，我们为正义公理而战争。我们要认清目标，作自卫战，不作侵略战，我们勇而不暴。我们为中华民族的自由独立而奋斗。我们最后的目标，是国际间各民族的自由平等，世界的永久和平。我们不要忘记自己的立场，须站在反侵略的阵线努力奋斗，始终不懈，与国自然会源源而来给予物质和精神的援助，增长我抗战的声势。我们国民要刻苦耐劳，促进国家的富强，有巩固的国防，强邻自然不敢窥觎。但过犹不及，以征服为美德，他国避若蛇蝎，外交将陷于孤立。再说战争，如果不为着保卫亲爱的祖国，拯救沦陷区内的水深火热的同胞，并使我们的子子孙孙，永享自由与和平，它有什么意义？现代的战争，多残酷，多狠毒，方式日新月异。天空中飞下一颗燃烧弹，多少巍峨的建筑，多少名贵的艺术品，付之一炬。飞下一颗爆炸弹，伤心惨目，多少血肉横飞，白发龙钟的老人，呀呀学语的婴儿，满腔热血的青年，天真无邪的少女，随之而毁灭的，又有多少？人，谁没有生命的欲望，为何横加摧毁？希特勒，墨索里尼以及日本的军阀，那辈混世魔王们，侵略，侵略，将人类带向毁灭之途。这个时代的黑暗，恰如欧洲中古世纪，我们处身现代的人，肩负着如何重要的使命，挽救世界的厄运，拨云雾而见天日。难道也忍心猖猖狂吠，替魔鬼们作传声筒吗？别看希特勒初期的胜利，我们就炫目于他暂时的威风，亦步亦趋，丢弃了我们崇高的理想。孙中山先生提倡的三民主义，不是以世界大同为最后目标吗？我们讲王道文化，争取世界永久的和平。德意日讲霸道文化，以侵略毁灭为能事。人兽之别在此。人类如没有崇高的理想，只知互相杀戮，又有科学发明的利器为辅。最近的将来，世界总有一天杀得一干二净，这就是新时代的精神吗？这是中国有志文学的人，应怀抱的理想吗？陈铨先生真不愧为先知先觉者。

  人既生存于世界，当然要有人生观，要怀抱崇高的理想，爱护祖国，保卫祖国，进而拯救弱小民族，以谋世界大同。我们要武装，要有充实的国防，但我们最终的目标，是使世界变成乐园，不是将它变成魔窟。我们中华民族，要乐观，要努力，冲破重重难关，前面自有康庄坦途。我们为正义而战，我们吭然高呼，我们的喉咙喊得响。人人到世界来，有他的一分责任，增进世界的福利。如果以征服为理想的道德，将一般青年和儿童，变成凶暴残忍的工具，我为人类长叹，世界末日快降临了。我愿普天下的人，停止生育，别把些纯洁可爱的婴儿，引到这杀人不眨眼的魔鬼世界来。我们不要悲观，只要我们肯努力，人生总是幸福的源泉，不是苦闷的象征。我们别想着，人生是绝望的，注定了强凌弱，管他三七二十一，杀个痛快了事，别看着德国国社党一切愚蠢残酷的行为，就眼热处处模仿得惟妙惟肖，就能救中华民族的灭亡吗？须知德国文化，还有另一方面，多少眼光远大的思想家，具高尚纯洁的理想，聪明横溢的天才，又孜孜于学术研究，才有今日的科学昌明。可惜误用于武力侵略。人们有崇高的理想，时势需要时，自然会挺身而出，牺牲自我，表现民族的正气。文天祥的正气歌，杀身成仁，那股浩然正气，也是出于至情，绝非残暴偏狭的心理，所能培养出来的。

陈先生于十一条理想，恕我没有时间，不能一一讨论；其中几乎每一条，都牵涉根本的问题。我记得陈先生还说："理想的教育是训练服从，不是发展个性"。教育，谁都知道，是启发受教育者的个性，使它得到适宜的成就。我既不是"抱残守缺的老先生，受了英美自由主义的绅士"，又不是"熏染了阶级斗争思想的青年志士"。我们不谈英美和苏联的教育方法。孔子说："举一隅不以三隅反，则不复也"。请问，这不是启发，是什么？孔子教弟子们，要他们自己有思索的能力，只有唯唯诺诺的人，他不屑收为弟子。陈先生说，"教育不是发展个性"。我很疑惑不解。学生们如同一颗颗的小树，教育只有尽培植的力量，灌溉施肥，方能发荣滋长，教育岂能强不同为同？别说不能将世界上的树木，都变成花儿树或果儿树。将它们修剪成一般的高度，一定的体态，也是违反它们的本性。我们是否又要开倒车，拿一套刻板的知识道德，灌输给学生们，就算是理想的教育呢？还是回到专制时代的愚民政策呢？训练服从和发展个性，本可分工合作。在学校，学生的生活和行动，应守纪律，团体生活，需要组织，这是团体生活的开始，更要打稳了基础。思想方面却不能使学生以教师的思想为思想，都变做应声虫。教师们只能潜移默化，如具有高尚的思想道德，学生们自然心悦诚服，又岂待强制？抑制个性，不知要磨灭多少天才？还谈什么创造中国新文学？

　　总括起来说，我们拥护抗战，但自由与和平是我们永恒的理想，不能时移境迁，昔是而今非。文学作品的思想，不能用倡导或任何方法来统制。新文学在自由的空气中，才能继续存在，历亿万年，日日新而又日新。

浙西的政治工作（通讯）

张振华

整个浙西自从廿六年冬天与江南同时失陷以后，敌人便一面用政治一面用经济来作有计划的侵略和榨取，所以"维持会"不断的组织起来，同时在浙西的乡间为了已经进入到无政府的状态，所以地痞，流氓，青帮红帮，红枪会，大刀会，土匪散兵，以及汉奸，敌兵到处出现，几乎每天都有抢劫，强奸，烧杀的事件发生，老百姓真是痛苦万分，竟有许多人因此而自杀，当初杭嘉湖的中上等人家差不多除了远去大后方，或香港上海的之外，其余的为了生活，家庭，财产的关系便留居在附近。想不到有战后的大洗劫，和乡间的绝对不安宁，更加以生命丝毫的没有保障，所以有许多人，宁愿回到杭嘉湖城里去做顺民，这是最可痛心的一回事。但是他们丝毫不怨政府，他们心里只怨恨敌人，和有名无实的"游劫队"或"游吃队"。

"敌人即使杀了我们，亦是应该的，难道自己还抢自己人么？自己还打自己人么？"作者有一次劝一位以前住在湖州城里的富家士绅被游劫队正抢过以后的时候，他这样的告诉我和反问我。所以结果他带了全家回到湖州城里去做顺民了。

这段时期是最黑暗的时期，作者自己亦以生命无所保障所以亦暂时退出浙西到浙东去了一年光景。

廿七年春天，我们的国军源源的开回浙西了，经过了不知多少次的艰苦的战争才把敌人打回去死守沿公路铁道的各大小据点。这样老百姓的心才一点点的争取过来，以后县政府，专员公署，浙西行署，亦先后的成立，人民亦觉得政府还是保护着大家的。

作者有一次到最前线的××村里，经过一位年龄在六十左右的老太太详细告诉我当地的情况以后，我便问她："现在您老觉得我们中国怎样呢？"她说："难道真的没有天亮的一天么？现在我们自己的人又来了，菩萨总有眼睛的，一辈子的杀人放火，强奸，把好端端吃剩的白米饭倒在地下就没有报应么？这样的生活下去不如拼了他们来得痛快，我们中国兵有天帮忙的，这是菩萨要灭掉鬼子！报应就在眼前……"青年说要抗战不算数，连她亦说要拼，那才值得注意，由此可以晓得浙西前方全体民众的心里是如何眼巴巴的望着自己的军队早点得到胜利！希望自己的飞机去轰炸杭嘉湖敌军的根据地。今年有一天在浙东三年来第一次看到自己的一架飞机飞翔到××去，老百姓真好似发狂的欢呼着，青年们有的还流下从心里面长久要流而没有流的复仇心理的泪来狂欢着，从此可知前方民众对于政府的期望是多么的殷切。

廿七年八月为止浙西各县县政府都回县去办公了。

各地民众见到自己的县政府，真正似飘荡流离后家人子弟重新望见慈父慈母的颜色一样，不期然而然的集合起来！意志统一了，力量加强了。汉奸，阴阳两面派改变了，青年集合了。目前浙西大部分地方均为我们政治势力所及，乡镇公所，小学校，中学校，报馆……亦先后的组织开办了，浙西便这样的展开了"冲过钱塘江，收复杭嘉湖"的工作。

但是在浙西工作的干部究竟是谁呢？固然党政军当局是干部，但是除了这以外，还有那些热血青年所组成的省县政工队亦是不可忽略的。

全省政工队的组织以第三区的绍兴为首。因为当时浙西有无数的青年从游击区里渡过钱塘江去，流离失所，当局便乘此集合了男女青年加以生活的意志的技术的学术的训练以后，再送回杭嘉湖去做了不少轰轰烈烈的可歌可泣的工作，这样，才喊醒了民众，组织了民众，直到今天还是始终坚持着反抗敌伪。

政工队是分省政府直属和县政府所属两种，省属的政工队目前还有三个（其余的已于最近改编到三民主义青年团里面去了），在游击区里面工作，他们一共有六百多位热血的青年男女。

他们的生活是最痛苦的，他们每个月只拿了十二块钱到二十块钱的生活津贴，他们天天在敌人的后方，敌人的据点里，敌人所占领的公路铁路上工作着。有的为了对敌突击牺牲了，有的被敌人识破以后，酷刑拷打而牺牲了，有的在过公路铁路的时候被敌人惨杀了，有的在敌人据点里工作，被敌人间谍破获而拼掉了……他们个人的饮食不能饱（有的甚至于二三天没饭吃），睡卧不能安，行动不能公开自由……假如他们没有"人生以服务为目的"的牺牲精神，谁还愿意流这汗流这血呢？他们成就的工作今一一分述如下：

他们在长兴的前哨组织了红枪会，把自私自利的无民族意识无科学认识的民众，训练成为有力量的干部，成为游击队。

莫干山，谁亦晓得是浙西的避暑胜地。自从敌军占领了三桥埠以后，莫干山上的老百姓便被土匪汉奸所抢劫，他们就去组织了民众，把土匪抢去的东西夺回来还给老百姓，这样他们便安居乐业了。直到目前为止，汉奸不敢上山去。那边的洋楼大厦目前只租一块钱一幢，里面而且用具齐全，大后方的读者看了这一段消息不知有何感慨。

突击在嘉区——嘉兴，嘉善，平湖，海盐，曾由政工队于二十七年十月至二十八年三月间，冲了进去，调查，组织，宣传，又在一月二月两个月召集了嘉善西塘和平湖的民众开反攻大会，同时还办了小型报纸，开设学校，又做了侦查汉奸，急救兵民等工作。

烧毁更生伪报馆——硖石，是海宁伪县公署所在地，在沪杭路的中段，在敌人的卵翼下产生了伪组织日寇的"宣抚班"又策动汉奸出版宣传文化的伪《更生日报》，政工队便用了一支很粗而长的芦苇做成的蚊香尾绞预先包了手榴弹的引线，便这样的放进了报馆楼下的储藏室（没有人在这室里的），第一次不灵，为了这支香受了煤油的潮湿，第二天晚上再去放了。直至半夜十二点钟，便轰的一声爆炸了，四面预伏着的青年再以手榴弹掷进去，伪报馆便被烧毁了，《更生日报》就从此没有再更生。

谋刺海宁伪知事谭裕卿，是由三位女同志，混进了谭逆的住宅，便把包在手帕里的礼品——手榴弹——投了过去，结果要了谭逆的命，从此海宁伪组织便没有再起来的勇气。

伪杭州市长何瓒的被刺——二十八年一月二十二日下午八时半在杭州积善坊巷十一号何逆的住宅里，刺死了何逆。事实是这样的，何逆刚从外面回来，汽车停下以后，二个保镖跟着入内，这时已经预伏在阴静地方的三位同志便把他正在小便的汽车夫一把抓住，同时有一位把手枪对准了他不许他动，三位青年把车夫带入铁门，随手把它关上，进了铁门看见两个伪警，伪市府职员库房佣人一共二十多人在铁门里边，三位把手枪一举低声的沉着的说:"不许动,大家听着,我们是革命,是来杀汉奸的,不与你们相干,大家把枪放下!"

二十多人面面相觑,个个颤抖,二个伪警把子弹解下,内中有两个人预备向后门逃走,他们有一个人说:

"不许走,后门有大队人马守着,去只有死!"

三位把他们统统关入铁门内的三间平房里,其中一位监视着,兼管大门,二位一直进去,忽见里面有人出来,见了二位手拿武器就惊惶失措,回身便逃,逃进房里把门"啪"的关上。

再进去到腰门,迎面又来了三个女人,见了他俩便急忙回身向楼上逃去,他俩不去追赶,再向前面冲去,到了一间饭厅里面,看见了何逆和他的妻儿,门客,男女佣人约有二十多个,坐的,站的都有,二个佩枪的保镖立在旁边,互相谈笑,很是热闹,当何逆正把呢帽大衣向衣架上挂,女佣递一支烟,一杯茶给他的时候,一位便喝了一声:

"命令!"

应声对准何逆头部发了一枪,耳边擦过,接着第二枪打中了何逆的背部。受伤倒地,另外一位又连发二枪都中背部,当第一声枪声开出的时候,另一位对保镖说:"不许动!双手举起!"

一个手榴弹轰然一声炸死了这一群小汉奸,他们俩因为同时伏地,平安无事,后来便安然退出杭州市。

浙西妇女营有一次在沪杭铁路上亦拿着枪和敌人战斗过,她们以前都是女学生,看护家庭里的小姐们,现在她们亦做了打击敌人的工作者,她们能扛着枪和子弹一天走百余里,她们以前都是旗袍,烫发,高跟鞋,现在也赤脚草鞋,身穿戎装,雄纠纠气昂昂的加入到军队里来,平时到各乡间去和妇女接近,训练组织,并且教她们识字读书唱歌看报,她们的工作,也是不可泯灭的。

还有少年营,他们是十三四岁的少年,他们亦加入到敌人的据点里去工作,他们扮作牧牛的小孩去侦察敌情,到城里去探消息,送消息,在嘉兴,宣传所以得到效果,是因为他们做报贩子,他们送书本给民众读。但是终究有一天他们之中有一位被敌人捉了去,用了毒刑以后,被放在火油里烧死了。

还有争取敌军伪军的工作是最有价值的,现在有许多敌军伪兵已经自动的回到祖国里来了。

浙西便这样的长成了，现在还在生长，这些青年所流的汗和血是有意义和有价值的。

浙西，在后方的人想起来以为是了不得的恐怖，其实不然，此地已经在破坏后新建设起来了，它将为收复失地的前哨，它是不断地和敌伪在斗争着，它更盼望后方的同胞来加入这收复杭嘉湖的工作，请读者们想一想在敌伪据点里的同胞们的生活是如何的水深火热，他们流了血死了，亦许还没有人晓得他为什么死，怎么样死的？在大后方的读者们无论如何艰苦，一看了作者这一篇通讯以后，我相信大家一定会更卧薪尝胆，更甘愿吃苦了。

本期撰者：

欧阳采薇女士远道惠文，对于新文学的思想，与陈铨先生有所辩论。新文学的理想究应如何，是一个极重要的问题。本刊盼望继陈先生与欧阳女士之后大家来参加关于这问题的讨论。

本期其余各位撰者常在本刊发表文章，均为读者所熟知，无需介绍。

第四卷第二十期（1940年11月18日）

这一周

迩来所谓和平的谣诼盛极一时，考其来源则俱出自敌人及与敌为友的德意方面。抗战是民族神圣的义务，是全国人民所要求，也是全民领袖蒋先生所执行的政策，和谣本不值一笑。但和谣既传遍国内外，连罗斯福总统也感觉有郑重代斥的必要（参阅上期本刊《这一周》），则我方正式辟谣，以正天下视听，良有其必要。因此我们欢迎本月七日外交部发言人辟谣的谈话。

敌人退出南宁，我们早认是敌人实力不支不能增援的表现。我们读了白崇禧本月四日中央纪念周所作关于《敌人为什么撤退南宁》的报告，及敌退后新闻界在南宁观察的报告，易知敌人在桂南实在已是精疲力尽，难当我们的围攻。敌人明明是被迫撤退，而偏要同时放火大烧宜昌广州，假装撤退的模样，借以淆乱世人的判断。敌人的狡黠诚可怕之至，国人固不可不防，而负宣传之责者更不可不时时以真相告诉世人，毋令世人闭着眼睛瞎猜也。

我军日来追击敌人，逼近钦州。这是一件大快人心之事。敌人明明说是撤退，但我却不断地追击。要是自动撤退而不是败退，我又岂敢轻易追击。所以任何都市自敌人重归我手者，必是敌败而我胜的结果，不可为敌人的宣传所愚弄也。

敌人南进不南进是另一件事，与桂南撤退与否不相干。桂南撤兵后，也可以不南进；南进中，仍可不撤桂南兵。桂南撤兵是由于当不起我们的压迫。南进与否则须看国际形势如何。据传三国同盟时，意本允诺发动攻希，而日则允诺发动攻新加坡。如果传说可靠，则意军攻希已开始多日，何以日人至今尚未实行南进？就日本的内部言，南进早获多数人的同情，海陆两军俱表同意。然则南进的行动至今迟迟发动者，日人终仍有所顾忌。马来缅甸有英军六七师，马来更有英机四百，而澳之陆空军又增援甚易。这是一因。澳政府近已改组，渐渐减少其妥协空气，而与美较接近，于是美国在南洋活动的可能性也大增。这是又一因。如果美英毅然取攻势，立即以海军在大洋布置一天罗地网，日人殆将永不敢南进。

但日人南进不南进也须看欧洲的局势。德意当然愿日人南进，而日人则不能不考虑英美方面准备的情形。迩来日人的踌躇不进当然为德意所关心。因此，莫洛托夫之访德很可发生重大的效果。如果苏德间能获进一步的亲善，德国能诱导苏联在黑海方面活动，而苏联能使日本无须在东北方面戒备，则日本南进的野心自然将更形勃勃。但是我们呢？我们以为无论日人是否即日南进，我们既是亚洲的主要民族，我们应处于主动地位，速在安南等地获得军事据点，直接以抵抗日人，间接以助英美抵抗日人。

莫洛托夫访德时自然也将论及意希战事。意侵希腊瞬届二旬，但军事节节失利，不特科律萨方面意军大败，班都斯山地也被希军占据。意政府今且改易统帅，以冀挽回颓势。看来德军如不应援，意国军事似不易有顺利的进行。但德如有事于巴尔干，则苏联在半岛的地位必受影响。对此事苏德之间似乎非先成立一种谅解不可。莫洛托夫此行究将与德意日以前进的鼓励，抑将继续使他们在猜度苏联的真意中过时日，诚是当今国际间大谜之一。

罗斯福的三次当选对今后美国内政外交的影响，我们在上期已有专文论及。无疑地，德意日俱盼望罗斯福落选，因为总统如易人，则外交总不免要有短时期的停滞不进，而德意日方面的诡计，无论为和平攻势，或是某种的偷袭，均有机可乘。今者罗斯福既获蝉联，而共和党各领袖又均有一致对外的表示，无怪日本要大惊失色，德意虽假装泰然，而实亦懊丧不堪言状也。

当此罗斯福所领导的民主党大选获胜利之日，而民主党要人兼参谋员外交委员会主席毕德门徒然病逝，不特美之不幸，亦中国与世界之不幸。毕德门在参议院中已有二十七年之久，掌外交委员会亦已八年。此八年本是国际强盗横行之日。毕德门则对于一切强盗行为皆表示深恶与痛绝，口诛笔伐之不已，复领导舆论向积极抵抗的路上前进。孤立主义澎湃的美国得行今日所行的外交政策，毕德门与罗斯福及赫尔实为三大功臣之一。毕德门何以反对极权反对国际强盗如此坚决呢？那是因为毕德门从早即见到侵略主义的传染性。如美人能人人如毕德门，自早即以全势领导英法等国制裁侵略者，不特亚战可免，欧战可免，即美国殆亦可永不参战。惜乎一般美人之所见不能如毕德门所见之远且早也。

毕德门逝世后，极关重要的参院外交委员会主席一职殆将落乔治手中。美国两院委员会的主席的推出向凭资格。外委会中资格最老者本为哈里森，但哈里森已是财政委员会主席，故次老的乔治例可递升。乔治任参议员亦已二十二年，在外委会中亦已十六七年，惟平素对外事不甚有主张，即有之亦不甚显明。于内政上则颇反新政。但当此罗斯福声望正隆之际，乔治如获继任，当可赞助罗斯福的对外政策而不生枝节。所可虑者，外委会中，孤立派人本十分充斥，前此赖有毕德门的老练尚可稍稍镇压，如乔治无此领导能力，则罗斯福又将增加不少麻烦矣。

德国近来利用飞机及潜艇的合作，努力以破坏英国的商船为能事，即获海军舰之被击沉者亦已有多起。在另一方，英国空军亦不断攻击德之军港及军需业中心。本月八日晚，英机且乘希特勒在慕尼黑时大举进袭国社党的发祥地。希特勒虽幸而免于难，但德方损失甚重。这种无决定性的互袭其将延长至英国空军数量超过德方时始止欤。

川康经济建设协会于本月一日在成都开成立会，会员类皆负全国及川康经济界重望的人士，常务委员张群的开会词亦极周详尤当。川康建设本行政院蒋院长期望最殷提倡最力的一件事。今又得经济界有力分子负责推行，当不难本民生主义的大道而向前迈进也。

上海法租界本有两个法院：一是江苏高等法院第三分院，又一是第二特区地方法院。上海沦陷后，这两个法院与公共租界的两法院，继续遵守国府命令，守正不阿。哪知法人无耻，法租界当局于本月七日竟与南京群伪成立协定，让伪组织于次日接收。虽法官不接受伪命，律师拒与贼伪合作，至可钦佩，然而法人的行为亦可鄙可恨极矣。

张伯伦于本月九日病逝伦敦。张伯伦以垂老之年，当国重任，犹于和平可能的理论，一再谋与侵略者作妥协。及妥协失败，乃决然作战。战事既作，而僚属又多泄泄沓沓之辈，遂至数度败绩，让贤于丘吉尔。是则张伯伦虽绌于见识，拙于用人，而其公忠体国知过能改的精神固仍不失政治家的风度。宜乎病逝而后，英之舆论只有敬惜而少诋责也。

日寇撤兵与中国抗战

罗隆基

日寇于十月二十八日自行从南宁撤兵，这当然是中日战事三年来一个比较重要的转变。以往日寇亦遭过许多败仗，亦曾经从许多占领了的地区退走。但从像南宁这般重要据点自行退走，这还是第一次。日寇固然宣传南宁今日已失去了军事上的重要性。这当然是敌人的一种掩饰。敌人这种突然的行动，必定别有阴谋。他的阴谋是什么？国人正在讨论这个问题。同时，且传说日寇在宜昌已经放火，正在作撤退的准备。同时，又传说日寇在汉口广州亦在作撤退的准备。这些传说，是否成为事实，还待时间来证实。然而这种种传说，暗示敌人在侵华政策上正在酝酿着重大的阴谋。他的阴谋是什么？国人正在讨论这个问题。国人对日寇目前撤退的推测，大概不外这几种：（一）敌人气衰力竭，军事已是总崩溃的发端；（二）敌人集中力量实行南进；（三）敌人急求结束中日战事，撤兵诱和；（四）中日和平暗中已有进行。这四种推测，哪一种较近事实，这倒是值得国人分析讨论的问题。

（一）敌人气衰力竭，军事已是总崩溃的发端。敌人侵华战争，愈延愈苦，愈陷愈深，这是事实。敌人愈打愈弱，愈战愈衰，这亦是事实。经过我国三年余的英勇抗战，敌人的人力与财力的消耗，已渐渐支持不住。这的确是事实。不过同时有些事实，我们亦不可忽略。敌人侵华战事，在人力上虽然用到一百万以上的大兵，然而这数量最多不过占敌人动员力量三分之二。三年战争，敌人在财力上虽然费了一百余万万日元，然而三年战争的战场毕竟在我们的国土以内。敌人虽未能达到以战养战的目的，然而敌国人民尚未受到现代战争的直接破坏。有了这些原因，我个人认为侵华战事失败，是敌人的必然结局,倘认敌人的战斗力今日已到零点,今日已是总崩溃总退却的时期,则看法未免过于肯定。

(二)敌人集中力量实行南进。敌人要利用当前国际局势,实行南进,以抢夺越南缅甸南洋荷属东印度,以达独霸远东独霸太平洋的目的,这是绝无疑问的。日寇与德意签订三国同盟,其野心,其阴谋,亦正在此。三国同盟,既已成立,德意正在努力杀人劫货的时候,日寇若图对英国按兵不动,坐地分赃,世间亦没有这般便宜事。日寇集中力量,向南冒进,当为不可避免的事实。不过这里我们又有不可忽略之点。日寇南进,需要海空军的力量远较陆军为多。日寇果真南进,当以海空军为主,陆军为辅。果尔,日寇的集中力量,是否需要从中国战场上重要据点撤退军队方够运用,是一疑问。日寇当前侵华与南进,双方疲于奔命,便不能兼顾,亦是事实。其结局当然是双方落空。不过对华作战三年以后,日寇甘心突然放弃侵华,甘心突然撤退中国战场重要据点军队,以事全力南进,又是一疑问。从军事观点上来说,日寇果真从事南进,特先撤退南宁,给予中国军队乘隙袭击的机会,日寇是否愚笨至此,又是一疑问。这些都是值得讨论的问题。

(三)敌人急求结束中日战事,撤兵诱和。敌人亟亟于结束中日战事,并不自今日始。三年来敌人对华诱和工作,真可算费尽精力,用尽心机。两年前近卫勾结汪精卫这段故事,更证明敌相近卫从始至终在做"诱和"的幻梦。今日在"诱和"上果然有机可乘,近卫当然全力以赴。不过,蒋委员长及我中国国民抗战的决心,到今日,日寇当然有相当的认识。意志薄弱分子,早已做了汉奸,固无用其再行诱骗。忠诚爱国分子,今已一致团结,日寇实已无从施其诱骗,南宁的占领,乃日寇最近一年来的战果。且费了日寇得不偿失的重大代价。至于广州汉口等处,则日寇的代价更大。倘谓日寇放弃据点,撤退军队,其作用全在绝无把握的诱和,实又令人难于置信。

(四)中日和平暗中已有进行。很公开的说,自日寇从南宁撤退后,和平的谣言,确曾流传一时。这种谣言制造者仍为日寇,固无疑义。美国罗斯福总统一表态,我外交部复发表谈话正式辟谣。到此,倘再有人猜疑日寇撤兵,实因中日和平谣言中已有协议,此则非愚即妄。以普通常识推断,在南宁陷落的时候,国际形势对中国远不如今日有利,而我国抗战力量适值青黄不接关头,未能充分发挥,彼时从蒋委员长至国民,一致反对屈服投降。到今日,谓中国尚有人愿意与日寇言和,谓中国尚有人愿牺牲最后胜利之机会，自甘功亏一篑，自甘挖掘坟墓，谁其相信。时至今日，不但领导抗战的蒋先生，绝不至轻易与敌寇言和。政治舞台上任何人，在今日环境下，绝不至与敌寇勾结，重蹈汪精卫的覆辙。事实很明显，今日中国任何人与敌寇勾结言和，其结果和平必不成功。而其人必为全国所共弃。和平既这般无成功的可能，日寇又何至愚笨若此，轻率撤兵，将战争前功尽弃。这又是值得研究讨论之点。

照上面的分析，即所举四种推测，都与事实不相符合，都不能做日寇突然撤兵的解释。那么，日寇从南宁撤退，甚至日寇准备在其他重要据点撤退，起作用到底是什么？

无论如何，日寇从南宁撤退是已成的事实。这种事实发生，必有其发生的理由。那么日寇的作用到底是什么？

我个人的观察，却认为前举四种推测，除第四种绝无根据，绝无可能，可置诸不议不论之列外，其他三种，在促成日寇撤退军队上，都占有相当成分。日寇此次在南宁撤退军队，其原因比较复杂。有知难而退之意。有集中力量南进的野心。亦有诱和的阴谋。这些推测，综合起来，或可占日寇撤退理由百分之四十。尚有理由百分之六十，当另求解释。换句话说，日寇从南宁撤退，甚至再从其他据点撤退，适足以证明日寇在侵华政策上另有其他更深刻更毒辣的阴谋。经过这三年的战事，日寇最少得了一个教训，即武力击败中国，武力灭亡中国为不可能，战事像以往这般拖延下去，日寇不但不能有所得，且愈陷愈不能自拔。且在当前局面之下，南进政策不止时机不可错过，而三国同盟的其他伙伴亦不容许日寇全力侵华，而不进行牵制英美工作。日寇自计，侵华与南进既不能双方兼顾，自不得不在侵略政策上重新配合。此种新布置，依我个人的推测，即是以封锁应付中国，以南进援助德意。在日寇计划中，侵华与南进，并非分成两节。南进的成功，即所以达到侵华的目的。日寇的估计，中国抗议，有赖于英美的援助。日寇此日南进，协助德意击败英国，威胁美国，同时取得南洋及荷属东印度，如此一方面可以切断中国外来的接济，一方面可以增加日寇自身之资源。待世界战争问题解决以后，日寇重新进行侵华。在当前时期中，日寇对华，缩短内圈战线，以节省消耗；加紧外圈封锁，以坐困中国。这种封锁政策，日寇有这些希望：（一）中国成为无海口的国家，中国因此无军火与机械的来源。如此，中国不但整军无方法，即工商业的开发，亦不能进展；（二）日寇侵华战事，暂时和缓，可以疲劳中国的士气，可以松懈中国的团结，甚至用挑拨离间手段，可以乘隙促成中国的分化与内争。两点做到以后，而后日寇待欧战结束，再从容以谋我，所谓南进以达侵华的目的，意即在此。这是我个人对日寇阴谋的推测。这种推测，未必即与事实相符合，然而这是值得考虑的一点。

　　上面这种推测倘有考虑的价值，我们就应研求击破日寇阴谋的方案。在我个人看来，日寇的封锁政策，绝对不可轻视。日寇的势力，如今已北从东北三省，青岛，烟台，南至越南，整个中国海岸，在日寇海军完全控制之下。国家无海岸出口，则军事与经济绝对不能发展，国家也绝对不能成为现代国家。故中国今后生存的道路，不止需要驱逐日寇陆军离开中国领土，还需要击破日寇强大海军的封锁圈。我个人的见解，日寇如转变其侵华政策，中日战事或会渐趋和缓，中国短期间偏安自全的机会亦更大。倘我们甘于偏安自全，则不啻自蹈死路。这种偏安自全的机会，便是日寇对华的陷阱钩饵。自日寇侵入越南以后，远东的局面与三年前"七七"事变时期已大有不同。即令中国恢复"七七"事变以前状况，中国处境却已较"七七"事变前危险多多。中国依然在日寇南北大封锁圈中。倘使日寇南进政策侥幸成功，则中国今后处境更不堪想象。在日寇，实行南进，即所以达到侵华的目的。在中国，破坏日寇南进计划，即应为抗战目的之一。故今日中国在国际环境中，与英美实有共同利害。撇开民主与独裁阵线等等不谈，即在国家切身利害上着想，中国应协助英国取得欧战的胜利，等于英美应协助中国取得抗战的胜利。中日战争与英德战争虽是两个战局，自三国同盟成立后，则欧亚二洲战事的胜负实互相影响。所以中英两国今后在战争上更应取得更密切的合作。唯其如此，日寇愈冀暂时放松中国战事，中国愈应加紧抗战。我们不止应使日寇对华对英不能个个击破，且应使日寇方方受敌，穷于应付。日寇整个海陆空军的溃败，才算中国真正的胜利，才是中国真正的解放。

欧战的思想背景

王赣愚

上次欧战的结局,是民主国家的胜利;经过了那一次的胜利,一般人以为民主政治可以在世界上安全。离开上次欧战,到今才二十余年,不料欧西人又深以民主政治的安危为虑,似乎只得从苦斗中挽救其生命了。这次欧洲大战,绝不是攘权争霸的一场混战,从欧洲思想背景上言,真可以说是独裁国家对民主国家之挑战;而这两种国家对垒的局势,又是理智主义与反理智主义的分野所造成。向理智反抗,本不自今始,实则从希腊时代以远,即已层见叠出于欧洲思想界;不过每当这种反抗全胜之时,立刻就有其相反的趋向出现,似有"物极必反"之势。现在欧洲又在这个过程中转变着,而这次欧战的爆发,实不过是反理智运动之必然的表现而已。

人类本非纯粹理智动物,实际上很少受理智支配的。任何区域的人都是这样,欧洲人当然亦不是例外;因此我们通常谓理智主义是欧洲传统思想的特征,不外是谓欧洲思想界重理智是常态,反理智是变态而已。远的暂不论,且从最近几百年说起。十七世纪初叶,笛卡尔的哲学出,众认是开欧洲理智主义之先河,而十八十九两世纪的学术风气,就是在这个时期酿成。以后欧洲大思想家,如英之洛克与休谟,如法之培尔与伏尔泰,又如德之赫特儿,赫格尔与康德,可说都是笛卡尔思想方法的承继者,以理智主义为范畴,对于哲学各有其贡献,崇奉理智者引人向怀疑主义路上走,劝人对事不盲从不盲信,运用自己的心思,以究理探源,丝毫不为习俗成见所拘囿。事实上由于理智的重视,人的价值得以提高,人的自信力亦得以增强;到了这个阶段,欧洲思想的方向为之大变,乃是必然的现象。思想是一切政治运动的反动力。理智主义在欧洲的影响，显然是使人对现状不满，使人对政制怀疑，倡平等，求自由，力图变革，以谋解放。这就是当年美法两国革命的思想背景。其次，对人格尊重，对理智信任，也是民治的基本条件。从经验上言，人类思想力既得以自由发挥，彼此便知民主气质之足贵，纵令意见参差，亦常互相容忍；争执以调协折衷为主，冲突不愿诉诸武力，所以政权虽更迭频繁，亦不会使政治失其常轨。

在十九世纪的开端，政治思想的主流，固不失为理智主义，但渐起而与之争衡者，则有出自德国的浪漫主义。这足证反理智势力仍潜伏在欧洲的思想界。不过从整个思想史上观察，十九世纪是理智主义的极点，同时亦是理智主义的终点。在赫格尔哲学全盛的时期，那里就有叔本华对理智加以反抗，以为人类的创造力，原不出自理智，而出自不屈不挠的意志；但依叔氏的见解，所谓意志也者，不过是求生的坚忍决心；而由此坚忍的决心，便发生了无穷的力量，然后始能使生命自脱于黯淡的境状。继此说余绪者为尼采，他把所谓"求生意志"改变而为"求力意志"，此一观念即叔本华与尼采二氏之分歧点，前者认人生无目的，仅仅是随波逐流，毫无自主余地，故其倾向是悲观；至如后者虽视生命为悲剧，但始终否认其无意义，因为生命的意义即在于"求力"，而在不断地"求力"的过程中，人类始得发现其人生的深奥处，所以其论调带着乐观的英雄主义。尽管口吻不同，观点互异，在反理智的队伍里，他们俱不愧为英勇的前驱。

直到十九世纪末叶，欧洲思想风气又大变了。对理智的信仰，殊不像从前那样重视。历史知识的长进，人类眼界的扩大，以及科学发明的累积，都足以摇撼赫格尔的极端理智主义。例如历史方法的应用，增加了人们数往知来的观察力；如近代心理学的启示，使人了解情感或潜意识在人生上有极大的作用；又如新起的生物学派的验证，使人了解理智力量不能驾乎生理公例之上。无疑地，学术的突飞猛进，已引起思想界对理智的怀疑，结果浪漫主义又应运而生，而逐渐成了二十世纪初期欧洲思想的骨干。对理智不信任，非但促成了当今欧洲文明的危机，且其反映于政治的是诡计幻术的滥用，迷群惑众的倡导，骚动变乱的容纵，以及压迫统治的厉行。凡足以抑遏理智，激发情感的各种手段，无所不用其极。以轻视人格为出发点，尽量利用人性的弱点，施行残酷的愚民政策，而不肯借助教育以开发个人生命潜在的价值；所以在政治社会里，我们所见的只是以人为工具的场合。

在这个动荡的时代，欧洲思想一变，政治因以改观，那里所发生的显著的趋向，是任情感蒙蔽理智，以信仰替代思想。从首次欧战以还，各式各样的独裁政治相继勃兴，而与自由主义的民治对峙，从社会思想上看去，这就是反理智主义与理智主义互为消长的局面。反理智势力在欧洲膨胀后，民主与独裁两种国家的立国精神，更呈着无从掩盖的差别。那些独裁国家，自法西斯的意大利，纳粹的德意志，以至共产主义的苏联，无一不以培养信仰，激发情感为根本要图。以视注重理智，发挥思想的民主各国，诚不可同日而语。须知完成民治成功的条件，归根要从教育入手；且其教育方针应该侧重理智训练，以求发展个人的思想力及理解力，俾使其对于事理的是非得失，能有独立自主的见解与断判，而且对于一切异己的主张，又能抱有包容的雅量，我们不承认国家有纯粹理智的人民，却不得不承认在民主先进国家里，一般人民经过了理智的训练，能逐渐养成民主的气质，为民治制度奠下精神的基础。至论独裁国家的教育方针，几与民主国家成一对照。教育本应以人为对象，因为人不但有生命，而且有理智，有情感；就是为了这个缘故，教育方针一面固应注重理智的引发，一面对情感的激励，又不可偏废，且务求其适中。但那些独裁国家则不然，实际上几乎专重情感，而完全忽略了理智，厉行思想统制，对自由不留空隙，上之所是，下必是之，上之所非，下必非之，入主出奴，强人同己。这种反理智的趋势，便是独裁与民主互异的要点。

对理智的反抗，是历史上层出不穷的现象。但在思想混乱的今日，这个运动却含有前此未有的特征；这个特征就是在反理智思潮的背后，潜伏着对武力的迷信。政治本不离乎武力，对内统治以及对外御侮，没有不以武力为后盾。不过从另一意义上言，武力不论是多么重要，终究是工具，是手段，绝不能为人类崇奉的对象。今日欧洲政治的大病，就是把武力驾乎人之上，不使人驭制武力，而使武力驭制人。这种反常的作法，无非象征着思想的谬误。诚然，武力自远古至今，即为政治的最主要因素，主要问题倒是如何使它得到合理的控制，在理智主义盛行的时代，人们始终视武力为最后手段，总想把它放在后边，纵然需要援用，亦认是不得已的事。但降至这个世纪之始，尤其自上次欧战以后，一般人却不复有此观念了。战争所给欧洲人的启示，是国家间以武力强弱的悬殊，几乎可以决定一切关系，强者居为支配者，而弱者则无时不受支配；就是在国内政治上情形也是差不多。武力的所在，即意志所由定，亦政权所依据；所谓正义，所谓道德，均不足为国家行为的准绳。所以经过了上次大战，欧洲大小各国，甚至世界上各国，似乎都为武力所迷惑，在那里不断地作武力的追求，强者得寸进尺，惟恐不强；弱者若知自强，亦无不想迎头赶上。欧洲民主各国，固是爱好和平的国家；不过此种传统的态度，近来也已经不能维持了，因为穷兵黩武者正不断地向它们进攻。欧洲上次与这次的大战，证明着武力在政治上有最后决定的作用；一国倘能增强武力于无限度，纵令侵凌邻国，戕害生灵，亦不以道义判是非。

其次，迷信武力的结果，在欧洲又养成了"英雄崇拜"的心理，而一般人所崇拜的"英雄"，十之八九不是欺世盗名的怪杰，便是背刃带甲的枭雄。当代的独裁者，虽用尽残暴手段，剥削人权自由，然其在国内始终不失去民众的热烈拥护。何以呢？"英雄崇拜"的心理养成，思想便为迷信所囚锢，尽管予以充分政治自由，结果亦未必能善为利用。十九世纪情形与今稍异，譬如一代霸主拿破仑，武功震烁，声威煊赫，但他在当时不过是孤行妄动的独夫，并未有千万民众为其后盾，至身死后法国人崇拜之者，也是不多见。重视理智的英法等国人士，对于德国民族崇拜英雄的狂热，始终是不能了解的。英国在前世纪似乎卡莱尔以外，颇乏倡导德国式的英雄主义的人，就是卡氏本身所弹的别调，也不能拨动英国人的心弦。德国民族对欧洲文明的贡献甚大，但其人民所极端缺乏的是理智的训练。他们在政治上被动成性，愿服从而不愿自主，居上者发号施令，在下者莫之敢违，其惯于崇奉领袖，几可牺牲自己的个性和福祉。近些年来，纳粹主义勃兴，政治由立宪而转变为独裁，显然是反理智倾向的具体表现。意大利的法西斯主义，与苏联的共产主义，所以能由理论而趋于实践，其推动力也是一样，惟其迷信武力的色彩。似乎不如德国那样露骨。

现今世界上任何主义或学说，其最大作用实际上都是在伸护或实现不合理智的特殊目的。马克思信徒必先相信"无阶级社会"是可能，然后始克使共产主义由理论而趋于实践。德国人倘不作"种族单纯化"的妄想，则对纳粹主义根本不会崇奉备至。是故通常所谓"思想"者，严格说起来，不外是对社会上既发生或潜在的反理智行为之辩护。即所谓"乌托邦"派的思想，也是同其性质，因为其最大的作用亦何尝不在于激励情感，为了实现某种的社会新秩序，驱使着人类作无意识的奋斗。尤其在今日的欧洲，任何一种主义或学说，几乎都有理智与情感夹杂其间，终使其本身的价值失去标准。为了这个缘故，整个思想界的背后，始终呈着对峙互争的现象，而这种现象在险恶的国际环境中，便是促成武力冲突的根本原因。

这次欧战，和上次欧战一样，是欧洲思想界的重大难关。战局推演到今，谁胜谁负尚难预测，假设纳粹德国胜利了，希特勒主义将成统治者的唯一信条，到那时代欧洲思想的主流，恐非传统的理智主义。这是可以预测的。应运而起的纳粹思想，根本是反理智主义的结晶，其蔑视人格，抑遏个性，都是过重国家，迷信武力的逻辑结果。在纳粹政治哲学里，任何团体或个人，均不能与国家相比拟，互抗衡；而国家为保证战争胜利计，要求个个人民牺牲一切，贡献一切；舍服务领袖外，不得运用其心思；舍助长国威外，别无其他职志，平时备战，战时作战。德国以其科学之发达，技术又优异，固不愧为促进工具文明的先锋，但因为受了工具文明的影响，以致不求了解"人"的真正价值，将原来用以制驭物的态度和方法，竟误拿来制驭人，徒使政治变成了以人为工具的场合。这一套危险的乖谬思想，和残酷的统治策术，显然是理智主义所不容许。

现今欧洲政治的混乱，自有其思想背景为之厉阶。民主与独裁的争冲，背后就是理智与武力互为消长的局面，理智与武力，本来不是无法调和的东西，但二者各走极端，卒使欧洲政治失其均衡。民主各国过分重视理智，往往姑容他国坐大，一遇武力恫吓，即忍辱屈膝，终予侵略者以可乘之机；至如独裁国家，则极端迷信武力，不惜压抑人民自由与个性，强求极度增加威权，其用意在使己国在外能耀武扬威。从上次欧战以还，欧洲思想界为实际政治所摇撼，造成畸形的局势，国际调协益感不可能。这次欧战的爆发，了解思想背景的人，便知其为无可避免的结局。思想的偏颇与不健全，直接影响于政治者甚巨，今后欧洲秩序的重建，最彻底的说来，似乎非从纠正乖谬思想入手不可。这虽似是迂□之谈，实则是颠扑不破的道理。

我们需要的经济政策

钱端升

我已说过多次，建国的意义须包括三者：一是国防的充分布置，二是国富的努力增加，三是民族意识与大同理想的普遍灌输。用习俗的说法，这就是要国家富而且强。用偏近术语的说法，这就是说国防经济要与民生经济要并重。

国防经济与民生经济孰重孰轻的问题固是中外人士近年所热烈讨论的问题，但以长时期而论，二者并不能分离。不发展民生经济者，最后无国防经济可言，不发展国防经济者，最后也无民生经济可言。二者之间只有先后之分，而无轻重之分。只有在短时期内，二者才可有轻重之分。例如德国年来讲究国防经济而忽视民生经济。英国在一九三六年开始整军以前，则讲究民生经济而忽视国防经济。但德国如长期忽视民生经济，则必有民不聊生国防工业随以崩溃的一日。英国倘使永不讲究国防经济，则纵无大战，其国内工业与国外商业仍将受德意日的压迫而解体。

就中国而言，即在短期的将来，国防经济与民生经济亦不能有先后轻重之分。何以故？因为中国太穷，如民生不改善，则国防工业绝无由发达。九年前的苏联与七年前的德国固亦不富，但至少尚有榨取民力以充实国防的可能。但中国太弱，强邻又逼伺，条约又不平等，如国防不完备，抵抗乏力，则国内各种工业俱少发展可能。所以旁的国家可以对国防经济与民生经济分先后，而我则绝不能有所轩轾。中国经济建设的难处即在于此。

如要国防经济与民生经济并重且同时进行，我以为我们第一须有一适当人口政策以培植人力；第二须有一稳健现实不涉高调的农业政策；第三须以可移动的人口充国防工业的劳力；第四须将资本集中于国家；第五须确定国防政策。兹分别言之：

谈起人口政策，一般人每易联想到生育节制与不节制的争论。我以为这不是当前的重要问题，更不是急迫问题。我以为当前的急务是使人口有移动性，使能成为能移动的人口。中国的人口，除了乱离之世，向缺乏移动性。我们应先使中国的人口增加了移动性，然后工业易于发达。此事在平时至不易办。今则幸而有抗战，抗战强迫人口移动。此种人口移动，战后不应令之恢复原状，而应使之合理化。譬如沿海一带的技工，因战事来了内地。此等技工，战后不应让其回原地。但如昆明一地太多某种技工，而川省极缺，则战后应设法使多余的技工去四川。技工如此，普通劳力者也是如此。必定政府能奖励人口的移动，然后国家有资本振兴工业时，不致无工人可觅。

此外财富的最大可能的均分也应为人口政策的一部分。财富的均分本与传统的人口政策论无关。但人民如贫富悬殊太甚，无论人民的健康如何好或是优生如何讲求，整个的人民绝不能健全整个的民力绝不能大，而工业的发展也必受障碍。常人每谓中国人是贫富比较平等的民族。如以至富与至穷比，这或者是正确的。但如就从事工业的大资本家，经理或技术人员，与一般工人间的贫富而论，则中国的不均或且大于英德等国家。中国工业之不易办得好就因于此。所以要使中国的人口成为合宜的工业人口起见，国家须以最大的力量谋从事工业的各色人等的最大可能的均富。

关于农业政策，论者极不一致。有主张农业工业化者，有反对者。有主张以农立国者，也有反对者。我以为对农业问题，我们须分别可能与应当。我们的农业应当工业化，但在最近二三十年内，我们的农业绝不能工业化。美国固然不能做我们的榜样，连苏联也不能为我们的榜样。纵使我们资力技术不比苏联落后，但因苏联与我一则地广人稀，一则人口过密耕地过少，苏联农业尚勉可于短时期内工业化，而中国的农业则绝不能于短时期内工业化。我们须先将以农为业的人民减少，农业才可工业化。如农民之数不减，则农业一旦工业化后，必将有大批农民失业。实则绝非国家之祸。

农业没有工业化以前，农民的收入自不易丰，而工作状况也不易太佳。我们最近若干年甚至若干十年内的责任就在如何使一切农耕须赖人力的农民的生活能稍稍改善。改善之道，除了改良政治废除苛杂外，端在增加农民的副业，推广农民贷款，与国营农业仓库三者。有此三者，农民的生活，虽不能如美国农民的富裕有闻，亦至少可以减除终年工作而不能谋一饱之忧。

我国自来耕地少于农民，故野必有遗农。此种多余的农民，只宜用来改工业的工人。工业愈发达，工人生活愈进步，则工业吸收农人的可能也愈大。农人愈往工厂方面走，则农业工业化的障害也愈减除。我意中国在最近将来所需的工人绝不至超过农庄上所剩余的农民。同时，因农业的工业化不会太速之故，我们如锐意发展工业，则剩余的农民，也当可完全吸收于新兴的工业之中，此种农人工人间的联系如能不脱节，则我国在农工业发展的过程中，便可免除了不少社会上的不安。

至于资本，我以为国家应尽量吸收为国有。所谓资本者系指金融资本及新式资本而言。若夫自耕农及小商贾赖以耕商的小资本，国家暂时自不宜加以干涉过问。

无疑地，要完成国防设备，我们不能不先工业化，要工业化，我们不能不需巨资。国内有许多人以为我们日后可借外资。如外资有着自当欢迎，但外资之不易借，在战后当为意中事。是以我们必须先将可以集中的资本交给国家。国家有了相当的资本力量后，方可以之提作借款的担保，以之收买土货作以货易货之用，更可以之购置外国的器械物资。

在这里，我已假定中国须采行国家资本主义。为短时期内完成国防建设起见，这是必然的，无可疑问的结果，所以不加以讨论。

在国家资本主义之下，最可怕的结果，是国家一味以国家为重，而忘了国家是为了人民才产生的大义。替国家服务的公务员亦狐假虎威似的，忽视人民一切的利益，但这个危险可用若干种方法避免。第一，国家所经营的工商业应令公司化，法人化，独立在政府之外，而不由政府的某一部某一会或某一局某一处直接办理。这种公司，除了在事业开始，必须腐蚀国家的资本外，也应如私人公司之重视成本会计，重视业务管理。能如此，则国营企业压迫人民之事自可极度减少。第二，金融机关内应增加人民监督的成分。中国现有的国家银行，无论有否商股，其所谓监理会者，毫无人民监督的意味在内，国家银行遂成为少数人操纵牟利的场所。这种银行政策是不健全的。如果战后私人银行一概取消，则此种银行政策更将引起人民的反感。第三，为建设国防及其他经济起见，我们自然应有一中央设计局。这设计局对于应与的工业应有一详密的计划，国营的事业须一本于这计划。有此多种限制，国家藉企业以压迫人民之事当可大致避免。

我们既须发展国防工业，于是重工业轻工业先后之争又随而发生。从表面言之，国防工业以重工业为主，铁工业与机械工业等自当重视。为事功计，我们殆亦必须侧重于重工业。但侧重重工业与兼重民生经济之旨无冲突。在有些国家，民生经济离不开轻工业。但在我国，我们苟能不忽视农业，可能努力改善农民生活，则轻工业即暂缓发达或亦不致如何害及民生。但这亦并不是说轻工业，如纺织工业，可以完全忽视。暂缓发达者仅谓可不与重工业作同程度的发达而已。

关于国防的政策，我以为战后我们应侧重空军及特种海军。我们有长的海岸，又有长的陆界。我们被侵的机会甚多。一旦被侵而后，再以陆军抵抗，则人民及国家的损失已重。故最理想的国防是不让外军侵入。最好的国防武力便是海空军。海军不易建设。我们应急求设置者，不是正规的海军，而是大量鱼雷艇及潜水艇的设置。这两种船只可以防敌入寇，也可以扰乱敌人的海军。防御的空军也无须太大，只求能破坏敌人的领空权，且使敌人在其本国不能安枕已足。例如今日英国的空军就是这样的一个空军。他虽不敌德之空军，但他已能阻德入侵。

我们如确立上述的国防政策，则除了铁工业及机器工业两种国防基本工业外，其余与海空军有直接关系的工业或可集中于少数地方。故国防工业的进展，或并无如一般人预料的困难。

在简单切实的国防工业计划施展期中，民生经济初不必遭受牺牲。同时，政府如能兼顾多数农民的福利，则国防工业当可进行无阻。国防与民生并重是我国最近将来任何经济政策的最要成功条件。

战后物价问题

伍启元

在战争的时候来预测战后的情形，是一件极为困难的事。因为战后的一切，完全要看战局的演变而定，例如战事本身的结束方式，就对物价或与物价有关的各种因素发生决定的影响，战争的结束对我们是否有利，有利或不利到什么程度，将是战后物价行动的主要决定因素。我们既无法知道战争将如何结束，我们当然也无法知道战后物价的行动了。

但这也不是说战后物价问题完全不允许推测，我们以为无论战局如何演变，战争怎样结束，有几点情形是可以预料的。

（一）在战争初停止的时期，河运海运和铁道的运输得到恢复，自由的中国又得再度直接由上海，九龙或其他口岸出口进口，因此运输的费用大为减低，货物的运输自必大为流畅，这种变迁的结果将使国内的一般物价往下大跌。因为这个缘故，所以在战争停止的初期，物价水准必会一度低落。

但这并是说所有物品的价格都必然跌落，大体说来，进口物品的价格跌落最大，国内物品的价格则大体是下落，但下跌的程度必远不如进口物品的价格。出口物品则因出口的路畅通，需要增加，所以价格不只不会下跌，而且会上涨。

（二）由战时经济转到平时经济的转变期中，消费有很大的移动：与军事有关的物品因战争的停止而消费大为减少；与建国有关的物品因战后经济建设而消费大为增加。此外其他消费物品也因情况变动而有很大的变迁。这种消费的变迁将必使物价发生剧烈的变化：凡需要增加的物品价格必提高，而需要减少的物品价格必减少。

除了上述需要的相对的变迁外，在战争停止之后——至少在战事停止的初期——整个国家的消费必大为减少。因为战争是一个大的消耗，这个消耗的不再存在，必然会使国家的消费总量缩小。这种变迁对物价的一般影响是使物价水准下跌。

（三）在供给方面，也有促使物价水准下降的原因。由于战事的停止，危险的减少，投资在生产事业的数目必会增多，所以生产者的数目必随之而增多，而物价水准必随之而下降。其次，战争的停止使一切都渐回复常轨，因此生产成本必会较为减低。这可以分开三方面来说：（甲）环境改良，生产效能必赖之而增加。（乙）在战时，因战时危险之存在，故不能不把战时各种风险的保险费加在成本之内。战争停止以后，这一种成本项目可以除去。（丙）很多战时租税或其他特殊的负担都可以因战争的停止而不再存在。由于上述的三个原因，战争的停止可以使生产成本减少，因此也有使物价水准下降的作用。

（四）战争停止的第一个心理的影响，是使一般人回复"信仰心"。战时的各种投机必然会停止。囤积的人必然会把囤积的物品拿到市场来出卖。这种心理的变迁会发生使一般物价下跌的作用。

（五）至少在战争初停止的时期，货币的对外价值会有显著的提高，外汇会有有利的转变。通常物价（货币的对内价值）与外汇（货币的对外价值）是有很密切的关联的。货币的对外价值提高了，货币的对内价值必然也会升高，换句话说，物价水平必然会降低。

从上面所提出的五点，可见在战争停止的初期，物价水准必然会往下跌荡。但我们应该注意，这种物价下降的趋向只是暂时的。在战争停止的若干时间后，通常物价会作第二度的上涨。这一种"战后物价上涨"常常较"战时物价上涨"尤为严重。战后物价上涨的原因，通常是由于"战后通货膨胀"。战后所以会有通货膨胀，不外如次的几个原因：

（一）大战之后，一切都待善后，所以非有巨额的财政支出不可。在二十世纪的时期，此项善后的经费，恐不能取尝于"赔款"。换句话说，此项支出只能用收受赔款以外的方法筹集。我们如能从外国借得若干款项，或者可以减轻国内的负担。但国内本身必要负担很大的一部分，实无疑问。财政巨额支出的结果，会使通货膨胀，物价上升。

在这次中日战争中，因为战场是在中国，所以所需要的善后经费必然很大。这在将来必会成为中国战后通货膨胀的一个主要原因。

（二）我们在战争结束之后，不只要进行各种消极的善后工作，我们并且应该进一步积极地做各种建设的工作，把建立现代国家的一切工作完成。这种完成建国的工作，其内容实远较善后工作为重要，共所需的经费亦必远较善后工作为庞大。在战争结束以后，"建国第一"我们实应不计任何的代价，来完成我们的建国工作。因此为着建国的工作，政府更非有巨额的财政支出不可。这种巨额财政支出的结果，也必会使通货膨胀，物价上升。

（三）战争停止之后，因为交通恢复，商品流通转畅，所以商业活动自然增加。商业活动增多通常会引起信用的膨胀。信用膨胀的影响和其他方式的通货膨胀相同，会促使物价上涨。

由于上述的三种原因，战后物价于一度下跌之后必会往上高涨。倘使不加以人为的干涉，则其上涨的程度有时且会较在战时为大。

我们现在问题是："上述各种战后物价变动究竟利弊如何？"

从消费者的立场来说，则战争停止初期的物价下跌是有利的，而战后物价上涨时期的物价上涨是不利的。

从生产者的立场来说，则无论是战争停止初期的物价下跌，或以后的物价上涨，都会扰乱生产的常轨，都会产生资本分配不合理的现象，所以是不利的。但比较的说，则物价下跌的害处远较物价上涨为大，因为物价下跌会使生产者破产，会减少生产元素的雇用，会引起失业问题——总而言之，会引来经济的"不景气"

从国家的立场来说，则两种价格变动都应该避免的。战争停止初期的物价下跌，会使国家恢复元气发生阻碍，所以是不利的，以后的物价上涨，会使国家的建设工作发生困难，所以也是不利的。

自整个来说，则我们以为前述各种物价变动都是利少弊多，所以应该设法予以干涉。

对于战后物价的调整和干涉，应该注意两点：（一）在战争发生的初期，应该设法防止物价下跌；（二）在战后物价上涨时期，应该防止物价的高涨。至于怎样才能防止物价的下跌或上涨，笔者已有其他文章详加论述，兹不赘述。但有一点应该说明的，就是我们如要有效地统制战后的物价，最好先在战争的时期努力统制战时的物价。战时物价统制的机构如能健全，战时物价统制的办法如能有效地推行，则战后只要依原有的规模继续统制下去，自易生效。否则在战争的时期，我们正和敌人作生死存亡的斗争，大家大都有一种爱国忘私的热诚，我们还无法统制物价，则在战争结束以后，"国难"至少在表面上已经过去，大家更易忘记了国家的利益，那时再谈调整物价，不是更为困难吗？

浙西的教育（通讯）

张振华

浙江的教育向稍发达，战前共有幼稚园三九所，初级小学一八七三所，完全小学三三〇所，中等学校五一所，至于高等教育专科以上学校，有国立浙江大学，杭州艺术专门学校，省立医药专门学校，私立之江文理学院，大半集中在浙西的杭州。社教方面有民教馆四二所，图书馆博物馆一六所，无线电台一所，自从敌人窜扰浙西以后，各级学校均被摧毁殆尽，七十万学生就此失学。

当初浙西各学校上了最后的一课以后，教师呆望着同学，小朋友，痛哭失声的各自道别，其中有省立嘉兴中学非但未因敌军之侵扰解散学校，反因此而将学生全体组织起来由校长教职员亲自率领全体同学背着铺盖书本从嘉兴城里步行着退出来，这样的在路上受尽了雨打风吹，病痛饥饿，小的女同学只有十三四岁，最大的亦不过二十岁，小同学因负不动行李而中途丢掉的亦有，走不动路而同学彼此扶着甚至于背着走的亦有，途中因人数过多饮食起居不能饱暖是经常的事，天下了雨亦得在湿地上步行着，衣服打湿了亦没有更换，鞋子破了只有赤脚。他们这一群难师难生一直步行到浙东的××。当时同学们已经精疲力倦，看到了已经准备好了的稻草铺的房间，大家便自然而然的卧在草上睡着了。所以浙西各学校除了已经事先迁往浙东者在外，要很有秩序和整齐的上完了最后一课再退出者要以嘉中为唯一了！

我们退出以后，敌人在最初并不注重文化教育事业，直到二十七年春才用尽力量去做，尤其对于小学教育特别注重，因为他们觉得成人教育，程度效力不深。他们直到目前为止，才注意到争取小学生固然重要，但是争取小学教师亦和它一样的重要，现在有许多小学教师为了生活关系，先后的脱离了小学教师的生活，同时有少数的小学教师被敌伪吸收了去。以先杭师有一部分学生被迫在杭州工作，敌奸一面优待他们，但一面却监视他们，有的教师明知不应该这样做，但是没办法。

他们用的教本有的来自"伪满"，"华北"，有的编自民元。使学生要向"天皇"叩头，唱日本国歌，并把教科书里面有关民族因素的课文删去，以达到彻底奴化毒化的目的。

目前敌人用的奴化教育不是先前那么硬性的奴化了，而改为软性的顺民化，伪化了。敌人现在在沦陷区里有时竟对于伤害中国民族自尊心的句子删去，带着欺骗的怀柔方式，我们教育当局对于敌伪这种毒辣的新发展和新趋势，应当很快的重新估计，重新订定；重新检讨，重新决定我们今后文化教育斗争上的新方针才是，同时我们大家都应想办法来对付才对。

目前汪逆教育政策下所产生的新特征是：

一，以授降的伪和平理论引为实施伪文化教育的中心思想。使奴化教育在本质上起酵化作用，变质作用，使人民对于是非义利，顺逆的观念，日益模糊，而屈服软化直到投降为止。

二，汪逆的教育干部是利用以前有关系的一群教育界的人来充任新的干部，它不是挂孔子像读三字经之流的老朽，而是有新姿态新思想的人物，它甚至于有时还公开的指出敌人的某种行动是有妨碍邦交和友善关系的，使老百姓误认他的卖国投降是为和平，为救国，为建国的。

三，汪逆的教育是提倡堕落的，享乐的教育，把老百姓的复仇的意志低降到零度，用麻醉来消灭一切反抗，用亲日来消灭自己的民族意识。

现在我再说奴化教育在浙西如何的深毒。

一，所编的伪小教本，使内容没有国家性民族性，使你分不出什么是和血汉血，大和魂中华魂，比如作者看到一本教科书里面有一课是《爱护国旗》，上面便画了两面国旗，一面青天白日旗，一面太阳旗，也不说明究竟叫你爱护什么旗，由此就可以知道他们在你不知不觉的当中把中华血变成了大和魂。

二，学生要天天学日语，成人亦是如此。教师是日本人朝鲜人台湾人，有时请小孩子吃吃糖果，送他一件玩具，一支美丽的钢笔铅笔，还有每晚用日语唱日本歌，礼拜六星期日还带小朋友到日本兵营里去看看"皇军"是如何的威严，比如有一课是说到"小孩们看书本呀"，一面便画了一张图，图里有一个日本兵手里拿了一本书本，坐在草地上，左边腿上坐了一位穿短衫的光着头的小孩子，他的左手放在小孩的肩背上，右边立着一位女孩子，梳着一条辫子，穿了短袖衫，她一只手搭在兵的肩上，后面还站着一位小孩子双手扑在他的肩上，大家笑嘻嘻的在看书本，又如"大家努力拔河啊"！画着两个日军每人后面有许多小孩子正在做拔河的游戏，边上立着一个日兵手执太阳旗飘扬着叫他们拔，还有一课最可怕，就是"猪也在坦克车旁边游戏，猛烈的坦克车也是我国同党同志，良善人是不必害怕的"。画着四只猪在坦克车边上走过，一个日兵骑着驴子和一个小孩子玩。一个女孩子立着唱歌，这种课本一面是日本字，一面是中国字。

三，对于小汉奸小间谍的训练日人尤其重视，他们不过十三四岁，每月生活费二十四元，他们拿这些钱没处用，敌人便带他们吃大烟，嫖娼妓，学赌博，结果他们的意志非但戕害了，他们的身体亦弄坏了。

总之他们奴化毒化教育唯一的目的，便是要把人民训练成为只知有日本，不知有中国的，唯日本命令是从的奴隶。

作者再把敌人所创办的奴化教育干部人员训练的情形报道给各位。

二十八年伪维新政府所设训练班，由浙西敌伪代为招考或保送者有：

一，伪"上海维新学院"，系养成伪官吏之高级训练机关，由杭敌特务机关代考，其投考资格为高中毕业，或伪特务机关或伪市长伪县长保举者。训练六个月赴日实习三个月，训练期内月给津贴十元。

二，伪"临时教员养成所"已办两期，由所属现在伪小学教员中遴选。

三，伪"日语训练班"，"短小教师训练班"，"佛教讲习会"，"绥靖水巡学校"，"内政部"办"县政训练班"，"警官讲习所"，行政院宣传局办"新闻训练班"，"青年团"训练。再从杭嘉湖三个敌伪据点来说：

一，伪杭州市——伪杭州市市有伪"模范中学"，"希甫中学"，"市立中学"各一所，共男女生一〇四三人，伪小学自伪市政府成立时只有四所，现在已有三二所，私小一五所，现在有四五所，伪短小均为两部制，经常费每月一三〇二元，簿籍月支一五〇元，每校学生平均一二〇人，约共学生三一九八人。

伪小学教员月薪自四〇元起至五五元止。兼校中训导或总务者月加四元，专科教师每节一元二角，经费来源由"华中蚕丝公司"津贴。

二，伪嘉兴县——计伪中学一所，小学十三所，共计学生二四九七人，廿八年曾办伪"小学教师讲习会"，又附近据点为东杨，太平桥，七星，白露径，长生桥，贯泾村，均有伪"乡村小学"，学生共有四五九人。

三，伪吴兴县——伪吴兴县现有伪中学一所，伪"模范小学"一所，伪小学七所，伪初小一所，共计学生二五六四人。

以上是浙西敌伪奴化教育的大概，但是学生们有时候常常在暗地里问伪学校里的教师"我们中国到底怎么样了？"的时候，有的教师会含着眼泪轻轻的告诉他说："中国现在还在打呢，我是没法想所以吃这口饭！希望你们这是要记着自己的祖国呀！"有的同学或教员为了太大意言论上涉及中日亲善的时候，亦要送到敌伪的特务机关里去受些苦刑，或者就此一去不复返了。

在湖州城里有一座中学是值得提倡的，就是美国人××所办的三余社中学，里面有八九百学生，他每周亲自领导同学唱党歌讲我们目前战争的消息，学生们个个都生气，但是敌人想尽了方法要停闭他，他终究开着，后来敌伪想出恶作剧的方法——捉捕每日到三余社中学去的学生和教员——这样一来学生家属当然害怕，所以学生由八九百一减而至一百多，这学校现在还开着。这种为事业而事业，敬业，忠业，乐业，以至于殉业的精神，使我们在教育岗位上工作的同胞们不知要如何的自惭呢！在游击区里我们自己的教师们一遇敌人的扫荡或危难，就一走了事，闭门放学，连自己的本位工作都守不住，站不住，试问读书人都是如此，将叫谁来抗战，又叫谁来教战呢？身居安乐的后方的怨恨自己为什么不去做官而来吃粉笔灰的教师读了这段通讯又将作何感慨？

现在再来谈我们浙西的四个省立临时中学。

战后学校退完以后，成千成万的欲求真知的青年男女学生都荒废了一个相当的时期，在二十七年春才有地方上热心教育的人自动开办战时中学于天目山（即前浙大迁设之校址），经费，设备，教师，膳食都生问题，但终究开办了，就从这一点星星之火发扬起来，到目前已有浙西四个临中，共有学生二千多人，教师一百左右，学级四十左右，这四个临中都收浙西学生，凡沦陷区里出来的学生均可请求救济，分：甲种学膳，书籍，制服全由学校供给；乙种免二分之一费用；丙种免四分之一费用，有的学生就没有再敢回到自己的家里去过，虽然天伦之乐是人之常情，但为了大义亦只有牺牲了，有的在放暑假回家去，并且还抢救许多别的青年男女出来，又一位临中的同学，为了在湖州做秘密的宣传工作，被敌人捉了去，用了酷刑在城里游街，当游街的时候，他还大骂其日本军阀，汉奸，路人均为之暗泣，结果便在街上枪决了。但是这反加增了青年的热血，从此在杭嘉湖伪中学的学生和教员自动的，或有组织的逃出这火坑而加入到自己的祖国所办的学校里来读书和教书的不知有多少。

有一次在吴兴敌区里抢救出来的学生又被敌人抢回去，×县学生越铁路线被敌捉去杀了，×县督学因深入敌区被敌捉去用刑，□□，□□，□□的学生如有嫌疑即被敌捉去，或枪刺或用火烧，或用水和醋加上胡椒灌入鼻孔，或用活埋，水浸而致死……这种血写成的故事，读者看了想必也要一洒同情之泪吧！

四校的同学生活刻苦，衣被饮食均极简单，他们每天在忙着学习，学着战斗的技术，来配合浙西当前的需要，做为国复仇的工作。

除了四个省立中学之外，其余尚有海监，嘉兴，嘉善，平湖，补中各一所，吴兴的英士中学，武康的莫干山中学，临，余，富，桐的县立联合中学，一区二区两个师资讲习所，长兴的农校等中等学校。共计学生在二千五百左右。

小学已有完全小学九八所，初级小学一二一一所，短期小学一一四所，短期小学班二〇班，乡村小学三七所，流动小学一九五所，共计一六七五校班，教职员三〇四〇人，容纳学生十万余人。

其次尚有民众学校三七二校，容纳文盲一万五千人。

这是二十八年的数字，今年因为各方的努力预计可以加增一倍的左右，但在浙西整个的说这虽是一个渺小的数字，然而这么多的青年脱离了敌伪的奴化教育，受到了祖国的熏陶，这又是多么幸运的呢！

目前浙西最大的教育问题是：

一，教材的缺乏——书本的来源不够，纸张缺乏，印刷乏术……都使教育文化界感到最严重的打击，目前除自己制造改良土统外，并向敌占领区里去运纸料来用，还有后方来的书本尤其是教科书本至少在浙西照原本是加了十六成到二十成甚至有到三十成的价格。

二，师资的缺乏——浙西目前教师溜人潮是相当的大，教师不安于位的原因无非为了（一）薪给过低，不能维持一家甚至于自身的赡养费，比如昌化县的小学教师每月有少到二块到四块钱的薪金，这简直要他结紧裤带子吃粉笔灰，有的教师利用暑假寒假去上海做一笔生意，那么不到十几天就可以赚比做"猢狲王"一年的总收入还大，或者就自己跑到别的机关里去做事，（二）教师地位似乎有被别人看轻似的，这种心理上的力量很大，有许多到军队去了，只受了几个月的训，打了一二仗便一升而为连副连长甚至于营长，亦挂挂两条或一条金的袖章起来，做了一辈子的小学教师还不是仍旧做了一世的猢狲头子。

这两个问题很严重，想大后方也一定有这种同样的现象。

以上是浙西的教育情形的大概，由此可以明白战前战后的浙西教育，敌伪和我方自己的教育，和当前浙西教育上的问题，希望读者们和当局大家努力来想法把浙西的教育或全国的教育在今日敌我情势之下，如何把它更充实，更配合实际，更战斗化才对。

本期撰者：

本期各位撰者，或是本刊常写文章之人，或已有过多次投稿，均不用介绍。

南宁撤兵之事本刊深望是敌寇精竭力尽的象征，但谋国者却不可以此为肯定的解释，而不虞敌寇之另有阴谋。罗隆基先生的看法因此颇值得谋国者的注意。

钱端升先生论经济政策之文是讨论建国大计的文章之一。其余四篇曾登十三，十五，十六，十七各期。

第四卷第二十一期（1940年11月24日）

这一周

我军连日向钦州追击敌人，已于本月十三日将钦州克复。换言之，敌人今年由南宁溃退，以至于放弃南宁，其速度不亚于去年先后进陷二城。敌人固扬言他只是撤退，但我们细考军报，则钦邕公路二百余公里的地带，我军俱以实力得来。因为敌人力量不敷，他们随败随退。敌人无法增援，而反击以撤退之师，用于南进，欲望纵大，满足必不可能。

说到南进，敌人似乎有箭在弦上，不能不发之势，敌人威胁西贡，说西贡是反日的中心，已有多日。海陆空军之囤积于海南岛广州湾，更有多日。近几天（本月十三日），东京且有所谓御前会议，军政要人，一应出席，其讨论的题目中，南进必居其一，又敌海军大将高桥三吉者，近发表文章，主张日人应向越南荷印缅甸南进；其立论与田中奏折如出一辙，然而南进之箭推在弦已久，而又至今未发。此其故，殆因日人有实力与野心不称之苦。盖论野心，日人本想南进。允诺德意者是南进。锣鼓喧天者是南进。麻醉人民者是南进。即军事方面所经营者，其目的也是南进。如不南进，颇难下台。但南进一定要强大持久的实力。守的方面愈有备，侵略的方面更须有备，侵略者愈有时准备，守的方面也愈可有备。在此恶劣循环之中，日人的实力并未增加多少，而在英美荷方面，或则增设远东总司令，或则调动舰队，诱迫泰国反日，或则增练防军，防御力量大形增加。日人之苦闷盖即在此。不过日人最呆板，既打定主意南进，归结迟早总须南进。所可哀者，南进之日，即是日本帝国崩溃的开始耳。

伦敦政府于十四日公布设立远东总司令，司令部设新加坡，并以空军上将波普翰为总司令。总司令有指挥马来西亚海陆空各军的大权。表面上他并非香港防军、印度军及中国英舰队的长官，但实际上，为防护新加坡起见，他有极广泛的调度权。这一着是准对日本的所谓南进政策而发的。这一着很可增加英国的防御力量，而使日人有裹足之势。总司令为空军人物，也可以窥见英人将以制空的力量使日机无法向缅甸马来西亚肆虐，更使日本的海军及运输发生极大的困难。

泰越形势也与日人的南进有关。如果泰越均惧于日之威，共同附日为虐，则对日自是最好不过，但泰越间的争端却不因此而消灭。如泰附日而越抗日，则日自将助泰攻越，甚且发动攻越。如越顺日而泰不附日，则日将助越抗泰，甚且唆越攻泰。以我们所知，泰越俱不乐意归附日本。法人自六月中以来，本是天下最可怜的民族，越南法人绝无勇气抗日，自是事实，但谓法人甘愿助日以牺牲自己，则当然不是直谅之言。他们至今在希望奇迹降临，使日本不敢将他们在越的势力完全吸取，但日人既已侵入越南，则在日人一日不被逐以前，法人的希望自然一日不能实现。泰国呢？泰人本愤法人非法克复，在此法人倒霉之际。趁火打劫，自所不免。但谓泰人甘心做日本的走狗，则也非事实。泰人近年来颇骄傲，有类上次战后的希腊人。对日人法人英人及意国俱无好感，独对美国尚无恶感，有一部分人且有好感。如果美英极力拉拢，诱之以利，尚无非联日不可之势，此所以最近报纸所传，美英劝泰加入民主轴心并许以借款之传说，颇含若干可能性。如果泰真倾向美英，则日人南进的计划必大受阻折，但泰越间冲突则必更尖锐化。

我国南邻的行动已是离奇莫测，我国北邻的意向似乎更深秘难窥堂奥。连日塔斯社"郑重"否认两种传说，一种传说谓日使建川建议苏联加入轴心，轴心则战后许苏联在印度方面的方便。又一种传说谓日苏商议划分势力范围，苏并同意停止援华，这两种传说俱涉及日苏间的协议，难则所许苏联的实惠一关印度而又一似关中国，颇不相同。这些当然只是传说，以苏联多年来援华表示的热烈，与苏联近一年来责备帝国主义的森严，他绝不能卖中国而与日本帝国主义作丧狂的妥协。但传说而须有待于塔斯社的"郑重"更正，则传说之广可以想见。我们以为苏联更好的更正，是更有力的更具体的援助领导中华民族抗日的中华民国国民政府。

莫洛托夫聘德所谈，以常理言之，应多及欧事而少及亚事，但所谈者究为何事，谈判的结果又如何，两方均讳莫如深，所发表者均乏新闻价值，以意度之，意希战事当为谈话的一个题材，土耳其的地位当为又一个题材。观乎驻德土使之匆匆回国，则土耳其的地位殆不免将有所变动。土耳其得有今日诚非易事。以土国当局者之忧国与谨慎。其地位或可不致因任何第三者的谋算而有所折损欤？

意希依然打个不开交，但依然是希军大胜。希军科律萨之胜，上篇本刊已述及之。据最近数日所传，希军的胜利似乎规模极大，意军被俘者有大队机械化部队在内。最奇者，驻希德使于十三日发表谈话，谓德对意希战争将不过问。嘻！此何言欤？莫索里尼丢脸即希特勒丢脸。难道胜了法国后即散于希腊也不要□□？于是知德国在巴尔干必另有阴谋诡计也。

意大利败于希腊尚不足，在十一及十二等日，且大吃英机之亏，集中于主要军港大兰都的主力舰队竟半数被毁。意有主力舰六，十一十二之夜，三只或沉或损，不复可用。此外尚有巡洋舰辅助舰被炸。意之海军数月来本已比法之海军为强，构成地中海内一个重要势力。今半数被毁，地中海形势大变，英更可以减少威胁，而希特勒侵英之梦更少实现可能。无怪邱吉尔及亚历山大等要大鸣得意。认大兰都之役为战事起后英方最大的胜利，而墨索里尼之视察该港兼发表演说则宛然是一幕滑稽剧也。

美国若干人士近年来对德意日苏等国在美之反美反民主活动异常注意。下院年来有一委员会等调查此种活动。主席戴氏且以此而闻名。当美政府尚无意与德意等国板起面孔时，颇不顾委员会过事活动，以致国交无转圜余地。但今则委员会将发表证实此种活动的文件，政府方面不特不加阻止，且今将予委员会以昔日所不曾有的方便。此或是政府将激动人民作反德反意反日的呼号的征兆。果然，一九四〇年与一九四一年的美国殆将重演一九一六年与一九一七年的历史欤?

　　张群主川,已成事实。川省情形复杂,至抗战军兴,国府西迁,始稍稍入轨。然廿六年终,前主席刘湘病逝,中央发表张群时,张犹未能到任。即到了去年,川省军人仍多倾轧,王缵绪去职,且须由蒋委员长自兼主席,才能度过难关。今情形佳转,前之所不能者,成为事实。在此诚可为中国进步的一征。张群年来颇负时望,特其所兼职务过多,以致精力颇难集中。此固不是张氏本人之过,亦不是张氏独有的现象。但我们因热望四川能快快地成为模范者,四川省行政能快快地近代化者,故我们尤望张氏能辞却一切兼差,而专心致志以理四川之政。

人口品质的一个政策

潘光旦

本年九月二十九日我为《大公报》星期评论栏写了一篇稿子,《人口数量的一个政策》。人口问题与人口政策既至少有数量与品质两个方面,我对于品质一方面似乎也不能不有所论列。去年我在《今日评论》(第二卷第三期)里也讨论到过抗战与选择的关系,指出战争对于民族品质是有不可避免的严重的影响的,因此,一个品质政策的考虑,不止是逻辑上所应有,也是事实上所必须。

人口品质的观念一向是建筑在经验之上的。在文化比较悠久的民族里,这种经验是极多的。在"人之云亡,邦国殄瘁",或"不有君子,其能国乎"一类的经验之谈里,品质的涵义是很丰富的。到了近世,自生物与人类演化的学说发达以后,品质的观念更取得了学理的根据,生物演化的原因,就其大体而言,也就是人类品质递进或递退的原因。这种原因主要的有三个,一是变异,二是遗传,三是选择。关于这三个原因,我在此不预备作什么解释,因为它们早就成为受过中等教育以上的人的常识。不过,我要在此特别提醒一下,我们不讲求人口的品质则已,否则,就不能不随在参考到这三个因素;离开了这三个因素,人口品质的问题与政策是无从说起的。

人口品质的政策可以有两个,一是广义的或间接的,一是狭义的与直接的。前者着重在变异的鼓励与选择势力的控制,后者着重在流品的辨别与婚姻生育的控制,也就等于遗传的控制。我只说着重,而不说专重,因为无论广义狭义,直接间接,变异,遗传,选择的三个因素都不能没有分。变异之所以值得鼓励,因为其间至少有一部分是可以世代嬗递而历久不替的。选择之所以能行使，也根本因为品性有遗传的趋势，不因世代的嬗递而改变。而婚姻生育的控制，事实上也等于汰弱留强的一番选择功夫。既然如此，又何以要分广义狭义或间接直接的两个方面呢？只讲广义与间接的政策，或失诸迟缓而不着边际，只讲狭义与直接的政策，或失诸操切偏隘而不近人情。就事实论，目前欧美各民族中，能兼筹并顾到这两方面的，可以说还没有，我们所能参考到的，往往只是一些狭义与直接的政策。例如，在美国，政府费了九牛二虎之力来限制各国的移民，而同时对于国内种种强有力的反选择的势力，至今还无法过问。再如，在国社党统治下的德国，一面竭力提倡妇女的三K运动及卑劣分子的绝育运动等，一面却又大规模的排斥犹太人，使他们在国境以内无立锥之地。德美两国目前的人口品质政策，都可以说是留情于遗传的小者近者，而遗忘了变异与选择的大者远者。这也许是不足为怪的。

广义与间接的品质政策终究是一个文化与教育的政策，而狭义与直接的是一个政治法律的政策；在今日之下，一方面讲论人口品质的优生学说既还没有传播开来，而一方面在统治阶级里，有了科学的一知半解以后，便想操切与独断的施诸政治的人，或利用了科学的以至于假科学的一知半解，而想实现一种社会的冥想致民族的野心的人，又所在而有，这种局面或许是无可避免的。去年我在《今日评论》（第一卷第五期）里介绍过的霍尔登的《遗传与政治》那本书就是为了这种局面写的。

广义的与间接的人口品质政策可以说几乎是无所不包的；自然界以及文化界的种种势力，举凡可以奖励变异与推进积极的选择的，都可以网罗在这政策之内。一切所谓优境或改良环境的努力都可以和品质政策发生联系。一般的人不察，总以为优生和优境是截然相反的立场。其实不然。优生论者和优境论所争持的不是环境内应不应改良，而是环境所以必须改良的理由与着手改良时所注重的对象。优境论者注重的对象是个体，他认为环境一经改善，瘦弱的可以成为强壮，愚笨的可以化为聪明，夭折的可以变为寿考。优生论者却以为问题并不如是其简单，就个人论，能否有这些变化，要看个人先天本质之中有这些变化的可能没有，假若没有，无论环境改善到什么程度，还是不中用的。所以优生论者，一面虽也未尝不主张为个人而改善环境，一面却特别注意到整个的民族与所有造成这民族的无数的血系或血统。瘦弱对强壮，愚笨对聪明，夭折对寿考，等等的品性，都有其血统的关系，这并不是说瘦弱，愚笨，夭折……的血统和强壮，聪明，寿考……的血统是截然两事，不过有的血统里正面和健康的品性比较多，而有的血统里反面和不健康的品性比较多，却是很寻常而容易指认的一个事实。环境一经改善之后，凡属正面与健康的品性不特可以不遭埋没，并且各得其充分发展与尽量向下代传递的机会。约言之，无论自然的环境或人为的环境自有其选择或淘汰的力量，自有其决定下一代人口中品性的支配和一般品质的高下的力量。所以说，优生论者与优境论的主张环境改良虽同，而其所以主张的理由则异。

举两三个例子吧。水旱之灾所引起的饥荒的环境是亟应改善的，优境学者如此主张，优生学者也未尝不如此主张。不过前者的目的着重在个人生命的维护，个人经济生活的提高，以至于维护与提高后的团体生活的一般的维护与提高。优生论者却以为这种环境是一股很大的自然淘汰的势力，从单纯的自然的立场说，凡是经历过饥荒的人口与其子孙，对于饥荒的环境，因为淘汰的关系，可以有进一步的适应的能力，经历的次数越多，这种能力便越大。但是从文化与近代社会的立场说，这种淘汰是弊多而利少的。久经灾荒的人口，自私心者较强，逆来顺受的能力比较大，智力比较弱，身格的柔韧性虽增加，而刚果性则减缩。为什么？因为惟独有这种环境里觅取一己的生存与血统的绵续，其没有这种品性的分子不是饿死，便是病死，其有几分傲气而不受嗟来之食的更不免走上自杀的一途，其眼光远些智力高些而又不甘于毁灭的则又移宅徙乡，别寻乐土去了（说详拙著《民族品性与民族卫生》中第三篇）。换言之，灾荒环境的影响所及，远不止于一部分人口分子的经济生活的低落，与一地方的文化生活的衰退，而根本可以侵蚀到民族的品质，灾荒的区域越广，灾荒的频数越多，这种侵蚀的程度越深。这种情形优生论者名之曰反选择。翻译《天演论》的严几道先生相信我们人口里有不少的恶劣的根性，如今三四十年以后，我们更发现了这种劣根性的一部分的解释，就是灾荒的反选择的作用。优生论者对于灾荒环境亦自有其迫切的优境论，不过他的优境论始终是从优生的观点出发的。

下面的例子是从社会与文化环境里随便找来的，我说随便，因为这例子很容易找，凡属一个比较历有年所的社会制度，风俗，习惯，标准，观念，无往而没有它的选择或反选择的力量。很好的一例是中国的家族制度。二三十年来，有识之士在这题目上发表的议论，以至于任情的讥谈的文字，不可谓不多了。但议论的分量虽多，总不出两个立场：一部分从个人出发，认为中国的家制阻遏了个人的自由发育，所以亟应推翻，或根本改造；一部分从社会出发，认为它妨碍了中国社会组织的扩展，文化生活的进步，以至于国家观念的发达。这些议论大致不错。不过有一个毛病，就是不公允。其所以不公允的缘故，正坐发议论的人仅仅认识了一个狭窄的优境的立场。从优境论的立场看，无论所欲改善的是个人的或社会一般的环境，旧时的家制也许是有百罪而无一功。但若从优生论的立场出发，却可以得一个功罪参半的判断。中国家制对于民族的品质，我一向以为有维持相当水平的功和毁损奇才异禀的罪，而获功获罪之由，也就是它的掺杂的选择和反选择作用。旧时的家制在"不孝有三，无后为大"一类的信条之下，教人口中品质较好的分子始终能维持相当高的出生率，至少此种出生率并不低于品质比较低劣的分子，而没有演成近代西洋社会所深恐的所谓轩轾出生率（Differential Birth Rate）的现象。这是它的选择的作用。同时，旧时家制下的社会与文化生活是很逼窄的，年代一多，此种逼窄的生活更不免陷入一种窠臼，自不能拔；品质比较平庸的人口分子，能自纳于这种窠臼的自不难保世滋大，垂裕后昆，但品质比较特出，即上文所称有奇才异禀的分子，便格格不相入了，格格不相入的结果，迟早不免于一个淘汰，这便是它的反选择的作用。中国旧时的选举与科举制度也有同样的功罪，特别是在唐代以后的一千年以内，不过关于这一方面我目前不预备细说。总之，中国民族之有今日，即在今日列强角逐的世界，依然有不少挣扎与力争上游的力量，不能说不是家制与选制一类社会势力之赐；而各方面人才的不敷分配，一般组织能力的薄弱，一般开创的干才的消竭，公私分明的观念与守法精神的不易培养等等，也未始不是这一类的制度所遗留给我们的。

在文化方面我们再举一个比较近便的例，就是政治思想与政治体制。历来在这方面争持最力与最久的大抵不外两种主张，一是自由主义，一是集体主义，不过争持者的立场也始终没有越出优境论的范围，所不同的是前者着眼在个人，而后者在全般的社会罢了。我以为只从优境的立场说话，这争持是永无解决的一日的。但若改从人口品质或优生的立场说话，我以为自由思想与建筑在这思想上的政制显然的要较胜一筹。大抵集体政制之下，我们的团体生活可以有一时的安谧，以至于一时的紧张兴奋，是无可怀疑的。但若企求比较长期的相安，尤其是比较持久的稳健的进步，那就只有自由的政制可以给我们。为什么？就因为只有在这种政制之下，人口中各式变异的品性与每一品性各种变异的程度，包括所谓奇才异禀的程度在内，才有繁荣与孳乳的余地，而社会生活与文化生活的进步无疑的是建筑在这种变异品性之上的。上文所引"人之云亡，邦国殄瘁"，"不有君子，其能国乎？"一类语句，我们大可以用这种立场来读，而取得更进一步的意义。目前主张集体主义与集体政制的正大有人在，他们并且动辄以自由主义的名号加诸于作反对或批评的论调的人；不过他们应当辨别，同一主张自由主义，为个人的发展而作的是一事，为民族品质的保养而作的是又一事，前者借口于天赋人权之说，不辨人品的高下，不顾个人对于社会的贡献的大小，一味以伸张个人的权益为事，固然有它的极大的流弊，但在后者，这种流弊是不可想象的。对于这种不分皂白一味排斥自由思想的人我只要请他们考虑很简单的一点：君主专制政体不能不说是旧式的集权政体的一种，假如清代末年的集权的力量再大一些，至于到一个可以消灭像孙中山先生一类的革命种子的程度。试问，还有革命可言么？还让我今日有从事于抗战建国的大业么？若说集体政制与集权不一样，我也承认不大一样，不过从君主个人的专制到社会集体的统制，其间距离并不很远，就人口品质一端而论，其为受压迫，遭钳制，以至于被淘汰，更是如出一辙。汤武革命，有识者讥其为以暴易暴，近代有许多成功的政治革命运动，特别是为人口品质的前途设想，又何尝不如此？不过在成功者正当自庆其成功的时候，正在被患得患失的心理所蒙的时候，不肯静心的加以思考罢了。

上文所举的不过是荦荦较大的一些例子。其实任何社会或文化势力，只要时间比较经久，无论其为一种宗教信仰，道德标准，法律成规，教育理想以至于哲学观念都可以发生正负两面的选择作用。广义与间接的人口品质政策，是轻易无法规定的，也许事实上根本无须明确的规定。不过在主持政教的人，一方面对于此种选择的理论如能有明白的认识，一方面于设教施政的时候，再能从大处着眼，对于人口分子的思想作业，不拘泥于其小节，不作揠苗助长的举动，不以少数狭窄的轨范强其迁就，在不危害国家民族及社会安全的宽大的原则之下，避免任何强制与干涉的行为：果能如此，再益之以少许狭义与直接的人口品质政策，则民族虽大，犹之个人，也不难臻于"虽愚必明，虽柔必强"的境界。

至于狭义与直接的品质政策，问题就比较简单得多了。在广义政策一方面，我们到现在只有一些民族存亡兴替的经验可供参证，但在这狭义的方面，西洋各先进的国家已经多少有一些成规可资借鉴，其实施后的成败利钝，也已经相当的明显，可以容我们抉择取舍，特别是在所谓消极的优生一方面，即限制卑劣分子的婚姻生育一方面。狭义政策的内容大要不出三点，一是人口中流品的识别，二是优秀的流品或中上分子的婚姻生育的鼓励，三就是中下流品的婚姻生育的限制以至于禁绝。

  流品的辨识显然是第一个步骤。人口分子的良莠不齐与此种现象的大体上必有其先天遗传的根据，人类遗传学发展到今日之下，我想是无须再加引证的，至少我在这篇短稿里不准备做这一点。问题的要点是在如何辨别与如何比较明确与公允的断定。大抵这种辨别与断定的工作，在体格品性方面比较容易，而在心理品性方面比较难，在中下的流品比较易，而在中上的流品比较难，在个人方面比较易，而在家世方面比较难。不过并不是不可能。自心理测验的方法发明以来，我们对于各种心理品性，自一般的智力以至于特殊的才能，个别的意志情绪，多少都已有一些量断的方法，在智力方面这种方法并且已经相当的标准化。根据了这种方法，英美等等国家对于其人口的品质也已经有过一些初步的调查或估计，例如美国在十年前白宫方面所派出的委员会就得到这样一个结论：人口中低能的分子占到全人口的百分之十五，其中百分之二对国家社会是绝对的一个负担。对于中上的流品，各国一般的调查虽还似乎没有，但在德美等国，在第一次欧洲大战以后，即有所谓高才儿童的简选与高才儿童专校或专班的设立，足见中上流品的鉴定，也是我们的能力所可以几及的事。中国以前的科举制度，所做的又何尝不是这种鉴定的工作。目前主持政教的人，诚能在这方面加以探讨，拿旧时的科举制度做一个基础，再参以近代品性心理学与人才研究所已获得的结论，加以修正扩充，说不定一个簇新的人口品质鉴别的政策，就可以从这种探讨中产生出来。目前的学校制度，固然也有它的鉴别的效用，但标准太不一致，辨别得不够细密，人口分子进入学校的机会也不够普遍，学校制度对于所谓道德的品性，其注意力之薄弱尤在以前科举制度之下。有此种种缺点，学校制度，至少就目前的情形而论，至多只能做鉴别政策的一个辅助的力量，而不克负荷其全部以至于大部分的责任。至于目前的考试制度，虽也不无此种功用，但其贡献尤在学校制度之下。它的最大的功能似乎在专替政府遴选吏才，让喜欢从政的人也可从此得一晋升之阶，至于一般流品的抉择，它是无力过问的。总之，学校制度可以鉴别一部分智力较强的人，考试制度可以选择一部分干才较高的人，但流品的辨认与断定又奚止智力与干才两端而已呢？

至于家世或血系方面的调查，目前最感困难的一点是资料的缺乏。旧式的家谱到今日已成告朔的饩羊，全无实际的用处，中国如此，西洋也未尝不如此。不过西洋新式的家谱学，经优生学者的一番努力以后，已经奠定了基础，关于记载的范围，方法，节目以及记载的汇存与相互参证等等，都已经有了不少的公认的原则。在各先进国家，公私方面也已经有专门机关的设立，从事于家谱资料的搜集与研究，例如美国长岛冷泉港的优生学记录馆，在这方面已经是努力了三十年。我们若能把两晋，六朝以及唐代推崇谱学的精神恢复过来，在中央一方面，依照六朝梁代以后的故事，专设一个图谱局一类的组织，在地方方面，采取清代史学家章学诚氏"州县设志科，而志科兼收谱科"的拟议，再参之以西洋近代在这方面的种种贡献，对私家的撰述仍复尽量与以提倡鼓励，积年稍久，对于人口中血系的变更与流品，自然会有一个亲切的认识，而谱学经此提倡与整理之后，人口分子对于婚姻生育的行为，纵直接不为民族品质计，而为家族品质计，也不期然而然的会谨慎将事，目前那种草率儿戏的举动，行见一扫而空。到那时候，人口的流品，特别是中上的一端，也就会不鉴别而自鉴别，无劳国家的过分的垂注了。两晋六朝的流品之分，自有它很大的流弊，特别是在社会生活一方面，逮其末流，甚至于也发生过不少反选择的作用；不过这是有原因的，对于流品的认识不够与不正确，此其一；九品中正的制度把流品统制得过于严密，过于狭窄，此其二；今后流品的鉴别，对于这两点自无法抄袭，也不应抄袭，那也就不至于发生同样的流弊了。

狭义政策的第二方面是中上分子婚姻与生育的鼓励。这一点，和上文所已讨论的广义的政策一样，也是无法与无须严密规定的；并且，只要广义的政策有着落，只要狭义政策的第一方面，即流品的辨别，有成效，这种鼓励是势所必然的事。我在《人口数量的一个政策》里已经讨论到过，假如社会与文化的选择势力不加调整，但凭法律的制裁，金钱的奖劝一类狭隘与直接的方法是不中用的，德意法比等国对于一般的人口，包括中流以至于比较中下的流品在内，犹且不中用，何况个人的智力较高，眼光较远，功名心较大，而活动能力较繁变的中上流品呢？

狭义政策的第三方面是全部人口品质政策最简单的一方面，规定既最较容易，实施也最少困难。对于中下的流品，优生论者目前所主张的有效的应付方法不外三个，一是节育，二是隔离，三是绝育。节育的对象是中下而不甚下的流品，其对于中上以及中流之有局部的遗传病态或变态的分子，也未始不适用。节育是私人的行为，事实上应由个人根据了自我的认识而加以抉择，初非国家所能强制。不过优生教育发达到相当程度以后，这种自我的认识，即在稍有智力的人，也不难获得，这在欧美比较先进的国家已有过不少的实例。到那时候国家为未来世代的公安计，再从旁加以政策的提挈，是很可以的。隔离也是目前已经比较流行的一种政策，特别是在美国。这和绝育一样，是专为特别卑劣的人口分子而设的。隔离有两个缺点，一是两性分隔以后，不能有婚姻室家之好，二是公帑的耗费太大；它的唯一的优点是万一诊断有错误，还有挽回的余地。至于绝育便不然了。绝育是要施行外科手术的，在男子行输精管割术，在女子行输卵管割术，一经手术那就断者不可复续，无可挽回了。不过它有几个优点，一是经过手术的人依然可以结婚，在生活方面也全无妨碍，其能从事于简单的手艺或粗糙的工作的依然可以执业；他不但多少可以有一些经济的生产，并且可以省却国家一大笔养济的经费。因此，绝育的方法在狭义与消极的人口品质政策里的地位，近年来已日见重要；在德美两国，并且执行得已有相当成效，特别是在美国的加利福尼亚州。这三种方法，我们都可以酌量的采用，固然，在采用以前，充分的知识上的准备是必须的，那也就属于流品的鉴别范围以内了。

  人口品质政策的重要性，我想我无须再加申说，特别是在抗战的今日与抗战终了后的将来。战争是有严重的选择作用的，正负两面都有，而负的一面为多，这我在《抗战与选择》一稿里已经讨论过。为民族的生存计，抗战是无可避免的，也是绝对不应避免的，因此，因抗战而引起的反选择作用也属我们分有应得，丝毫不应推诿。但一旦抗战圆满结束，此种反选择的创痕，并应设法救疗，设法补充，教人口的品质不但回复到战前原有的水平，更从而超越这水平以上，岂不更是一件责无旁贷的事？我以前在别处说过，我们目前抗战的大业以及其他建国的业务，所用的都是我们的祖宗遗留下来的民族的本钱，人口的数量是一般的本钱，人口中较好的品质更是特别有价值的本钱。抗战以后，我们务必要把这笔本钱捞回来，并且要本上加利，以至于利上加利。要达到这个目的，非有一个健全的人口品质的政策不为功。

我们需要的教育政策

钱端升

如果我们中国人今后数十年的重大工作为使国防巩固,国家独立强盛,使贫愚减少,人民充裕有力;更如我们将靠一个宽博有力尊重人格的政党,组织一个民权与国权并重的政府,以完成这种工作,助我国的教育政策自须求与这工作及工具能配合。

首论教育的精神。

教育的精神不能与民族的精神分离。民族有民族固有的精神,也有民族可以吸取的精神。如果一个民族只有其固有的精神,而丝毫不能转变,则这个民族定将遭受淘汰。固有精神不易轻变,司教育者不能不顺此精神;但司教育者的另一大责任便是如何能使民族吸取新的精神,以图适合新的环境,以谋社会前进。

中国人的旧道德即是中国民族固有的精神。古圣贤所垂的教训往往即中国数千年来赖以维持久远的大道。孙中山先生在民族主义中所举的忠孝仁爱信义和平八德实是中国民族的美德,一点没有可以非议之处。大凡创业的雄主,中兴的功臣,以及盛世时人物,都具有这八德的多种或全体。不但过去是如此,即今后将使我中国民族重光,将使我中国民族在世界史上放一不同与西洋文化的异彩,而使世界秩序一新者,也必是这八德。今之青年,或一般自命为前进的人物,一见这八个字就觉得不顺眼,好像八德是反动似的,好像八德与新时代不相容似的。那是由于两种缘故。第一因青年及所谓前进派者最易中字之魔术。若干字眼,如"左",如"革命",如"大时代"可使他们兴奋。另有若干字眼,如"道德",如"守法",如"理性",可使他们厌烦，甚而鄙弃。忠孝仁爱等一串字眼也是属于后一类的字眼。第二，因日常以忠孝仁爱等愚人者，己身未必能奉行忠孝仁爱等教训；日常悬挂忠孝仁爱信义和平八字匾对的衙署区所。其主持者又辄多背道而驰。久而久之，忠孝仁爱等字乃成为虚假的标记。但魔术本是人人所应严防，不应惑而不悟。因标榜忠孝者之不忠不孝，而遂诋及忠孝的本身则更是不合逻辑。究竟忠孝仁爱信义和平八德是否应长为中国的民族精神，须视其中有否不合于现代环境的元素存在。如果并无不合现代环境的元素存在，则八德自应为中国人民所力行。

但在八德中或任何其他旧道德中，近代盛行于西方国家的民族观念几不存在。即以忠字而言，忠于国家之忠与民族直觉性初不相同，古时忠字的意义本是消极的。我们固可将忠君之忠绎为忠国之忠，但我们不易将消极的涵义变为积极的涵义。民族的观念不是中国民族固有的道德。三年多的抗战固然使中国人多得了一番强烈的刺激，我们不能否认民族的观念在中国至今还嫌不够普遍与坚强。而且有一部分人民的民族观念每作畸形的发展——或者也可说是畸形的不发展，他们往往可以对于某几个异族存着应存的戒心，而对于另外几个异族则一点没有戒心，一点没有彼我之界。这种畸形的发展或是畸形的不发展也将成为民族观念充分形成的一大障害。我们如知注意民族观念与国防建设间的关系（即民族观念一天不成熟即国防建设一天不能完成），我们便应急令民族观念成为中国民族道德的一部分。

我以为必定人民能将八德与民族观念并重，然后人民能知国防建设的重要，而于国防建设完成之后，又不致置中国民族于全人类之上，而有倒行逆施之行为，犹如德国民族今日之所为。兼有两者之后，我们民族必可有自信力，必可生活团体化，生产工业化，而国防建设也可早日完成。但我们民族必将保持其雍容宽大的大民族的态度，而不致如暴发的暴日，其兴也勃，其衰也勃。

以上所言的好像是老生常谈。但今之谋国者或操教育之权者，实在甚少能兼顾及二者而对二者又兼具信心之人。他们或是急于将中国变成一个全盘西方的民族国家，或是日日提倡复古，大谈中国本位；或是今日倡西方，明日又主中国本位；或是对两者俱乏信心。结果则三四十年来受新教育的分子，其对于中国的贡献，始终未能有深固不磨的力量。我敢说，如果中国近年没有孙中山先生关于民族主义的垂教，而单靠三四十年来一班政治及教育领袖时时变更的所谓教育理想与民族道德，则中国今日必将完全如大海中飘摇的孤舟，一点不知何所适从。

我们今后的教育务须以民族应具的道德为依归。教育的精神即在使人民发展其固有的美德八德与立应充分吸取的民族观念。

但教育的精神的贯彻绝不能以设置精神教育或修身或伦理等科目了事。道德的观念一方应由任教育者以身作则，一方应从国文史地等科目中间接灌输。大凡道德的观念俱不宜亦不能直接灌输。近年来凡是蒋先生对学生有所讲演每称精神训话。这种精神训话亦每有奇效。但蒋先生训话之所以能发生感化作用，乃因蒋先生可以彼个人的功业与修养作听众的准则，而不是因为彼之训话称作"精神"之故。我们试请一个贪污的要人讲廉洁，一个懦怯的要人讲勇敢，或是一个残忍的要人讲仁爱，假使也称为精神训话，绝不能得到一点点的好结果。过去国人对于精神及道德的教化总是偏于形式，所以每每有教而无化。我们今后亟须改变作风，而注意于潜移及默化。

教育的精神已经确定后，具体的学校教育我意拟分国民教育，升学教育，大学教育及技术教育四者。国民教育是所有国民应受的教育。大学教育是为传授并探讨高深的学术与学理。技术教育是为培植各种应用的与审美的技艺，升学教育是为训练青年升入大学或技术学校。

国民教育应求普及，故应为强迫教育，入学者不纳费。教育的目的在使人人得为中国人，得知为中国人之荣，且能相处为中国人，故民族的精神在此时期宜求尽量灌输。国民教育的年限应视国家及人民财力而增长。此时宜先求普及，不宜求长。如学校不敷，则可利用所谓社会教育。

上所述者与过去所谓初等教育或国民教育若无分别。但实行国民教育的效力全看教育的精神。如无长期一贯的精神，国民教育好则为识字运动，坏则为有组织的靡费。过去的国民教育实际上常因太缺乏精神方面的注意，而空空如也。

大学教育根本就是质的教育而不是量的教育，即在英美富庶之国，大学也不能太多。美国之所谓大学，大多数仅是超等国民学校，而绝不配称大学。大学应以少为贵。大学绝不能发生重文重实的问题。而且大学既为传授高深学术，探讨高深学理的机关，则教学自由应无限制。大学如果是真大学，则无限制自由的结果也总脱不了教与学。只有大学不是大学而是宣传或营利机关时，自由才足以产生反动的宣传。中国现在不三不四的大学太多，假足以害真，如果假大学不取消，真大学难有望，高深的学术及学理也绝难在中国发展。

技术教育这与大学教育相反。一重实用，一重学理。实用的学校自然应视需要而异。这时候与这地方的注重点可与另一时候与另一地方的注重点不同。我们可以重理工，我们也可以重法商或师资。这全要看当时当地的需要而定。

技术学校应分初级高级。有些技艺只能有初级，有些只能有高级，有些可兼有初高级。大概今日存在的大学多半应改组为高级技术学校。改组而后，尚须认真其教学，并充实其师资与设备。我国现在技术或职业学校，数量种类俱嫌不敷。如此点不知注意，则国防的建设与民生主义的实现将俱难观成。

升学教育自然应准对大学及技术学校。大学的预算学校应严重考格，入学者且须具相当的天才。技术学校的预备学校应分二级，初级专为初级技术学校而设，高级为高级技术学校而设，年限俱不宜长。如我们的技术学校暂定三年，则初级技术预备学校一年或二年已足，高级技术预备学校则初级之上再加二三年亦足。盖技术预备学校之设，除训练国民学校毕业生使之作升学的准备外，更在予未来的技术学生以适应及自择的机会。分成二级，则学生的升学较可有伸缩的余地。至大学的预备学校，则数不宜多，而年限不能不长。中途退学者则可退入技术预备学校。

上述学制的目的与现今学制的目的迥异。今日的学制无一定的目的，泛言三民主义而不落边际，泛言国民道德与科学研究而两俱无成。我所提倡的学制，则其目的在使中国人永不失为中国人，有使中国有建设国防的人才，在使人民日趋于平等，而高深的学术与学理亦得与日俱进。

中国与民意政治

罗隆基

《全民抗战周刊》一四三期上登载了几位参政员写的《对国民参政会的感想》。其中左舜生先生的一篇文字有这样一段:"我个人从参政会所得的经验,知道中国要有一个真正民意机关的实现,为时尚早。一个在中国历史上毫无依据的政治制度要在中国圆满的建立,为事甚难,革命尚未成功,同志仍须努力,这两句话不仅国民党的朋友应该重加体会,就是党外一切一切的人们,也应该普遍的服膺。"

左舜生先生这段感想,真是慨乎言之。我记得梁启超先生在他的《先秦政治思想史》上,亦有这样一段议论:"近二十年来,我国人汲汲于移植欧洲政治制度,一制度不效,又顾而之他……凡人所曾行者,几欲一一取而试验之。然而名实相缪,治丝愈棼。盖制度不植基于国民意识之上,譬犹掇邻圃之繁花,施吾家之老干,其不能荣育宜也。"

梁启超先生这段话的意义亦认移植一种政治制度颇不易事。移植一种政治制度,在梁先生看来,"最少要从本社会遗传共业上为自然的浚发与合理的箴砭洗练。"对梁先生这些话,我个人深为同意。如今我要提出来的问题却是:中国建设真正民意机关,果是"掇邻圃之繁花,施吾家之老干"?换句话说,民意机关,真如左先生所言,是"一个在中国历史上毫无依据的政治制度"?

民意机关的设立,是要建立民意政治。所谓民意政治,是政府一切设施以民意为依归,视民意为转移。简单一句话,民意政治是政府向人民负责任的政治。那末,真正民意机关在中国能否实现,问题症结乃为在中国政治历史上有无民意政治的基础？中国政治历史上果崇尚民意政治，则民意机关在中国政治上，水有源，木有本，实容易建立起来。至于民意机关的方式，那是实现民意政治的方法问题。方法自然依据时代环境而采择。

依据我个人的见解，中国政治历史上最重要的遗传共业，就是民意政治。这里，我当然不把民意政治与民主政治混为一谈。我绝不否认，民主政治是西方的名词，是西方的政治思想。中国政治思想史上没有这一套。倘民主政治的意义限于人民自身主政，中国以往政治思想的确不注重这些。不过，倘民主政治是"政以养民"的意义，因此政治的实施以民意为依归，视民意为转移，则中国民本主义的思想较西方民主政治思想历史更悠久，意义更深长。中国自有政治历史以来，政治即重视民意。中华民族政治思想上最伟大的贡献，即是民意政治。

唐虞有无其时，尧舜有无其人，依然是中国史学家争论的问题。但二十八篇《尚书》如今却是共同承认的真品。姑再假定尧典是西周时代的作品（王国维先生之说），姑再假定尧舜禅让的故事是传说，但那故事是描写中国古代民意政治的故事。尧以天下与人，要询诸四岳，要征求民意，讼狱者不之尧之子而之舜，讴歌者不讴歌尧之子而讴歌舜，舜始受帝位。让者顺民意而让；受者顺民意而受，这不是民意政治吗？到了后来孟子解释这件故事更有意义。万章问孟子："尧以天下与舜，有诸？"孟子直截了当地说："否，天子不能以天下与人。"他说，"天与之，人与之。"最后，孟子还引《泰誓》上两句话做结论，说"天视自我民视，天听自我民听。此之谓也。"这又等于说，"天与是假托之词，民与罢了。"这不是民意政治吗？我们且想想，在四千年的中国，谁来做皇帝，都要由人民来决定。那时虽然没有投票选举这些方式。倘尧舜禅让故事，诚如《尚书》所传，中国的民意政治岂不较这次美国罗斯福威尔基争选总统的故事还大方些吗？

姑再假定唐虞三世遥远不可考。但《汤誓》《牧誓》这两篇文字没有人怀疑过是伪书。汤伐桀的理由是"今汝有众，汝曰，我后不恤我众，舍我穑事，而割正夏。"武王伐纣的理由是"今商王受，降灾下民，沉湎冒色，敢行暴虐……天矜于民，民之所欲，天必从之。"这是汤武的革命理论。这亦是中国政治思想上的革命理论，孟子后来对武王伐纣的解释是这样："贼仁者谓之贼，贼义者谓之残，残贼之人，谓之一夫。闻诛一夫纣矣，未闻弑君也。"这不是民意政治吗？

中国在唐虞夏商周的时代，政治思想，一方面是天治主义，一方面是民本主义。信仰天治，所以说"天生民而立之君"，注重民本，所以说"天之爱民甚矣，岂其使一人肆于民上"？注重民本，所以说"天聪明自我民聪明，天明畏自我民明威"，所以说，"天畏棐忱，民情大可见"。所以说"民之所欲，天必从之"。从这些古训中，我们可以找出一个大原则来，那就是"民意代表天意"，同时，这些古训，就是中国民意政治的基础。

唯其中国的政治是民意政治，所以在中国政治史上，凡尊重民意者，皆引为美谈，而钳制民意者，又皆引为大戒。中国的读书人，谁又不知道邵公谏弭谤与子产不毁乡校的故事。邵公谏厉王那一段话，更证明中国古代政治不止尊重民意，而且对采集民意有具体的方法，邵公说：

"防民之口，甚于防川，川壅而溃，伤人必多，民亦如之。是故为川者，决之使导；为民者，宣之使言。故天子听政，使公卿至于列士献诗，瞽献典，史献书，师箴，瞍赋，矇诵，百工谏，庶人传语，近臣尽规，亲戚补察，瞽史教诲，耆艾修之，而后王斟酌焉。是以事行而不悖……夫民虑之于心，而宣之于口，成而行之，胡可壅也"！

读了这一段话，当然我们不会再说民意机关是"一个在中国历史上毫无依据的政治制度"了。我这里当然不是说古代的献诗献曲献书，与西洋的议会是一件东西，与中国目前的参议会参政会等等是一类东西。我要说明的一点只是：中国的政治思想，从来崇尚民意政治。古来如此，后代亦是如此。周厉王不听邵公忠言，厉王终究被人推翻，被放流于彘。压迫民意最凶残最严密的皇帝，中国历史上秦始皇为第一。他实行焚书，他实行坑儒，他的法令，偶语者要弃市，然陈胜吴广揭竿一呼，乱者四应。民心已去，民意不从，子孙帝王万世之业，十余载即土崩瓦解。故中国列朝政治，一遇日蚀月蚀蝗灾天旱等等，皇帝就下诏开言路，求直谏。这在科学进步时代，认这类行为与蝗灾天旱实风马牛不相及。然而"为川者决之使导，为民者宣之使言"，这种民意政治的古训，实后世帝王所不敢忽略。因此，我有这样一个结论：民意政治是中国政治思想上一个伟大的遗传产业！

西洋政治思想，在我个人看来，民意政治发达较晚。中国经过天治主义一个时代，西方亦经过神权主义一个时代。但中国的天治主义与西方的神权主义含义大有不同。中国的天治主义，是天人相异，是"民之所权，天必从之"，是"天听自我民听，天视自我民视"是"民意代表天意"。西方的神权政治，却是君王代表上帝，批评君王者即系批评上帝，反对君王者系即反对上帝。中国的天治主义，君王向天负责，实际向民负责。西方的神权主义，君王向上帝负责，人民向君王负责。所以在西方的政治思想上，民意的政治不容易发展。那末，西方的民主政治从何而产生？严格说来，现代的民主政治是盎格鲁撒克逊民族的产物。盎格鲁撒克逊这些民族，他们部落时期的生活，已相当养成"公家事共同管理共同决议"的习惯。这是英国地方自治的基础。从这个习惯上演进，后来才有议会。有议会并非有真民主。其后，一方面法治观念渐发展，一方面"政治谋极大多数人极大幸福"这类社会观念发展，因以完成英国的民主政治的理论。民意政治就随着这些思想的发展而实现。民主政治运用的方式是什么？因为盎格鲁撒克逊民族有那些乡会议，郡会议，贤人会议等等机构，所以民主政治的实现在英国是议会政治。民主政治的精神是什么？是民意政治。民意怎样传达发挥？于是有了党的组织，有了报纸的产生。故党与报纸是英国式民主政治运用上两个重要工具。这是组织民意，宣达民意，代表民意的两大机构。停止政党组织，封闭一切报纸，则英国式的民主政治，立即运用不灵。这就是英国式民主政治制度发展上的简单经过。所谓民意机关在西方政治历史上有依据者，大概亦系指此而言。其实民意政治其在政治哲学上的基础，中国较英国更为久远，更为深厚。

在欧洲德国意国等民族的眼光中，现代民主政治完全是英国货。他们历史上对民意政治，既没有这套理论，亦没有这一套习惯。详细分析希特勒及墨索里尼的政治哲学，还带很深远的西方神权主义色彩，希特勒所宣传的还是：领袖向上帝负责，人民向领袖负责。这不是神权主义是什么？然而希特勒及墨索里尼所处的世界是二十世纪。德意过去的政治已经享了盎格鲁萨克逊民族政治思想的影响。他们国里过去已有了许多政党，已有了许多报纸，已有了民意政治的思潮。那末，希特勒与墨索里尼补救的方案是什么？取缔政党，代之以一党专政。统制报纸，代之以思想统一。希特勒与墨索里尼，他们的宣传方法较一切民主国家更科学化，宣传工作较一切民主国家更紧张。他们的作用是什么？一言蔽之，以领袖的意旨代替民意。他们要根本铲除民意政治的思想。党与报纸，原来在民主国家，是组织与发挥民意的工具，如今在独裁国家，却是摧残，破坏，与消灭民意的工具了。

上面这段议论，我的主旨又在哪里？依我个人的观察，中国目前的政治思想，正陷入一个冲突矛盾的环境中。这冲突矛盾的环境，不是我们中国自身产生的，而是受了世界思潮的影响。最近几十年来，我们不甘衰弱，于是在政治上努力"掇邻圃之繁花，施吾家之老干。"但邻圃之繁花，五光十色，鲜耀夺目。我们色色生爱，朵朵欲采。且欲同时植养生育于老干。英国式的民主，德意式的独裁，我们希望同时繁华盛茂于老干。我们且细细检查我们近年来一切政治设施，是否如此？建立民主，却要政党一尊；发展民意，却要思想统一。此中是否有重大的冲突矛盾？这样采纳移植的方法，其结果自然是朵朵凋残，瓣瓣衰落。

我个人的见解，民意政治是中国政治思想上极伟大的遗传共业。民意政治在"吾家老干"上有过繁华盛茂之花。这制度在中国历史上有深厚长久的历史，今日求这制度的圆满建立，并非难事。制度的方式，当然应依据时代潮流，参考西方制度的经验，加以"自然地潜发与合理的箴砭洗练"。不过在"掇邻圃之繁花"的时候，我们要认清老干之历史，辨别繁花之种类，出以诚意，守以耐心，自然前途光明美丽了！

设计执行与考核

黄六平

政府为强化战时行政机构，特设中央设计局及党政工作考核委员会两机构，用意至善。内部之组织与职掌，笔者尚未觇其素蕴，第就设计，执行，考核三机能略为申论之。

坐而言不能起而行，是为我国数千年来之通病，致弱之主因。值兹抗战建国到了紧要关头，倘不猛省前愆，则法律条例虽多至千万条，亦无补时艰。规章法令印成精装巨册，不过供案头之陈设而已。

我们可以一个人的生活行为，比"执行"，推动行为的思想比"设计"，事后自觉的反省比"考核"。假如一个循规蹈矩的人，他全部的生活至少要经历这三阶段。反之，胡思乱想的人，他的生活行为必然会逾越轨范。于是，前因后果形成一个紊乱无秩序的生活。

缩小的谈一个人的生活，扩大的谈一个国家的政务，其间只有形式的不同，本质上并无殊别。怎样做人和怎样治理国事，实同为一事。所以大学上说，治国平天下的起点在乎一个人的修身。总理则说："中国有一段最有系统的政治哲学，在外国的大政治家，还没有见到，还没有说到那样清楚的，就是大学中庸所说的格物，致知，诚意，正心，修身，齐家，治国，平天下那一段话，把一个人从内发扬到外，由一个人的内部做起，推到平天下上。"

首先谈设计。

设计在尚未执行以前，还是一种理想。经过执行的过程，始由理想"变"为现实。但在这"变"字上，很可发生许多问题和困难。因为这个

"变"字是个动词，他含有一种动的行为。如要他变得成功，必须遵守一个特定的条件：即设计万万不可离开现实。理想太高实际上会做不通。理想太低（或者是平庸）则不能适应现实的需要（即抗战建国的需要）。

过去的事实告诉我们：不论大小设计委员会的委员先生们，都是决议些"照原则通过"，"交……办理"，"交……机关参考"等等不落边际的结果。不但使老百姓失望，即委员先生自己也不免有惘然之感。与其耗费公帑收获一个空心汤团，不如放弃"集思广益"的真理性，由一个人去独裁，也许还有利于国家与民生。

一个负责设计者，如何完成他的任务，兹事体大，短短篇幅，实难尽述。仅就其荦荦大者言之：

第一，要有正确而健全的观念。所谓观念者，亦即其思想的基础。什么是健全的观念呢？就是要就事论事，放弃有偏激之见，不重视主观，也不过分客观（因为有某种需要，为目前人力物力所限制者）。

第二，设计并非做文章。文章做得好，很可能离开现实的环境，设计的方案会转成装饰品的意义。

第三，理论与方法，借鉴欧美成规，固可以增加成功的把握，但抄袭（全部）舶来理论，不加以精细的咀嚼，吞下肚子，亦不易于消化。

第四，设计者，不可空想，要体认现时，多多研究目前的现状；同时，设计的目标，要切实针对着需要，在军事第一的前提之下，去配合和适应军事的需要。分析此种需要的内容，包含着抗战与建国两个条件。抗战与建国要看成是一件事。假如其间有脱节的现象，便不能达成预定计划。比如整军经武，以兵力驱逐倭寇求得最后之胜利，就是完成抗战的目的。发展国防工业（民生工业是第二步工作），以备供给抗战的需要，辅助军事去完成任务，就是在抗战中求建国的惟一方法，对于这个大前提，不可不体认清楚。

其次谈执行。

顾名思义，执行是属于行政机构的责任。如何达成执行的任务，就是按着设计的方案（当然是重要的原则，不是固定的办事细则），脚踏实地的去推行政令，不可任意为之，亦不可马虎从事。国有是事，始设事官，官是因事而设，事待官以处理。执行者必须恪遵既定路线，务期为一理事之官。过去的大小执行官员，给予我们的印象，可以分别成为两类：一是廉洁者多不理事，二是理事者多为酷吏。或曰，此种断语似有未妥，但虽不甚妥，至少亦可代表一般的现象。

有少数洁身自好而不彻底之士，常抱消极的态度。因不愿虐民而疏于法令之执行（其实虐民与法令之执行，本为二事）。亦不问政之良苛，概取宽放主义。不彻底的结果亦如虚设一官。

善于理事之官，固属不多，而能理事又能病民之官，亦为数甚多。其尤者，如男子为县长，其妻则营私舞弊，号令出自深闺，简直无恶不作。如县长对外作形式上之平价，而其妻却暗中囤积居奇。如省主席奉命禁绝烟土，而其妻却为土贩巨魁。又如属职掌金融财政者，抓进外汇，抛出法币，不论出入，俱由其家属经理。所谓"裙带政治"者是也。

即使不是"裙带政治"，即使官吏本人亦不作特殊的贪污，但因人事之处理不得其法，结果两种弊病随而发生：

一曰不公平，二曰多兼职。

不公平的内在原因，谈来甚长，如任用私人，待遇不平，使部属受刺激，于是不平则鸣，此尤以公务员（小的）喜欢发牢骚，有了牢骚则对于工作不感兴趣。照一般人事行政之常识言之，待遇与工作的责任与学能应成为正比例，所谓平允的"同工同酬"制，即是说根据"职位分析"，公允的给酬使人无怨言。

不过，我们的仕途登庸，是由于"历史因缘"的条件，所以有一部分公务员将自己的发展路线看成命运，也不怨天也不尤人，认自己的命苦而安慰自己。但是人至少有点"比较"的心理，虽然不敢望"同酬"，至少希望"同工"，不"同工"的现象就"劳逸不均"。

兼职太多是我国要员的特色。这有两种说法，第一是表现了中国人才的缺乏，第二是表现纯粹的人治精神。前者与后者都是无可讳言的事实。

"要员"的学识见解与任事的能力，纵令超人一等，但其精神与体力，应与平庸者一样。何以"要员"的兼职可以一兼再兼？人之精力有限，于是只好多刻几个私章，交与各机关的秘书，实际上一切由秘书代拆代行，"要员"只是忙于开会，无暇顾及所兼领的各机关的事务。因监督不严，下面的工作精神很难得振作，于是形成松懈萎靡的现象。

所以说，中国的行政，如不以"任官唯贤"为前提，如再因循"历史因缘"的旧路，则前途殊不光明。

第三谈考核。

本文并未涉及人事行政之理论，只叙述一些实际的事实，所以无须高唱一番考核的理论，也不必铺叙考核的历史。只是指出几点应该注意的事，请在位者予以参考。

　　嘉靖进士吕新吾先生在《明职篇》中有云："我洁己而后责人之廉，我爱民而后责人之薄，我秉公而后责人之私，我勤政而后责人之慢"。所以职司考核者，自己先必须立定脚跟，然后再开口说话。第一要大公无私，遇事以诚。第二要与设计机构取得联系，洞悉设计方案的内容，熟悉党务，政治，军事进行的动态，然后综核名实，去考验各项执行机关工作的成果。第三考核固为事后的审查，但在进行的过程中，亦须随时从旁纠正。第四考核工作不是事后评定甲乙丙丁分数等级的工作，而要认真检讨其结果和随时负纠察的责任。

　　考核的对象，惯例皆以"人"为标准，甚少注意"事"之如何。殊不知"事"是"人"所表现者。准此，考核者对人对事必须要取得均衡的措置，不可有丝毫的偏废。

　　结论：设计，执行，考核三机构，不仅要形式上的联系，而且还要内部的密接。尽管业务有所不同，但达成一个共同的目的，绝不止有两个。因此三者应该相互明了，相互联络。倘若其中有一个被隔阂了，不啻一部大机器，脱落了一个重要的齿轮。

再谈玉龙雪山

李霖灿

　　探过白雪山，我们应该去寻黑雪山了。那天我们落下帐篷，把铺地的铁杉烧了一炷天香，向雪山主峰告别了。先沿着铁杖岭西南侧直下三千尺，到了仙迹崖，已经是雪山的下半部了，气候渐温花草也逐渐多了。铁杉林尽头是青松，青松林又紧紧连着杜鹃花丛。出山后就又回到了雪崧村，村中人都惊讶我们在山上停留得太久，但我们分明觉得像是昨天才上的雪山，爬山，滑雪，溜沙，放火，把山上生活打成一片，再分不出日子的多余。今天回来，一切依旧，只是坝子里像更绿了一些，村边的溪水依然流得那么清浅且急。

　　我们又移下玉峰寺来，山茶已经谢了，气候也变成了细雨江南。我们改变对雪山的战略，不取中路的稳扎稳打，采用突击方式。

　　黑雪山在白雪山的南端，正面对着丽江，主峰都不甚高，但以铁石银雪的色彩见称。有名的地点在丽江话中叫"花耒布谷"，这名字很不错，就直接译音过来。据说当日木家天王来玩雪山的时候，他的将官们就驻扎在此，现在还存有当日的三块灶石，而且说凡是来玩"花耒布谷"的人都应该丢下一点东西在这里，不然就会有风雨迷路。

　　那一天原定去看绿雪奇峰，但见东面的云头太低，临时改变计划向黑雪山突击。既不认识上"花耒布谷"的大路，当然也没有一定要到目的地的奢望，大概的方向是想去看看黑雪山的异样风采！

　　果然就迷了路，但在迷路中找到了一条最美丽的竹径，杂在竹林中的杜鹃花都长成了大树，径中有雪，竹上有花。我们来时那种浅紫淡红色的杜鹃已经开谢了，深红色的正要开，白雪的小径上，杜鹃落得像纸花样的一堆一堆。对着这将融的白雪，纸花样的杜鹃，使我们起一种极清凉哀艳的感觉，不忍去践踏它们。

黑雪山的主峰已经很近了，景色果然不同。我们发现了几个从前放牧过牦牛的地址，牦牛已经是不见了，牧牛人也走了，牦牛场上开遍了红白杜鹃。场边的老树上挂满了绿色的树胡子，看去就是一片淡淡的绿花。山坡的密树丛篁下还藏有未融化的雪片片，看去也成了花。山路两边的野牡丹，有时生得一人来高，殷红色的花苞都已经咧开嘴了——黑雪山有比白雪山更好的山花。

原是向北正对着黑雪山的主峰前进，但到主峰脚下又改变了计划，因为新落的雪和过晚的时间，都不准许我们乱走，于是走向西边的山顶去看金沙江。山顶是一片高平原，高原上的风吹得我们的身心都舒展开了。这时已经走到了黑白玉蝶的西侧面，由背后来看黑雪山和白雪山，在顶时并不觉得它们伟大，现在到下面来仰看它，黑雪山在云下面成了漆黑的一列铁的山峰，铁铸成的峰峦之间，白雪格外皎洁，我们在白雪山还没有看到这样洁白的雪。

西北望下面，两列崖谷在曲折婉转，那下面就是金沙江，西北边黑云笼罩之下一团白雪的山峰就是江那边的哈巴雪山，当日曾绕哈巴雪山一周，想不到今天又从玉龙雪山上来望它。这两个雪山的断处就是伟大的虎跳涧。西南面望去，我们脚下有一个绿色的海子，丽江话中有名的"绿松石色海子"就是它。南边是在烟雾中出没的丽江坝，北面一列铁铸的山峰正是黑雪山，这里有比白雪山更开阔的眼界。

这天我们并没有攀到黑雪山的绝顶，但已看够了黑雪山的云雪变化。黑雪山的颜色使人不会忘记，也可以说全体像一块黑玉，白雪正是镶嵌进去的一条条银线，岩石和白雪的变化，黑雪山又比白雪山高上一等。我们虽没有寻到"花耒布谷"，但黑雪山的妙绝处已经给看得满意了，我们对这一点小小欠缺，正好回去慢慢咀嚼，留待将来填补。

三天雨雪之后，我们对雪山作最后的巡礼，向东侧面的绿雪奇峰一行。

先沿着玉湖湖边走，已经是在雪山的东面，因之玉龙全部亦改换了一个面目。铁杖峰突出在我们前面，挡住了主峰。扇子陡黑白玉蝶的两扇翅膀就高高地耸入云天，成了这一列长山的主峰。

至湖前进了几步，翻过个小岭，我们叫起来，这才是山下方能有的奇景，山中七日，但看见云天白雪，现在我们面前摆的是：雨后新晴最皎洁的雪山，分段的立在青青松林之上。我们绕过了铁杖峰，在它后面又望到扇子陡了。

　　一谷流水，一谷野花之后，雪山主峰转成一个侧面，全部现出在我们面前。主峰上面自己生起了一些白云，看它慢慢地升进蓝天中，又淡淡地消失了。阳光亮得有点怕人，雪山主峰上的雪光发亮得颤动起来。在地上发现了一种鲜红色的花，这是野牡丹。在山上的时候，我们曾和那里遍野的牡丹相约，一个月后再见，想不到未离雪山前就先在这里会面了。

　　上面这一段路想必当初原是一条河道，一路上都是银白色的卵石。在这里遇见了一群牧牛的朋友，于青松白石中大家进了"沙坝"，这是我们的第一个目的地。放牛的朋友就停在这里看牛吃草，我们也满意得不愿意再前进了。已经到了雪山主峰的正东方，扇子陡成了侧面尖锥的一个，更加峭拔。玉乳峰正对着我们，积雪的面层更清楚，颜色也更艳绿了。我们面前十里绵延的一列青松，在松林之上放着一长条全部的雪山，南边的黑雪山正在生长白雪。黑白玉蝶，我们又由后面来看它了。铁杖峰在我们的南边，主峰正对着我们。主峰的北面，又出现了一架大雪山，雪的银丝缨络般的垂流下来。我已经两面都看过玉龙雪山了，一次是在金沙江的那边，那时苦于云低，现在由东边来看它，一列青松上是雪峰蜿蜒，在天际展开了一座雪屏。我们马上都明白了为什么这架雪山叫做玉龙。

　　喜欢山水的人对于好的景色每每不自觉地做出许多怪态，那一帮放牛的朋友看见我们这一群人对雪山的大惊小怪都笑了，又说："绿雪奇峰那边还要好呢！"这又使他们忍耐不住，对我说："你画好后就赶快来赶我们。"问清了绿雪奇峰的方向，他们就先走前了。

　　画完后，展在我们面前的是一望十几里路长的沙碛，简直不大生长树木，含有多量的硝质和沙。在这个荒凉的十里长坝前，我渐渐成了孤独的一个。后面离开了那几个牧牛的朋友，前面又看不见他们的影迹，大地白茫茫的都是脚下硝石的反光，我背着大雪山漫踏着沙砾蹋蹋地走向这长坝的尽头。

　　路翻过北边的山岭，走入一片松林，转一个方向，于是左手边雪山的银光又来挑拨人的眼睛。山松林下面传上来了他们的呼啸声，我们聚在一个松林疏处面西而坐。正对着我们那个四方锥体特别美丽的雪峰是谁？经过大家仔细辨认之后,呵,原来它是老人峰。从正面看它时它小得可怜,总是在几个大雪峰中间躲躲藏藏,想不到最后,我们要告别雪山时,它也出马一显身手。

已经转到主峰的背后,隔着老人峰看去,扇子陡的背面也看到了,不像正面那样的峭陡,一串雪峰拖下来又到一个雪谷之前停止了。雪谷那边,斜列着五六个靠得很紧的峰头,很多的白雪像网络样交织垂流下来。在最远那两个峰头的背后,远远地又耸起一座白雪的金字塔——这就是奇绝的绿雪奇峰。

使人欣喜的是有这么好的雪峰供我们欣赏,使人遗憾的是时间不再准我们多多逗留。雨季来临前是丽江最热的季节,又正是下午两点钟的时光,这一带叫干海子,四面几十里内没有住人家,不甚平静,我们决定就改由东边这条大路转回玉峰寺去。

换了一条路走,就全变了一幅新的景色,在西面的雪山,隔着青松林一路捉迷藏式地送我们到了山脚下,我们在箐口的东面发现一条石钟乳街,一个深箐,两边的石头都是钟乳凝成,钟乳垂下来变成各种奇怪的样子。走过贵州时曾看过不少的洞天和绝妙的钟乳,然而石钟乳完全露在外面,这还是第一次看到。一列深箐有三四里路长,中国画上从没有看到过这样的一个钟乳石长卷。

钟乳长卷之外,还有收获。出山来遍野都是石林,不高大而玲珑,最像是花园当中的假山石。一条长河床的两岸就由石林排成,回头看去像是万里长城在蜿蜒,谁家花园能有这样伟大又这么玲珑的围墙?

雨雪纷飞三天之后,玉龙不忍辜负这几个诚意而来的远客,我们终于尽兴地饱看绿雪奇峰而归来了。以一天的时间,在雪山东面打了一转,我们从没有在一天之内疲倦得这么厉害,也从没有在一天之内得到过这么满意的收获。我们曾扎营在雪山之上,但只因身在玉龙山中,七日内所看到的雪山,远不及这一天之内所见的变化多!

因为它深深藏在横断山脉里,丽江的玉龙雪山到今天还是名山中的一位"隐者"。

雪山在西南尽管有许许多多,如康定附近的贡嘎雪山,横在德钦西面的四莽雪山,怒江澜沧江边的碧罗雪山,金沙江上的哈巴雪山……但其中我们顶爱的是这座玉龙雪山,当然我们也有一些自己的见解:

玉龙雪山是石的雪山,雪不能够在峰头积得太厚,总是在峰峦之间很有情致地嵌进去一条条的银线。土的雪山每每肥得有点臃肿的感觉,但玉龙雪山它永远是峭拔，玲珑。

玉龙雪山大半是一种银灰色的岩石，我们的帐篷搭在雪鸡坪上，就四面在银灰色的岩石围抱中。玉龙雪山不但玲珑，而且透明！丽江话中从来就很有道理，称它为"乌鲁"——银崖！

黑雪山那一段的岩石是黝黑的，但能使白雪对比得格外地有情致。

玉龙雪山很早就被丽江人称做"石的雪山"，在本地的象形文字经典中可以找到证明，在"东巴"的经典中有这么一段：

松树的雪山中间隔起栗树的雪山，云的雪山中间隔起石的雪山，隔起很深的江水，隔起很急的江水。（露玛露沙）

很深的江水，很急的江水，指的是金沙江。云的雪山指哈巴雪山，所谓石的雪山就是指玉龙雪山。

由我们在雪山半月住下来的经验，知道所谓哈巴雪山也真不愧为云的雪山。我们都很清楚，若是玉龙雪山自己生云，那都是我们所最欢迎的云，因为它总是很少，很薄，很白，很容易由风来飘动它，简直说它就是特意来点缀装饰自己的。至于哈巴雪山那边的云，则大半都是不怀好意，总是预告风雪的来临，云的势派也浩大，渡过江来就先遮住玉龙雪山的主峰。我们都说这是云的雪山对石的雪山的"嫉妒"。

玉龙雪山是花的雪山，不曾亲自攀登过玉龙雪山的人，他绝不能想象到遍山白雪遍地鲜花的奇景！

我们在雪山上曾对花神有所讨论：我总以为花神在玉龙山上是不负责任的，看到遍地花草的奇形怪状，又完全是不论季节地开。花的美丽应该有一个限度的吧？但这个限度在雪山明明是没有的。花神对雪山的花全不曾有一点规定，各种花木都是各随自己高兴不论道理地乱开乱放。但也有人从这一点上着眼，春天一来到，分明像是花神喊了一声口令，就顷刻满山花开，冬天来到了，又是一声口令，就一齐躲在白雪下面了。这样又好像是有花神在严格统治着的。

我们曾有计划，想拿花草的种类来区分玉龙雪山，如我们宿地的附近，概以名之曰：牡丹坪。玉龙雪山遍野生着这种人间富贵花王，而且是极名贵的一种结实牡丹。黑白雪山的那个峡谷可以名之曰：杜鹃之谷。因为白雪的峡谷中，长满了牡鹃，而且那时已经由下面开上来了。

玉龙雪山的花岂是一口所能说得尽。然而杜鹃确是雪山奇观之一，开得成团块的，像是牡丹，开得细碎的，像是漫天的小星，红的不愧映山红的名称，简直是五月的石榴，粉紫浅红的那一种最美丽像一笼绛纱，白的是玉洁冰清，花也会开出这种清凉的颜色……这一些都是人间花园中的奇观，现在却漫漫然开满了雪山，似乎想和白雪争夺玉龙，所以启兄说，所谓玉龙雪山是：半山白雪，半山杜鹃！

我们曾和植物园的秦主任商议，要给玉龙雪山选出一种可以代表它的山花。大概知道得太精深的时候每每有难以选择的困难。秦公不敢就能决定这个问题，我们都不大有这种科学家的审慎，这次看到杜鹃有这么多的种类，又占去了半个雪山，而且春三月开起要开到冬天白雪的来临，我们便一致推选杜鹃小姐为玉龙雪山的山花。

最后玉龙雪山是游的雪山。在前面说过，最好把玉龙雪山当做一幅雪景山水来看，它只有"白"，而复有"冷"。当然假如你在冬季落雪的天去拜访玉龙，那你是要准备携带所能有的御寒之具。但上雪山最好的时间是在春夏二季，尤其是雨季的前后，这时候总是会有很好的阳光。我们这次于阳历五月阴历四月间在雪山住了半个月，并不曾为上雪山增加我们衣服的负担。太阳好的时候，身穿一件夹衣，尽可以在白雪中纵跳，我们称之为"阳春白雪"。启兄解释得好，玉龙是阳春的气候，白雪的世界。

雪山上的阳光格外厉害一些，可以有个证明。我们几个人的脸在山上竟给阳光晒得脱皮。这很不容易，因为这几个面孔都是久经风吹日晒，经过严格的锻炼的。

我们在雪山上没有遇到大风雨，但丽江的气候，一雨成冬，想下起雨来那时雪山上也会冷的，但天气好的时候，不必浑身皮衣皮帽，而能轻装在白雪中来往自如，这对雪山的游客已经是很幸福了。

这样挺拔的雪山竟然是很容易攀登的，除了那条天生具有深意的雪谷外，其他地方都是极容易走到，半山上有一个四面杜鹃青松的大坝子，马一直可以骑到这里。

下次来玩雪山，我们说帐篷也不必带来，因为在我们营地左近找到了几个很不错的崖洞，雪山会为我们造下天然的洞府，而且不必害怕在山上寂寞，又好去滑雪溜沙，这位名山中之隐者的玉龙雪山，是在欢迎它的游客。只可惜肯到这里的游客实在太少了。

第四卷第二十二期（1940年12月1日）

这一周

希腊军队已于本月十七日占领阿尔巴尼亚境内意大利军队根据地科律萨。希军乘胜挺进，又冲破阿境内意军防线若干处。阿境意军有全线动摇之势。希意战争，倘继此形势推演下去，则阿境意军全部崩溃，全被歼灭，亦大有可能。这总算二十世纪国际战争史上的奇迹。以希腊这样一个小国，挡意大利这样一个强敌，希军战败意军，竟如猛虎追逐群羊，墨索里尼的威望总算扫地无脸了。我们可以想象得到，墨索里尼那副假装庄严威武的面孔，最近必带了几分羞愧感容，而意大利国民向领袖行礼的时候，手势恐怕举得没有从前那般高了吧？其实希意战争成了这个局势，亦容易解释。中国这些古语，"师直为壮，曲为老"，"哀兵必胜"，实有真理存焉。一个有悠久历史，有高深文化的民族，绝不至轻易为人剪灭。我们今日诚须向希腊忠勇将士致敬，预祝他们最后的完全胜利。同时，希腊今日的胜利，为我们中国抗战增加了许多鼓励，增加了许多把握！

这几日来轴心国又添了几个入伙的国家。本月二十一日匈国在维也纳正式加入了德意日三国同盟协定，本月二十三日，罗马尼亚加入三国公约之协定书在柏林正式签字。本月二十四日，斯洛伐克亦在柏林正式加入三国公约。罗马消息，则西班牙亦有于最近期内与德意日三国签订同盟协定的可能。所谓轴心集团者，仿佛声势日见增大，伙友日见加多。其实详细分析一下，国际局势，这样演变，无足骇异。斯洛伐克是捷克的残余，希特勒要他加入轴心，难道他还能反抗？匈罗两国的加入三国同盟，实逼处此，恐亦目前自全唯一之道耳。心悦诚服，当然谈不到。西班牙是否加入，目前固难逆料。其实佛朗哥之有今日，完全是希莫两人的提携，饮水思源，佛朗哥对德意当然要一步一趋。欧洲成此局面，固非偶然，乃系必然。德意有了这几个伙友，就能战败英国吗？不但英国不至这般悲观。我们亦不为英国这般悲观，问题症结，还在美国援英的程度。轴心的伙友愈多，英国的危机愈大，则美国援英的程度必日见增高，如此，则民主阵线的力量必更雄厚，而前途必更安稳。

土耳其今日所处地位，对英德战争，实有举足轻重之势。土耳其边境距达达尼尔及博施普鲁斯两军略上重要海港，仅约百里。倘土耳其一旦袒护轴心国，则英国地中海之军事地位，将受极大影响。同时，倘土耳其对希意战争，严守局外中立，则德军即可由保加利亚援意，而希军目前对意之胜利，亦绝难维持。希特勒目前对土耳其之外交，威迫利诱，已费尽心机。巴本兼程返土，当可表现希特勒对土耳其之拉拢，犹在努力工作中。同时，匈罗加入轴心，保国代表国于二十五日赴柏林，大有立即签订加入三国同盟条约之势。这都是对土的严重威胁，惟土耳其除积极准备军事抵抗外，绝无袒轴心国之趋向。照此看来，英土合作之关系，当可保持。土耳其的军力，在巴尔干一切国家之上。土耳其果不变更目前所持态度，则轴心国在巴尔干及近东的一切活动，又未必真有良好收获也。

倭寇的南进计划，装模作样，到如今还未见有什么实际行动。一言以蔽之，"心有余而力不足"之现象也。罗斯福总统当选第三届总统，美国成立远东军司令部，这一切都是日寇南进上的问题。日寇今日当然明白，南进是太平洋上大规模的海空军战争，绝不能做不劳而获的幻梦。外强中干的日寇，与英美在太平洋上从事海空军战争，当然绝无把握可言。日寇在南进计划上，装模作样，不敢轻易从事实际动作，这就是他的苦衷。以现状推测，日寇对西贡，迟早必占领，乘人之危，打死老虎，此为日寇之惯伎。此亦维琪政府咎由自取。至于日寇真要攻占东印度，攻新加坡，料他日前还是逡巡不敢前进。

日本硕果仅存的西园寺元老终于本月二十四日晚在与津私邸逝世了。日本近代史上受天皇特诏匡辅大政，赐以元老待遇者，仅有伊藤博文，山县有朋，大山岩，松方正义，井上馨，桂太郎，西园寺公望，西乡从道等八人。西园寺出生贵胄，辅佐维新，参与立宪，数度组阁，领导政友会，对于维新伟业之完成，立宪议会政治之确立，厥功至伟。其余诸元老相继凋谢后，西园寺硕果仅存，独立支撑，举凡内阁之更迭，重大国策之树立，天皇辄远使咨询，作最后之决定。但自九一八事变以来，他眼看着自己和先贤们艰苦缔造的帝国基础，被盲目无知的军阀和法西斯分子们搅得乱七八糟，虽欲力挽狂澜，终觉孤掌难鸣。他自知年事已高，起初很想将挽救国家的重任交给重臣们，但自五一五及二二六两次暗杀后，被害者长眠黄泉，幸免者明哲自保，军阀益形猖獗，国事每况愈下。于是西园寺又想将他的衣钵传之近卫，希望近卫能维持日本宪政的残垒，缓和少壮军阀们的煎迫。想不到这位公子哥儿太没出息，甘作军阀傀儡，盲目发动侵华战事，已一发而不可收拾，近更轻举妄动，急求实现南进，以国命作孤注一掷。西园寺也龙钟残年，徒唤奈何而已。西园寺晚年为少壮军人及法西斯分子所忌，曾屡被列于暗杀名单中，今竟得寿终正寝，享寿九十有二，实属征幸之至。就日本国家言，老臣凋谢，军阀及法西斯分子益将肆无忌惮，窥恐日本帝国之命运，亦将随西园寺之逝世而逝矣。

政府最近又发了一道改进政务的通令。五届中执会第三次全体会议，通过了一个改革政务的议案，内容有这几点：（一）整饬纪纲；（二）禁绝贪污；（三）取缔营利；（四）厉行工作计划；（五）调整薪俸；（六）革除兼职兼薪之弊；（七）节用汽车；（八）严禁奢侈赌博。平心而论，这些都是当前改革行政上的急务，这议案经过国防最高会审议，转到中央政府。政府对这案的处置是这样：上列各项，在现行法令中规定已甚详尽，经由各主管机关，督饬所属，依照执行……所谓改革政务者，如此而已矣！所谓改革行政者，如此而已矣！我们惟有敬佩中国真是一个善作纸上文章的国家！

从十一月十二起（孙中山先生圣诞节起），中央及地方又举行了一次节储宣传周。报纸上我们看见琳琅满目宣传节储的好文章。这个运动，的确是福国利民的运动，我们十分赞助。惟在一切宣传文字中，我们却没有看见什么人引用到这两句话："道于乘之国，节用而爱人"。这是孔子劝执政者节约的古训。据我们的观察，在当前这个物价高涨的经济环境中，老百姓大多数是无以为生。求生不得，何从节起？有约可节者，类在大官贵人及曾乘机发国难财者。在官商不分的中国，此又一而二，二而一者也。依我们的见解，今日中国应两种运动同时并进，对大官贵人及发国难财者，提倡节储；对老百姓，提倡赈济，其庶几欤！

政府于本月二十二日通令取缔农村高利贷，这的确是件德政。政府对农村借贷利息，本已规定不得超过二分。其实此种利率，已算高厚。人民在银行存款利率，不过四厘或五厘。农村放款利率，高至二分，比较之下，农村放款已是高利贷。今则农村贷款，竟有子大于母的现象。此种现象，不加禁止，农民所受剥削痛苦，实不堪设想。政府取缔农村高利贷的通令，实值得贫苦农民的歌颂！

湘闽各省地方政府，最近颇努力于平抑物价，据报纸所传，各该省物价，且已渐趋下落，这类消息，令人感觉相当欣慰。战事期间，物价高涨，固为不可避免的事实，然有些地区的物价竟涨至十倍或十倍以上，此实为政治上不容逃避推卸之罪孽。此种现象，倘听其自由演进，其足以影响抗战前途，不言而喻。不特如此，时值冬季，到处民不聊生，地方治安，必立即成为严重问题。我们此日惟希望湘闽以外各省，对物价问题，仍急起努力为平抑工作，在维持民生问题上，能尽一分力量，政府即应尽一分力量。此为执政者自身之责任，亦即执政者所以保自身之安全也！

悼丁佶先生

陈序经

丁佶先生死的时候，我正染着重病，家人同事与朋友们，都不愿给我知道，直到好几天后，袁守和先生来我家探病时，无意中说出这个消息来。袁先生与我谈话的时候，我虽力持镇静，可是他走了后，我心中觉得有说不出的悲哀，忍不住的流眼泪。

我相信自七七事件发生以后，与丁佶先生见面最多的人，要算我了。在南京、在长沙与在蒙自的时候，我们就好象形影不相离。到了昆明，而特别是自他住在登华街南开经济研究所昆明办事处以后，除了我个人或他自己离开昆明以外，我们可以说是天天都见面，而且每天往往见了好多次。他的卧室，正在我的办公室的隔壁，每天早上或午后，我从家里或联大到经济研究所时，他一听到我的鞋声，就会说到：Hello，你来了吗？有时早上我到得太早，他就在床上说了同样的词句，有时他更会说道：你来得太早，把我从梦里叫醒了！假使因为他夜间睡得太晚，而早上还没有起来，我必定问道：Leonard（这是他的英文名）你起来了吗？那么他必定被我叫醒，而且同样地说了他所常说的词句。直到现在，他的房子里的物件，还是照样的保留，可是这种声音，却已没有听见，而且是永远的不会再听到的。可是因为惯于听了这些声音，有好多次，当我到经济研究所的办公室时，因为从隔壁的房子里，听不到这种声音，我无意中口里差不多就要说出Leonard！你起了吗？

丁佶先生自从美国回国以后，已有九年之久，在这九年里，除了七七事件发生以后三个月，他在军事委员会农产调整委员会作过三个月事以外，他始终是在南开大学与南开经济研究所服务。九年来，据我所知道的，外间机关以很高的薪金与很好的位置去聘请他的,不胜枚举,然而丁佶先生始终不愿离开南开,专心致志于学术的研究。他在经济学上的贡献都是大家所共知的,用不着我在这里为他宣扬。他在南开经济研究所兼管图书委员会主席,对于书籍杂志的搜集,尤为努力,南开经济研究所对于中外各种关于经济方面的出版物的搜集,比较的能够稍为完备的,要以他的功劳很大。两年半前,南开经济研究所在昆明设办事处时,他又开始搜集战后的各种出版物。他对于这些东西,真当作宝贝来看待。他每个星期都必检查一次,假使发现了某期杂志尚未寄到,或已经遗失,他必立刻告诉主管人去设法补充。他最担忧的是这些东西被炸,所以他常常说:"我们两年来,因为种种的困难以致搜集的出版物,虽是不多,然而就以这点小小的成绩来说,若被炸了,那么我真是要哭起来"。此外他对于南开经济研究所的英文季刊的编辑事宜,最感兴趣,记得在天津时,在英文季刊未出版的前一月,他往往在他的办公室工作至夜间十时以后,然而同时他对于所中所刊行的《中文季刊》与《经济周刊》并不忽略,在这些的刊物中也常常有他的文章。

南开大学的商学院,对于会计一门功课,从来特别注意,而丁佶先生是教授这门功课的主脑。南开商学院的毕业生之在商业界与政府机关服务的很多,这多是由丁佶先生培育出来。后来西南联合大学成立,他又是法商学院的商学系主任,他对学生除了在学问上极力倡导外,对学生的职业问题,尤为关心。记得去年农本局何廉先生从重庆来函,要我介绍数十位联大同学到农本局作事,我把这个消息告诉了丁佶先生,他第二天就印了学生调查表格,给与同学们填写,并约定时间与同学们谈话。今年中国银行林旭如先生来昆明,要找好多联大同学到中国银行作事,我又把旭如先生介绍给他之后,他亦拿出同样的热情去办这件事。此外,他又为同学们写信到各种机关寻找同学们兴趣所趋的职业,有些同学已被介绍到某处而不满意的,丁佶先生也照样的再为介绍到别处。

九年来,他除了服务于南开经济研究所,南开大学与联合大学之外,对于外间也作了不少的工作。专以两年余来在昆明的时间来说,他是昆明经济问题讨论会的主持人。这个会每三周在南开经济研究所聚餐与讨论一次,讨论的是各种经济问题,每次请一人主讲其专长,然后加以讨论。丁佶先生除了请主讲人与预备便餐以至办理各种杂务外,自己还把每次主讲人所讲的大意记录下来。他对于这个讨论会最为关心,记得今年正月间,我和他因事到重庆，他未离开昆明之前，就电渝友人先定回滇飞机票。我问他为什么不在渝多住几天，他的回答是"我要赶回来主持三周一次的讨论会"。此外，每月出版一次的《云南实业通讯》，完全是由他个人主编的，连了里面的大部分的材料，都是由他自己找来。《今日评论》的编辑事宜与杂务，得他的帮忙也很多。同时，他又是西南经济建设研究所的昆明代表人。

丁佶先生对于他的工作是最能有恒，最负责任与最具热情的，但在星期日，他必尽量的去作有益的游戏。游泳，打网球，徒步到郊外野餐，都是他所最喜欢的。他虽然没有结婚，然他最爱小孩，他对于用钱虽很节省，然遇着公益事与朋友同学之有困难者，他很乐意的帮忙。

七七事件发生以后，丁佶先生无论是在公的方面，或在私的方面，是帮忙我最多的一个朋友，想不到他溺死时，我不知道，火葬他时，我又不能参加典礼。现在所能见的只是他的遗像与他的骨灰！此刻我虽然感到人生的渺茫，但丁佶先生是不死的，他的精神永远存在我们的心里。

日本的南进

王迅中

日本的侵略国策本有"北进"与"南进"的两种："北进"政策以中国大陆为主要目标，"南进"政策以南太平洋一带为目标。所以前者又称为大陆政策，后者又称为海洋政策。因为新式海军的发展，远较陆军困难，而且南太平洋一带又早为欧美帝国主义者所捷足所得，所以日本的国策向来集中全力于大陆发展。甲午战后的强割台湾，欧战期间的占领德属加罗林群岛以及近来台湾总督府及南洋厅对于南洋一带调查研究的积极，虽然证明日本并没忘怀南洋一带，不过这仅系一种准备工作而已。并且日本的传统外交政策一贯地追随欧美帝国主义者，观风察色，唯恐造次，所以对于欧美直接势力范围的南太平洋一带，当然不敢冒犯。在武汉陷落前，日寇虽满口攻击英美法的援华政策，但对广州的攻击，踌躇再三，投鼠忌器，唯恐触怒香港英国当局。后因长江战事迄难进展，不得不冒险在广州登陆。因为英国未有强硬的表示，于是日寇得寸进尺，不久又占领海南岛，南进的野心渐趋活跃。去岁欧战发生后，日寇蛮想趁火打劫，实行南进政策，威胁英法美在南太平洋上的殖民地，攫取南洋各地的资源，但稳健分子认为对华战事尚未解决，未便冒昧南进，触怒英美法，故宣布"不介入"政策，以解决对华问题为先决条件。急进军人及法西斯分子等犹极力宣传大陆政策与南进政策的关联性，抨击当局对英美外交软弱，小矶就任拓相后，更力倡南进。今岁德军闪电战侥幸获胜后，有田外相更四度发表声明，暴露对于荷属东印的野心，更胁迫安越当局，提出无理要求。米内以不能执行强硬外交，为军部所逐，近卫再作冯妇，事事仰承军部鼻息，内政方面效颦德意之极权政制，提倡新政治体制运动，外交方面放弃"各方讨好政策"，公开加入德意军事同盟，于是空声恫吓伪南进政策渐入于具体执行的阶段了。

日本所以决心南进的原因，不外下列四点：

第一，因为对华战事的解决无望不得不另觅出路。自我第二期抗战采取机动战与游击战术以来，日军虽北自晋豫，中迄两湖，南至两广，各地历经尝试，战场屡易，迄难进展。鄂南湖北的惨败，桂南骚扰的失败，襄樊之战的被我反包围歼灭，已使日寇深知中国绝非武力所可征服，与其师劳无功，作无谓之胶着战争，不如趁风转舵，另谋出路。在三国同盟订立前，日本的一贯政策，是以解决中日战事为参与世界变局之先决条件，现既知独立解决对华战事之政策完全失败，乃转而以参与世界大变为解决中日战事之关键。所以近来对华战事渐成瑟缩状态，并亟想以和平攻势诱我言和。它的大部精力集中于研讨如何南进，以威胁英美，响应德意。

第二，日本因在外交上苦无出路，不得不冒险依附德意，以图孤注一掷。稳健派的"媚美和英"外交既未收效，美日关系反更趋紧张，少壮军人及法西斯派的联德意主张卷土重来，近卫登台后，松冈出掌外相，识者早知日本必将加入德意军事同盟，德国初期闪电战的侥幸成功更使日寇羡慕得五体投地，所以三国同盟终于正式成立。三国军事同盟的酝酿始自近卫第一次内阁末期，因平沼内阁之反对而终止，德国希望日本加入的目的，显然在牵制美国，攻击美国远东殖民地，以策应欧洲战事，香港，新加坡，马来，缅甸，印度等都是攻击的目标。日寇既欲依附德意，自不得不策动南进，否则德苏协定之教训，行将重见于今日。

第三，日寇为应付美国的经济封锁计，不得不积极南进，攫取资源，以备万一。我们知道日寇是一个先天不足的国家，重要资源如汽油，铁，非铁金属，橡皮，棉花，羊毛，木材等大部仰给海外，尤其作战资源如汽油，钢铁等几悉仰赖美国。日寇对于伪满及华北的资源，虽抱极大希望，但因治安，生产设备，运输能力的限制，目前虽积极设法开采，大量运日的可能性尚须待至渺茫的未来。所以美国若对日实施禁运，日寇不得不另谋救急办法。因此荷属印度的石油，锡，金银，橡皮等，英领马来的钢铁，金银，锡煤，橡皮等，法属越南的煤，铁，橡皮，米等，菲律宾的煤，铁，石油等，甚至澳洲的羊毛，都成了日寇垂涎的目标。至于南洋各地无尽藏的森林，日若取得，木材更可用之不竭，取之无尽。日寇现正积极阴谋夺取南洋各地资源，准备对抗美国的经济封锁，如目前之与荷属东印度及法属越南的谈判，均借经济合作之名，企收掠夺资源之实。

第四，日本工业发达较迟，各殖民地大都为欧美帝国主义者所捷足先得，只有在中国大陆及南洋各地，以地位邻近，尚可与欧美资本主义者抗衡。第一次欧战前，日本对南洋各地的输出贸易仅二千三百万，战后一跃而增至一亿八千万，最近数年则恒在二亿八九千万左右。对于日本的输出贸易的重要性，由此可知。若能辅以政治力量，不难独霸南洋市场，则南洋一亿二千万的人口将全成日本榨取的对象。又据日人自述，南洋地理气候，均适日本移民，远较满洲及中国为宜。所以日本南进论者又将南洋作为解决人口膨胀的对象。

此外日本南进论者更有主张东亚新秩序应包括南洋各地，故为完成独霸东亚的梦想计，亟应乘机推行南进政策。这种狂妄夸张的论调当然更不值识者一笑。

日寇南进的目的既如上述，但以它的实力言，则难免有心有余而力不足之感。三年来的对华战争已经弄得精疲力尽，何有余力再与英美周旋。但按客观情势看来，日本的南进，似已迫上梁山，箭在弦上，欲罢不能。日本号称世界第三海军国，中日战争中陆军虽然受了极大的损失，但海军实力消耗至微，尚可冒险一试。当然，日本如欲仅对英国的远东海军作战，胜利自有把握，但自日本加入三国同盟后，英美远东海军合作的谈判日趋具体化，美国海军已具充分应援英国远东根据地的决心。过去日本认为美国海军虽较日本强大，但美国海军根据地夏威夷岛离远东太远，菲律宾若为日本所夺，美国在远东失去根据地，至难与日本海军作战。不过如果英国愿将太平洋中的海军根据地借给美国，则美国不难克服地理上的困难，由夏威夷沿英属岛屿，至远东以菲律宾及新加坡两地为根据地，与日本作战。并且自空军发达后，海军作战的许多缺点可用空军弥补，美国空军实力的雄厚，远非日本所可望其项背。日本如欲南进蠢动，对于美国不能不有所顾忌，这就是日本虽宣传南进甚久而尚迟迟不敢冒犯的主要原因。

按照目前的情势看来，日本军阀虽口口声声狂喊不惜对美一战，但负责当局仍极力设法避免美国卷入战争漩涡。日本如真欲不惜孤注一掷地南进，则荷属东印及英属马来的地位，远较法属越南重要。日本如攫取荷属东印，则不但战时资源如汽油，煤，锡，橡皮等可以无虑，且可威胁菲律宾，使美国海军在远东作战更增困难。如夺英属马来半岛，不但钢铁煤锡可以攫用，新加坡若沦陷日手，英国海军在远东将失去作战根据地。但日本不此之图，而兜远圈，打死老虎，从无抵抗的法属安南着手，既借口借道侵华，攫取了越南东京区的驻军权后，现又阴谋攫取西贡，作海军陆军根据地。不管它将借用任何借口，目的很显然，第一想乘机控制法属越南，作将来侵略并吞的准备；第二想在越南建筑军事根据地，作西进借道侵缅，或南下威胁新加坡的根据地。这样既可不致立即引起对英美冲突，而可收控制越南之实。对德又可表示已对英属作进击的准备工作。当然，这种滑稽办法绝不合乎希特勒与墨索里尼的理想的。

　　简言之，日本目前的政策，一方面想藉南进以依附德意，打开外交的孤立，解除对华战争的苦闷，一方面想趁火打劫，做应付英美的准备。但深知实力有限，又不敢立即对英美作战，尤其对于美国，更不敢冒捋虎须，对英虽欺其无力东顾，但因英美在远东紧密合作，投鼠忌器，不敢冒犯。关于近卫松冈对美态度的前倨后恭，撤回了欧美追随派的堀内大使，换了一位亲美著名的野村大将，意义毫无，外强内荏的弱点昭然若揭。不过我们愿意忠告敌人，日本若不放弃"东亚新秩序"的独霸阴谋，美日关系绝无好转可能，日本仅可畏首畏尾，若不根绝南进野心，美日危机绝无解除可能。日本目前虽尽力想避免对美作战。美国亦何尝愿与日本作战。等到不久美国的南洋海军计划及大空军建设完成时，日本即使要抵抗，恐亦无能为力了。所以我认为日本的南进是侵华战事失败后不得已而采取的下策，知其不可，而又不能不为，身临深渊，而不能自止，覆亡之期，当不远矣。

农村游资的吸收

费孝通

一、农村货币的充斥

我在本刊四卷三期曾发表过一篇《货币在农村中》,在这文中,我曾根据一年前在禄村调查的材料说明:在一个自给程度较高的农村中,货币流动的机会较少,而且因为有街子的贸易机构,货币也不容易储积在农村里。可是最近我们在农村中却见到货币充斥游资呆滞的现象,我们将怎样加以解释呢?

农村中发生游资的现象是一年多来特别可以令人注意的事。有一次我们在昆阳的一只小船里,看见有一个老太太在付船资时,向衣兜里摸出一大卷钞票来,而且全是伍元拾元的大票子,当时真把我看呆了。穿得这样不整齐的乡下老妪竟是个富翁!最近我疏散到离昆明有二十公里的乡下住,据说我们的房东过去一年有两万元的收入,并不是滇币,这又使我初听来不易相信的事。又据说中山大学离开澄江时,学生们在短期内,曾把旧货换得农民十几万的货币;一条绒毯竟卖到几百元!大热天气,路上曾碰见披着大衣的乡民。货币有如潮水一般涌进农村,和二年前一毫钱可以雇工一天的情形相比,真是有隔世之感了。

农村货币充斥并不限于云南,十一月二十一日昆明《中央日报》载有中央社重庆航讯,美丰银行经理的谈话谓:本年度川康农村出售食粮和副产品约有二十万万元,从前农民把农产品出售后,即购买其他日用品,通货可以再流入城市;今年却不然,二十万万中只有半数复入市面,其余半数却呆滞在农村里。这谈话中的字数若是可靠的话,则农村游资已成了很严重的问题了。

二、农村里哪里来这批货币呢

农村中货币的充斥是目前一件很显著的事实。他们哪里来这些货币的呢？我们不应忘记抗战之前中国的农村到处都闹着金融恐慌。为什么不到三年，后方农村中反而会发生游资的问题呢？简单的说来是农民收入的增加超过了他们支付的增加，超过的结果是剩余了一大笔没有动用的资金，滞留在农家，不再回到市面上去——即使动用的话，也大部在农村范围之内。

《新经济》四卷二期吴景超先生发表了一篇《抗战与人民生活》，这是他五月间在湖南，江西，浙江，福建，广东，广西等省去考察的一篇报告。他的结论是农民生活在抗战的几年中普遍的改善了。改善的原因是在他们收入的增加。他更分析农民收入增加的原因有下列几种：

第一，农产品价格的高涨。

第二，农民在运输工作上，得到一笔很大的收入。

第三，许多机关学校因为疏散的关系，都从都市搬迁到乡间。以前花在都市里面的钱，现在都花在乡间了。

第四，农民在副业上的收入，大有加增。

第五，农贷的积极推行。

第六，农村失业问题完全解决，人人有事做。

据这分析我们可以见到在抗战过程中，农村经济的传统自给程度已受到打击。抗战已迫着农村把农产品大量的输出，把他们的劳力加紧的利用，他们已成了前方的军队和后方都市居民生活资料的供给者，他们的经济由"自给"成了"他给"。

三、生活程度提高的困难

敌人的经济封锁，前方军需的需要，以及后方人口的集中——这些都刺激着内地农村的生产力，加重了它们供给别人生活资料的担负。可是他们得到的是些什么呢？内地都市能有什么东西拿来和农村交换呢？

我们若分析这一方面的问题就可以见到为什么货币呆滞在农村中的原因了。当然农民的生活，好像吴景超先生所说的，是普遍的提高了。老百姓现在比以前吃得好了，衣服穿得整齐了，新建筑比以前加增了，赎田的人多了，田价涨了，田赋的收入增加了，不必急于把新谷出售了，还债的能力提高了，市镇中杂货店生意好了，乞丐游民减少了——可是我们若仔细一查，吴先生所举出的十项中，只有很少的几项是表明农民向都市获取的生活资料在那里增加。农民穿的土布大都还是在农家织的，吃的更不用说还多是自己家里的，只有市镇杂货店生意好的一项透露了一些都市产品输入农村的消息，农村输出增加而输入不成比例的增加，则他们的地位就会像美国在大战中成了黄金输入国一般，只是他们输入的不是黄金而是纸币罢了。

为什么都市向农村的输出不能成比例的增加呢？这也是抗战中不易避免的现象，抗战过程中都市工业总是在军用品上发展，即使不把原有制造日用品的工厂改造成军需工厂，至少在轻工业方面不会有突飞的发展，这在中国尤其是如此。后方都市既没有大量日用品生产，若是要提高农民的生活程度，其势不能不利用国外的输入，这在抗战中又是不可能的。即以政府所允许的输入品来说，因为数量少运费贵，总是不容易达到农民的手中——以上是从都市的供给能力方面来说明农民生活资料不易改善和增高的原因。

在农民本身说，收入增加对于他们改善生活的刺激还是不够大。我们可以想象一个常在债务中挣扎的农民，突然鸿运亨通，手边有了一卷一卷的钞票，他若不是个朝不顾夕的无聊家伙，第一件事要做的自然是料理债务；还有余钱，也不会敢放胆花去；中国的农民是素来在勤俭两字中训导出来的，而且经验告诉他恶运是随时会光临，所以积蓄一些生命的保障金是他们认为和吃饭一样必要的。这样使他们的生活程度不易跟着收入增加亦步亦趋的主观的原因。在吴先生所列的十项生活好转的事实中，重要的也是还债赎田，留些谷子在家和置一些不易消耗的不动产。抗战中人民的生活是好转了，可是好转的速度并没有赶上他们收入的增加。

四、节约而不储蓄的危险

从每个箱子藏着一大卷一大卷纸币的农民来说，他们确是很能勤俭立家的人，"有的时候想着没有的时候"，留着一些钱以防将来农村不景气的时候用，这是最可奖励的打算。可是大批的通货呆滞在农村中，从整个国家的经济上来说，却并不是一个好现象，通货入藏和储蓄是不同的，通货的入藏是把一部分可以用来再生产的经济力埋没了。储蓄是积聚分散的游资用来生产的意思，入藏和储蓄的区别告诉我们节约而不储蓄是件有害于国家经济的举动。

假如我们的货币是黄金，而黄金的产量不能突然提高的话，则入藏的结果可以使货币流通量缩紧，压迫物价下落，货币的流转困难，生产力降低，但货币若是纸币，又处在战时，农村中一批批把货币入藏的结果，却会引起纸币发行额的不断扩大，以维持战时金融的流转。而且因为货币不断的吸出市面，减轻了通货膨涨的威胁，使发行机关更可大胆发行。可是货币入藏并不是销毁，每一张藏在箱子底下的纸币，每时每刻都可以走入市面上发生货币作用的。大量的入藏虽则暂时的减轻了通货膨胀的威胁，可是潜在的威胁却更大。若是有一个时候，收藏的人忽然对于货币缺乏信用而要在市面上换取货物时，很可以促成金融的危机。

货币呆滞在农民手中，不去用在生产事业上，在目前情形中，还有一个不良的影响就是农民没有急于把农产品抛售在市场的需要，因而促进农产品价格的上涨，增加一般非农民的生活费用，而且更加速的使货币流向农村。

这样说来农村游资的呆滞不但是旷费国家的生产力而且还潜伏着对于国家经济很大的危险。可是我们怎样能去吸收这一批在农民箱子底下，衣兜角里的纸币呢？诚然，我们是不应当，也不可能，从努力提高农民消费量和农村的输入额来解决这问题，因为问题不是在农民节约节错了，而是发生在节约之后没有继之以储蓄的缘故。

五、吸收游资的方法

我们所谓吸收游资的意思，是在使这一笔可能的生产力实现出来，换言之，是要把农民现在所收藏的钱用在生产事业上。因之减少入藏的最捷途径自应是增加用在农业上的资本。使农民自己来利用他们的储蓄。

这问题又牵连到我们的农业中还能吸收多少资本的题目上来了。反过来说，我们要吸收游资，还得开辟农业投资的门路。譬如在云南农村中用化学肥料的人家极少极少，我们所调查过的地方还没有看见过。他们所用的肥料是牲口和人类的粪，"油榨"（豆饼）和草。除了油枯是有市场者外，离市镇稍远之处肥料全是自给的。因之，肥料一项就不成为利用资本的项目。若是国内能有化学肥料的生产，一方面可以吸收大量的农村资金，另一方面可以增加农田的生产力。

若是在农业本身开辟投资的门路比较困难，则我们还得在农村副业中增辟投资之路。好像各种纺织机的输入农村等都是应当注意的方法。

除了奖励农民自己利用他们的资金外我们还得想法把他们多余的钱借出来用到农业以外的生产事业上去。可是这并不是一件容易的事。"钱到了农民手上就像黏着一般，不易吸出来了。"要农民节约，那是一些也不难，因为节约的好处，早已由痛苦的经验，深深的印在他们的心上了。要他们储蓄在银行里则不然，因为银行在农村中还是件太新的东西，短短期中极难取得他们的信仰，在这过渡期间有什么方法可以比较有效的把农村游资吸收出来呢？

在回答这问题之前，我们最好先看一看农村中原有的金融机构。在中国任何农村中我们都可以见到"钱会"的组织，这种组织在云南俗称"上赊"。它的机构大致是如此：凡是需要大宗资金的人，出头集会，入会的人大家拿出一份钱来凑给他，以后每定期集一次会，由会员轮流收款，已收款的则按期归回，这是一种整借零回和零存整取两种方式并合而成的，我曾这样想：我们能不能利用这个机构来集中农村游资，然后再想法把这笔集合了的资金利用在生产事业上去。利用这机构的方法有两种，一是由政府或特许银行作会首，在农村中集会，任农民自由加入，并予以较高的利息，以资奖励；二是政府或特许银行提倡集会，规定凡集会者政府或特许银行可以入股若干，会首由农民自任，这样凡是有利用资本能力的农民，都容易在这机构中获得资金，而且在会规里而公家所认股子的利息可以特别降低以示提倡之意。

或者有人以为钱会的组织只能限于较小的亲密团体中，它信用的基础是人情和面子，若是公家参加了，就不易顺利进行，这一层我是觉得并不必顾虑的，因为依我们实地调查钱会的组织并不一定限于近亲，即是不太相熟的人也可以加入一会，据张君子毅在玉溪调查，那里的钱会可以扩充得很大，参加同一组织的有百人以上，这个例子表明了若将这种机构稍加改良，就能有很大的活动能力，活动的范围也可以超过亲密的小团体。无论如何，我认为这是一件值得慎重试验的事业，希望农村金融的负责当局能留意及之。

还有一种吸收游资的方法值得试验的是奖券和有奖储蓄。在货币充斥的农村中，已发生了赌风滋长的情形，我们在昆明附近的乡村中就知道大规模的赌博，一夜的输赢有高至两千元的。这种现象是很自然的，因为游资无法吸收在生产事业中，投机行为就会发达；这在都市中是如此，农村中亦然，单靠一纸公文来禁止是没有用，而且反而增加行政机构腐化的引诱。最好就是政府能利用人民这种投机心理来吸收零批游资。现在中央储蓄会的有奖储蓄在吸收都市零批游资上已有很大的成就，可是加入储蓄会的至今还大都限于都市居民，这辈居民并不是入藏货币的重要人物，怎样可以使农民加入储蓄会？怎样可以引起他们的兴趣？怎样可以特别使农民容易得奖？我在这短文中不能提出来详细讨论，但是我愿意唤起金融界当局的注意，希望他们能及早在吸收农村游资上有具体的方案。

人口流动的一个政策（上）

潘光旦

人口活动的政策和一般的人口政策一样，也有数量与品质两个方面，这一点，根据我以前已经发表的两篇稿子（《大公报》，九月二十九日；《今日评论》第四卷，第二十一期），是无须再解释的。

人口活动的一个名词是需要相当的说明的。一般的见解以为人口流动指的是移民一类的事实，例如，抗战开始以来，沦陷区的民众向西南各省迁移的活动。这固然是不错，但这只是人口流动的一种方式，其他的方式还有。最概括的说，这种方式至少有两个或三个。一是空间有形的流动，地域间的移民属之，农村与都市间或旧称为都鄙间的移民也属于这一类。二是空间无形的流动，人口分子对于职业的选择与更换就是一种比较无形的流动。三是人口分子在社会地位上的升降，或阶级间的升降；阶级一名词是目前许多人所讳言的，不过无论讳与不讳，阶级的现象总是存在的，至少社会地位总有优劣高下之分。这第三类的流动方式西洋社会学者叫做"社会流动"；不过这名词并没有什么特别的好处，加上社会两字之后，并不足以把它和其他的流动方式截然划分，其他的流动方式又何尝没有它们的社会性质呢？至于把社会流动翻译成"社会变动"，那就更不妥了。二、三两类流动的方式，虽属比较的无形，在以前未尝不看重人口品质的中国人却也相当的认识；这从"流"字的传统的用法里就可以看出来；"九流三教"的"流"字暗示着第二类的流动；"流品"和"未入流"的"流"字所表现的更属清楚，"未入流"的人口分子也就是流动能力最小的分子，初不论此种能力之小，是因为先天品质的限制，抑或后天社会的制裁。

依据上文的说法，一方面以数量与品质的概念为经，一方面以地域，阶级，职业等事实的条件为纬，一个比较完整的人口流动政策就至少得包括下列的几个部分：一是关于地域间数量的调剂的；二是关于地域间品质的支配的；三是关于职业间人才的分布的；四是关于阶级间流品的升降的自由的。下文拟就前三部分分别加以讨论，至于第四部分，预备将来作另一篇文字的题材。

一，因调剂人口数量而促成的人口流动在中国历史上是数见不鲜的；在集权政制的旧时代里，这一方面的流动政策似乎特别的容易推行。这种流动政策有的是因为经济或食粮关系的，例如《孟子》上所讲的魏惠王的"移民河东移粟河内"的政策，又如《周礼·地官》与《秋官》上所提的"移民就谷"与"移民通财"的政策。有的为军事与国防的关系，例如历代屯田，谪戍一类移民实边的政策。又有特别有政治意味的流动政策，例如汉代刘敬与主父偃等所条陈的徙豪杰名家入居关中与茂陵的办法。这种政治意味的政策又往往和迁都有关，例如，北魏自邺迁洛阳，人口从行者四十万户。不过这一类为了实边或为了强本弱末之计而执行的流动政策，其间总有几分品质的选择，而不尽是数量上的调剂了。政府强制的人口流动，大抵到了近代反不甚多见，自明代洪永年间有过一番大规模的实边运动以后，似乎就不再有过；从此所有的这方面的流动，十九是人口分子自动的，在数目上也比较零碎，谈不上什么政策。

不过在事实上这种政策还很有它的地位，过分强制的任何政策现在固然不再适用，但政府依然可以用些鼓励或限制的力量，使人口数量在地域间的分布，取得一个更平衡与公允的状态。所谓平衡与公允，一方面当然要看经济与生产的环境能不能支持某一数量的人口，一方面也要看政治、文化以及国防等等方面的需要。例如东北辽，吉，黑，热，察等省，西南的滇，黔，桂，西康四省，事实上还可以容纳比目前更大的人口数量，在抗战以前，早就可以鼓励一部分人口的移殖，在抗战以后，似更有加以奖励的必要。东北几省的沦陷，与其说沦陷于日俄战争前后外交与内政的失败，无宁说是沦陷于人口政策的不立。以辽，吉，黑三省之大而且富，到"九·一八"事变为止，只有得人口三千万人，而这三千万的数量，一部分是明代移民的子孙，一部分是清代开禁前后自动出关，越边、或渡海的流民与其后裔。明代的移民虽属卫所政策的结果，而自清代以迄民国初年，其间说不上丝毫国家政策的援助，要有一毫政策关系的话，那关系正和援助完全相反；谁都知道在清代末叶以前，一切海外和出关的移民是在所严禁的。东北的地广人稀，这是最大的原因了；而其最大的恶果便是引起了强邻的觊觎，终于造成了"九·一八"以还的局面。法国侵占越南以后，对于云南的野心，一部分也未始不是这种情形所唤起的。

　　黄河流域中部与西部的各省，近代以来，都是输出移民的区域，这显然是频年水旱之灾所促成的。要教这几省增加人口，无论增加之法是由于繁殖或移殖，势非先把自然环境根本加以改进不可，这其间所需要的政策势必是比较间接的了。黄河及其他河道的整顿，水渠的建筑，森林的再造以及其他足以防御水旱之灾的种种设施，都应当在这政策之内，至少这一类的设施应以恢复人口的适度的繁荣为最终目的之一。我们都知道这些省区在天然富源上原不亚于许多长江流域和南方的各省区，设或不然，它们在唐宋以前，绝不能维持一个大量的人口与高度的文化，而历朝也绝不会选择它们做首都的所在地。陕西山西的黄土何尝不肥沃？何尝不能生产大量的食粮？要不是因为历代的因循泄沓，把水利一类的大政贻误下来，就何至于有百孔千疮的今日？《老残游记》的作者把黄河比作一条长满了疮疖和贴满了烂膏药的大腿，可见历代治河的官吏，例如河道总督之类，于讲究筵席一道之外，于肠肥脑满之余，只晓得贴烂膏药，结果是，膏药越贴得多，溃疡越来得大，而流域里的人口向南别寻乐土的越见得众，一幅逐年必须重演的"流民图"越演越见得惨苦。一旦抗战结束而建国的大业从新开始，假若我们对黄河的水利再不能切实整顿，我们对北方省区间人口流动的调整，就根本不必抱什么希望，甚至于对于一般的人口政策，也最好缄口不谈，因为黄河的殃祸所至，不但影响了人口的流动，并且侵蚀了人口的本质，这是我在《人口品质》一稿里已经说过的。近代作家里有人很有趣的指点出来过，中国的民族生活的休戚和水的关系实在是太密切了，所以，政治的治字，经济的济字，法律的法字，没有一个不从水，假如我们对水没有办法，特别是我们祖居的黄河流域的水，结果是民族生活只有一个不治，不济与不法的归宿，固不仅人口流动在数量上无从调整的一端而已。这一层我们希望主持政教的人要特别的加以认识，而亟迫的开始加以整理，好在时至今日，这方面的专门知识与技术已经大见增加，当不至于再像前代一般的一筹莫展；他们应知只有实际的改进环境的工作，才可以鼓励一部分散布在其他国境以内的民族分子作返归祖居的考虑，只是高唱"开发西北"与"民族扫墓"一类的口号是绝对的不发生效力的。

海外移民的运动或华侨问题也属于这一部分的人口流动政策。闽粤两省比较硗瘠的区域里，其剩余的人口相率向海外移殖，这固然一则由于滨海的关系，再则由于海外经济势力的诱引，三则由于人口分子中总有一部分在品质上有好动善移的性格，但最先与主要的动机之一总因为地方的生产力有限，不足以维持他们，或不能使他们充分的发展，所以向外移殖的行为多少可以在人口数量上收几分调剂的效果。在这一方面，我们是一向没有什么政策的；在民国以前我们只有消极的禁止政策，近八年以来，特别自侨务委员会设立以后，我们算是和已在海外的华侨，有了一些联系，但除了"怀柔"的一层而外，其他更积极的措施还谈不到。政府和侨民的关系似乎至今还是很片面的，我们每年只见到几万万的汇款和捐款从海外源源流入，却不见到有什么深恩厚泽从国家播出去，这种片面的局势是绝对无法维持的，在列强殖民地政策日益强化之下，特别是在敌人的南进政策加速度的推进之下，假如我们目前再不能有一个积极的对策，海外移民运动的运命，大概在我们许多人的生命的历程里，可以眼见它告一个终结。

在这个积极的对策里，我以为有两点应当特别注意。一是原有侨民的团结力与组织力的增加。敌人南进政策的第一个策士，堤林数卫，评论华侨的经济活动，说他们单枪匹马的个人能力虽有余，而通力合作的团体能力则极形缺乏；这种评论的涵义是显而易见的；就是，敌人的南进政策一旦在南洋立足，华侨与华侨的企业是极容易各个击破而摧毁净尽的。这评论是如果对的，而我相信是大致不错的，则当务之急无疑的应是侨民中间团结力，组织力与合作能力的加意培植，而此种培植的工作非有政府的提挈赞助不为功。团体与合作力的增加显然可以有两大效果，可以和敌人的南进政策对抗不过是效果的一个，其他一个，其重要性也正复相似，就是，可以向列强殖民地的统治权力争取合法的政治和其他的权益，从而进一步的巩固我们侨居的地位。二是促进我们海外移民的数量。欧洲许多观察家很公平的承认华侨和各国殖民地的关系是互利的。美国的人类学家甄克士和优生学家普本拿承认对于菲律宾的开发与建国，华侨的血统有很大的贡献；澳洲的地理学家泰勒承认澳洲的北部，昆士兰一带，地跨热带，白人体格不合，土著智能太低，惰性太大，都无力开发，只有华侨能够开发；这一类的学者大都主张容许适量的中国人向这些地带移殖。三年抗战的结果之一，已经把我们的国际地位提高了许多，而此种地位又和英美等民主国家——也就是和华侨生活最密切的几个国家——最有关系，我们应当趁这千载一时的机会，根据了上文所提的互利的原则，要求这些国家修正他们的移民法令。（未完待续）

我们需要的世界政策

钱端升

对于国际秩序之应如何组织,我们中国人向取旁观态度。除非这秩序对我们国家有显明的直接的影响时,我们向少发言。这固然由于我国向来国势太弱,不容我们发言。但一部分也因国内真正有世界眼光,将世界的事看作和本国的事一样重要者不多。国内大多数人只注意如何努力使国家独立,而很少人能注意如何建立或改善世界秩序,以助成并保障我国的独立。

上次大战没有终结以前,英美法德等国内俱早有人在做和平会议的准备工作。政府有人做这种工作,民间也有人做这种工作,工作的范围不以各国所期望的领土利权为限,国际和平组织也成讨论研究的主题之一。英美法一方如此。德国一方也是如此,不同者英美法偏向于各国共存的和平组织,而德国则偏向于独荣的和平组织。以后协约各国胜利,德方所准备者自然均成废话。但薛西尔,史墨特,威尔逊及布尔乔亚等的成名,则均因他们有多年提倡国际联盟之功。

在上次大战中,意日也在胜利的一方。但意日毕竟缺少大国风度。和会以前,意日政府及民间所研究讨论者,只是如何扩大领土一类专门利己的事情,而对于世界秩序则几无人理会。对于国联的成立,意日两国所以很少贡献者,即因此故。

至于中国,则更是落后。不但关于世界共同组织,在民八以前无人讨论,即对领土要求,事前(即和会以前)无论政府与民间也很少准备。巴黎和会时,虽有自号代表国民的若干团体,如中华革命党方面的,如梁启超张嘉林等所活动的,勉强应付,但他们当然并未发生若何力量,收获多大效果。

现在世界又在作第二次的大战。战争的双方，如英，如德，以及未参战的美国，就我所知，大而言之，对未来的世界秩序，小而言之，与各该国的和平条件，官方及私人均在作充分的准备与周详的讨论。英政府虽多次拒绝发表所谓"和平的标的"，但这不是说他们对于日后在和会提出的条件及世界组织，漫不关心。就我所知，伦敦经济学院国际关系教授韦贝斯特及剑桥大学国际公法教授洛特巴赫特等，自战时起后，即奉外部或宣传部之命，着手研究和平条件及改组国际秩序的方案。另一知名学者汤恩皮教授，则借英国王家国际关系学会研究主任的地位，也在对这些问题作大规模有组织的考量。德国方面，则国社党的外交组也在十二分彻底改组世界的方案。美国虽然没有参战，但国务院方面有专人在研究和平问题，民间更有许多研究和平计划的团体。民间团体中要推加纳其国际和平基金会最为活动；萧德威尔教授所领导的一个委员会正在大规模的征求各方意见，并制定各种和平草案，且闻草案已经过多次修正。

我们则不然。人家自有备无患，先发制人。我们是黄老之道，尾巴主义。我们在这次大战胜利之后，对中日间以及与其他邻国间领土的争执将如何安排，经济的关系将如何调整，我们的政府似乎从未考虑过，民间也没有考虑这些问题的团体存在，至于未来的世界秩序与国际组织应成怎样，则自然更无人过问。这诚不是大国应有的现象。

我信中日战争，中国必胜，世界大战，中英美必胜。在必胜的大前提之下，我建议一个如下的世界新秩序：

先言共同的组织，次述严格关于我国权益的调整。

此次大战之后，我们应以下述五点为组织世界新秩序的原则：第一，民族自决；民族无论大小其文化水准已至相当高度者，应有自决之权。第二，区域各成组织，以维持区域内的和平，保障区内的安全，开发区内的资源。区组织由大民族领导，小民族共同参加。第三，区内落后民族，归区组织代管，俟其文化至相当水准后，与其他小民族同一待遇。第四，全世界组织内仍由各区的领导民族居领导地位，暂以维持新均势避免兵争为目的。第五，世界新秩序取实验主义，在开始时陈义不求过高，但最终则以世界大同，民族无分大小为目的。今请将这些原则分论于后。

第一，民族自决的主义本不是人类进步的最高理想，但在现阶段中则为必需。自法国大革命以来，西洋的政治潮流向趋向于民族自决。威尔逊总统及孙中山先生之主张民族自决，即所以适应这个潮流，藉使民族间的斗争得以减少，而共同生活得以肇始。不经过这自决的阶段，则各民族的界限无法泯除，而大同之治无从发轫。希特勒大鱼吃小鱼的办法是一种凶野的异端，而不是人类进化过程中的一个阶段。人类进化的现阶段中只有民族自决是适宜的原则，我们不可因为其曾为巴黎和会的老调而忘其重要。

但如所有民族，不论文化如何，而概让自决，则实际上不能自决者的民族结果必受人操纵。非洲未开化民族固然不应有自决之权，即政治组织力过于薄弱，如越南若干种民族等，也不应有自决之权。此其故，乃在使民族自决的原则能有真正的实施，而不被人所假借。至于何者文化水准已够自立，何者未够，则应予以确切的规定。

第二，区域主义乃所以救上次国联之穷。上次的国联号称为全世界的组织，而实则由欧洲数强操纵。结果，国联无意顾问欧洲以外之事，而对欧洲之事却又受亚美各国的牵制（如南美各国对于制裁问题）。如世界新秩序的基层组织是区域组织，则各区可各问其事，各保其和平及安全，又可以较有效的方法厘定区内经济生活。以生活程度为例。因欧美与亚洲生活大相悬殊之故，昔日国联劳工局关于生活程度的决议常有不能通行治病。今后各区如自行规定，便可减少窒碍。

关于分区，我以为全世界可分成亚洲，欧洲，苏联，美洲四大区。南洋属于亚洲，非洲属于欧洲，澳墨亚美待商，中小亚细亚属亚属苏亦待商。这四个区，从人口，面积，资源言，俱可独立；而区内的文化也多少有相同之点。非洲须并于欧洲，即因前者不能独立生存。南美不能独立生存，所以也只得并与北美成一单位。苏联可另成一单位，乃因我们愿尊重苏联的政治经济制度，且以苏联土地之广，资源之富，也确可独立。

各区的组织应明白承认大民族的领导地位。计划旧日的国联者颇恋恋于平等的原则，故行政院中虽以大国为主，而小国也有参加，至在国联大会中则各国完全平等。在今后的区域组织中，我们应放弃这种不彻底的调和。我们一方应令一切民族，由其依人口财富所举出的人民代表，共同决定区域组织的大计，又一方则应令大民族负执行的大任，大民族的地位仿佛是英国国会中的阁员。不如此，则区域组织又必将因缺乏实力而灭亡。

如世界共有亚欧苏美四区，则领导的大民族在亚为中印，在欧为英德，在苏为俄，在美为合众国（即美国）。领导的民族须以具以人口、面积、资源及历史为条件。亚洲民族中，中印外，只日本或值考虑。但日本面积不大，资源不丰，人口不及中印远甚，而其文化又乏创造性质。故日本不应居于领导的大民族的地位。欧洲各国中，法意向日也在强国之列。但意太贫，而法则将有长期的衰败，故法意无领导资格，德国民族大于英，地亦甚富，且败后必有一番忏悔，可与为善，故应与英同居于领导地位。苏联中俄人地位及美洲中美国地位不说自明，可以不论。

第三，各区域内均有若干落后民族，如亚洲区中若干越南民族及南洋民族，欧洲区域中非洲民族及阿尔巴尼亚人，苏联区中土耳其斯坦民族，美洲区中的几内亚民族等。这些民族文化水准太低，尚不宜令之参加区域组织，故应由区域组织代管。待其文化进步后，再予以一般民族的待遇。

第四，区域组织之上有全世界组织，多少采联邦方式，但仍以各区的领导民族为领导者。在最近的将来，这世界组织的主要目的在维持和平，在防止大战，而不在大同。大同是后期的事。我们要讲现实。我们要使有大力的国家打不起仗。要如此，我们要使同一区域内的大国打不起仗来，第二我们要使区域之间不能互战。就各区域内部言，苏美二区内不能发生大战，因二区之中俄美二民族势力可以超人。亚洲中，中印绝不至互战，日本则无力与中印战。四区之中，最足以发生内战者，是欧洲的英德，至于区之间，则亚欧之间，亚美之间及欧美之间俱不至发生战事。最足以发生战事者，为亚与苏及苏与欧。换一句话，今后的世界如照以上的安排，则战争的可能地点不脱乎英德，欧苏与亚苏之间。但如在世界组织中，中印美俄英德六大民族中，有四个能以全力拥护和平，则战事仍难爆发。再换一句话，我们最所期望于世界组织者，即是各大国以实力来互保新均势，使大战无由发生。

第五，我们对于世界新秩序的最后期望当然仍是大同理想的实现。如果世界无战争，如果大小民族均能参加所在区域的改进大计，如果落后民族能因代管而长进，我以为久而久之，民族主义必可由疏淡而消灭，民族的界限必可泯除，大同也必可实现。

以上所述，是对战后整个的世界而言，至就中日战后的和平办法而言，上述的大原则应作如后的运用：

首就领土及疆域的变更而言。中国七七以前的疆土，应全数恢复，自不待言。即台高等也应另作处置。高丽宜独立。台湾琉球应复归中国。香港亦然。菲律宾与缅甸应独立。越南的东京安南及交趾应独立成一国。柬埔寨及老挝应一部由亚洲区代管，一部并入泰国。荷印及马来亚由亚洲区代管。中苏交界间若干通古斯族，如今属于苏联的布利亚自主国等应为亚洲区代管地。

次则日本的军备应受严格的限制。这军备不应扩大至可以妨害中印两国行使领导权的程度。盖日本不配领导。既不配领导，自不能让之妨害他人的领导。

三则日本数十年掠自中国的古物国宝应令悉数归还。

末则关于赔偿问题，我们也应作平允的要求。中日之战，过去是在中国地面上作战，即至最后，也仍将在中国地面上作战，所以中国人所受的损失远比日人为多，日人应负相当赔偿之责。但我人不可苛求。我人所求者，以能使中日二国人民的平均财富能相等为止，这样做法与旧式的赔款或与今日人所取于法人者迥不相同，足以示中国人的宽大。

但无论是整个的世界秩序也好，或是中日间和会的折中也好，二者俱有待于详细的计划及讨论。世界战事与中日战事，尽可有若干年的继续，但和平的预备工作，却又不可不及早准备。是则政府与民间俱不可不以上次巴黎和会时之毫无准备为戒。

本期撰者：

本期撰者陈王费潘钱诸先生常有文章登在本刊，无须一一介绍。

丁佶先生逝世是学术界一大损失，也是本刊一大损失。陈序经先生文章哀悼的情感是本刊同仁共有的情感。

钱端升先生讨论建国路径的文章共有七篇：即（一）《国家今后的工作与责任》（四卷十三期），（二）《我们需要的政治制度》（十五期），（三）《一党与多党》（十六期），（四）《论自由》（十七期），（五）《我们需要的经济政策》（二十期），（六）《我们需要的教育政策》（二十一期），及（七）《我们需要的世界政策》。本期所载者即是第七篇。建国路径是一个经纬万端的重要且困难的问题。本刊深盼能引起各方的讨论。

第四卷第二十三期（1940年12月8日）

这一周

美国总统罗斯福于十一月卅日宣布美国对华将再拨款一万六千万元，以五千万购买中国货币，以五千万贷与中国在美国购货，以六千万用作在中国购货之用。美国总统宣布对华贷款的日期，正是日寇与汪逆伪组织签约的日期，这两件事的日期并非巧合，这是美国援华有诚意，反日有决心的证明。日寇侵华手段加紧一步，则美国打击日寇的政策，亦加紧一步。三年来的事实，都是如此。其结果，美国制日的行为，总使日寇自鸣得意的收复，得不偿失。这次美国给予我国的贷款，数目之大，远过从前，患难友谊，盛意可感。同时，这又证明友邦对我抗战最后胜利之信心，又已大量增加。我们惟有努力促最后胜利及早到临，方足以报答友邦此项盛意。此次大量贷款成功，我国负责交涉者为胡适大使及中国银行董事长宋子文两人。宋氏到美以前，代表中国向美接洽贷款者为陈光甫氏。美国政府及人民对胡，陈，宋三人的印象，都甚美满。美国对华一再贷款，一方面出于美国友谊盛意，一方面由于我国抗战成绩，然三氏之劳绩，良有足多者。至于此次大量贷款成功如此迅速，则胡氏的忠诚博远，儒雅笃信与宋氏的精勤宏毅，两者相合，足以折服美政府而使之坦诚相与。诸氏功在国家，我们国民亦颇一致加以嘉许与慰勉！

日寇与汪逆伪组织的非法条约，终于十一月三十日在南京签字。这种非法条约，不但在法律上无效用，在事实上亦绝无任何影响。日寇既豢养汉奸在市京组织伪府，此款非法条约，迟早必发生。这类非法条约，日寇与汪逆进行已久，迟迟到今日始行签字，适足以证明日寇对南京群魔缺乏信任。以往日寇逡巡观望，不肯签字，犹存向我国诱和之一妄念。最后出于签字。又适足以证明日寇自认诱和绝望，别无他路可走，乃趋此下策。中日问题，决于战争。在战争上我即有击败敌寇之决心，驱除倭奴之把握，则汪逆之流，签订私人卖国条约，岂足以影响我国命于毫末？此种非法条约，实际只能发生一种作用，即加深我国民对日寇之仇恨，使我国民更振奋，更努力，更认识我国家民族除军事上取得最后胜利外，绝无其他出路。使我国民更认识，今后国内更应加紧图强，更应刷新内政，更应调整外交关系，以冲破被敌寇长期封锁之局面，俾国家民族得以早日恢复独立自由。

日寇承认汪逆伪政权后，英美表示绝对援助中国合法政府。苏联对此项消息，仅登载东京简短电讯，苏联为中国友邦，其将维持本年八月一日莫洛托夫在最高苏维埃会议中所发表："绝不承认中国任何伪组织"之声明，绝无疑义。柏林电讯，亦称德国政府当不至承认南京伪组织。照此说来，日寇排演的傀儡戏，只是自演自看而已。自日寇与汪逆签订非法条约后，我外交部长即发表谈话，谓"倘有任何国家承认该伪组织者，我政府与人民当认为最不友谊行为，不得不与该国断绝通常关系。"而蒋委员长亦于本月二日，发表谈话，唤醒各友邦"透彻认识日本之全部野心，与在太平洋上之根本问题，以及各国共同祸患之所在"，并促各友邦"开诚布公，共同合作，迅采有效行动，以制止日本之侵略"。我们不相信世界各国，除日寇外，再没有任何国家承认南京伪组织。倘有任何国家冒昧出此极大不友谊的行为，彼即为我中国全体国民之公敌。

当此日寇与汪逆签订非法条约之时，国人最有效的反对表示，莫过于以事实来答复敌寇的空言。上月三十日，"值敌伪签订无耻合约之日"，纽约华商李国钦氏，敬电蒋委员长，以美金万元为防空建设捐款。这就是一个绝好榜样，值得国人称誉，更值得国人效法。李氏于前年长沙，今岁随枣，两次大捷后，曾率先捐款，或以犒师，或以助战，此种有钱出钱的精神，我们愿国内富有之人均能急起直追。如能于短期内积聚成数，或以防空，或以购机，则安知敌伪的订约不就是我们抗战力量激增与最后胜利降临的开始？

鄂中鄂北的顽敌，自上月二十四日又在蠕蠕活动，企图恢复今春所失的地区的一部。敌人所用的兵类极多，飞机坦克均有出动。所窜扰地带亦广，襄河两岸绵长百余公里均有敌踪。然而经我军的兜剿袭击，一周之中，斩获甚多，敌方损失计达二万。这次获胜，适值敌伪公开签约之时，尤值国人赞叹。蒋委员长对李宗仁司令长官嘉慰，宜也。

参政员陈嘉庚氏视察东南各省后，于十一月三十日再度莅昆。在昆明他对记者发表了一篇值得注意的谈话。他依据视察所得，认福建省政，"甚须多所改善"。他对闽政不满者有这几点：（一）闽省田赋近由三倍加至十七八倍，影响民生至巨；（二）省府组织之贸易公司，取利颇重，失调剂物价之旨；（三）省参议员反对增加田赋，竟被囚禁；（四）兵役有绑索壮丁情事，皆陈视察之另一华侨巨子侯西反氏亦有同样意见。我们相信两氏所言，必有事实根据。果尔，即中央政府对闽政之改革，应立即加以注意。陈氏所举四端，有一于此，即陷闽省人民于水深火热之中，四弊同时存在，则闽民何辜，受此虐政？惟陈侯两氏为福建省人。以福建人谈福建政治，诚如陈氏所谓"家乡所在，不能不瞩望尤殷"故言之坦白开诚。两氏所视察其余各省，所谓"一般尚称良好"者，得毋有隐于中者欤？其他各省政情，果尽能免此四端，果无更弊于闽政者欤？两氏未视察各省，果又能尽免于闽政之弊欤？抑陈嘉庚氏有感于中，借闽人谈闽政机会，作一般之呼吁耶？总之，今日国家之存亡，民族之生死，决于抗战之胜败，即决于政治之良腐。中央对中央及地方政治的彻底刷新改革，尚宜作更大的努力！

蒋委员长最近对川省县长训话，对地方粮食管理一层，特别加以指示，嘱各县长严格取缔囤积与隐匿，要"不畏强豪，不惧权势"，做到"有钱出钱之公平负担责任"。我们以为不止川省县长应遵从此训示。凡中国地方官吏均应秉承蒋委员长此项训示，加倍努力。不止将管理粮食一层，应该如此；在平抑一切物价上，都应如此，不过管理粮食一层，在目前更为重要罢了。"国以民为本，民以食为天"，这仿佛是陈语烂调，这是几千年来政治经验的铁律。我们绝对不相信，民不聊生的政治环境下，对外战争，有绝对胜利的把握。我们谨一再向各地方官吏呼吁，对目前民食问题，对目前一斑物价问题，应认真设法解决。地方官吏应毋负蒋委员长爱国爱民之苦心！更毋陷国家民族于万劫不复之绝境！

罗马尼亚政治，目前又暴露十分不安宁的现象。铁卫团大事屠杀，据国际间电讯传说，十一月二十八日，铁卫团会枪决重要政治犯六十四人。其中包括前此曾任罗国总长及将军者多人。上月二十九日合众社电，又称罗国被铁卫团屠杀者达二千人。铁卫团这种行动，当然是报复两年前罗国政府对该团的待遇。铁卫团这种屠杀政策，引起陆军方面严重反感。罗国内战大有立即爆发之可能。然铁卫团所以有此屠杀行为，自然是倚仗希特勒的保镖，罗国人民自相残杀，希特勒当然志得意满。外侮已经深入，兄弟依然斗于墙，且甘受外人之挑拨愚弄，罗马尼亚的前途真不堪设想矣。

美苏邦交及英苏邦交最近似有改善趋向。苏驻美大使奥曼斯基上月底会晤美国副国务卿威尔斯商及美苏谈判事宜，其后国际新闻社电讯，又传美已决定，美国在海参威设立领事馆。同时，路透社消息亦传苏驻英大使迈斯基最近亦会与英外次白特勒晤谈。似此，则美苏与英苏间之关系，又渐趋接近。最近，苏联报纸言论，亦多表示苏联不参加反英集团。这又证明莫洛托夫前次访德，苏德间并未成立任何谅解。以实际利害而言，苏联与轴心集团之矛盾冲突，远较苏联与英美为多。以世界福利而言，则英美苏的合作，当足以制裁法西斯国家之强暴侵略行为。站在我们的立场，我们惟希望美苏与英苏关系，从此渐入佳境。

泰越形势近日来益趋战事紧张。泰国空军较越南雄厚，故不断飞越轰炸。越南炮队，亦时向泰境轰击。一日合众社电讯且传双方军队已在柬埔寨方面发生大规模冲突。衅自谁启，谁曲谁直，双方各执一词，似亦无从判别。要之，泰越战事果真不可避免，则喜笑颜开的惟有日寇。日寇目前之野心，即在全盘并吞越，泰，缅三地，以作南进之根据地，且以完成对华之南面封锁。日寇今日正努力制造越，泰，缅间之冲突。扶泰以侵越，假道泰国以灭缅，这都是日寇的计划。泰越果出于战争，正陷日寇计中。鹬蚌相争，渔翁得利，其结果泰越两败俱伤，而日寇胜利矣。越泰果尽并于日寇，则缅甸当然成为无唇之齿了。其实目前越泰缅自全之计，即三者联合以防制日寇之侵略，我们希望越，泰，缅三方当局，有见于此，此为三者之利，亦远东局面之利也。

  伦敦路透社消息，法国维琪政府已拒绝希特勒所提对法和平条款。希特勒之和平条款，要求法国以阿尔萨斯及洛伦割让于德，以直布底割让于意，此外，法国国内及各殖民地之港埠，应准德国船只停泊及加充燃料粮食。法政府中赖伐尔主张接受此项条件。洪特辛格尔将军则反对此项条件，据传洪特辛格尔将军之主张已取得胜利。似此，则德法之和平，暂时当不能成立，而希特勒诱骗法国对英作战之计划，终将成为幻梦。其实据我们的观察，法国反对此次丧权辱国之条件者，何止洪特辛格尔一人？前此传说魏冈与维琪政府意见冲突，此中亦非无因。此项和议果真成立，则戴高乐所领导之"自由法国民族委员会"之势力，必立见扩大，德法问题，依然不能解决，为法国国命计，在英德战事未结束以前，对德意不签订和平条约，未始非为法国民族留一线生机也。

  倭国国民最近又有不满近卫政府的表示。香港十一月三十日电讯，日寇政府目前又正努力于消灭"耳语运动"。所谓"耳语运动"顾名思义，一方面充分表现寇政府对民意之高压，人民实处"敢怒而不敢言"的苦境，另一方面又证实民怨之普遍。近卫两次上台，第一次以解决中日事件为号召，其结果发动侵华战争，第二次又以结束中日战事相号召，其结果承认汪逆伪政府，从此中日之仇恨愈深，中日问题公平合理之解决愈绝望。今后日本人民愈陷水深火热之中。寇国人民发生"耳语运动"，岂偶然哉！"防民之口，甚于防川"。日寇取缔"耳语运动"之结果，则川壅而溃之祸，当在目前了！

中美借款及其使用

伍启元

酝酿已久的美国对华巨额贷款已于十一月底宣告成立。这次美国对华贷款，因电讯简略，尚无法得悉其详细的内容。惟根据路透社和合众社十一月卅日至十二月二日的电讯，则这次借款共包括三部分。第一部分数额为五千万美元，是一种纯粹的信用借款，据美国政府当局宣称，"将以充作一般之用途"。这部分的借款是由美国进出口银行支付。第二部分是一种金融借款，数额也是五千万美元，将专门"拨出用以保护中美两国之币制及维持两国币价之平衡"。这部分的款项是由美财政部平准基金项下拨出。此外尚有第三部分，总额共六千万美元，是一种购物协定借款，用来预付中国出口的钨锑锡等物品的货价。这一部分是由美国复兴银公司之附属机关"金属准备公司"与中国"资源委员会"商办的。办法是由美金属准备公司预付货款六千万美元，而中国则将按照合同于此后若干年间将协定内所规定的货物送交美国，以偿还债务；至价格则"以交货时之市场情形为标准"。这一部分虽是作购货之用，但事实上中国要在若干年后才能把货物交清，所以也是一种信用贷款。

没有疑问地，一万万六千万美元的借款，是一种空前的巨额借款。关于这次借款的政治意义，在本刊本期的时评中已加以论述。在这里，我们将专从经济的立场，来分析我们应该怎样充分利用这些款项。我们已经说过，这次的借款共分三部分，所以在用途方面，我们已应对这三部分分别加以论述：

（一）五千万美元的信用借款——根据借款的规定，这五千万美元是作"一般的用途"。换句话说，对这五千万美元我国是可以自由使用的。我们认为这五千万美元应全部用来购买军事上所必需的物品。在这战争时期，军事第一，我们应把这五千万美元，每一分钱都用在直接充实抗战力量的途上。我们不应允许有一分钱的浪费，我们不应允许有一分钱被使用到与抗战无直接关系的途上。

但我们所最关心的是怎样使这五千万美元的军需物品能够作合理的购买，并且能够迅速而顺利地运到中国内地来。我们认为在购买方面应该小心，因为在购买方面如果没有一个适当的计划，如果没有一个通盘的计算，则必然会发生有些物品较多，有些物品不够的现象。其次在购买时应怎样慎重选择物料，怎样防止舞弊中饱，都是应该注意的事。

无论在决定通盘购买计划，在选择购买物品，或在运输货物方面，我们都应该快捷迅速。我们正在和时间作战，我们对每一分钟的光阴，都应充分的利用。广州，镇南关和海防的经验，我们总不会忘记了吧？这些国际交通路线，都在抗战的过程中一条一条地为敌人所切断。谁能够保证现在的交通主道——滇缅公路，没有受阻碍的一天呢？因此我们应该争取时间，应该克服所有的困难，把货物迅速地运进目的地。以往海防方面，因为我们没有迅速地把所有的物品都抢运到目的地来，结果损失颇大。这不是最好的教训吗？

我们不但希望运输能够"迅速"，我们并且希望运输能够"顺利"。军用物品是一种容易爆炸和容易发生意外的物品。在运输的过程中，难保不会因为防范不够周密，而发生自然的或人为的意外。因此我们以为负责运输的当局，应该特别注意防止意外的发生，否则用好不容易借来的款项去购得的货物，经过千辛万苦运到中国境内来，却因一不小心，在片刻间变成灰烬，这是多么可惜的一件事！

（二）六千万美元的购物协定款——这六千万美元也是可以由政府去自由使用的。没有疑问，政府可以利用这项借款的大部分去购买军事上的必需物品。但我们认为这项借款的一部分，应该用来改善我们的出口能力和增加可以代替进口品的物品的生产。抗战以来，中国对外借款，只就美国而言，连同此次借款，总额已达二万万四千余万美元。事实上将来我们还是要不断地向外借款。不但在战争中是如此，在战后调整时期，我们也将设法利用外国的资本。为着要使我们能够源源不断地取得外国的信任，得到外国的货款，我们非根本从增加我们的还债能力着手不可。改善我们的出口能力，是增强还债能力的最妥善办法。现在我国许多出口物品（如桐油，矿产，茶等）已经大部分预售与外国。对于这些物品今后若干年的生产，将差不多要全数用作偿债之用。我们以为今后不但应该尽量增加这些物品和其他原有出口物品的生产，并且应该设法发现和增加新的重要出口物品。关于改善原有出口物品一点，我们主张从增加这些生产的生产能力效能着手。因此政府应该利用这次借款的一部分，来购买若干足以增加这些生产的生产能力的机器，工具和材料。此外政府在可能范围之内，并应增加各种出口物品的"加工程度"，用增加加工程度的办法来增加出口物品的价值。但增加加工程度，也非使用机器不可。因此这次借款的一部分，应该用来购买这些机器。

总之，这次的借款应该有一部分用在生产的途上。用在生产的途上，一方面可以充实抗战的经济基础，而更重要的就是增加我们的偿债能力。

（三）五千万美元的金融借款——根据美国财长摩根索的谈话，这项由美国平准基金会拨出的巨额美金，将用以"购买中国货币"。目的是在利用美金购买中国货币的方式，来稳定中国的币价。但中美当局将怎样运用"购买中国货币"的方式来稳定中国外汇？我们将要稳定哪一个市场的外汇？这些问题对中国金融的关系甚大，我们愿意特别提出来加以讨论。

运用"购买中国货币"的方式来稳定中国的外汇，可以有两种不同的办法。第一种办法是在公开市场中规定一个购置价格，在那个价格时平准基金将无限制地抛出美金，吸进法币。例如中美平准基金规定美汇为每百元法币合美金八元，凡是市场价值跌至八元时基金即用美金来购买法币；结果则美汇必不会跌到八元以下的。这种办法就是中英外汇平准基金所采用的办法。第二种办法是经过审准的手续才依照一定的汇率来出卖美金（购进法币）的办法，根据这种办法，所有请求购买外汇的人都要先向一定的外汇购买审核机关请求，经过核准之后才能向平准基金购买外汇或出卖国币。这一次平准基金的购买国币或出售美汇的办法，现在虽没有公布，但我们的推测，大约是趋向于第一种。我们认为第一种办法是对中国没有很大的帮助而对日本则反有极大的利益，所以是一条不应再走的路。自从政府在廿七年六月间开始利用外汇平准基金来支持汇兑公开市场的时候起，中国就是走第一条路。走这条路的经验，至今已经快两年半了。过去我们的基金对中国有过什么利益？没有疑问地，从廿七年六月中国银行的小基金开始活动的时期起，至廿八年六月中英平准基金已经成立了将三个月的时候为止，法币英汇汇率始终维持在八便士水准之上。但维持八便士的水准对中国有什么利益？我们的入超是增大了，我们外逃的资金是得到便利了！结果我们的外汇基金却一天比一天减少，而终在廿八年六月因受不了市场的压力而停止供给外汇。以后外汇平准基金虽仍不断地活动，但外汇还是由八便士而六便士而四便士而三便士余地继续下降。但在我们敌人方面，却因平准基金的存在而得到很大的利益。他们利用因税收及发行所吸收的法币来吸收我们的外汇基金。他们在华正从事侵略的军队，特务人员，官吏，商人，都充分利用上海市场来购买所需要的进口品，华中，华北，甚至东北的进口物品，差不多都是直接或间接由上海市场来供给外汇。此外并且有一部分进口至日本的物品，也是经由上海市场来支付外汇的！我们认为过去两年半的经验应该已经能够促使我们反省了。我们绝不应再利用这次的五千万美元来重演过去一千万英镑（亦约合五千万美元）的错误。在以往一年半中，深知日本利益的日本专家已一再大声疾呼地主张维持法币的上海市场，反对用任何方法去破坏法币的信用，这不是维持法币会对我们敌人极为有利的证明吗？因此我们认为第一条路是一条不应再走的路。

没有疑问地，走第一条路会对美国或英国的商人发生有利的影响，但我们也未尝不可以用其他方法去满足他们的需要。

我们主张用中美平准基金去购买国币（出售美金）时，应先经过审核的手续。必要事先得到中国机关的核准，然后才能购买外汇。但核准的办法，应该比现在广泛得多。凡是核准进口至自由中国的物品，进口商人对全数货值都可以购买外汇。政府应该利用这个机会，把外汇统制与进口统制和物价统制联系起来；凡允许进口至自由中国的都由平准基金供给外汇，凡政府不供给外汇的物品都不许进口。进口之后，物品的售价应加以统制，使维持汇价和供给外汇的利益能够转移到消费者的身上。政府并且应进一步把商汇法定汇率与市场汇率打成一片，然后再进一步回复到"一元汇率"的途上。此外我们以为应该在自由中国境内树立起一个自主的外汇市场，而在这个市场的汇率应与法定汇率——至少是法定商汇汇率——打成一片。

至于沦陷区中的外汇市场（特别是上海市场），我们应该任其自然变化。我们绝不应再动用国家或友邦的一分钱，来便利我们的敌人。但是在若干条件之下，我们也可以供给很小数的外汇给在上海的英美商人。但这些商人应该保证其物品必不直接或间接转售与敌人。

从上面所说，我们对应该稳定哪一个外汇市场的问题也加以解答了，但我们恐怕这一次的基金将来也是用来维持上海市场，又再犯中英基金的错误。

关于我们应该怎样地利用这次的金融借款，应该怎样地改变我们的外汇政策，我们在这里只能提出一些纲要。至于详细的理由和详细的办法，则他日将再为文加以论述。

日伪订约

钱端升

日伪订约及日本承认南京伪组织二事宣传已久。以汪贼兆铭的无耻,狂悖及利欲熏心,汪系群奸的下作及敌人的无耻,订约及承认俱有其必然性,本无可逃免。到上月三十日,离汪贼在南京开府足足半年以后,二事始成事实,我们实不感觉到突然,而只感觉到迟晚。

订约与承认的行为及条约与议定书的本身,俱不值得讨论。前者只代表由先行交易而择日开张的一种过渡,后者则与年初高宗武等所揭发者毫无二致。不特不值得我们中国人讨论,即外国也未予以日伪所希望能引起的注意。不特我们的友邦英美苏未加垂青,即敌人的友邦德意亦未即随敌而予汪以承认。善哉蒋委员长之言:

此次敌阀与汪逆签订伪约,并承认汪逆伪组织,不过对去年已成立之日汪密约,与本年三四月间敌派阿部信行入京主持南京伪府成立之事实,再一度公开正式而已。此外别无新奇不同之处。而此种荒谬绝伦之伪约,亦不过一张废纸,殊无一顾之价值。(本月二日中央纪念周报告)

我们费笔墨来讨论订约及承认二事的本身本是没有意义的,也是不值得的。值得讨论的,值得引为警戒的,还是十年来国际盗贼行为的整个。日本侵华是国际强贼行为的发轫,而日汪订约及日本承认伪宁,则与日溥订约及日本承认伪满如出一辙,均为日本侵华的部分工作。只有用这样的看法,十一月三十日日汪在南京的丑行才有其重要性。

自从九一八事变以来,我一直有一种看法。这就是:全世界强盗国家与非强盗国家间最后将不免有一个大战;在这大战中,几乎世上一切的国家须被卷入。国联处置九一八事变的方法及各大国对于九一八事变的态度，使我生了这种看法。希特勒的当权及奥相道尔菲斯的被刺加深了我的恐惧。英法对阿比西尼亚之战的方策使我的恐惧成了我的结论。一九三七年十月罗斯福总统在芝加哥发表强调演说，提议"隔离"侵略者。在那个时候，我还一线希望，希望英美能将日本镇住，如果日本可以镇住，则国际抢掠之风可以大杀，而我的结论也还可以不成立，而我的恐惧完全是虚惊。但是经布鲁塞尔的大失败后，我知道世界大战必不可免，而我的看法将不幸而成为准确的看法。自此而后，我知中英美必将联在一起，德意日也必将联在一起，而二者最后又必互战。中英美方面愈早能作如此看法，而以全力周旋，则胜利愈易亦愈快。中英美方面之一国或数国愈拒绝作此看法，不肯共同行动，甚或希冀德意日能不合作，则胜利愈无把握，且即可获胜利于最后，战事亦必拉长。

如果上面的看法是准确的，则英美之迟迟不肯开罪日本，中国之迟迟不肯开罪德意，以及中英美之不肯及早联盟，俱是错误。因为在整个世界走向强盗与非强盗的互战中，德意日固然已结了盟，中英美也必须结盟。中英美一方任何的一国与德意日一方任何的一国绝无妥协的可能。因为中日不能妥协，所以无耻汪贼的伪组织迟早必可得日人的承认，也迟早必可得德意的承认——虽则我外交部已予德意以警告（外交部王部长三十日声明有"倘有任何国家承认该伪组织者，我政府……当与该国断绝通常关系"一语）。我所以不奇怪十一月三十日南京所演的丑剧者即在此。从前德意承认伪满。日后同样承认伪宁，我也所以不会奇怪者也是在此。

但不奇怪是一件事，谋对策又是一件事。因为我早有一贯的看法，所以我不奇怪。但也因为我早有一贯的看法，所以我更急于将一切国家强盗及早打倒。

要打倒国际强盗，中英美有打倒德意日的共同责任，而中国则有打倒日本的特殊责任。完成特殊的责任，即所以使共同的责任易于完成，完成共同的责任亦所以使特殊的责任易于完成。二者是相连的，是分不开的。不但我们中国人应明了这个连锁的关系，英人美人也同样应明了这个关系。

现时的国际局势，无论是全世界的局势，或是中日间的局势，俱有久战不决之势。这种局势不特于中国有害，于英美有害，且于整个人类与人类文明不利。我们此时应尽大力以防止久战局势的形成。我们应早日取得胜利，庶几我们与全人类俱可享太平之福。

何以全世界正在形成久战不决的局势呢？我们展开世界的地图，仅考察各大强的实力，分野与态度，我们便可知世界的大战是无法速决。一方面有德人所把持的欧洲大陆，人口多，陆空军甚强，资源不少，海岸线不易封锁，另一方面有大不列颠帝国，海军强盛，经济力量伟大，空军之势日增，馁气亦已消灭。两方本已谁也不易将谁消灭。后者在物质上又可获大助于美国，但前者则邀得日本为帮手。固然日非美敌，但日本具有亡命性格，远比和平主义至今未衰的美国易于动手。

在上述多少有点平衡的局势之下，战事当然要成为拉锯式的久战。如果没有第三者将这平衡推翻，或者两方之中没有一方能发挥意想不到的大力或是发生预料不到的内乱，则二十年的拿破仑之战当然不难重演于今日。英国仍英国，希特勒则替代了拿破仑。

要打破上述的僵局，最易的方法一是苏联表明态度，参加一方作战，又一是美国以全力与我合作，先将日本击败，以剪希特勒的羽翼。苏联参加德意日的结果也许使世界益成僵局，但如参加在中英美一方，则大战立可由中英美苏获胜而结束；因为苏联参战以后，英美苏可以联合自东进攻德国，且使德国优越的陆军立失其优势。我不敢说苏联永会守中立，永不会加入中英美方面。相反的，我相信苏联在最后必会加入中英苏方面，但苏联加入时，大战或已延续十年二十年之久。他的加入并不能使我们免除久战的痛苦。我们与英美此时固应尽一切人事以促苏联加盟，但这究是毫无把握之事。

比较可靠的是促美国立以全力参战，先将日本击败，再将意德海军消灭，再与德方在空中比武，最后则将德之陆军击溃，这也不是易事，但比邀请苏联加盟或者较易得多。

以上二者，无论先采何者或同时兼采二者，中国先得加盟。要中英美苏联合在一起，我们总得对德意先采决绝的态度，或者谓，对德意少开罪，可得德意之助。这是谬说。我们今日绝不能也绝无法取得德意之助。或者谓，不开罪德意，故意与之虚与委蛇，则我与英美折□时较有力量。这也是自欺之谈。英美当局并非不识大局，我们之不得不与英美接近，英美宁有不知之理？

故我以为我国应该坦白的表示与英美同仇敌忾，与英美接近，与英美合作，一方以削弱德意日的总力量，一方以罗致苏联加盟为我们的责任。如果因此而能将世界僵局打破，早日获得全盘的胜利，自是我之所望，即或不能，我们也可告无罪于正义。同时，我们更应努力将东亚的僵局打开。

何以东亚也成了僵局，中日之战也将成为久战呢？是则因日之军力，尤其在战前，究非我所可比拟。虽作战三年，敌我军力已渐接近，但以沿海沦陷，内地工矿实业落后，军械不易充实，故我军在短期内尚不易具有与敌决战的实力。现在日人诱和不成，一怒而将迟迟不肯承认的伪组织予以承认。今年数年之内，我如无驱敌之力，则敌人势将利用已占的地域，作久占之计。他一方面可以加紧海岸的封锁，轰炸通苏通缅的大道，一面又可吸取中国东半的物资以自肥。此种局面，我如不能打破，则久而久之，我无论在军备方面，在经济方面，甚至文化教育方面，将俱有不良的折损。我们试闭目一思，假定日人能继续占据平津京沪粤汉一带至二十年之久，而我则局居西陲，一如今日，则其影响之恶便不难想见。

要防止这么一个僵局形成，或要打破这样一个僵局，最好是采攻势。如果不能采攻势，至少也应增强西人所谓"自由中国"的实力，以保障自由中国的存在与繁荣。

采取攻势总需大量的外助。可以助我败日的外助，此时只有美苏有力给我。但苏之不易遽表态度，已如上述。即如此，则自然只有向美方索取援助。我以为我们并非没有邀美共同击日的可能。只消美国能相信败日是自卫，是援英，是打败德意日侵略集团的必要步骤与最有效方法，或者美国在一年半之内，可以海空军之全力来助我攻日。我以为这是我们的上策，如此我们可以及早解放；如此英美也可以解除东顾之忧。

要增强自由中国的实力，我以为单单开发西南，即使可能，也远不足。我们一定要将西南及缅泰马来打成一片，广开铁道公路，大开我们的门户，发展我们的工业，我们才有自存之道，而最后亦可有强力驱日出境。但大规模的开发大西南，一方须在外交方面取得英国政治上的合作与美国经济上的援助，又一方须在政治方面大加刷新，加强组织，起用新材，重视设计。

二者——邀美共击日本与积极建设大西南——如可并行诚是最佳。但如不可得兼，而必择其一，则前者或较易实现。无论为前者或为后者，中英美的通力合作或同盟成了前提。美国今日仍忌同盟，加盟或仍须有待。但我国如亦不下决心，则又如何能盼美之加盟呢？

日伪订约与日之承认伪宁，本身固非大事，但实是大事的一小部分。苟我们因部分而窥及全奥，因而知德意日之不可不予以总打击，更因而知打破东亚僵局的急要，则我们诚可因祸而得福。

社会之筛

李树青

在一九三五年间,作者曾经在《独立评论》上发表一篇以"社会之梯"命题的短文,当时即在计划着再写一篇《社会之筛》,作为前篇的姊妹篇,不幸因猬务纠缠,竟致不果。在这短短的几个年头中,全世界与中国都发生了剧烈的变化。从这些政海浮沉沧桑世变里面,使我们更认识了社会之筛实与社会之梯同等的重要。没有阶梯,那个社会固然是要骚乱,要革命,要崩溃,没有筛的社会,也会遇到同样的命运。因而觉得在几年以前的计划,现在仍有与以完成的必要。

本来社会之梯(Social Ladder)与社会之筛(Social Seive)两个名词,都是美国哈佛大学社会学系主任邵罗坚教授(Prof P.A.Sorokin)在他的名著《社会移动》(*Social Mobility*)一书里所创造出来的。社会之梯是指处在社会金字塔(Social Pyramid)下层的优秀分子,都经由一些什么样的途径,可以逐渐地攀登到上层来。社会之筛是指已经居处高位的平庸或不肖分子,怎样被淘汰到下层里去。前者是社会的选择问题,后者为社会的淘汰问题。在一个动态的社会里,我们可以清楚地看出:这两部机械都在社会上不断的动作,美国的社会便是一个很显明的例子。反之,在一个静态的社会里,社会阶层已经近于僵化的骸骨,这两部社会的机器即使还存在的话,也是在啙窳腐锈,转动得非常之蠕缓了。

在一个静态的社会里,社会之筛比梯或者更来得重要。因为社会组织之所以由动态变成静态的原因:在经济方面讲,是财富集中或物资贫乏,使低层人民失所凭借;从政治方面讲,则系已占高位的人霸占"地盘","壅塞贤路"。虽然尚有其他原因，但以这两者最为重要。这时我们要想把骨化停滞的社会，变成流动，问题的中心，不仅在调整社会之梯，使其能以供攀登之用；还在乎调整社会之筛，淘汰去一部分已占高位的庸人，尽先腾出一些位置，预备容纳低层的优秀分子。不然，源流已经开了，而河床里的淤泥还没有排除，结果总使能"因人设职"，或者再多设一些"养士"的骈枝机关，但临时所能安插的位置终属有限，终必有造成泛滥崩溃的一日。近年来我们社会上"白领阶级"的过胜，以及当局苦心孤诣地喊出"取消文法提倡理工"等口号，多少都具有其可以寻绎的原因在。

在承平时代，社会上存在着两种经常的。筛一个是年老退休，一个是疾病与死亡。假如社会的组织已很健全。"贤士盈廷，俊杰在位"。同时又能选人以才，循序渐进，不徇私，不巧取幸进。至少一个小康的局面是可以维持的。要当着动乱的时代，动则关系国家存亡与民族安危，靠着这两具经常之筛，实在有缓不济急之感。因而其他应急的社会之筛，更应该及早设法使用。

社会之筛较社会之梯更难于适当的利用。我们相信在一个比较上轨道的动态社会里，一个从社会金字塔底层攀到高层的人，总有其特殊的聪明才智；一时的巧取幸进，终会被社会移动的洪流，冲击而去。在经济方面是如此，在政治方面也复如此。在静态社会里则大不相同。所谓静态社会，并不是即如同印度的社会组织那样，生于贵族阶层者永为贵族，生于奴隶者永为奴隶，期间绝无沟通转圜的余地。静态的社会里也可以有阶层间的移动，不过其移动的人数，对其全人口比较起来，特为渺小而已。因其移动率之小，故其所移动的人物更见重要。必须是其经由社会之梯而移攀至上层者，全是一般人公认"此人不出，如苍生何"的人物；而被社会之筛所淘汰者，全是些"尸位素餐"或谗谄面谀的不肖分子。这种工作，需要一个公正贤明的把筛的人——即处于社会金字塔尖端的领袖，静态社会的所谓服务成绩，大半是大人先生用以记载血缘关系的远近谄媚程度的高低。而社会上的舆论制裁，多半是毫无力量的。

希腊的古代大哲学家柏拉图氏，很早在他的《共和国》（*The Republic*）一书中便阐释过这类的道理。柏氏承认人类天赋的不齐。以为有的人是上帝用金铸造的，有的人是用银铸造的，有的人则系用铜和铁铸造的。所以出生以后，有的人便作公侯将相，执掌政权；有的人作武士，捍卫国家；还有一些人则作工匠及奴隶,从事生产及贱役。不过在这部名著的对话体裁里,柏氏指出另一点,也系最有意义的一点:即倘如金银铸就的父母生出铜铁铸成的儿子,这时作父母的,不应顾及父子私情而不与以降级。因为让这种人来执掌国政,将来他和国家会同归于尽的。柏氏所说的降级,也就是我们所谓社会之筛。不过这件事情要靠着父母来做,终究还只是一种理想,而非现实。因为父母没有不溺爱自己的子女的。所谓"家有敝帚,享之千金"是一妙喻。假如有富裕的父母生下了不适于读书的儿子,于是这位明鉴的双亲,居然使自己的儿子"与佣保杂作",而出资供给邻居适于读书的贫穷孩子去受教育。这种"大义灭亲"的行为,终究是一件不近人情的绝无的事。这里的关键,不在供给邻居孩子去读书,而在不令自己的儿子读书。换言之,即不在资助他人攀登社会阶梯,而在自己把着社会之筛把儿子淘汰下去。所以社会之筛的适当利用,较之社会之梯为更难。

罗斯教授(Prof E.A.Ross)在他的《社会学原理》里曾经讲过一句有趣的话。他说合理的社会组织,应该是"适当的人处于适当的位置"(Right man in right position)。据我们看来,这委实是一个极其重要的社会原则。社会的所以治平与进步,便是靠着"适当的人处于适当的位置"。反之,社会的所以骚乱与落后,也就在于"不适当的人处于不适当的位置"。儒家之所以盛赞尧舜为圣贤的最大缘故,在乎尧舜能传贤而不传子。孟子说:"以天下与人易,为天下得人难",也是基于类似的观点出发。

美国社会学家房绍穆氏(Prof.J.K.Folson)曾经在所著《社会心理学》(页五九五)中说过:"一个领袖并不在乎自己作出特殊的事情,而在能使他人为其工作"。在中国历史上,"知人善任"久已成为历代帝王兴衰的关键。项羽以"力拔山兮气盖世"的才干,却终于败到一个泗上亭长的的手里。其中缘故,即在乎刘邦能用三杰,项羽仅有一范增而不能用。诸葛孔明在《前出师表》里凯切地说:"亲贤臣,远小人,此先汉所以兴隆也;亲小人,远贤臣,此后汉所以倾颓也。"但因为他无法改造刘禅,终于造成了"运移汉祚终难复,志决身残军务劳"的结果。我们征引这些历史事实,都在说明掌握社会之筛的领袖的重要。因为社会上原有君子之群与小人之党。倘如把筛的领袖一时不慎,引进了小人,筛落了君子。于是"小人道长,君子道消",社会殆没有不乱的。唐末时,朱全忠听信"此辈清流,宜投浊流"之类的谗言,结果把唐代的神器也同时投到黄河里去了。东汉末年在党锢之乱以后，郭林宗就有"人之云亡，邦国殄瘁"的叹息。而后汉的社稷，也终于因此"倾颓"。其间因果的关系，可谓历历不爽。

君子与小人之间，本来没有清楚的界限。儒家用好义与好利作为界说。苏洵则以人情为划分的标准，所谓"凡不近人情者鲜不为大奸慝"。其实聪明的小人，未尝不能装出一副君子相。老子所谓"大奸若忠，大诈若信"，即是此种道理。反之，君子也可能被一时不白之冤。例如："周公恐惧流言曰，王莽谦恭下士时，若使当年身便死，一生真伪有谁知？"作领袖的不能等待身后的批评，必须从当时的毁誉里，辨别出一个真正出类拔萃的人才，滥竽充数的"南郭先生"以及假冒为善的伪君子。

人情殆无不喜阿媚而厌忤逆，这是人的弱点。造成贞观之治的唐太宗，还不能不有"会须杀此田舍翁"之类的恨恨语。然而"良药苦口利于病，忠言逆耳利于行"。执掌社会之筛的人，便不能专一喜好矜夸，喜好谄谀，以致蔽于群小而不自觉。从中国历史上的陈迹看来，小人之所由因缘悻进的"终南捷径"，要不外"病于夏畦"式的"胁肩谄笑"。人主喜欢狩猎的则以狗马进，喜欢声色的则以女乐进。逢迎谄媚，有时能把皇帝做到"善善而不能用，恶恶而不能去"的地步。于是所谓社会之筛便完全失去了效用，而社会之梯也就必然地因为壅塞而停顿了。

在动态的社会里，重视才能，静态的社会则重视资历。二者虽同为社会威望（Social Prestige）的来源，内容却有不同。从理论上讲：才能应该是资历的基础，资历是才能的表现。但实际上，在静态的社会里，这两者有时可以分开得很远。其中缘故，一则因社会之梯无法应用，把许多聪明才智的人物，埋没下层；一则因社会之筛早已停顿，把许多平庸驽劣的分子，留在上层。其结果是"不适当的人处于不适当的位置"。埋没人才，对整个社会是一种极大的损失。庸人来主持大事，也免不掉"倒行逆施"。这样一个"本末倒置"的社会组织，我们很可想象其不日就要崩溃倾圮的。

因为静态的社会注重资历，才能反落到次要的地步；所以阶层间的移动，才形成了骸骨化的现象。这其中也有一点道理，值得再加进一步的剖解。社会既系静态，阶层间的流动率本小。假如这点很小的移动，都没有被妥善利用的话，则能以自社会下层攀登到上层的，要不外经过一番"攀龙附凤"的钻营功夫。这类攀登的人，最先也许很心虚，小心翼翼，觉得在上位的"肉食"者流，必定都是才智超人行为出众的。等到他自己已达高位以后，又立刻觉到彼此之间原不过"一丘之貉"，既无惊人的才能，又无湛深的学识，所以也就坦然居之而无愧色。同时，在自己下面，又挤满了一群奔竞的人物，这样，使他觉得伟大与卑小的区别，即在乎社会身份的不同。于是自己的气焰，就随着地位而逐步的增涨，最后也许居然达到了"舍我其谁"的地步。居处下层的优秀分子，既然除钻营再无表现才干的机会，因不甘阿媚取容，也就宁愿屈居下层。而上层的平庸人物呢？因为不见和不识人才，也就擅作威福，睥睨一切。这里面，再加上故旧的引用，戚属的攀援，社会之筛既不成其为筛，梯也不成其为梯，整个的社会便如同盲人瞎马，向着崩溃的大道迈进。

执掌社会之筛的人，在理论上，应该是社会全体，一个合理的社会阶层，每一阶层都应该具备筛与梯两种功用——把优秀者选择出来，把不适者淘汰下去。这还是只就理论上来说。实际上，社会选择的标准，应该按照一个人的事业成就与服务成绩。而执行选择与淘汰的工具则为舆论。在目前社会组织里，只有民主政体还和我们的理想相近。从政治方面言，在民主政治舞台扮演的角色，非得到大多数观众的拥护，叫好，喊Encnre，才能再度登台。因此，社会还具有选择与淘汰的力量。但在独裁制下，独裁者在以武力攫得政权以后，本人是绝对不许人民批评的。为其所任用的僚属，只要能有法术博得独裁者一人的欢心，对其他各方不妨擅作威福，或竟贪污肥己。至于一般民众，则只有"敢怒而不敢言，道路以目"了。其最终的结果，不是整个的社会组织分崩离析，便是由自伐而招致人伐，两者对社会本身都是一种极大的损失。从经济方面言，民主政治注重自由竞争。每个人都可按照一己的兴趣，去选择职业，经营生意。财富的累积，即等于身份的改进。这里面虽有凭借的不同（如继承遗产等），却无机会的差等。所以民主政治于我们虽然并不以为是绝对完善的政体，但在还没有更好的政体可以用来替代以前，仍然加以拥护。

中国是一个静态的社会，目前还正处在千钧一发的局面。这时需要集中人才，需要社会移动，更需要社会上的梯与筛这两部腐锈的机器，都能以及早的开始作有效的活动。邵罗坚有句话："每个人必须按照他的才能来安排位置"（见所著《社会移动》，页一八二）。挽救这静态社会的危机，这似乎是舍此无由的一条出路。

人口流动的一个政策（下）

潘光旦

（接上期）

二，关于地域间品质的调剂的一部分政策，可以分两方面说：一是较大的区域，如中国的南北部，或各大河流域，或省域间的；二是都鄙间的。

对于区域间的品质调剂政策，在以前不能说完全没有，不过不失诸偏颇，便失诸零碎。秦汉强本弱末的政策，便是偏颇的一例。此种政策的大弊，在特别注意畿辅的中心，而忽略边远的省份，名为强本弱末，终成头重脚轻。历代谪戍或充军的制度有同样的弊病，也可以算这政策的一部分。近世明清两朝，官员分发，例须远避乡土的省邑，无意中也有几分品质调剂的功用，但此种功用，除了京官而外，恐是很小的，就因为它过于零碎，包括的人数既不多，官员卸任以后，是否居留不去，又属完全自由抉择，而非政策所能过问。不过我相信，七八百年以来，北方的人才虽呈一般的凋落之象，而以前首都所在地的河北一省，始终能维持相当高的水平，直接是许多京官宦游不去之赐，而间接是这种政策之赐。

不过就大体说，品质方面的这种人口流动是完全受了自然环境与文化环境的摆布，而没有受政策的节制的。南方的卑湿烟瘴，即在一千年以前，以至于直到晚近，特别是就滇黔等省份说，限制了品质较好的人口，以至于一般的人口，向南方散布。到了北方的灾荒的环境越来越坏，胡族的侵扰越来越厉害，中国的政治重心越来越不能在北方立足，于是品质方面的人口的向南活动才越来越活跃；抗战以还，大批人口向西南的活动还可以看作这全部过程的一部分。要而言之，中国的人文中心以及政治中心的自西北而东南，更自东南而西南的全部历程是这种人口的流动的一个必然的结果，而人口流动的本身又是为了适应历代天灾外祸的一个必然的结果，这其间可以说丝毫没有政策的关系；在天灾外祸外环境无法根本改善以前，这种政策也确乎无从树立。不过这种流浪式的或渔牧式的人口流动所造成的人才分布的局面是显然的很不健全的。北宋以前，人才最大的几个中心是在黄河流域，宋代以后，这些中心移到了长江流域，特别是太湖流域，秦汉时代头重脚轻的弊虽去，接踵而来的却是一种局部不全麻痹的病态，在不全麻痹状态之下，要希望整个民族国家的健全发展是不可能的。并且这种不全麻痹的状态，不但在较大的区域之间可以找到，即在省与省之间，以至于一省以内的部分之间，也可以发见，例如苏南之于苏北，浙西之与浙东（据习惯的说法，以钱塘江富春江为界，其实是浙东北之于浙西南）；这种不平衡的状态的关系虽较小，但未始不是健全发展的一个障碍则一。

关于都鄙间的品质方面的人口流动，我以前在《论疏散人口》（《益世报》，二十八年九月三日星期评论）一稿里已经详细讨论过，在此无须多说。都市是有向乡村吸收比较优秀的人口分子的能力的，但它只知吸收，不知维护，不特不能维护，并且善于毁灭。换言之，都市是有很大的反选择的作用的，都市越大，这种作用越强烈。这种作用我们以前本不大怕；国家既有一般的重农政策于上，较高的流品又自有其"耕读世业"和"林泉啸傲"的生活理想于下，这种作用虽终存在，却还不至于太大。到都市化运动正如火如荼的今日，情形便不然了。西洋关心民族品质的人士对于这问题目前也正在大声疾呼，亟图补救，想"迎头赶上"西洋文化的我们又何能默尔呢？

在这方面应有的人口流动政策，显然又是比较广义而间接的。人民有行动与居住的自由，是国法所承认的，自不便横加干涉。不得已，就又得求诸于环境的迁善了。这种迁善的努力不外两部分，一是一般自然环境与文物环境的改进，二是教育方面的提撕警觉。大抵区域间的流动的调整有藉于第一种的努力者为多，而都鄙的流动的调整有藉于第二种的努力者为大。抗战必胜以后，外祸的环境是势在必改的；科学的技能发达以后，天灾的环境也自有改进的希望，再益之以交通的利便，到那时候，全国的各区域虽未必尽成乐土，至少苦乐不均的程度可以末减，文化高下的悬殊也可以改观，而品质方面的人口流动也自会取得一个比较平衡的新趋势。都鄙间的流品当然也得靠环境的改良，特别是乡村的环境，不过教育方面的努力更是刻不容缓的事，因为此种改良的工作就得靠乡村中比较优秀的分子的提倡与努力，必须先把没有离开乡村的此种分子留住，才可以进一步的希望把已经离去的吸引回来。近年来乡土教材的逐渐充实便是一个很好的现象，大可以做这种广义政策的一部分，环境并不能根本改造一个人，但在稍有努力的人却有选择环境的能力与被好环境吸收而去的趋势，孔子讲"里仁"的道理，孟母有三迁的经验，环境一经改善，流品较好的分子自不劝而留，不招而至。

三、关于职业间的比较优秀分子的流动或人才分布，我们的政策所应根据的也无非是一个平衡发展的原则。健全的社会发展当然靠人口分子间适当的分工合作，而适当的分工合作最大的条件是每一种分业中都得有些上流的人才，庶几此业与彼业之间，在价值上不至发生过分的高下，而在社会的视听里也不至于太分轩轾。中国以前太看重读书人，太尊敬读书人做官，于是士与仕的两个职业或一个职业取得了超越寻常的地位，而人口中比较优秀的分子便几乎悉数的流入读书与仕宦的一途，结果，仕宦既有了人满之患，而其他职业更吃了人才寥落的亏。士，农，工，商，兵的四民或五民，其地位的高下就等于列举的先后，越先价值越高，越后价值越低；事实更告诉我们：只有士的价值最真实，其余根本只是一些糊口之计，只有其低限度的经济的地位，而没有文化与社会的地位。当年太史公把《货殖列传》放在全部列传之后，据说已经有他的贬薄的微意，不过到了后世官史里，货殖的人才便根本没有进列传的资格，即此一端，已足征风气之所趋了。结果是，治人与食于人的分子相对的越来越多，食人与治于人的分子相对的越来越少，根据了孟子大小人的区别，或君子野人的区别，所谓大人或君子十分之八九终于集中在一个读书仕宦的职业里，而其余职业的分子悉数是所谓小人或野人；小人或野人是不会有文化与社会地位的；二三千年来，这些名词尽管不很流行，而一般的看法却始终没有改变。论者说中国文化着重在生活浮面的格式，而缺乏实质的生活条件做衬托；我一向认为这评论是很对的，而其所以有这种"空头"的状态的一大原因，就是各大职业之间的人口流动失诸过于偏注。

西洋也未尝没有过同似的情形。在基督教全盛或占绝对优势的时代，一家之中，比较优秀的子弟几乎没有一个不以加入教会工作为最大的荣誉，结果也复相同，教会是发达了，畸形的发达了，教会以外的职业却无一不呈人才凋敝的现象（法律一项是比较的例外，但当初也只有教会所制定的法律，所以也未始不是教会职业的一部分）。教会的职业事实上又对于高级的流品只能吸收，而不能维持，独身的主义与诫命每一世代之中在祭坛上所贡献的最多与最大的牺牲就是这种流品。宗教文化与教会事业最繁荣的一段西洋史，也就是史家所称为"黑暗时代"的西洋史，这一点貌似矛盾的事实是不容易解释的，除非我们一面承认当时职业间流品的分配太不平衡，一面更承认教会职业的反选择作用。西洋这种职业间流品的支配到近代而一变。就美国而论，近在四五十年前，最崇高的终身事业还是读神学与当牧师，当时吸收第一流人才最多的无疑的是牧师的职业；但到了最近，似乎当牧师的只是一些第二流第三流的人才，第一流的人才已经从牧师职业里解放出来而逐渐分布到其他职业里去。这一点说不定和近年来美国百业的突飞猛进很有几分关系。不过，职业间流品分布的平衡状态终究是不容易维持的；最近美国那种"富商崇拜"的新趋势也是一样的要不得。

根据上文所述的经验，可知在这方面我们也应当有一些广义的政策。这政策可以分经权两方面说。经常的是，我们在一切较大的职业里，总得吸引，维持，培养相当数量的高级的流品。我并不相信罗素所提出过的职业平等论，职业是有大小粗细高下之分的；三百六十行尽管行行出状元，那状元的价值绝不能完全相同。不过有两层我们不能不承认：一是各种较大的职业，或与经济的生产有关，或与秩序的维持有关，或与教化的创造有关，或与生活的美化有关……都是任何时地缺少不来的，在它们中间我们不容易也不应当强分什么轩轾。二是同一职业之中可以容纳各级流品的人，自设计的工程师到专用体力的粗工，从农业专家到挑泥担粪的农夫，其间可以包容很多的流品；这种种流品都少不得，都可以各尽所能的有所贡献，不过下级的流品不怕找不到，而高级的流品是否找得到，就得看这种政策的有无了。这政策所依据的最大的原则，就是承认各种较大的职业，在今日复杂的社会生活之下，各有各的效用；同时，为人口分子的个人一方面设想，承认一切才能技艺对社会与文化都可以有贡献，贡献的大小完全要看他的才能技艺可能发展的程度而定，而社会与国家绝不勉强的就各种才能技艺定下一个价值的表格来。这一段话是可以和上面《人口品质的一个政策》一稿里所提的"变异的鼓励"一端相呼应的。

但为矫正目前已有的不平衡的状态起见，一种权宜的政策也有它的地位。近来中央教育当局的特别注重理工两科，就可以看作这样的一个政策。

我们以往对理工的科目太不注意了，我们甚至于把他们看作致远恐泥的"小道"与坏人心术的"机巧"；我们要把这种观念改变过来，非得权宜的对理工科目特别加以提倡鼓励不可。音乐的艺术目前也有同样的需要。不过，话应当说回来，这只不过是一个权宜的与暂时的办法，一切矫枉的努力的最后目的无非是求一个比较持久的正直，一切权宜的措置求一个经常，一切偏颇的设施求一个平衡。要不然，这一类的努力就成为头痛医头，脚痛医脚的一个勾当，于全体的长久治安没有几许补益。我们教育当局一定得用这样一个眼光来衡量与裁制他们的这一类的政策，日后才不至于发生新的流弊。他们不但自己应当有这种眼光，更应当教接受政策的实施的人民体谅到这种眼光；否则，一个抑彼扬此的政策标榜于上，一种丰兹啬彼的风气便养成于下，政策尽管是暂时的，而风气却是比较持久的，比较广被的，势必牵动到各种职业的社会地位而影响到不同的职业分子的生存与传世的机会，等到反选择的作用发生以后，再要求比较永久的平衡发展，就很困难了。这一方应有的广义政策，若再推而广之，也就成为国家应有的文化政策；尚文尚质，尚文尚武一类的政策，固有其一时的补偏救弊的功用，但与其任其自然，到了相当时期之后，必须改换风气，另立一个崇尚的对象，何如放远眼光，从长计虑，能比较永久的维持一个文武不偏废与文质彬彬的平衡状态？

抗战开始以来，上文所讨论的三类人口的流动都增加了速率，成为一种波动的现象，不止是平时的流动了。但就大体说，这种波动还是抗战的局势所造成的一种现象，其间政策的成分极少。沦陷区以内，民众的救济，难童的搜集与保养，沦陷区内青年移入内地的招徕，青年的不准进入某某区域，等等，虽都算是一部分的政策，至少都用一些政治的力量来推行，但大都没有通盘的计划，有的连所以必须推行的意义也不很清楚，只是为一时政治的方便，不能不推行罢了。不过人口的流动，无论是哪一类，一方面有自然与文化的环境里的种种势力从外面推挽，一方面有内在的好动善移，自求位育，物寻其类的倾向从里面驱策，假如我们对这种内在的力量没有亲切的体会，同时对外缘的势力不加以适当的调整，这一种零星的政策是没有多大用处的。要调整外缘的力量，也许是抗战结束后建国大业的一部分，目前不易措手，但要了解人口流动的性质和它对于国计民生民族运命的关系，与夫在这方面必须有一个宽大的政策的理由，抗战过程本身所给与我们的机会，是无上而不容放过的。

傀儡组织与伪约

邵循恪

十一月卅日，日本居然承认南京傀儡组织，并与中华民国之罪魁，签订形同废纸的卖国伪约，并发表所谓"日满支共同宣言"。这些破坏国际间法律与秩序的行为，充分表现黔驴技穷，虽成立了德意日三国盟约，发动和平攻势，并无法诱胁中国，参加所谓"大东亚新秩序"，只好用掩耳盗铃的惯技，让甘心为敌人奴隶的伪组织，重演一幕丑剧。既不能动摇我们抗战的决心，更不能淆惑国际视听。

傀儡粉墨登场。本来是本年三月末日的一幕荒谬绝伦的旧戏，绝不会因敌人承认而改善它的法律上地位，这是我们应有的认识。

从中国立场来说，我们最高当局及外交部，迭经宣示全世界我们的态度。我们在三月卅一日致各国政府通牒中说明："所有构成伪组织之人员，不过为日本之奴隶，其丧尽道德廉耻与爱国天良，自不待言。此辈危害祖国。助长日军侵略，中国政府与人民视之为国贼之尤者，应依法予以严处。换一句话说，在任何文明国家的法律，用不合法武力反抗国家，或是现存政府，就成立叛逆罪，任何傀儡组织，通敌祸国，根据中国法律，更是触犯惩治汉奸条例。所以我们政府，对元恶"僭称国民政府主席，公然与敌人签订丧权辱国条约"，是"重申前令"，悬赏缉奸，以正世道人心。至于傀儡组织所有的任何行为，迭经政府宣布，对于中国人民及外国，完全无效，最近更郑重声明，"其所签之条约，亦属非法，全无拘束。倘有任何国家承认该伪组织者，我政府与人民，当认为最不友谊行为，不得不与该国断绝通常关系。"

从国际法立场来说，任何世界自尊的国家，都不能不承认伪组织并没有任何合法国际地位，更不能不承认伪约并没有任何效力。

（一）傀儡组织是非法机关，不能取得国际社会中的合法位置。

依通常国际法原则，叛逆不经承认，为"叛乱团体"，没有任何国际间地位。假如一个"叛乱团体"的事实上存在，经外国承认，它可以得到国际法上暂时的与不规则的地位。外国允许"叛乱团体"，在占据区域内，事实上可以管束外人，及其财产；外国让它对在这一区域内的行为，要负单独的责任；外国承认有一个准负责任的政治组织，可以同外国非正式来往，解决为敌对行为所产生的事件与纠纷；但是外国并不承认"叛乱团体"有外交权利，或是公海上权力，更没有承认叛逆行动为合法，非经旧有的政府特赦，或是推翻了旧有的政府，"叛乱团体"，是不能免除掉叛逆罪。只要武装叛变事实上存在，外国承认"叛乱团体"，对旧有的政府，并不是不友谊行为，因旧有的政府，继续保持它的通常和平时期的国际地位与外交权利。所以承认"叛乱团体"，外国可以根据本身政治上与商业上需要来决定。

承认合法的政府或是事实上政府，是承认它在法理上，或在实际上，可以享受权利。如果是过早承认，就构成对旧有的政府的最不友谊行为。自然中美洲所流行的杜巴主义，不承认不依宪法程序而成立的政府，并不是国际法原则，但是承认合法的政府或是事实上政府的存在，尽管外国可以根据本身政策，有斟酌自由，并不能超过法律所允许的范围，不顾反叛团体是否成功，即加承认。合法的政府，或事实上政府承认的要素，是它确立的事实。承认并未成功的叛党为合法的或是事实上政府，等于鼓励及帮助它反抗旧有的政府，对于后者，是不合法的干涉，当然是要引起对于后者通常外交关系的恶化，以至发生极严重的结果。

过去西班牙内战，给我们不少可注意的例子。在战事开始时期，多数外国用不同方式，承认"叛乱团体"，苏联单独否认"叛乱团体"的事实上存在，坚持西班牙只有一个政府。后来有些国家，包括德意日"满"等等，贸然采取干涉政策，首先承认佛兰哥政府为合法的政府，并与西班牙人民政府断绝国交，有些效力外国，承认佛兰哥为事实上政府，但是仍承认西班牙人民政府为合法政府，硕果仅存的不干涉各国，继续与西班牙人民政府维持外交关系，同时照西班牙南美洲殖民叛变时期的英国办法，与佛兰哥交换非正式代表，等到西班牙内战结束，才承认佛兰哥政府。我们可以说在内战场合，外国得不受旧有的政府干涉，承认"叛乱团体"，与维持非正式关系，但是如果过早承认"叛乱团体"为合法的或事实上政府，与它开始通常外交关系，那就是对旧有的政府为不法的干涉，很难保持友好的关系。

　　傀儡组织的特征，并不是内战所产生的"叛乱团体"，而是外国在军事占领区内，武力制造成功的工具。从一九三一年以来，中国沦陷区，在敌人铁蹄之下，到处设立若干伪"政权"或伪"组织"，今日南京的伪组织，并不是一个例外。像中国外交部在十二月一日声明中所说："实则此种机构，不过为东京政府之一部，移置于中国领土之上，而为日本军阀实行其政策之工具耳"。在内战场合，人民反叛国家或原有的政府，只是构成国内法中叛逆罪。但是一个外国，用非法武力造成并支持叛逆，破坏其他独立国家的生存权利，是一种违反国际法行为。假如任何第三国，冒昧承认依靠外国非法武力而存在的傀儡政体，就要构成帮凶行为，其违背国际法及条约上义务，以及自身合法利益，显无疑问。

　　照国际法所规定，凡一外国侵入其他国家的领土，而强迫或是实际上援助一部分人民，反叛旧有的政府，无论是否在公开战争场合，就构成一种不合法的挑衅行动，它所造成的傀儡组织，本身既没有实力，即本不具备存在的国际条件。曾任日本政府国际法顾问多年之巴特氏，在其所著《侵略者与叛徒的关系》一文中，同样地承认："占领的敌人，不能间接强迫当地人民，用叛乱的旗帜，积极反抗它们的元首，假如在一八一二年的战争，美国占领加拿大，利用当地不满情形，让它宣言脱离，同美国联合，那么奎白人民的忠诚，一点不受影响"。欧战后"莱茵自主政府"，是一个很好例子。在法国军事占据时期，莱茵独立运动，经法国当地长官公开激励援助，就在一九二三年成立莱茵共和国，法国当地长官立即加以承认。但是莱茵人民既不服从这个傀儡组织，英比又加以反对，在数月内，莱因总统被暗杀，一场傀儡戏只好闭幕。在苏联革命时期，帝国主义国家，曾经承认但尼根，科尔契克，兰戈尔等傀儡组织，结果这些叛逆只有得到了悲惨下场。李顿报告书中，承认助成"伪满"创立的原动力有两种："一为日本军队之在场，一为日本文武官吏之活动，若无此两者，新国家不能成立，基此理由，现在政体，不能认为由真正的及自然的独立运动所产生"。报告书又讲到："伪满政府之高级中国官吏，所以任职者，多由于利诱，有人且谓彼等系因威胁而留任"。这些例子，可以证明成立新国家或是新政府的要件，是在一定的土地上，设立并维持具自由意志及有实力的组织。任何伪政府，伪组织，仅仅宣布新组织成立，自身并没有实力，全靠住外国的意思而存在，即缺乏在国际上存在的条件。

再进一步说，傀儡组织的成立，实违反现行条约非法武力侵略的结果，它的起源即属违法。因此承认南京傀儡组织，在法律上为不可能。凡是参加国联盟约，或是九国公约的国家，尊重中国领土与行政上完整，是最低限度的义务。就是没有条约关系的国家，假如缺乏法律上理由，侵犯了别的国家间的条约关系所成立的权利，就要构成侵权行为。在南京傀儡成立时，美国国务卿赫尔，曾经发表声明："中国境内，受某一外国之怂恿，曾建立若干"政权"、"政制"，今日南京之组织，亦即与此若干"政权"、"政制"，具有同一之模型。此种组织，每至发挥其效能时，必对某一外国特表优异之待遇，而对于美国等第三国之合法权益及均等原则，则置诸不顾也"。所有签订非战公约的国家，当然应坚决保持不承认主义的立场。不承认原则，在欧洲方面，从德国吞并奥国以后，屡有不适用场合。在远东方面，还是继续有效，只有少数国家，违背国联一九三三年二月廿四日议决案，承认"伪满"，其他国家，并没有改变它们的立场。南京傀儡组织成立以来，英美苏已经明白表示过，绝不承认傀儡组织，英美都有九国公约及非战公约的义务，苏联是要遵守中苏互不侵犯条约的精神，德意是日本同盟，但是各该国对中英美苏的关系，颇有差别，利害互异，在三国同盟的秘密条款中，传闻曾规定德意应调停中日间纠纷，便不至贸然附和日本盲目行动，使纠纷愈越严重。至于"日满支"三国共同宣言，既然不能发生国际间其他效果，只有将日本国家与政府的地位，降而与一般傀儡组织，同流合污而已。近卫内阁在廿七年一月已经宣布他不以国民政府为交涉的对手，现在居然承认以枪刺支持的傀儡组织，要与中国恢复外交关系，当然是更不可能的事情。

（二）傀儡组织非法签订的丧权辱国伪约，无论对内对外，不发生任何效力。

日汪所签订的伪约，不能发生任何法律上效果，可以说是根据下列两个理由：（甲）傀儡组织，既没有国际任何地位，当然没有订约权利；（乙）傀儡本身，不只是非法卖国的文件，而且是侮蔑国际间一切法律与条约上权利的违法举动。

（甲）在过去我们历史中，曾经有过一个事实，政府与外国签订丧权辱国的条约，它的效力后来发生问题。当日本与袁世凯签订二十一条件时，袁氏正图谋不轨，非法解散国会，是一个事实上政府。后来中国否认二十一条件有效，其中一个理由说它没有得到国会许可，违背宪法手续。我们有过地方当局，脱离中央，擅与外国签订条约，例如张作霖签订奉俄协定，当时北京政府，屡次向俄使提出质问，等到段祺瑞执政时期，才追认奉俄协定为中俄协定的附件。这些恶例子，还远比不上日汪伪约来得荒谬绝伦。这是敌人造成的非法机构甘心出卖祖国，这一种汉奸组织，当然是够不上事实上政府的资格。谓即使在事实上政府场合，还可能有种种差别程度，一种是用非常手段，推翻合法政府，取得政权，得到与合法政府极相似的性质，它代表国家所接受的义务，后来合法政府恢复权利时就要承继，如克林威尔治下之"英国共和国"。一国是一部分领土内的人民，反抗政府，成立独立政体，如美国内战时期的"南方联邦"政府。克林威尔订立了不少国际协定，只是"南方联邦"政府，并没有与任何文明国家，订任何条约，在解散时期，它用国家名义所接受的义务，无论对各邦或是联邦政府，全无拘束。傀儡组织，既然还远够不上"南方联邦"政府的资格，那么它所有签订的条约，或是任何国际义务，当然是毫无法律上效力。

（乙）如果我们简单分析伪约的内容我们可以断定傀儡组织，不但丧心病狂，出卖整个国家的永远生命，而且是企图破坏一切条约上权利与国际秩序，任何自尊的国家，都不能承认这个条约有效。

第一，驻兵权利。承认日本有在蒙疆及华北特定区域内的驻兵权利，它的目的，表面上是防共，实际上当然是一方面要监视中国，让蒙疆及华北政治特殊化，因所有"抗日情绪"日本都可以说是"含有共产性质"，另一方面要威胁苏联，口头上向苏联保证防共规定，纯粹因内部情形而生，绝非敌对苏联，不过司马昭之心，路人皆知，在苏蒙互助协定，与"日满支"集团，针锋相对之下，苏联在远东方面，随时有两个国境上战争的可能：就是欧洲方面不受到攻击，海参崴方面国防力不增强，并不能抵偿外蒙防线延长的负担。在这样情形之下，日本当然希望苏联可以回到帝俄时期在蒙古采取的慎重与妥协政策。但是苏联岂为所愚，只有增加对华援助而已。伪约对于蒙疆及华北以外的日军，并没有规定确实撤退日期议定书称"日本在中国境内继续其战争性质之行动期间，即有特殊事态之存在"。又称"两国普通和平恢复，战事状态消灭以后，日本军队应开始撤退，于两年以内撤退完毕，确立和平与秩序……在此时期内，和平与秩序之确立，应由"中华民国国民政府予以保证"。我们可以看透日本想鸠占鹊巢，根本无撤退军队的诚意。日本要有自由权决定继续其战事行动何日停止，当然只要我们继续抗战，日军绝不撤退。就是日本认为"普通和平恢复，战事状态消灭以后"，日军在两年以内撤退，还要提出一个条件，是在此时期内所谓"中华民国国政府""保证"和平与秩序的确立。要靠住日军枪刺而存在的傀儡来"保证"和平与秩序的确立，让日军撤退，已经是自相矛盾的笑话，况且只要日本承认傀儡继续存在一天，便与中国人民结下不共戴天之仇，"抗日情绪"的存在，日本都可以说和平与秩序未确立，更可以借口要索其他领土的，军事的政治的"保证"并可以根本不撤退军队。我们还可以记得日俄战争后，中日北京附约中，规定"日本国政府愿附中国期望，如俄国允将护路兵撤退，或中俄国另有商定妥善办法，日本国政府允即一律照办，又如满洲地方平靖，外国人命产业中国均能保护周密，日本国亦可与俄国将护路兵同时撤退"。结果是俄国护路兵先撤退了，日本违背北京附约，不肯撤退护路兵，反说是东三省没有"平靖"。最后就利用护路兵，造成九一八事变，这是日本在中国领土内不愿撤兵借口中国"不平靖"例子。伪约并规定"日本得依照过去习惯，或为维持两国共同利益，将日本海军舰船部队，驻扎与中华民国境内特定之区域"。各国"海军舰船"，在中国领水内，照过去条约（例如中英一八五八年条约第五十二款）不过有普通国际礼让上，暂时补充煤水及修理权利，过去各国在中国长期驻扎海军舰船的习惯，已经很难说有条约上根据。驻扎"部队"，更要把中国境内任何特定区域，变成日本军事占领地。简单说起来，伪约亦规定撤兵，无非欺人自欺的废话。

第二，经济权利。伪约表面上说，中日"应依照长短相补，有无相通之精神，并依照平等与互惠之原则，于经济方面密切合作"。这就是要实现敌人"日满支经济集团"的阴谋，用"平等"与"互惠"名义，排斥各国在最惠国条款下所享受的经济权利。它的实际办法，是（一）垄断资源矿产。华北及蒙疆的资源，尤其国防所需的矿产，由中日共同开发，其他区域内国防所需的资源，中国应以必要之便利，让日本及日本人民开发。更应一方面考虑及中国的需要，一方面让日本人民充分及切实利用，（二）独占贸易"日本与华北蒙疆间货物之供求，亦应使之合理化"。那就是要独占华北及蒙疆的贸易。此外特别提到"应就增进扬子江下流一带之贸易商务密切合作"，就是要破坏英美及其他国家贸易机会均等及其已得权利。所谓"两国政府应采取一切必要之措置，以增进两国间一般之贸易"，以及在"谅解"中所述中国苟认为有统制对外贸易的必要时，得实施之，但不得妨碍中日经济合作原则，而且在中国事变继续进行期间，应就此与日本进行协商。换一句话说，在无限定时期内，日本要命令傀儡以"统制对外贸易"的名义，排斥全部或是一部分中国沦陷区内外人合法商务权利，这当然是要把全部中国，变成日本"利益范围"，而宣告对华门户开放政策的死刑。（三）统制企业"日本政府应为中国工业财政运输及交通之善后与发展，经由两国协商以后，对于中国予以必需之援助及合作"。再加上"谅解"中提到现在日军控制中之公私经营的工矿商业机关，"有敌性或在不可避免之特殊状态之下（包括军事上之必要在内者）"，不交还华方管理。那么日本当然可以霸占大部中国重要工商业企业，而控制其他无关重大利益的事业。（四）内地杂居。日本要得内地居住及营业的权利，宁可利用取消领事裁判权，以及归还租界为甘饵。事实上日本既然保留驻留军队及海军舰船部队权利，如果让日人内地杂居，等于把全部中国变成日租界。中国法权，可以随时非法干涉，更没有保留领事裁判权的必要。日本在伪满，何尝没有废止领事裁判权，以及把铁路区行政权交还伪组织呢？

第三，政治权利。在序文中，伪约所提到双方的愿望，系"彼此尊重其固有之特性，为依据于伦理基础，而建立东亚新秩序之共同理想"。它的涵义，可以说集反共协定与德意日同盟条约的大成。用极巧妙的字句，要把中国变成与"伪满"同一模型的"王道乐土"，在"大东亚新秩序"中让日本"领导"，这样才可以实现日本固有的东亚门罗主义，所以不能不重新抬出反共口号，好让日本有随时干涉中国内部情形的权利。伪约中说道"对于一切含有共产性质之破坏性之活动"，"应共同实行防卫"，以至"应消灭两国境内之共产分子及共产党团体"，"应为防止共产党活动起见，就情报与宣传方面密切合作"。再加以规定"彼此采取政治经济文化及其他切实友好之步骤……凡政治，外交，教育，宣传，贸易，商务各方面，足以破坏两国友好关系之步骤及原因，决予消除，并决于将来实行禁止之"。简单说起来，中国内政外交文化商业，无一不是日本干涉的对象。所谓互相尊重领土与主权，以及"相互善邻合作"，在日汪伪约中，与日"满"议定书中，同样地是口头禅。这一张形同废纸的伪约，是无疑地要把中国出卖做日本的保护国。

第四，赔偿权利。日汪"议定书"内，规定中国赔偿在华日侨因战事所受的损失，至于因中国事变而引起的中国难民救济问题，日本政府应与"中华民国国民政府"协力。这当然是无理硬加中国以发动战事责任。照现在所承认的国际法原则，遇有外来攻击的场合，侵略国经认定后，不能取得任何权利，或是避免任何义务，自卫国取得在战争场合对抗其他交战国的权利。所以侵略国要负责赔偿，自卫国或第三国的损失，无论是为它的军队行动所引起者，或是为它行使战争权下没收权利而发生者，或是为自卫国合法抵抗行动而引起者。自卫国所负责任，仅限于它的军队或是其他当局违背战争法所致的损失。在中日战事中，日本既经国联及世界各国公认为侵略者，中国当然不应负赔偿日侨损失的责任。而且中国及第三国人民，因非法暴力行为，所受的生命及财产损失，应由日本加以赔偿。

我们可以结论，中国抗战前途，因日本承认傀儡与签订伪约，更显得光明，各友邦对我们的援助更趋积极。美国在日本承认傀儡那一天，借给我们一万万巨款，英国现正与美国就一切有关远东的相互利益问题，密切合作，苏联更照会日本援华政策始终不变，德意对日本并不捧场。在远东方面，不承认主义，我们相信总可以得到最后的光荣胜利。

中国目前的政党问题（上）

罗隆基

政党是中国目前政治上一个十分严重的问题。这问题倘不能得到相当合理的解决，的确足以影响抗战建国的前途。并且这不是我个人无中生有提出这问题来作理论上的讨论，政党在当前中国的实际政治上已经成了问题，已经成了相当严重的问题，这问题正等待着合理的解决。讳疾忌医，绝非良策。关切目前中国实际政治的人，对中国目前的政党问题，应平心静气来讨论。最少，我自己，愿站在超越政党关系的立场来讨论。

在本刊四卷十六期上，钱端升先生发表了一篇《一党与多党》的文章。钱先生在那篇文字里的态度很诚恳。那篇文章很可以做我们讨论这问题的参考。钱先生的结论是一党制度，他从两个观点说明多党不合时宜：（一）"从人类政治制度的演化言，多党制度显已有代谢的趋势"；（二）"从我们国家今后的需要言，一党制亦为无可避免的制度"。因此，钱先生对中国目前政党问题的解决方案是一党制度。很诚恳质直的说，我个人的见解与钱先生那篇文字的见解，颇有出入。这里，我要提前申说几句，我不是说我的政治理想是多党制度，因此我反对中国采用一党制度。这篇文字里我不愿谈政治理想。就事论事，我怀疑实际政治今后会永久走上一党政治的途径，我更怀疑一党制度能够圆满解决中国当前实际政治上的那些问题。

一党制与多党制的得失，这是个理论问题，我不愿在这篇文字里讨论。见仁见智，这种讨论不会有最后结论的。推而广之，党与无党，亦可成为一个无尽期的争论。彻底来说，一切政治制度，根本就没有绝对的优劣标准。政治制度，即令有相对比较的优劣，这所谓的相对的比较优劣，依然是见仁见智。而某甲或某乙所认相对较优的制度，能否在其所希望实现的区域实现，仍是问题。政治制度的实现，毕竟受实际政治上环境的支配。跳出实际政治上的环境，讨论政治制度优劣，这当然亦是极饶兴趣的事，这毕竟是学者需研究的工作。我所谓政党是中国目前一个十分严重问题，是指实际政治的事实而言。实际政治的事实，对这个问题，容许我们采用什么方案来解决，这是我们应注意之点。因此，有党与多党，为党与无党，这些学理上抽象的优劣论，可以避而不谈。

钱先生认"从人类政治制度的演化言，多党制度显已有代谢的趋势"，这句话是讨论本问题的重要前提。钱先生的见解，不是制度优劣的抽象理论，而是观察世界各国实际政治的推论。所以他说，这次欧战如果德意日胜利，"欧美民主政治及其一切习用的制度将被暴烈的摒弃，多党政制亦在其内。如果中英美获得胜利，胜利各国为维持雄厚的国力并为调剂国内各阶层的不平等起见，也必趋向以一党代替多党。"对钱先生这段文字，所谓如果德意日胜利，将摒弃多党制度，我不怀疑。至于后面几句话，所谓英美获得胜利，"也必趋向以一党代替多党"，大有商榷的余地。

其实德意日三国的政治情形，就应分别而论。日本今日的实际政治，就根本无制度可言。既非民主的多党，亦非极权的一党。日本是少壮军人政治。这政治与政党制度风马牛不相及。近卫想模仿德意，想走上极权国家的一党制度，他的新体制运动目的即在此，这运动目前已告失败，在最近的将来，我预料这运动亦不能成功。日本军阀政治不倒，多党政治固不能实现，一党政治亦不能实现。军阀政治与德意一党独裁的党治完全是两事。倘日本侵华战事失败，倘德意在欧洲大战失败，则日本军阀或塌台。如此，则日本的旧政党又将抬头，那末，日本的政治，又将回复多党政治，而不是一党。倘德意在欧战中有了最后的胜利，多党制度被摒弃，这点我与钱先生的见解，完全同意，德意在欧战中有了胜利，希特勒与墨索里尼的声望更增高，德国的国社党与意国的法西斯党基础更稳固，更不能动摇，这是绝无疑问。这不止德意的一党制将继续存在，一切战败国家，将被迫而放弃多党制度，亦无疑问。有些战团以外的国家，羡于德意胜利，摒弃多党制度，亦大有可能。这里，却有两点值得注意。第一，美国及美洲那些民主国家的政治制度，是否受欧战的重大影响，是个大疑问。第二，德意胜利，德意所暴烈破坏而摒弃的是民主主义，多党制度是与民主主义同遭厄运。第二点很重要，因为我个人认定民主主义是多党制度生存上必要的条件。

因为我个人认定，多党制度是民主主义实施上重要工具之一。没有了民主主义，当然没有了多党制度。没有了多党制度，我亦看不出民主主义还能够运用，这里，当然我们就要接连讨论到钱先生文章里的第二个假设，"如果英美获得胜利……也必趋向以一党代替多党。"

我想，有一点，钱先生和我的见解完全一致，那就是欧战中英美获胜，英美绝对不至摒弃民主主义。不止如此，民主主义的基础更稳固，民主主义的影响更要扩展。不过英美民主主义依然存在，而一党制度将代替多党制度，这却是我与钱先生见解不同之处。到这里，钱先生提出了两个问题：（一）多党制度在近今能否与民治配合？（二）是否尚有新的制度比多党制度较能保障民治？钱先生对第一个问题的答案仿佛是反面，他的意思是说"国家如欲使社会进步，人民平等，则政府必须握有大权"，多党制不能达到这个目的，因此，他对第二个问题的答案是正面，而他所谓的新的制度就是一党制度。他说："我以为如果有一政党能坚信民权，能尊重人类的尊严而普遍地谋增进其福利，能以大同思想及和平主义为民族相处的最高理想，则即使一党专政，也与民治不悖。拿破仑及希特勒之流根本心目中没有民权，故他们的专政自然不利于民主，如果专政的党是民主的党，则党治殊无与民主不合的理由。"

许多人认民主主义最大缺点是国家不能集中权力做事。钱先生是民主主义的信徒，他一方面要保全民治，另一方面又要国家能够集中权力做事，于是他寻找一条他所谓的"中庸"之道，那就是一党制度的民治。他把国家不能集权的责任，放在多党制度身上。废止多党制度，以保全民治，这就是他的理想。这理想的确没有内存的矛盾？这方案在实际政治上能够做得通？我却发生了这些疑问。

我亦是民主主义的信徒。我亦不否认民主主义（指英美已实施的民主主义）有他的缺点。我亦相信"国家如欲使社会进步，人民平等，政府必须握有大权。"不过我不相信民治则国家不能集权。等于我不相信多党则国家不能集权。这里我要先说说我个人对于政府权力的见解。我始终认定"权力"是一把两面快利的刀，可以自卫，亦可以自杀，可以为善，亦可以为恶。政府有了大的权力可以多做事，政府有了大的权力即可多做善事好事，这却毫无保障。政府无条件而享受无限量的权力，政府的权力绝对不受人民的监督,这总是极大的危险。监督政府的权力,这或者就是民主主义发生原因之一端。这或者亦是多党制度发生原因之一端。许多人有一种幻想,以为政府有了大的权力,国家就可以富,可以强。自从希特勒在法国闪电战成功以后,许多人更眼红耳热,以为极权制度是人类在政制上极精细神奇的发明。救国之道,舍此无他。我们真应感谢上帝,最近极权国家意大利在希腊遭了惨败,极权国家的意大利被小小的希腊打得落花流水,这却做了极权制度万能的反证。这段话当然不是向钱先生说的,钱先生是根本反对极权制度。国家没有权力,不能使社会进步,人民平等,但国家有了无限度的权力,亦不是社会进步,人民平等的担保,这点我却要特别声明。所以国家的权力要有条件,要受人民监督。国家权力受人民的监督,则做到"社会进步,人民平等"的可能性更大。国家的权力假使须要监督,那末,非民治的国家,固然谈不上监督,一党制度的国家,当权在位者就是独存仅存的党,对政府谁来监督,用什么方式来监督呢?这些话,我并非反对政府应该有权。我是相信民治国家的权是人民委托给政府的权,这权可大可小,则国家权力大小,与党制度的关系甚微。问题却在人民监督政府的方法。我们既承认政府权力有受人民监督的必要(凡赞成民主主义者一定承认这点),则增加政府权力的方法,即可在监督方案上去求改进。我个人认英美式的民主政治有修正必要者亦在这里。这修正却不是摒弃多党制度,因为这根本动摇了民主主义的基础。其次,我还相信政府权力大小与政府的行政效率大小并不一定是正比例。政府有了大的权力,并非政府行政上有了良好行政效率的担保。这些话我在本刊已别有论列,姑不重复。如今我只提明一句,国家欲做到社会进步,人民平等,特别在我们中国,整个行政制度的彻底刷新改良,实比权力的增高扩大还重要得多。

如今我要回到一个民主主义上的基本问题来。钱先生说:"如果有一个政党能坚信民权,能尊重人类的尊严而普遍的增进其福利,则即使一党专制,也与民治不悖。"对这话,我反复思索,总觉钱先生的话仿佛有些许内在的矛盾。所谓"尊重人类的尊严",这"尊严"是指什么?他的"尊严",就在他的思想的自由。所谓思想的自由,并不是指在头脑里转念头的自由,而是发表言论意见的自由。依据他的思想去自由参加政治活动,这就是民权。国民都能平等行使他的民权,这就是民治。假使我这些解释没有大错,那末,人世间哪有这般巧事,在一个国家,人民对政治的思想都趋一致？姑假定人民对政治上的主义都能大体一致，对一切实际政治的问题，又哪能一致？我们都知道，政党的产生是依据人民不同的政治思想见解。英国是政党发生最早的国家。茶楼咖啡馆是英国政党的发源地。政治思想见解不同的人，各以其类，相约在茶楼咖啡馆高谈阔论，批评商讨政治，于是因类成党。所谓党者，政治思想不同的集团罢了。以政治思想不同的集团，为有组织有计划的竞争选举活动，先起于美国，再移植于英国。至于有中央党部，有地方党支部，有登记的党员，党员有主义的信仰，有严格的纪律与组织，这是最近的事。但无论如何，党的来源，是人民不同的政治思想见解。党之所以得以自由存在，得以自由活动，正为着"尊重人类尊严"这一点。这就是民主主义的精神。故多党制度与民主主义相依为命。无民主主义，多党制度不能存在；无多党制度，则民主主义无从实施。党与党不并立，不并存，他们与民主主义立于绝对不兼容的地位了。这些党自有他们那一套理论。理论的是非另一问题，然而他们的理论关于这一点不自相矛盾。孙中山先生提倡民权，他亦主张一党训政，但训政是暂时过渡办法，宪政时期不是一党制度，这又不能与共产党及法西斯党相提并论。钱先生的一党制度，是认定为"人类政治制度演化上新陈代谢"的趋势，是认定较能"保障民主的新制度。"我们且想想，一方面不容他党产生与存在，一方面要"尊重人类尊严"，要"坚信民权"，要尊重人民言论思想自由，理论上怎能不生矛盾？第一，怎能叫国人思想见解完全一致而成立一个唯一的党？第二，思想见解既已完全一致，党于何有？第三，思想见解既不一致，其不同于此独存仅有之党者又将何容？第四，思想见解不同于党者不许另行组党，言论思想自由何从尊重？民权何从行使，尊严何从保全？这样分析下来，一党制度怎能不与民治相悖，更怎能保障民治？一党制度的民治，真是"觚不觚，觚哉！觚哉！"其结果必有名实不符之叹！

假使英美在欧战中取得胜利，必不放弃民主，因不放弃民主，即不能放弃多党制度，这是我个人的见解。但钱先生又从"目下英美的政党趋势"加以推论，认美国国权继续扩张下去，则"民主共和党的分野将难存在"，将来当权者必为独存仅存的国权党，认为英国战事胜利后，"英国必成为一个高度社会主义国家，实行并拥护这社会主义者则将成一党权的党，保守自由劳工党亦难并存或分存于战后。"一言以蔽之，钱先生认依照目前形势推演，英美将来都要走上一党制度。这推测我不敢轻易赞同。美国国权继续增高，我承认这是不可避免的趋势。不止美国如此，一切国家今后都免不了这个趋势。其实不止目前形势如此，国家行政权日趋扩大增高，有史以来，都是如此，但国权的增高扩大，与多党制度并不冲突。民主国家的国权与党权并非一事。只要总统这把椅子是公开，人人有平等机会坐上去，那么罗斯福在椅子上，罗斯福愿意扩张国权，威尔基坐上椅子，他亦照样愿意扩张国权。美国不会依据国权与反国权而成立政党的。美国民主共和两党，从主义与政策上来说，则分野的界限早已不清楚不明显。事实尽管如此，但因政党历史的关系，两党合而为一的时期十分遥远，甚至永久不至发生。或者有一天，民主共和合而为一，但其他第三者又必起而与此民主共和合一之党对立；依然还是多党制度。只要民治在美国存在一日，美国政党形势必系如此。否则，民主政治即无从运用。在某个时期中，总统椅子为某一党的人物轮流占住，他党次次竞选失败，亦属可能。一个政党在相当时期中继续不断当政，其他政党相当时期失权在野，美国历史有过这种事实。今后这种事实当然亦可以发生。只要在野党可以同存并立，这就不是一党制度。

英国政党政治的前途，依我看来，大概亦是如此。保守党与劳工党合而成为一个社会主义党，这比美国的民主共和党合而为一，更难之又难。依我的推测，就简直没有这回事。战事时期各党成立混合内阁，这是英国内阁史上的向例。这次更非例外。战后各党总是各异前途。第一次欧战后，路易乔治曾经领导一个混合党竞争选举，且曾取得胜利，成立混合党内阁。但混合党并未成立永久性的党。而当日选举依然是多党竞争。英国是现代民主政治发源的国家，亦是政党组织发源的国家。英国的民主政治，政党运用最灵活。民主政治与政党政治有几百年的历史。英国国民性最保守。经过这次战争以后，在战争上既已取得胜利，而英国反放弃几百年来的政治习惯，走上一党制度的途径，我绝对不敢轻信。战后为结束战事时期一切问题起见，邱吉尔所领导的混合内阁继续当政相当时期，大有可能。邱吉尔甚至仿以往路易乔治的故事，领导一个短期的混合党，亦或有可能。然而两件事我敢担保绝对不至发现于战胜的英国：（一）政府党解放在野党，不许同存并立；（二）保守自由劳工三党合而为一，成为仅存独存的党。这种现象的发生只有一个可能，那就是英国法西斯党领袖穆斯纳上台，但这绝不能发生于战胜之英国。英国国权尽管增加，今后国权尽管继续增加，混合内阁今后尽管继续相当时期当政，只要民主政治在英国存在一日，英国的多党制度必保存。

民主制度的英国绝对不至走上一党制度的途径。

英美是民主国家，亦是多党制度的国家。我的推测，倘英美在欧战获得胜利，则必保存民主。苟保存民主，同时亦必保存多党，因为民主与多党有绝对不可分离的关系。果尔，中国果欲实施民主政治，则中国政党问题的解决方案，就有了良好的参考材料，就应该知所取舍了！

中国人民与民主政治

林良桐

在论坛上沉寂了许久的民主政治问题,最近忽又有人在讨论了。单就《今日评论》第四卷而说,就发表了吴文藻先生的《民主的意义》(第八期),李树青先生的《论民主主义》(第十八期),罗隆基先生的《欧战与民主主义的前途》(第一期),《中国与民意政治》(第二十一期),以及钱端升先生讨论建国路径的各篇文章。他们或解释民主的真谛,或预测民主的将来,或阐述民主政治在中国系有根之苗,或说明民主政治在中国将来应具的方式;但他们对于民主政治均具相当的热诚,均抱相当的乐观。我不想在本文表示个人对于民主政治的爱憎,只想讨论西洋式的民主政治在中国是否无根之苗,是否"撷邻圃之繁花,施吾家之老干"。

"民主"一词,我们已经说惯听惯写惯读惯,可是民主的意义到现在仍然分歧得很,模糊得很。本来在社会科学的范围内,要想给一个名词下定义确是难事,而对民主一词尤为难得;因为除了一般人不经意地滥用而外,尚有些政治家故意地有所为的随便引用。英美法(失败前的法国)系公认的民主国家,德意苏亦有时自认为民主国家。民主,民主,倍各李先生文章劈头一句所发的疑问,"是一种政体,一种哲学,一种精神,还是一种主义。"我这里所说的民主只限于政治范围以内,而且不把它看做一种主义,只把它看作一种制度,一种政治制度。如果民主是一种政治制度,则和其他制度一样,不能离开史实以求其抽象的概念。

远在希腊的时代,就有所谓民主政治,但近代的民主政治却发源于英国的议会制度和十八世纪末期美法革命的理论与政制。根据英美法的近代史,我们可以简单地说，民主政治对于人民的观念与独裁政治不同。前者承认个人的自由平等，承认治者与被治者之间没有政治能力的差别；后者则承认政治是少数贤能者专有的职务，一般人民只要信任不必过问。民主政治的本身不是目的而是手段，而是达到保护个人自由与平等的手段。这个手段的具体表现，就是议会制度，以民选的国会控制行政大权，在国会里面容许异党的存在并给与其发表意见的机会。综而言之，从史实上探求民主政治的概念，可得下列三个的标准：

（一）民主政治承认人民是生而自由平等的，而此自由平等应予以保护。

（二）民主政治承认民选的机关，承认政治上重要的措施须得到此民选机关的授权或追认。

（三）民主政治承认民选机关的内部有少数意见发表的自由。

上面所说的民主政治的概念，如果没有大错的话，我们就要进一步的论，像这样的政治制度在中国能否实行。这是维新以来大家讨论的焦点。可是他们多在于掉书袋以证明中国有民治的思想。远者不说，即以罗先生的《中国与民意政治》一文为例，他引经据典，最多只能说明"天听自我民听，天视自我民视"，"民之所欲，天必从之"的"中国政治思想上极伟大的遗传共业"；但却不能因此就证明中国人民有施行民主政治的能力。罗先生所引据的许多经典，其实只是对于统治者的说法，只是告诉统治者，"民之所欲，天必从之"。所谓献书献曲等不过是人民意见的具体表示，充其量，不过像现在的国民参政会。他们的意见只供"后王斟酌焉"，如果为政者均抱着"好官我自为之，笑骂由他"的态度，献诗献书献曲能发生什么作用？最后只有揭竿起事的一途。

民本政治的思想，固然我们可认为先民"极伟大的遗传共业"，可是如果先民遗传的共业就这么一点，最少在对民主制度具有信心的罗先生，应该痛哭流涕。我不敢诽谤先民，我也不是故意非难罗先生，只是罗先生的确代表一部分政论家的意见，以为先民有了此种思想就认为能够实行民主政治的证据，但此种证据是极其脆弱的。"倘民主政治是'政在养民'的意义"则开明专制可称民主政治，独裁政治亦未尝不可称为民主政治；反之，所谓民主政治却未见得都能养民。凡是一个政府够得上称为良政府的，不管君主专制，独裁或民主，都得相当地尊重民意。凡是一个政府能够长久站得住的，若不能得到人民积极的拥护，最低限度也要得到人民消极的容忍。若连人民的容忍都得不到，势必至"一夫夜呼，乱者四应"。"民之所欲，天必从之"，可以说是一切统治者的箴言，与民主不民主无关。因之，我以为解决中国能否实行民主政治的问题，不必求诸士夫人的记载的先民思想，只须求诸民间的行为习惯。

个人的自由和平等，的确，在我国政治史上没有把它当作政治的目的。这不足以证明中国历史上没有个人的自由和平等，反之，正因为个人的自由与平等是我先民的家常便饭，故无须去争取他，去特别保护他。"人民自身主政，中国以往政治思想的确不注重这些"（罗先生语），但我们也不必以此为"我国政治理论上最大缺点"（吴先生语）。我国过去的政治是"无为而治"的政治，不但许多现代政府的任务，不在我国过去政府的任务范围内，就是西洋放任时代的政府职务，例如治安，我国政府，不大留意。乡村的治安不是靠国家警察维持的，而是靠乡民的团防与联甲维持的；人民的纠纷大部分是乡老和族长排解的；乡村的教育大部分是祠堂兴办的；救济事业大部分是慈善机关管理的。旱涝，靠人民修堤祈雨；瘟疫，靠人民禳灾迎神，乡事族事均取决于乡社会议及祠堂会议。在这些会议中乡老族长的议论固然有分量，就是普通的人物也有发言的余地，不同的意见可以自由发表，决定以后就共同执行。举凡这些事情，都是政府应与应办的，而政府不办；政府不办，由人民自办，人民自办的成绩维持中华民族的生命，中华民族的文化数千年于不坠，谁说我国人民没有政治的天才，没有自治的能力？这才是中华民族"极伟大的遗传共业"。我国人民有这样伟大的政治天才，而不发生参政运动者，因为在当时无此需要。政府除向人民抽税外，普通事务概不过问；人民除向政府纳税外，不事多求。税率轻微，人民能够容忍，尊之为王，敬之如神；税重政苛，则群起反抗，或聚啸由林"代天行道"，或揭竿起事"取而代之"。人民对于政府，永远是"天高皇帝远"的模糊观念。像这样无为的政府，像这样自足的社会，参政运动当然不会发生。

或者有人说，中国人民虽能管理族事乡事，但未见得就能管理国事；或者有人说，就是因为中国人民的乡土观念太深，所以阻止国家与民族观念的发扬。这也是似是而非的说法。管理乡事与管理国事，均系管理众人的事，范围虽有大小，性质却无不同，只要有适当的教育与组织，不难把管理的范围推而广之。诚然，我国向来没有民族的观念，这是因为秦汉以来只有天下国家的思想，而没有民族国家的思想，所以人民也没有卫国的思想。至于保乡的思想，则异常浓厚，乡间一旦遇到外侮，大家真能做到"有钱出钱，有力出力"的地步，人民真能先乡后家，先家后身。这不是许多人从前以为中国不足抗战的理由吗？可是现在则如何？抗战三年余，荷枪执干而捍卫祖国的，不就是这乡土观念甚深的民众么？这个变迁，就是因为教育的结果，使人民有民族的思想。保乡能扩大至卫国，治乡未始不可以扩大至建国。

当然我不是说，中国马上就可以"由盲目无知的人民来管理政治"（吴先生语），我只说我国人民既有政治天才，不难教育出来。孙中山先生所以规定经过训政时期而达到宪政时期者，其意即在乎此。

总而言之，我国人民向有自由的习惯，平等的观念，政治的能力，尊重异己的雅量，以之施行民主政治，绰绰有余裕。所以，我对于施行民主政治的能力毫不怀疑；但民主政治与我国建国的目的能否相成，就不像以上诸先生那样的乐观了。关于此点容另文讨论；不过我最后还要声明一句，我所说民主政治的概念，始终没有脱离西洋历史上所施行过的制度。

巴格达之梦

周信铭

在一八九九年德国之公司首次从土皇获得建筑巴格达铁路权。巴格达位于伊拉克中部,是英国远东殖民地之心脏。从这据点出发,向东抵达印度,向南则伸及阿拉伯,向西前进则埃及在望。获得巴格达控制权,无异用剑插入帝国殖民地心脏里,难怪英国骤闻之下,突然放弃其心恋之孤立政策,参加一九一一年之欧战。

德国战败,巴格达之梦,遂不能实现。直至国社党操政后,德人始旧梦重温。希特勒明白地说:"他要向东发展。"

这个政策,希特勒在始即忠实地奉行,并奥吞捷证明他已向东方开步走,及德国对英法保证"永不战争"和英法郑重退出中欧后,德国更能从容实现巴格达之迷梦。

然英法底慕尼黑的精神,并不彻底履行。及德国前进得过快时,被遏不止野心,迫使英法向它宣战。此时,德国之巴格达之梦,顿遭打击。

自英法对德宣战后,德国遂不能自动选择战场,西线之压迫,使德国不能不集中力量于西方,在此情况下,自无东进之能力。其次,自法国战败后,德国盘踞法国西境,远程重炮,向着英伦三岛不断地袭击,纳粹飞机更日夜不停活动于英伦天空上,德方渡峡,被看作朝夕之事。最后一般人相信德国经济力量微弱不堪作长期之斗争,用闪电之方式,征服英国,实为捷径,所以冲出封锁。结束战争。有此三端,世人莫不以为德国早已放弃其巴格达之计划,实行向西方总攻击。

其实,在欧战之序幕并未揭起时,德国亦曾装作放弃东进之姿势。匈牙利与斯洛伐克之争，德国参与仲裁，不惜割斯土予匈国，使匈波构成公共国界，使自己无能向乌克兰进攻，这作茧自缚，造可一个纳粹放弃东进之印象；直至德苏协定成立，希特勒之态度，倍觉显明，一似德国要为求得苏联之友谊不惜自动打破其巴格达之梦者。

然而纳粹在西方之嚣张，断不能掩饰其在近东之阴谋。其实，在纳粹正在西边耀武扬威中，复暗中在东方展开其外交活动。在西方之军事表演，是力量之夸耀，是牵制和削弱英国之力量，是转移世人之视线。在过去之几个月中，德国攻英殊无进展，这并不能说，德国一无所得。其实短短的三两个月，德国已兵不血刃，征服硕果，仅存的几个中欧国家。最近匈国之参加轴心，保加利亚之就范，不过是一种形式，其实德国之征服中欧，在本年七月二十六日已完成工作，萨尔斯堡会议，德乘罗马尼亚被苏断肢后威力微弱之余，怂恿匈保要求失土，一方面使罗马尼亚再次遭遇打击，弱得非依赖轴心无以图存，而匈保又因对德感激涕零而不能不卷入轴心政治。现在除奥捷波外，亡国之名单又加上匈罗保三国。纳粹之力量，已伸到达坦海峡矣！

德国向近东进行之公路，至今已告完成，他的横贯欧洲之计划，今已见诸实现。德国可以就此不进吗？不可能的。他的一万万人口，十五年之生聚教训，和其有进无退之动力，是一推动后不能遏止的。然而，在事实上，德国已定到动不得的时候。何以故？向西进，非唯冒天下之大险，亦是一件不必之举。就算攻克三岛，亦未必可制英国死命。德国所以不积极攻英，理由在此。西不能攻，东进亦成问题。德国最近已抵达土耳其之门户，再进一步，就是达坦奴尔海峡，夺取之，难免与苏发生摩擦，在德需要苏联友谊之今日，这当不惜一切避免的。东进既不可，西犯亦无益，在彷徨歧路中遂邀苏联一谈，希望找出折衷办法。

本来苏联之身价甚高，在享有举足轻重之今日，他不会遣派外长使德。惟莫托洛夫之使德，足见苏联有莫大之苦衷，达坦奴尔之重要，使苏不能忍受任何欧洲强国独占。达坦奴尔虽属一衣之水，却在世界政治舞台上，充当主角，其曾为英奥俄等国勾心斗角之所在。帝俄以占有海峡为传统之外交，控制海峡，可自由开闭门户。开则使帝俄舰队开入地中海，挽救东南欧斯拉夫民族出乎异族之压迫，统一之而实现大斯拉夫主义。关闭之，使外国舰队不能驶入黑海，保护肥沃之乌克兰克立米亚和高加索斯。在一九〇九年，正意大利准备侵入土属利比亚的时候，意为获得帝俄同意，允许其达坦奴尔自由行动。及一九一一年意土战争展开，帝俄遂乘机向土提出准许，俄舰自由出入达坦奴尔之要求，经英国之反对，土借英国之主持，拒绝帝俄之要求，直至欧战发生，英法为利诱俄继续作战，在伦敦密约中，允许俄国占有达坦奴尔地带。及欧洲战争结束，海峡地带遂受国际管理。直至一九三六年之蒙德娄委会议，土耳其始获得重防海峡之自由权。

白俄也好，红苏也好，达坦奴尔之被视为生命线，是一致的。现在德国已抵达土耳其之门户，进一步占有海峡，苏联之大门，遂被野心者所把握。同样，一旦英国为抢救土耳其，在海峡地带登陆，这一举，苏联亦不能忍受的。这解释为什么不惯出门之莫诺托夫，今日竟不辞劳苦，飞会希特勒。

根据这数日消息，德国之积极地推动巴格达之计划。中欧之公路，现已完成，在十一月廿日，匈已正式加入轴心，罗马尼亚久已被置在德国掌握中。介乎罗土间之保加利亚，已有参加轴心之趋势，近且传德军已开入其国内，渡海峡之一幕剧，只有苏联之谅解，便不难排演出来。

德国对近东之野心，并不始于今日，在欧战结束后，英国利用胜者之地位，获得近东与印度间之要点，以为如此，遂能安枕无忧，保近东利益于不坠。不意，在始，近东已受苏第三国际之感化和睹土耳其之自强而自励，民族主义因之而兴。近东对英帝国疏远现象，是从里面发表出来。

近东之国家主义，不久与英帝国之利益，发生冲突。长期曾迫英统辖下之英伊油公司，放弃其属土之五分四，使不再在伊南部有享主人之地位，伊拉克则一获得自由独立，便立时要求英伊油公司放弃其特殊利益。近东巴勒斯坦之不时骚动，已证明近东问题之复杂。

在内患当中，近东来了两个不速之客。苏联对近东之关系颇深。自第三国际共产欧洲之政策失败后，就转移工作对象，以扶助弱小为号召，获得近东之领导地位。近东对苏之好感，遂奠基于此。受近代化之激刺与苏五年计划之眩目，落后之近东，满腔工业化之热望，惟英对此则缺乏兴味，使近东国渐不接近苏联。近来伊朗建筑一条位于德黑兰与里海间之铁路，苏伊之交通，遂告方便，甚至阿富汗亦因英国缺乏经济之援助，倾向苏联。

德国在近东之活动，尤觉惊人，纳粹之国旗，随着它的商人工程师和宣传员向近东走，纳粹的巴格达之前奏，是宣传，是经济之侵入。关于宣传方面，自一九三七青年团领导Badur Von Scheraeh访问近东后，遂设立广播电台作反英之宣传，德国之经济和技术团从此络绎途中，同情德国之近东青年，更得免费旅行德国。

在经济方面，德国能在两年内获有土耳其国外贸易总额之二分一，伊朗四分一。土耳其在海峡之再设防，工程材料与技术，是德国供给的。伊朗之钢铁厂三分之一材料，是德国所有的。

传闻德国之铁蹄已踏入保加利亚之领土中，再进一步，就走入到苏联之势力范围内。苏德之关系是友谊的，故侵犯土耳其之中立，必要先得史太林之同情。

自苏德会面后，德的外交军事，有急转直下之趋势。匈国之急于加入轴心，德国军队之开入保国，和苏方之缄默，可见苏德之谈话，或已成立谅解，其内容或许不出以下数点：

（一）保证土之独立，苏德在之地位，平分春色，海峡地带不受任何控制。

（二）土加入轴心，借路德军通过，自德苏谈话后，土外长立飞苏会莫洛托夫，这大约是应莫氏之请的，他对土施用压力，使其就范。巴本曾称："如土接受欧洲新秩序，则德意两国必尊重土国之独立，苏联亦将放弃其对土之企图。"此言深觉有味。

（三）苏这样斡旋，当有相当酬答，最少德国会明白苏联在近东是有绝大之利益。这利益是不能被威胁，更当德东进有利时，充分增加。

不管西线天天打得紧张，英伦海峡，满罩着火药烟味，攻英之企图已成过去。达坦奴尔成为东方之英伦海峡。保有它是保有近东。Peter Drucker 说："谁是达坦奴尔之主人，谁享有伊朗与伊拉克之油田，谁管辖这从君士坦丁堡至加尔各答之回教国。"

从欧洲至印度之大路，久已被人忘却了。拿破仑之东征，提醒我们这条久被忘却之大路。据说威廉二世曾作过巴格达之梦。然事未竟而身先被放国外。这比他还蛮心之希特勒能完成未竟之工否，是我们所要问之问题。

我们在提倡科学么（通讯）

宋叔良

任鸿隽先生于《东方杂志》论《抗战后的科学》我读了深有同感。近来教育当局关于高等教育方针本有偏重应用方面趋势，而科学界本身的不健全尤不禁令我们学科学的人着急。

自从去年英庚款考试名额学门发表以后，最高行政当局就把几名自然科学名额用其他名额来代替。虽然中英庚款会董事们决定不取消而又尊重当局旨诣，扩充其他名额，但不幸因欧战而考试中止。接着清华大学发表留美考试名额，虽是清华自己决定，而学门却是教育部陈部长到昆明时决定的。二十名中工程方面占十三名，农学一名，医药两名，法科两名，金属学和冶金则尚可勉强说是属于理学院方面的。陈先生本是学工的，抗战中工程方面又需要最多，于是工程方面几占百分之七十。这样决定表示政府，至少教育当局，是注重应用科学，尤其是工程，而忽视自然科学。今年统一招生录取名额，工科占大多数，农医理最少。农医因学校较少，故名额还相当多；而理学院和师范学院理组则占绝对少数。最多的是中大八十二名，次西南联大六十六名，再次武大廿九名，其他三名五名不等。甚至有几个大学理学院竟一名不名。这就是政府重视应用科学而忽视理论科学的后果。现在教育部又令各理学院自行招生。统考录取机会已比以前各大学个别招生录取机会增加五倍以上。今令统考不能录取的人来投考理学院，则理学院学生程度之低劣可以想见。在这种情形下，如何会造成科学人才。政府若愿蹈曾经覆辙，或任科学本身名存实亡，我们没有话说。如认科学是装门面的东西，倒不如干脆把理学院并废，将节省下来的经费扩充工料。

但我们也不要只埋怨当局。我们如把本身检讨一下，也确实有许多不配为人所重视的。例如有一个比较完善的大学的一位科学教授在大谈中医。有人请教时，便大吹其经验，某人是我医好，某人为某医所误，以致不起，一个患扁桃腺炎的同学，请他诊视他说是白喉。一位患疟疾的，他说是湿温，并且说他很危险而且拒绝复诊，表示绝望。但经校医注射几针福白龙，便渐好了，还有几位也是疟疾，他说是什么症，开方吃药多捱几天寒热，后来病者自己晓得是疟疾，他又说豆科的东西要禁忌。这位教授，当然有他的根据，尤其因为他是学科学的，又会引用些科学名词，使人动听。许多学生相信他不单如此，还有许多研究科学的教授也相信他，而为他吹嘘介绍。中医是不是科学的大概稍懂科学的人，都会知道。但是现在不是还有许多人在为中医捧场，何况是研究科学的中医，当然人家奉之若圣手。捧场的又是些研究科学的教授们，学生们当然要莫测高深的崇信了。

范旭东先生在《大公报》上曾说变种的可怕，并且大声疾呼的说："科学是外国的，不是中国的，不要一到中国就变种！"当局的重视科学，也许是轻视变了种的科学。我们希望学科学的人，行为思想都要科学化，不要挂羊头卖狗肉，做出种种不科学行为，使人看不起科学。

本期撰者：

邵循恪教授的长文，从国际法立场上，畅论日人承认汪逆行为与日伪所订伪约两俱无效。这篇文章是值得中外人士所细读的，且代我外交部做了不少设都所应感谢的工作。

罗隆基林良桐两先生，一讨论政党问题，一讨论民治问题。罗先生以为民治与一党制不相容，是驳钱端升先生《一党与多党》那篇文章的（本卷十六期）。罗先生下期尚有文续论这个题目。接下去我们希望钱先生或其他不赞成多党制者能有答辩。

林良桐先生以为中国人民，就其过去经验而言，当不乏施行民主政治的能力。但对民主政治与我国建国目的能否相成的问题，另有一种看法，另有文章讨论。林先生尚有文章论财产权与自由权的关系，因篇幅关系，稍缓再登。在此，本刊并应表示，本刊欢迎一切讨论这些基本文题的文字。

周信铭先生是齐鲁大学教授。《巴格达之梦》这篇文章是从成都寄来的。

宋叔良先生是一位学科学的大学（武汉大学）学生。他致编者的信，词虽不求工，意却很诚挚，故本刊乐为载出。

第四卷第二十五期（1940年12月22日）

这一周

　　日寇外相松冈于本月九日接见全体外籍记者时，发表长篇谈话，故意曲解三国公约，以求讨好美苏两国。松冈前倨后恭的丑态，全形毕露。松冈今日有这种举动，原因简单而明了。第一，这是美英苏三国最近一致增强援华政策之影响。昔日松冈发表谈话，谓对美国不惜一战，本是空词恫吓。日寇又何尝不知自身力量不堪美国之一击。惟其中干，因故作外强之表示。待日寇承认南京伪府之后，美英立即以巨款贷华，而苏联亦严正声明不变援华政策。日寇知美英苏有打击日寇决心，松冈自知空词恫吓将为弄巧成拙之局，故不得不去倨从恭了。第二，这是日寇盟友墨索里尼最近在希腊与北非吃了败战的影响。日寇签订三国盟约之时，自以为结交了两位力士镖客，从此可以放肆无忌。谁知罗马这位镖客被人一击而散，今竟有自顾不暇之苦情，保镖者且不自保，安能保人。日寇恐慌，自在意中。这又是松冈去倨从恭之苦衷。惟松冈曲解三国盟约之谈话，结果是捉襟见肘，欲盖弥彰。松冈说，三国盟约之条文，倘德美发生战事，美国非侵略国，则日无参战义务。试问，德为日寇盟友，德美果有战事，日寇果肯认德国为侵略国耶？日寇认美国为侵略国，乃必然之事。果尔，则日寇自然对美作战。且一旦美日发生战事，日寇当然认美为侵略国，自然要求德意参战。日寇签订三国盟约之意又何尝不在此？然则所谓三国盟约非对美者又何词解释？松冈欲为之词，而不能自圆其说，徒作前倨后恭之丑态，惨矣！

美国军队在阿尔巴尼亚境内已接近全部被希军歼灭之期。正在这时候，非洲英军又在大沙漠中发动对意军大规模的反攻，非洲英意军战事从本月九日发动，十日意军已被俘四千。十一日则被俘者近万。十三日则意军被俘者已达二万，内有军团长一人，师长二人，亦做了阶下囚。十六日且传被俘者已达七万五千人。而意军占据数月之索伦姆亦被英军克复，墨索里尼的黑衫军实际是望风而逃。意军这样一败再败，不只墨索里尼的威望扫地无余，即邻人日寇在旁边注视，"早知今日，何必当初"，墨索里尼当有此感叹。这次意大利的参战，绝没有人向他挑衅，这绝对是墨索里尼自己跃跃欲试。倘意大利因败仗而将发生国内政潮之消息果确，则墨索里尼这次在欧战中投机，真是"偷鸡不成赔把米了"。独裁国家基础的脆弱，于此亦可见一斑。

本月十六日美国国际新闻社消息，德军参谋总长季德尔劝希特勒与意大利断绝关系。消息来自伦敦，是否真有其事，固不可知。国际势力之局，本是如此，故此消息亦未见其绝对不确。意军在希腊遭了这样的败仗，希特勒还是站在旁边袖手而观。远东这位倭奴朋友，并且立即见风使舵，由他的外相松冈公开发表谈话，说明如果德美发生战事，如果美国不是侵略国，日寇无参战义务。并且还要声明一句，世界许多战争，根本就不能证实哪一方是侵略国，这固然是曲解盟约以讨好美国，实际亦是日寇对三国盟约冷淡的表现。黑衫军再遭几个败仗，再有几个人作俘虏，三国盟约，或者就可寿终正寝了。美国人批评三国盟约是国际强盗的结合，其实强盗还带几分侠气，还讲患难之交。像三位盟友这般翻云覆雨，小人势力而已矣，不足以列于强盗之林。盟约的签订，本来是滑稽。日寇与德意原来是撕毁条约的专家。国际间一切条约公约，在他们眼光中，都是废纸。那末，他们的三国盟约其又能有效？废纸堆中添一废纸而已矣。倘我们旁边人认三国盟约是个信义有效的结合，那算我们不能认识三位盟友的真相了！

罗斯福总统于本月十一日致电美国农会联合会大会，赞誉民主政治，电文中说："目前战争之结果，民主政治之价值，已为一般人认识清楚。"此公总算民主政治的赞颂者，每有机会，他必为民主主义宣以宣扬表彰，我以为民主主义，经过这次大战，倘得存在，我们应感谢美国的罗斯福，更应感谢意大利的墨索里尼。墨索里尼是法西斯主义的发明人，是个人独裁的先进。他的独裁有了将近二十年的历史。法西斯主义及个人独裁，果真是奥妙的戏法，这戏法总应推墨索里尼为世界第一拿手了。这位拿手的戏法在希腊及北非洲如今都漏了底了。如今都被人看破了。如今世人都渐渐感觉这戏法，绝对不比民主政治高明。连法国的贝当将军，也对这套戏法发生了怀疑。没有墨索里尼，怎能从反面证明民主政治的真价值呢？我想，罗斯福总统的电报亦是有根据而发的。这根据就是意军近来的一败再败。墨索里尼读此电文不知作何感想，而一班讴歌崇拜法西斯主义者，读此电文亦不知作何感想。

美国以经济援助英国一事，日来又有重大发展。英财次近正在美京与美政府谈判财政上之救济，且已正式提出财政援助之请求。罗斯福夫人则主张以现金赠与英国，众院外委会主席白鲁姆也在外委会发表演说，认为如有必需，应将强森法修改。强森法者即限制欠美国债务到期而未偿还之各国不得从美国借款之法。凡上种种皆足表示美政府有意贷款与英，特恐人民或有烦言，因故作试探空气。朋友本有通财之谊，际此中英美三国应通力合作之时，极望美能以巨款贷英。惟美英俱所不可忘者。即中国也是最需财政援助之一国耳。

希特勒于本月十日又发表了一篇演词。他列举了许多数目字，证明现世界土地未按照人口数目而分配。四千六百万不列颠人，占了四千万方公里的领域，而八千五百万日耳曼人只拥有不到六十万方公里的领域。因此，他主张以武力均衡世界。此话表面看来，似乎动听。实际这是国际强盗主义。德国国内的人民，在财产上又果真人人平均分配了吗？同是一个德国人，有的财产数百万数千万，有的身无立足之地，数百万及数千万之富翁，其体力又未见较身无立足之地者为强。希特勒果肯听贫而强者，凭其个人勇力，为所欲为，而为平均之分配吗？为希特勒之氏则不可如此，希特勒立国则可如此，希特勒之说，不攻自破了。我们并非为国际间资源分配不均作辩护。当此种不均之现象，除武力外，果绝无其他救济补救方法？希特勒灭奥，灭波，灭捷克，以后无端进攻比荷挪威等国，其理由又何在？凡此诸国，果皆人口太少而领域太广耶？"舍曰欲之，而必为之词"，是亦妄者而已！

法国维琪政府已将赖伐尔撤职，贝当又宣布将组织咨政院，这容许是法国政治的又一个大转变。法国这次之向德投降，及贝当之所以出来领导授降，多半本是赖伐尔的把戏，今赖伐尔突被撤职，或者法政府对德政策将有转变。惟后继外长为佛兰亭初也不是一个可靠人物。在第三共和国倾倒之时，赖伐尔，佛兰亭与庞纳，均为世人所公认的不详人物。在过去，佛兰亭之亲德与赖伐尔之亲意本有异曲同工之称。是以贝当声言撤换赖伐尔与外交无关，而佛兰亭之继任可以促进德法合作，亦不无可能。怪不得德政府至今尚不愿有显明的表示，而正从事于法政局之注视也。惟贝当虽是老朽而究是爱国者。如能于此刻网罗国内贤才于新设的咨政院，早日放弃无可维持的奴服政策，则值此政府改组之际诚亦是一良好机会也。

泰越之间发生不断冲突已久。但其形式至今仍极混沌。法越虽不断表示愿谈判，愿和平，却也不断报复，不断轰炸泰境。法之对泰，在过去本多压迫行为，而泰之要求修正边界亦极正常。我们深望法越能及早以诚意与泰谈判，勿向强德执礼甚恭，而对微小之泰国，则又大谈主权。但此时泰如谋以武力向越，亦不无落井下石之嫌，与东方的道德观念不符。日寇对越对泰，俱不怀好意。侵越之后，今又煽动越人，成立所谓"伪复兴军"于边境。不久期内，越境泰境，此类由日寇主持的伪军或将纷至沓来。既如此，泰越更可在此危难之秋，作鹬蚌之相争耶？

祥西公路已经完成。这是祥云至西昌一条六百公里的大道。这也是西南一条要道。有了这一条路，川滇藏三省联成一气，而西康也与外界通了气。从此滇缅公路的效用更可以增加，而川滇东路的拥挤亦可稍减。国人年来侈谈建设西南，要西南建设着手之处，首次发展西南外通的路线。祥西公路的完成，对西南建设必将发生重大功效。我们深望类此的公路一二年内尚有若干条可以成功也。

大战的趋势

钱端升

目前正在世界各地进行中的战争，无论从哪一个侵略国的立场看起来，俱已有相当的久长。日本侵华始是一九三一，自九一八起，他便不断地在侵略中。意大利发动侵略始自一九三五年的意亚之战。自是而后，他也无日不在谋人之国。德国自一九三三年起即作侵略准备。自一九三八年二月占奥后，他的侵略大业更无间断。自三个月前，三大侵略者缔为盟约后，战争的范围更在扩大。究竟战争是否即将遍于全球，是否将久延不决，诚是我们目前最欲解答而最难解答的问题。

全世界有战的地方目前不外下列五者。第一是中国的战场，在中国各处，中日两国正在继续他们的消耗战。两军相接之处没有一个区域有大规模的战役，可是也没有一个区域是完全静止的。第二是阿尔巴尼亚的战场。在这里，意希两方作战的部队各有二三十万人左右，争夺战役之烈远在上月中鄂西之役之上，但战区则甚小。第三是东北非的战场。意大利的立比亚与意大利东非，不是与英国属地接壤，便是为英国属地所包围。在接壤之处，无数大小的冲突正在进行中。第四战场在北欧及地中海的上空。在北欧上空，英德的空军不断做大规模的互击；在地中海及附近上空，英意空军也有相似的互袭，惟规模较小。第五战场在海上。在北海，在地中海，甚至在离欧较远的海洋中，英国与德意的海军各以其潜艇及其他辅助舰作袭击对方海军商轮之用。

我们如仔细探讨这五个战场的战争，我们深觉没有一个能在短期内有结束，或产生决定的作用。中日之间的军力正在渐趋平等。日方原有的优势已逐渐消灭，欲在中国获得胜利绝无可能。但反过来，中国因工业落后，欲求军力完全与日方平等，或尚须相当时日。欲驱寇出境，自然更须时日。阿尔巴尼亚之战，至今为止，胜利本全属于希腊。但即使希人在阿能获全胜，能将意军歼灭或逐出，也不能使意大利丧尽元气而屈服。一反过来，如意能反败为胜，将希征服，亦难控制东地中海甚远。东北非之战一度胜利属意，但今则英较得势。以英方海空军的优越，意获大胜，胜至可以占据埃及或切断苏伊士运河的程度，殆无可能。但在另一方，英国即获全胜于东北非，亦未必即能扫除地中海中一切对英的威胁。在意国本部的主力军（包括陆海空）被击破，及法国（地中海有海军，北非有陆军）能确实表示能守中立以前，则英国对于地中海的控制总是不完全的。英德空战及英意空战，就目下形势观之，将有长时期的延续。英国的空军人员虽较少于德，机数更少于德，但其作战力甚大，故德国绝不能取得英海峡及英本部的制空权。此则过去三四月的经验已有充分的证明。但欲求英之空军增加到足以有击破德空军或取得欧洲大陆制空权的力量，则亦绝非短期内之所可能。英空军在增加，事诚有之；但德空军亦未尝不在增加。加澳今日固在努力助增英之空军，但加澳人口少而工业生产量有限，其所能与英之助力亦难望超过德方的进步。美国人口众多而工业生产量亦大，如以全力助英，于今后一年或一年半之内，或可使英空军超过德空军，但美如不正式参战，则是否可以全力助英大成问题。加以英德双方近来之爱惜空军战士，避免大规模的空战与大规模的牺牲，我们深恐英德空军的势力将长久不易决一高下。至于第五战场，即海上的战场，更是不易决定胜负的战场。德意海军近来虽摧毁英国商船甚多，但英国原有的商船甚多，而补充力亦大，欲将英国商船毁损至不敷用的程度，或者永无其时。反过来，英国的海军虽远比德意所有者为强，德意海军诚不足以应战，但今日的德意（尤其是德）几能控制全欧的物资，即使无海运，德国在经济上亦能支持。此所以在这次欧战中，优越海军对英国的价值在消极方面者大而在积极方面者小。在消极方面，英海军固可保护英国，使不易受侵；但在积极方面，则并不能收封锁德国之功。

综上以言，就现有的战场而言，战事不能免于持久，在短期内并无决定胜负的可能。欲期于短期内决定胜负，非另辟战场，必须有新的因素发生。

新战场诚不易另辟。从德意日一方面言，如能于（一）巴尔干半岛方面，（二）地中海西口方面，或（三）南洋方面，另辟战场，从而获胜，则尽有提前获得全面胜利的可能。如德意能掩有巴尔干的全部，连土耳其在内，则德意可以切断苏伊士运河，也可以进取伊拉克油田。若然则英本部的原料供给必将大受打击，而英将难以久持。但德意合攻巴尔干困难甚多。军力小则不足以克土耳其。意军在阿尔巴尼亚之惨败可为殷鉴。军力大则必须德军出马，且须假道保国，但此则非苏联之所能许，故巴尔干的企图或将随意军在阿的惨败而放弃。地中海西口有直布罗陀海峡。海峡断后，英本部的一切供给势须绕道南非，其影响所至或足危及英本部的生存。但欲攻直布罗陀，西班牙的助力绝不可少。没有西班牙的助力，陆军无法上岸，而单恃空军则又不免牺牲太大，甚或劳而无功。西班牙的态度至今不明。希特勒虽多方诱致，而佛朗哥迄不为所动。大概在英海军消灭或英本部被侵以前，西国为自保计，当不至联德意以攻英。是则地中海西口又无法成为战场。至于南洋，日本如能获取新加坡，则英属地之在东方者势必动摇，如印度，如马来，如澳洲，获将均非英之所有。此其为害，纵无失却苏伊士或直布罗陀之烈，实亦至大。但欲攻新加坡，海军之外，攻者更须有优越的空军。即假定日本海军足以胜任，美国海军绝不出动，试问日本有何力量以消灭马来及澳洲千余架的精锐飞机？而况美国海军不出动的假定更是最不可靠的假定？此所以日本虽久已宣传南进，而至今未敢发动。

因为已有的战场不能使德意日速战速胜，又因为德意日不易有有利的新战场可开，所以我敢说如无新因素发生，德意日绝少制胜之理，换言之，中英等国亦绝无失败的可能。

但中英等国在目下可开的有利战场亦几能为零。中国缺乏飞机及重兵器。英国则陆军不敷反攻之用。即敷反攻之用，在德国空军消灭以前，亦无法出动。

因是，欲求已露持久趋势的战争速战而速决，非有新因素发生不可。新因素足以影响战局者固然甚多，但足以左右胜负者，则我以为只有美苏的参战。世界列强之未参战者，除美苏外，皆无足道。法如参加德意，足以增加英之困难，但不足以变更胜负。西如参加德意，或足以危及直布罗陀，但也未必遽能败英。土耳其如参加德意，也可发生相若的结果。法西土而外，其余更不足道。但美与苏联则不然。如美能即时参战，则可以统制其国内的工业而努力于飞机的制造，再以其骤增的飞机助英，则半年而后英美的飞机数不难与德意相等；一年而后，不难超过；一年半而后，不难以压倒的力量消灭德意的空军；再进一步，则英美的联合海军与中英美的联合陆军不难向欧洲大陆发展。又如美国参战而后，英美可以合力封锁日本，使日本本部陷于经济上难以支持的状态。如苏亦参战，则其影响或更敏捷。苏如助德意日，则苏德意可以取巴尔干，日无北顾之忧后亦可以全力攻南洋。换言之，苏如助三国，则英国纵不败亡，亦必危殆万分。但苏如助英，则英之势可以立刻好转。英苏的联合空军足以夹攻德国，而使德空军初则无法补充，终则归于乌有，而后，苏之陆军可以由东攻德，而英之海军亦可尽其封锁之力。若然德意的败亡便不再远。在东方，日本将不胜苏空军的威胁，而逐渐退缩，于时中国亦可乘机驱寇出境。

但苏联的参战，在最近数年或十年内，绝无可能，苏联对德意日英美均无好感，而多疑忌。英德意之战，由苏联视之，至今仍为帝国主义间的战争。如果两方势均力弱，则苏联又何乐而参加？苏联当局者最爱国，除爱苏联外，其他皆非所爱。故苏联参战的可能绝少假设的根据。

美与苏联迥异，对于民主国家及被侵略国家的同情至富，而对于德意日则深恶痛绝。但美人之爱中英仍远在美人自爱之下。如美国不参战而中英仍可不失败，则美将以所谓参战以外的方法助中英，而拒绝参战。只有在中英将败之顷，美或可以全力参战，以挽狂澜于未倒。不特美国大多数人民的态度是如此，罗斯福政府的态度也是如此。然所谓参战以外的方法，无论如何有效，总不及参战的有效。参战以外的方法足以助中英支持长期战争，而不能助中英速获胜利。

话又说回来了。足以造成速战速决的美苏参战既少可能，则现正进行中的战争势将成为历久不决的长期战。本文上面已经说过，中英无不能持久之理。但为免除一切可能的危机计，我们仍应努力于二事。一为努力增加经济支持力，以防万一；又为努力打开僵局，仍求早日结束战争，以减轻人类的痛苦。

要增加经济支持力，建设，节约与改善政治三者应并重。

要打开僵局，我以为我们唯有从美国方面着手。美人有助邻的善意，而乏牺牲的苦心。但如战事过分延长，则胜负究无把握。与其长期助中英而不能把握住胜利，毋宁斩钉截铁以参战。如果参战的牺牲不太大，而参战的结果又可必，则美人自保的心理或亦不难克服。德意日侵略集团的最弱点在日本。日本空军微弱，陆军陷于亚陆，尚未易自拔。日本所可自负者仅海军。

但日海军有野心而无壮志,东乡时代的进取精神今以荡焉无存。此时美如以海军出动,助以英之海军,对日本作大包围的姿态,日本不是屈服,便须盲撞。及其盲撞,而痛击之,则日海军必溃。海军溃,其他武力亦溃。日本溃,则侵略集团气沮,从而击意,意必歼灭。日意去后,德亦孤立难存。故美如攻日,则大战可早日结束而胜利可必。美人对欧事向有争论,独对太平洋问题则看法较趋一致。我们能否使美人灼见攻日所能产生的善果,诚是大战今后演变的关键所在。

今日的自由主义

王赣愚

这次欧洲大战，是自由主义的重大难关。法国对德屈膝后，为自由主义而战者，表面上仅是称霸海上的英国，实则背后还有实力雄厚的美国。保卫自由主义，使其在世界上安全，今后受助于美国者，实非浅鲜。英美两国文化，出自同一渊源，其传统的联系，不单在文字，又不单在宗教，而在乎同奉自由主义。以政制言，民治的涵义和运用，在这两国未必尽同；因为美国是以平等为基础的社会，实行代议式的民治起来，与素重贵族统治的英国，自不免有所歧异。但从立国精神上观察，英美两国固有共同之点，就是始终坚信自由主义，以此处世治国，故尊重人格，维护民权，至今犹未变初衷。百余年来在自由空气之中，养成了这种可贵的风度，不啻是英美两国共有的文化遗产；而其他国家如德，意，俄等，试行民治不成，主因就是欠缺这一点。

自十八世纪以至今日，欧西各国在文化上，不失为完整不分的整体，繁颐其外形，单纯其内容，二百余年来，由于产业制度的演变，而孕育出来一个基本精神，这即是所谓自由主义。原来欧西自由主义，是当时国际社会的经济原理。依此原理，任何国，任何人，在广大的范围之内，俱得享受充分的经济自由，于是乎国际障碍渐减，于是乎各国生活亦渐稳定。工业革命的策源地是英国，而近代自由主义就是工业革命的产儿。在当时欧洲，促进贸易自由，保证交通无阻，维持金融流畅，都是英国首为之倡，其功实在不容湮没。老实说来，现今各国中，只有英国配得上负此重大责任，因为她独拥有强大的海军，恃此为其防御武器，海上秩序可保无虞，海外属地安全亦可有把握。"大英平和"（Pax Britan-nica）的实现，固未必是全世界人之利，但在欧西人的心目中，它确足以显示英国已代尽了传播文化的责任。两世纪以来的欧西文化，系以自由主义为其特色，而负此传播责任者，也就是倡导工业革命的英国。这实在不只是历史上偶然的事。

欧西文化所赋予英国的责任，随着国际情势的演变，几乎一天比一天重大。此际英国既有重大的责任在身，又遭到空前急迫的外患，究竟将如何度过这个危机，使自由主义在世界上安全，我们不能不表无限的关怀。当然，过去有功于自由主义者，也不只是英国；以思想内容论，法国实开这个主义之先河。法国人素尊人格，重权利，崇信理智，倡导民治。予自由主义以理论的根据，其贡献亦不在于英国之下。然从另一意义上言，英国可算为最先一个国家，能深刻了解自由与威权的交互性，并实际上谋使两者相剂而不悖。自由主义到了十九世纪，其所以繁荣滋长者，无疑地要归功于英国培养之力。其次，百年来美国又是这个主义之另一试验场。美国人虽向以拜金主义闻名，然对自由却有相当理想，始终视为政治活动的准绳。就原则上说，他们之促进物质进步，亦足以提高生活水准，卒予个性发展以更大之便利，虽然其社会的畸形现象仍是有待于矫正的。照这样说来，法，英，美三大民主国家，联合起来适成为自由主义的台柱；表面上，三者虽未必走上同一的路向，但最少也未曾背道而驰，这是很显明的。这些民治先进的国家，对"人"的价值，自始即作同样估评，并加以同等重视。欧西自由主义的要义，是以"人"为目的，而不以"人"为手段，其尊重人格的结果，是坚求发挥个性的充分自由。个人有了相当充分的自由，继能引发生命内潜的价值，使其同时在世界上与□相调协，以谋共进。自由主义的流弊，虽不一而足，然以视轻人格忽个性的极权主义，诚不知胜过几千万倍了。

十九世纪以远，欧西所谓自由主义，常与民主政治相提并论，其见诸实际显然有两种作用：在消极方面，保障个人应有的权利，以避免国家的侵犯；在积极方面，则给与个人参加立法程序的机会。换句话说，个人在真正民主社会中，不啻划出自己活动的范围，虽逃不了国家权力的支配，然国家权力的性质却为他们所决定。民主政治的精神，通常表现于法律的形式及其内容；而法律不能不含着平等的观念，这种观念必须深入人心，然后民主气质始克养成。人能相尊重，互容忍，才配得上谈自由，这点是很明白的。对个人自由切实保障，是民主政治成功的要件。就这一点上言，民主政治既不是最自然的社会组织，又不是最容易实行的政制，因为重视权威，抹杀自由，是自来一般社会的倾向，欲纠正这个倾向，使人重新改变观点，确是很难保证成功的尝试。民主政治在两世纪中，虽有长足的进步，但到如今仍得不到安全，其根本原因就是在此。当今的极权主义，过分重视国家，故意抑遏个人，显然是否认民治所必具的条件的。

美法两国革命的影响，是近代自由主义的滋长。在美国，因其地广物博，又因其传统不深，故危害自由的潜势力，远不如欧陆之强大；至如欧洲情形则不相同，那里除英国外，其他大小各国，对法国革命的精神遗产，均不能长久保存，甚至极力摧残。向自由主义反抗，其方式本不一致；百年前的欧洲，有所谓"神圣同盟"，这是反自由运动之始；而现今法西斯集团出现，不啻是"神圣同盟"的复活，从反自由思想上言，二者并不是两种运动，而实是一种运动的继续，一种运动的演变。一八三〇年及一八四八年的两次革命以还，自由主义在欧洲突飞猛进，它虽然仍免不了传统势力阻扰，但随着各国政制的变革，而逐渐形成社会思想之主流，上次欧战告终，民主国家获得了胜利，在巴黎和会席上，各代表处置战后各项问题，大体上都着眼于民主各国内新兴阶级的利益，从此大家以为自由主义可以普及于世界。然遵循这个主义的范畴，以调整国家与个人的关系，在战后各国不无很大困难。由于经济结构的变质，政治技术的发达以及集团意识的重视，在缺乏民主传统的各国，自由与权力，不能互相调剂，结果国家与个人的对垒，就是一个政治失衡的局面。除英美两大民主国家外，战后新兴的民主国家，十之八九皆为乖谬学说所诱惑，而甘心向极权主义屈膝，由此而促成当前自由主义的重大危机。

英美是现世民主国家的中坚，自由主义是共守的政治信条。这两大国尽管经济利益不尽相同，但其对自由主义的关注，却是毫无二致的。纳粹德国崛起后，欧局日趋险恶，早使美国人惴惴自危，因此，罗斯福总统当执政之始，就重新考虑自由主义在现势下的安全问题。其实，美国从这次欧战中，更进一步认识大英帝国存在的重要。英国势力遍布全球，到处传播文化的种子；而自由主义的精神，每随着英语的普及，和商业方法的推广，竟不待美国的惨淡经营，而在各处生根发芽了。其次，民治过去在国际上的地位，大半是建筑在英国海权上面的；基于这个认识，美国也不得不倾全力以助英，建立自由主义的坚固屏障，然后使极权主义者有所戒惧。综括说来，英国此次抗德之战，是欧西自由主义安危之所系，而就立国原理上言，美国与英国站在同一条线上,势难熟视无睹。威尔逊总统"使民治在世界上安全"的理想,美国人是不能忘记的。

中国目前的政党问题（下）

罗隆基

对中国目前的政党问题，我在第一篇文字中（见本刊四卷二十四期），有这样两点意见：

（一）民主政治与多党制度不能分离。民主政治无多党制度，则不能运用；多党制度，非民主政治，则不能存在，而钱端升先生所谓的一党制度与民治不悖，在理论上似有内在的矛盾，在实际政治上恐又不能做得通。
（二）从国际局势的趋向上观察，则欧战中倘英美胜利，则民主政治基础必更稳固。英美胜利之后，绝对不至放弃民主政治。果尔，则英美绝对不至摒弃多党制度。

如今我要站在本国的立场，来讨论这个问题。钱先生在《一党与多党》那篇文章里，有这样几句话："如舍世界的趋势不论，而单论我国的需要，则一党制更有其客观的必要"（见四卷十六期）。钱先生的"一党制更有其客观之必要，是根本认多党制在中国是不可能的，也是不相宜的。"所谓"不可能"者，因"要实行多党制，第一先得有一个以上的政党。事实上，民国成立二十九年，中国只有过两个党——国民党和共产党。其余的党均不够称党。"往下，钱先生又说一段青年党及国社党前途无发展希望的话。他说："今之青年党国社党，论其主张，均不出三民主义的范围，论其组织与党众，则又皆狭小而不健全之至……如以原有的国家主义及温和的社会主义为号召，则又何以自别于三民主义？如果主义相同，则又何必另树一帜？中国此时财力，办好一党，尚且不易，又何必此党彼派，徒增纷扰。"

钱先生这段文字，很坦白，很开诚，其批评青年国社两党之处，亦非全系主观偏见,最少,我个人承认此系相当依据事实之谈。然而这一切一切,亦不能使钱先生所持"多党制度在中国为不可能"的见解,自圆其说。钱先生之意,"要行多党制度第一先得有一个以上的党。"同时,钱先生又依据事实,指出现在中国有四个党——国民党,共产党,青年党及国社党。姑承认钱先生之说,青年国社两党,党而"不够称党",然共产党钱先生已认为是党而够于称党。国民党与共产党既是两党,中国岂不是有了一个以上的党吗?多党云云,原来两党即合此义。英美为多党制国家,严格说来,英美即是两党互为进退的政治。美国政党历史,党而够于称党者,民主共和两党而已。历史上固有其他小党,时起时落,然类多随生随灭。美国目前亦有社会党共产党存在,其不足与两大党抗衡,又何以异于中国之青年及国家社会党?两大党互为进退,既是美国之多党制度。英国之多党制度,更为两党政治。而一般人赞仰英国之政党政治者,正惟其两大党互为进退。英国之政党历史,最初则为托立党与辉格党的对立,其后别有保守党与自由党的抗衡。劳工党的产生乃十九世纪末年之事,劳工党够称为党,则为一九零六年以后之事。第一次欧战期间,路易乔治上台组阁,自由党分裂,而劳工党之党众与组织突飞猛进,实际上劳工党已取自由之地位而代之。故二十年来,英国依然是两大政党的政治。英国历史,过去亦有爱尔兰等小党,今日依然有共产党,法西斯党等等,其不足以与保守劳工两大政党抗衡,又何以异于中国之青年与国家社会党。两大党互为进退,即是英国之多党政治。钱先生既已承认中国有两大政党——国民党共产党,此即自认中国"有一个以上的党",依然谓中国多党制度为不可能者,似不甚妥。

钱先生文章中,对共产党另有批评,认共产党在今日中国不宜当权,此系另一问题,此不在本文讨论范围之内。我个人的见解,则多党制度,与什么政党适宜当权,应完全分开讨论。多党云云,乃国家容忍,数政党并立并存,而此多数政党,在法律上处平等之地位。英美多党治,即系如此。英国今日当权在位之保守党,不利用其权利与地位,干涉在野党法律以内之一切行动。美国今日当权在位之民主党,亦不利用其权力与地位,干涉在野党法律以内之一切行动。至于各党之间,哪一党宜于当权,哪一党应该在野,此则诉诸全国选民,决诸投票选举。此即所谓多党制度。英美是也。至于一党制度,则国家唯有当权在位者独存仅有之党。在法律上党外不许有党。任何人如欲党外组党,则为违法于纪,则为大逆不道。此则德意苏是也。我甚明白，钱先生所谓的一党，绝对不是德意苏这一套。他的理想是一个重视民权，尊重人民尊严之政党，当权在位。然问题症结却在，此当权在位之党，容忍他党并存并立否？倘不容许他党并存并立，则民权何在？国民之尊严何从尊重？其又何以异于德意苏之一党政治？倘容许党外之党，同存并立，则党外有党，党外有党，则无论何党当权在位，已非一党之实。此已为多党制度，而非一党制度。

　　钱先生认多党制在中国为不可能，另一理由，即其他政党之主义，不出三民主义之范围。似此，又何必"另树一帜"？此则钱先生专重理论，不注重事实了。打开天窗说亮话，人类的实际政治，主义的成分，真又占了多少？美国的共和民主两党，试问，主义上又有什么不同之点？英国的保守与自由两党，试问，主义上又有什么不同之点。至于战前的法国，国会内数十政党林立。除极右的与极左的政党，主义稍有不同外，其他若民主社会党，社会民主党等等，则不但主义无异，政策无异，而党招牌亦几几乎无异了。一大串政党名目，弄得我们教政治学的人，头昏眼花，彼又何苦来？我这里并非主张中国政党应抄袭英美法。然而人性相近，人类的实际政治到处皆然。中国的一切大小政党，主义上大同小异，又何必"此党彼派，徒增纷扰"，钱先生所云，理固然也，实际政治上人人各关其党，各归其派，性使然也。同时，主义尽可大同小异，而政策却可小同大异。实际政治，政策之成分，又远较主义为重。政策更无绝对是非优劣的标准。见仁见智，这正是党派的分野。这又是民主与独裁的分野。民主则尊重个性，尊重尊严，自然容忍他人的"见仁见智"，其结果容忍党外之党。独裁则国家唯有一"仁"，此即领袖之"仁"，国家唯有一"智"，此即领袖之"智"，国家之民，只许学仁学智，不许见仁见智。其结果自然不许党外有党。凡主义上大同小异，即不应此党彼派，即应合为一党而成一党制度，理想仅可如此，实际政治绝不如此。这是钱先生不可忽略之点。今日中国实际政治上已有了一个以上的党。而这些政党，我不想他们会自动解散，我更不相信在精诚团结的今日，当权在位的国民党会有任何举动强制在野党解散，那么，多党是个铁一般的事实，怎样还能说"中国不能有一个以上的党"，怎样还能说多党制在中国为不可能呢？

　　进一步，对青年党国社党这些小党够不够称党，我亦愿简单说几句话。衡诸民主国之先例，若英美法各国之党，只要有党纲（不一定标榜一个新奇的主义），有机构（不一定全国布满组织网，而且有秘密侦探一类的特务队）。只要有信徒（国会中占若干议席，不一定号称十万百万党徒，并且不一定有武装军队同志），就够称党，那么，我们就不能说青年党国社党是党而不够称党。我在上篇文章里，已经说过，英国初起的党，若辉格党托立党等，只是茶楼咖啡馆中的朋友结合。重严密组织，重广招徒众，这样的党是晚近的事。至于有军队于特务的党，那是以革命为手段的党，严格说来，这已不是民主政治下的党了。苏联的共产党，德国的国社党，意国的法西斯党，那是以革命起家的，并且国即是党，党即是国，我们似不应以那些党做衡量政党的标准。同时，我们亦的确不应抹煞当前中国实际政治的环境。国民党的经费如今是国家养党。共产党亦有他的"特区"，以为党费的来源。在这种特殊环境之下，则青年国社两党，党之不够称党，岂偶然哉。我认为这毕竟是暂时的现象。中国将来走上民主的正轨，各党将来享受国家法律上的平等待遇，则党的形势必非如此。在这种特殊环境之下，认青年国社两党为党而不够称党，似欠平允。

到这里，我要谈到多党制在中国目前宜与不宜的问题了。钱先生认定"在今日及今后若干年甚至若干十年的中国，比较有完成抗建工作的可能者，只有国民党及共产党"。国共两党比较之下，国民党有蒋先生做领袖，"其领袖地位为其他任何人所望尘莫及"，故钱先生认国民党当国最宜。我以为钱先生这话很公平，很与事实相符。我认为不止一般国民承认这事实，即其他各派亦承认这个事实。我个人的观察，一切党派今日都认定在今日中国，国民党当权在位最适宜，不止如此，并希望国民党，蒋先生领导的国民党，在抗建工作上，有完满的成功。我以为今日的各党各派，今日不止不应存丝毫夺取国民党政权的野心，并且应竭诚赞助蒋先生的成功。国民党在今日宜于当权，绝无问题，不过国民党宜于当权，与国民党宜乎为中国独存仅存之一党，实应分别而论。那一党宜于当权，与国家宜于一党制或多党制，不是一件事。问题宜分别讨论。举个实例来说，这次美国大选，民主党与共和党，那一党宜于当权成了个大问题。民主党有罗斯福。在今日国际局面之下，美国为应付国际环境计，自以罗斯福继任总统为宜。罗斯福的当选，虽然是打破百余年来宪法的成例，然而为事实所要求，美国二千多万选民毅然决然打破成例，选举罗斯福。然罗斯福的当选，民主党的再度当国，固然是"宜"，但这并不是说因此"宜"，即证明美国宜于一党制。这并不是因此

"宜"即证明美国共和党社会党等等则不宜于存在。罗斯福的第三届当选，与美国的多党制并不冲突矛盾。倘美国民主党根据罗斯福宜于做第三届总统，即认定美国只能有独存仅存之一党，只能采取一党制，而其他在野党即应解散，我敢担保美国的实际政治要发生严重的变乱。那一党宜于继续当权若干年，与国家宜于一党制，的确是两件事，的确应分别讨论。

在第一篇文章里，我已经声明，我绝不为一党制与多党制优劣利弊之争。我所以喋喋不休者，并非我溺爱多党制而鄙薄一党制。古人有句话，"知我者谓我人忧，不知我者谓我何求。"故不惮烦琐，力为陈说。谈到中国目前的实际政治，有一点我们绝对不容忽略，即中国事实上已有了多数党。国民党以外，还有共产党，青年党，国家社会党。其他已成立的党及正在酝酿而将成立的党且不在内。国家果真实行一党制，只能有独存仅存的一党，对事实上已有之其他各党，将何以处置，这是问题的症结。这是绝对不容忽略的一点。这些党，党而够于称党否，另是问题。这些党，党而宜于今日当权否另是问题。他们已经是党了，他们有他们的党纲，党名，党组织，党徒众及党历史。共产党并且有他的严密的组织，有他的党军队。国家果采用一党，对这些已有的党何以处置？

对这个问题，我们应该平心静气，开诚布公来讨论。这是一个相当严重的问题。讳疾忌医，这不是我们谈国事者正当合理的态度。一切小党，所谓党而"不够称党"者，尽管"不构成党"，但他们依然是党。他们绝对不至自动消灭，自动解散。在他们，认为这是他们对国家的忠诚，对政治的责任。对这些小党，加以相当压力，那么，他们势逼处此，他们既无党军，又无党费，他们或者暂时隐声匿迹。不过"以力服人者，非心服也，力不赡也"。他们势必从公开活动的党而成为秘密活动的党。在精诚团结从事抗战建国的今日，这绝非国家之福。对共产党这问题则更应审慎考虑。以往国民党共产党两党间有些许误解，有些许摩擦，那是事实。依我个人看来，这依然无关宏旨。一方面有蒋先生领导全国，精诚团结，一方面共产党之各负责人亦为深识大体，忠诚抗战之人，必能共体国难，相忍为国。在任何国家，我都认为以武力解决内政问题，绝非国家之福。因党争而演成内战，在中国当前环境之下，此不止非国家之福，且为不可想象之危险。我知我们国家不至遭此厄运。今日有蒋先生领导于上，国家亦绝不至遭此厄运。然而为抗战胜利计，为建国成功计，中国目前的政党问题，国人总应平心静气，推诚相与，求一劳永逸的妥善合理的解决方案。

在我个人看来，一党制度，绝非妥善合理的解决方案。为国民党计，国民党绝不至于采用一党制度。因为孙先生三民主义中三大原则之一是民权，而建国目的之一是实施宪政。一党训政是暂时过渡，多党共襄宪政是永局。果然如此，则国民党应希望国家有健全的其他政党发生。中国目前固非国民党领导不可，国民党今日固亦当仁不让，不愿放弃此责任。我不相信，国民党中有任何党员存"国家政权是一党子孙万世之业"之念。抗战胜利，建国成功之日，国民党建设之宪政既有轨道可循，则国民党自然亦希望有健全的与党，相互相替执政。果尔，则今日国民党不但无摧残他党的必要，亦且有提携其他政党之必要。不然则中国真民主又何从实现。

只要一个大原则确定，国家将来的政制是三民主义而不是独裁，是多党制而不是一党制度，则目前中国的政党问题，实容易解决。多党制度自有多党制度的正轨。英美这些民主国家的政党政治，自然大可供我们的参考。最少，民主国家的政党政治，有这几点值得注意：

（一）政党争取政权的工具是民意，具体的方法是投票选举，而不是武力，不是军队。军队应隶属国家。军队应超党。政党不得养党军（军人的信仰自由未被剥夺，军人进党依然有自由，但不得利用军队以争夺或保持政权）。

（二）政党是依据政纲政策，争取政权，主持国政，却不是集合从众，把持地方政治，分裂国家行政。因此，在朝在野政党，其出处进退，都应遵守政党竞争政权之规律，犹如比赛运动之应尊重体育比赛场上之纪律。

（三）政党是主义，政纲，政策相同者之共同结合，则政党之费用应是党员养党，而不是党养党员。更不能国家养党（当前国民党在训政时期，可算例外）。因此，国家中央及地方之财政收入，应为公家之政费，而不能移充党费。

（四）一切政党在国家法律上应享平等之待遇。党的地位固平等，而公民之一切权利及义务，更不得因党员的关系而受任何歧视。例如公务员超党，其任用与罢免不受政党之影响等。

我提出上面这几点供参考，因为依我个人开来，过去党与党间许多误解与摩擦，就因为这四点未能得到各方重视。不重视这四点的责任究应属于哪一方或哪一个人，老实说，不必追究，亦无从追究。愈追究，则治丝愈棼，关系愈复杂，关键愈微妙。国家当前的环境是不容许我们追究。依我个人的见解，还是以"既往不咎"四个大字来解决过去的问题，而一切从头做起。我的"从头做起"，我很诚恳的说，完全是将就事实，我以为国家在这个环境中。国民应抱定一个大宗旨：什么都可以牺牲，只有"精诚团结"四字不能牺牲。国人能"精诚团结"，今后国家什么都有办法，有出路。假使不能精诚团结，或是团结而不精诚，则国家同归于尽，任何党派都不能存在，更谈不到党的独存仅存了。

  假使确定了多党制度这个大原则，则国民党应付其他在野各党方案，依我个人看来，亦简单了许多。国家采用多党制，国民党容忍其他各党存在，这不是无条件，即容忍民主政治下以和平方式求发展，以和平方式为将来争取政权工具的政党，而不是蓄养武力，培养革命力量的政党。任何国的政府，不能容许武力革命的政党。在野政党，尊重政府威严，服从政府命令，这是他的责任。同时，当权位的党，亦应该尊重其他政党的尊严，更应该容许其他政党生存的机会。所谓的条件，换句话说，是双方对等而互惠的，这才算大公无我，这才算天下为公。假使大家都能遵守"天下为公"这句话，那么，当权在位的党认为当国是责任，是义务，这不是权利，当然用不着为永久保持政权准备了。假使大家都能"天下为公"，那么，在野的党，他们唯恐一旦上台不能担负这责任，不能完成这义务，应慄慄危惧这责任与义务到了他们的肩上，他们亦不必购械，对取得政权急不暇待了。我的看法，假使确定了中国将来是民主，并且是多党制度的民主，那么，在野与在朝党今日许多行动，都可改进。彼此间可以去掉许多误解与猜疑；彼此间可以省掉出许多精力时间来从事抗建的工作。在我个人看来，蒋先生为全国一致拥护的领袖，国民党为全国一致公认目前宜于当权的政党，宜于当权若干年，甚至若干十年的政党，绝无问题。如此，则国民党的同志，尽可全副精力从事抗建工作，而把发展党务及对付党的工作放在次要。其他政党，他们生存的机会有了保障，则只要中国不亡，亦自有上台担负责任与义务之一日。"留得青山在，不怕无柴烧"，就是这个意义，因此，亦可以省出党争上勾心斗角的精力时间来做抗建的工作。以往许多误解与摩擦，生于不能互信，一方面疑其他方面之欲取而代之，另方面则忧惧其他方面之不容许其生存，彼此相猜相疑，因以造成中国目前的严重政党问题。

  在我个人看来，多党制与国民党亦有利而无害，国民党的主义是民主。

孙先生建国的目的是宪政。蒋先生的信仰亦是民主，亦是宪政。所以实行多党制，与国民党一贯思想绝无丝毫矛盾不合之处。同时，多党互相监督，互相竞争之下，只有使党风纪严整，精神振作。钱端升先生亦有"我们也并不以过去国民党的专政为满意，国民党多年来本身有缺陷"的话。他亦主张国民党"须改变作风"。钱先生站在党员的地位，肯说这样的话，这的确是开明忠实的模范党员，这的确可以令党外人敬佩。但我相信独存仅存的一党制，党外无他党与之竞争比较，一党永远独享政权，则党的精神更容易颓废，党的分子更容易腐化，人要与朋友观摩，党亦如是。这正是英美多党政治的优点。到此，我又联想到德意的一党制了。德国一党制起来较晚，国社党朝气足。意大利这次在希腊的战事，则一党独裁之纸老虎完全戳穿了。法西斯党执政较早，至今有将近二十年的历史，精神疲敝，党风颓败，乃必然之势。我知道，钱先生的理想，并不是德意式的一党独裁，而是民主多党制与一党独裁二者之中的中庸之道。但我们不要忘记，即在多党制的国家，某一党继续当若干年，若干十年，则必有颓败疲敝之趋势，国民渐渐亦生喜新厌旧的心理，一党制度之下，一党永久当政，这趋势更不能免。而钱先生理想中的中庸之道，在我看来，恐亦止于理想而已，不容易寻到实际方案。

对这个问题，我想说的话似乎尚多。然而我为篇幅所限，要结束这篇文章了。我重复声明一点，我相信政党是中国目前实际政治上一个比较严重的问题，假使中国事实已经有了一个以上的党。党之"够否称党"是争论，党之已经为党是事实。假使采用一党制，姑无论此独存仅存之党有如何中庸之道以执政，只要不容忍他党存在，即牵及他党的生存问题，牵及他党生存问题，则中国的政党问题愈严重，愈复杂，愈难解决，然而中国当前的环境是不容许发生党争的，更不容许因党争而发生内战的。为承认事实，将就事实起见，多党制或者比较妥善。我的见解或者误了，然而这是我忠实的见解。我与钱先生在这问题上见解大有出入，我相信把忠实的见解，忠实地写出来，以为商榷，必能得到钱先生的指正，同时亦可供社会留心这问题者的参考。

从语言的习惯论通俗化

王了一

我们常听见一句谚语:"天不怕,地不怕,只怕广东人说官话。""广东"二字有时变为"苏州,有时变为别的地方。其实,这话只说出了一半的真理。假使有这么一天,广东话被封为官话,我们也会听见人家说:"天不怕,地不怕,只怕北方人学官话。"官话之所以难学,是因为学官话的人从前没有这种习惯。广东人或苏州人之所以特别不容易学会官话,是因为他们的语言习惯与北方的语言习惯相差特别远的缘故。

这个道理非常易懂,只可惜人们不很会由此类推。事实上,从地域的殊异,我们很可以推想到社会的殊异:南北的语言固然不同,农夫工人的语言与知识分子的语言又何尝相同?在北平住了十年的学生,往往自以为会说北平话;其实他们所会说的只是知识分子的话,农夫工人的话他们未必完全会说,因为他们不会养成农夫工人的语言习惯。这种语言习惯的殊异乃是从社会的殊异生出来的。

说起来很有趣:一个南方人到北方来,总会摹仿北方话,以求表达自己的意思,然而一个大学教授或大学生对一个农夫或工人说话,却从来不会想到要摹仿他们的话,以求获得他们的彻底了解。这是很大的错误,然而犯这种错误的人真不少。

五年前盛极一时的"大众语"运动,以及近来颇有人提倡的"通俗化"运动,似乎是开始感觉这种错误而力求补救了。然而一般提倡的人往往又犯了另一种毛病,就是轻视语言的习惯及其社会性。他们误以为"大众"的语言是知识分子所能为的。原先只是不屑为,而不是不能为;现在既然甘心

"大众化"或"通俗化,就毫无问题。假使真是这样设想,就等于把知识分子看成万能,以为农夫工人要学我们的话是想吃天鹅肉,而我们要学农夫工人的话是"俯拾即是",毫不费事。这未免与事实相距太远了。

我们也承认知识分子学"大众"的话容易些,因为有知识的人也曾经过没有知识的童年时代,他们也曾听惯了洋车夫老妈子的言谈,不至于像洋车夫老妈子听大学功课那样觉得高不可攀。然而听懂是一件事,使他们懂又是一件事;把吃饭睡觉的话和他们谈是一件事,向他们陈述一篇大道理又是一件事。我们自以为说得很浅,在他们听起来却很深。我们自以为已经极力摹仿他们的谈话方式,然而我们的话仍旧不像他们的话。这因为我们自从读书十年之后,许多书本上的语句已经侵进了我们的习惯里,要恢复童年的"大众语"是很不容易的了。这也可以拿官话的学习来做譬喻:一个上海人在北平住了十年之后,重返故乡,对故乡的父老仍旧是满口的蓝青官话。起初大家以为他是摆架子,后来才晓得他已经把官话和家乡话杂糅,官话固然不满六十分,家乡话也变为不及格了。由此我们可以明白:知识分子说话之所以不能通俗化,是因为他们失掉通俗的语言习惯,而不是故意摆架子。

写起文章来,比说话更困难了。一支笔在手,一支香烟在嘴,我们尽有修饰字句的余暇。修饰字句,不一定为的是漂亮,大多数的时候为的是明确。越是明确,越与口语发生更远的距离。我们日常谈话是想着就说,别人听不懂可以改变一个方式再说,写文章却不能如此,我们必须预防别人看不懂或误会,于是不能不求其明确。然而我们须知,要使笔下明确,同时又不违反口语的习惯,这是多么困难的一件事!

固然,社会的语言习惯没有明显的界限,知识分子的语言往往被仆人车夫摹仿,仆人车夫的语言也往往传染及于知识分子,彼此略得调和。然而这种调和的力量很小,因为知识界与非知识界都时时创造新语,二者之间永远保存着若干距离。况且除了词汇不同之外,还有语法与表现方式的殊异,更是无法调和的。

这里所谓无法调和,并没有丝毫轻视非知识界的语言的意思。依现代语言学的看法,口语比文言更值得重视,大众的语言比少数知识分子的语言更值得重视。正因为重视大众的语言,才会把"俗语"看作圣贤的经典一般,认为值得我们费最大的精力去研究。

现在有一种矛盾的现象,就是多数提倡通俗化的人,自己写起文章来往往不能通俗；倒反是某一些小报的文字较能通俗，然而他们却不曾提倡这个。说句笑话，通俗化用不着提倡，只要找一个文理粗通的工人或农夫来，由我们授意给他，让他自由地写下来，就是一篇很好的通俗文字。有一次，我看见清华大学校工所编的刊物，觉得他们的文字真可以做一般提倡通俗化的人的"文范"。因为他们是写自己的话，所以容易写得合适。我们写他们的话，乃是矫揉造作，吃力不讨好。我们必须承认他们的话也是"高不可攀"，因为我们的语言习惯与他们的相差太远了。至于南方的知识分子用北方话去写通俗文，自然加上方言习惯上的障碍，更是不能胜任了。

除了语言之外，还有思想的问题。知识界的思想方式，往往与大众不同，难怪他们的话大众看不懂。再加上了欧化的语句与欧化的思想，更与大众相隔万里。现在有一班青年，如果要他们不写欧化的句子，或不用欧化的思想方式，就写不出文章来。当他们发愤要写"大众语"或"通俗文"的时候，也仍旧是这一套，因为他们被西洋语言或本国欧化文字所潜移默化，竟忘了中国语言的本来面目。由此看来，要达到通俗化的目的，必须先学会了纯粹的中国话，完全运用中国的思想方式。这是与大众接近的第一步。如果连这第一步也做不到，通俗化就变了纸上谈兵。

我在某一次的演讲里说过，大众语乃是一种艺术。知识分子在写通俗文的时候，必须将身跳出自己的圈子之外，设身处地，把自己变成了一个目不识丁或粗通文理的劳动者。这样写通俗文，该比写普通的文章吃力十倍，然而好不好还要看你的艺术呢！在北平住了廿年的一个上海人，能说蓝青官话不足为奇；如果他回到上海，仍能说得一口纯粹的上海话，不杂北平的色彩，这才算是真本领。知识界的文章好比北平话，通俗文好比上海话，社会的殊异与地域的殊异一样地是语言的障碍，我们不要轻视这种障碍，继能达到我们的目的。

从另一方面看来，通俗文又是一种科学。"俗语"也是语言之一种，值得我们研究。我们对于方言固然应该调查，对于一般民众的语言也一样地应该调查。要写通俗文，必须先知道什么是"俗语"。我们可以定下一个标准：不识字的大众所说的话才是俗语，按照他们的话写下来的文章才是通俗文，这样的通俗文，只要你教他们认识了字，他们马上就看得懂。所以要写通俗文必须先从调查俗语下手。

调查的对象是他们的词汇，语法及表现方式。哪怕是欧化的词汇，只要它已经深入民间,就算是通俗了,哪怕是道地的中国语句,如果只流行于士大夫的口里或笔下,也不能认为通俗。到了那时节,我们才能写得出一篇像样的通俗文。在未经过切实的调查以前,大家只能各尽自己的本领,去实现通俗化的艺术。

纪磨血老人胡子靖先生

沈家球

"人生自古谁无死,留取丹心照汗青。"这两句名诗,可为最近逝世的胡子靖先生写照。

先生生于湖南湘潭。少时,感清廷的腐败,民智的低落,想要挽救垂危的祖国,非从教育入手不可,于是东渡日本,研究教育,深慕日本庆应大学创办者福泽谕吉的为人,毅然以祖国的福泽谕吉自命,归国后,和龙砚仙谭组庵先生于光绪葵卯年在湖南长沙创办实业学堂和正经学堂,在当时闭塞的湖南,创设新式学校,尚属首举,先生生长名门,在封建的气氛中,不顾他人的嘲笑,亲自劝募学校的经费,一般有钱的人,听说先生来了,或者故意留难,或者早就规避,称先生为"胡九叫化"。并且"人生大不幸,碰了胡子靖"的一俗话,传遍了整个的湖南,可想见先生办学的苦衷,但先生不顾一切,毕生和艰苦的环境奋斗,坚韧不拔的精神,使后生辈感到万分的振奋,后来学校得龙谭二先生的捐助,改正经学校的名称为明德中学,校址设在长沙城北西园,并聘请张溥泉,周道腴和黄克强诸先生担任教师,黄张诸先生于授课之外,暗中从事革命的活动,学校成为革命运动的机关,外间的谣言四起,清廷正搜捕杀戮革命党人,对于先生所办的学校猜忌特甚,先生在负责校务之外,还要照顾黄周诸先生的安全,后来湘抚派兵包围搜捕学校,先生设法使黄先生脱离险境,当时环境的恶劣,学校几告停办。幸赖龙谭二先生都是湘中望族,暗中帮助,学校方得转危为安,民国成立,学校得政府资助,经费稍形充裕,先后在北平汉口成立明德大学,当时大学的银行科很有成绩,今日服务于银行界的,不乏当时的校友,后来内战四起,政局变动无常，学校经费也跟着发生困难，不得已，停办大学。先生以毕生精力，从事经营中学，迄学校稍具规模，先生将学校重务，委托可靠的朋友，自己专事在外奔走，募集学校基金。所得的款项，先后建设了寝室和乐诚堂，回忆先生六十岁时，白发苍苍，为了筹划礼堂和体育馆的经费，在雨雪纷飞的严冬，从长沙到首都，艰苦备尝。但先生精神矍铄，毫无一点不悦的颜色。今日经过长沙的人，看了先生所经营的成绩，总当感动于中吧。

先生办学，恒以身作则，对于教师的聘请，更是考虑周详，像张溥泉，黄克强，周道腴，苏曼殊，吴芳吉，刘宏度诸先生，不远千里，来校讲学。当时明德中学，遂成为湘省人才荟萃的地方。先生尝对克强先生说："你革命须要流血，我办学校须要磨血，流血险而易，磨血稳而难。"先生遂以"磨血"自命。回忆先生四十年来的成绩，一点一滴都是磨血得来的。先生在外募得的款项，绝对不私藏一文，并且常从家中拿出钱来，以弥补不足。可见先生律己的廉了。先生对待学生，如亲生子女，共同艰苦，共同饮食，晚间亲自巡视寝室，学生有贫穷的或不能升学的，先生常常资助他们，所以没有一个学生不敬畏先生的。先生平居常用"临之以庄，一毫不苟"二语，教诲子弟。"坚苦真诚"的校训，也是先生经过慎重考虑得来的。在图书馆中，挂着一副"不可书自书，我自我；当思书顾行，行顾言"的对联。先生自己的书斋中，座右置着"忍耐力，希望心"的箴言。这些都不是空话，先生本身久已实践躬行着的。

先生平生以教育为天职，绝对不愿做官和卷入党争的漩涡。抗战事起，全国精神团结，政府以先生为教育老前辈，为着促进团结起见，坚请先生出席参政会议。先生以在野之身，感到责任的重大，始欣然应允。以七十高龄，在寇机镇日威胁之下，按时出席会议，这种负责的精神，是值得后人效法的。

先生弥留前一月，已入昏迷状态，犹时时以学校为念。将没有完成的志愿，嘱咐各子弟。念先生毕生从事教育，尽瘁国家，今日强寇压境，先生不能亲眼看到中原恢复，总当有所遗憾，先生虽然死了，先生所遗留的成绩，将永远照耀在人间。先生所未竟的志愿，自然有成千的弟子继续完成。但是我们在做人和求知方面，却失去了一个强有力的导师。这种损失是无可弥补的。日后我们回到劫后的长沙，从碎瓦颓垣中，穿过萧条冷静的小巷，也许我们仍可看到那壮丽的乐诚堂，兀立在城北的一角。先生所亲自栽培的杨柳，仍旧在临风起舞。然而在翠绿的池边，幽静的石道……却不能够再见到那慈祥和蔼的老人，我们只有凭着旧日的记忆，去追求着幻想着旧日的一切吧！

本期撰者：

  罗隆基先生的文章是继本刊上一期他所写的一篇文章。

  胡子靖先生于月前逝世。本期纪先生之文系由曾在明德学校毕业，今在西南联大肄业的沈家球先生所投登的。

第五卷第一期（1941年1月12日）

这一周

今岁新年各地俱有热闹的愉快的表现；民国卅年且被称为胜利年。我们抗战三年余，最后的胜利日见逼近，称之为胜利年自亦至当。三年余，我民众艰苦备尝，当此佳节，大家欣赏一下，作些适当娱乐，使身心轻爽一下，亦人情之常。但大敌未除，大难未已，建国更未成功，庆祝之时亦不能忘了警惕。林主席及蒋委员长所发布的新年词需要全国人民的朝夕注意。林主席以实现三民主义的建设勖国人，蒋委员长则大声疾呼，要国人明了抗建工作之不可分，与抗建工作的艰巨。读了这两篇文告后，我们更安可因喜乐而忘了我们的责任呢？

过去三周的国内战事，并无特殊变化可言。但无论在皖赣边区，在荆宜附近，或在中条山之张茅道上，每有接触，我方颇有斩获，积小胜为大胜，诚是我们可以庆幸之事。怪不得去年一年之中，日方死亡要达三十四万余之多。且沦陷区域志士诛杀敌伪之事件近亦层出不穷。上海有之，开封有之，今则青岛伪市长赵某也随上海伪市长傅某于地下。敌伪之罪不容诛，减少一个敌伪，人类便少一丑贼。此并足证明沦陷区域人心的壮烈。

第二届国民参政会的人选，国府已于十二月二十三日公布。名额较上届增了四十人，共二百四十人。此二百四十人中，约九十余人是新的，其余是旧的。旧参政员中，除了丧失资格者不计外，此次未得蝉联者约二十人。统观人选变更，我们颇感觉中央未能大刀阔斧地多搜纳些有力的人物。国民党的领袖人物不在内是一缺点，而国民党党务人员的充斥则更是一缺点。即云中央执委不能入选，则我们要问中央何以不将此限制取消？又当今全体国人一致拥护中央抗建大计的时代，参政员的人品愈伟大愈独立则参政会的效用亦愈大，此点中央殆未注意及之。

各地物价仍在高涨中，四川省内的平价工作亦迄未有显著的成绩。蒋委员长关心民疾，于是于年底先后采取各种严厉处置，一面惩处囤积居奇或平价无功的官吏，一面颁手令六条，取缔囤积，并规定只属于同业公会者有大批采购之权。囤积居奇之所由生，原因甚多。若干种人的贪利犯法是一因，社会组织的不健全也是一因，我们深望蒋委员长的手谕能收转移风气之功。因为风气如不转移，则即严刑亦不能完全禁绝囤积与居奇。

二年禁毒及六年禁烟已于除夕满期。行政院于除夕颁发了《肃清烟毒善后办法》多条，其大意在责令地方当局切实管理烟民，使之于短期内戒除烟癖，无任蔓延。禁烟是民族第一要务之一，如果烟不能禁，即使日阀一朝消灭，我民族仍无前途。我们谨望行政院能加意执行其本身所颁的办法。

缅甸记者访问团于十二月二十四日来昆，留多日后去渝。这是中缅邦交上一件可记之事。中缅毗邻，一旦西南与缅甸工商业发达后，中缅关系之切将可步武中苏与中日关系之后。但过去以交通不便之故，两者间情感向称隔阂。此次缅甸记者来华访问，当可明了我中华民族的自强不息，也当可明了我中华民族对于西南亚洲各民族的殷望与善意。亚洲和平秩序的建立殆可因此而有促进。

欧洲的战事以巴尔干与里比亚为中心，但德法的关系与美之加强助英也为重要因素。意希战争至今在进行中，优势仍是希腊的。希特勒既恐墨索里尼支持不住，又急于在巴尔干占有控制的地位，于是三周以来，德军乃不断地向北意及巴尔干调遣。据各通讯社所传，威尼斯有德军，阿尔巴尼亚也有德军。罗马尼亚方面，则假道匈牙利而前往的德军，为数殆已有四五十万人之多。近日且传保加利亚也有德军。德军大批南开的用意，当然不外乎助墨索里尼镇压反侧，助墨索里尼攻击希腊，或准备威胁土耳其使之就范数者。但希特勒或者也急于防制共党在巴尔干伸张势力。观于近日南保两国的反苏，苏土之强令保国中立，不许加入轴心，及苏之练兵罗保边境，似乎这个解释也有相当根据。意大利既不能单独替轴心控制巴尔干，德意志如欲霸占巴尔干，则又将与苏联发生纠纷，此诚是轴心国家莫大之苦闷。

在北非，英对巴第亚的攻势也正在一天比一天的加紧。如果巴第亚陷落，意大军在北非大挫，则不特地中海的控制权将全落英国之手，而贝当也可望与德疏远。邱吉尔在十二月二十三日的广播中，当作英誓将墨索里尼击败，并迫令意大利退出交战团体的壮言，巴第亚的陷落或者就是意大利发生内乱，陆军与法西党火併，王室与墨索里尼决裂，而意大利最后崩溃的先声。

德法关系近亦日趋微妙。拉凡尔虽由德使的斡旋，随逮随释，但始终未能重整旗鼓，重获起用。最近法内阁改组之可注意者则以外长佛兰亭，海长达尔郎，及陆长洪辛格为中心；三人分理了各部分国务。尤可注意者，去年策动停战最有力的鲍多恩反被摒于政府之外，达尔郎及洪辛格俱为贝当的亲信，所以半年来，一切忍辱之事，俱能为贝当分劳。但他们均知爱国，与拉凡尔辈之但知卖国求荣者不可同日而语。因之，近日法舰集中北非之说，虽经法方否认，而仍不能谓为绝无其事。至魏刚之仍在北非，仍握有北非七八十万大军的军权，则虽法官方亦从不否认。贝当政府既无再度阿顺德意之意，依理德意自应加强其对法的态度，甚或废止停战协定，占领法国全部。但际此英势方增，意正挫败之顷，德意对法，仅可尽其恫吓的能事，而绝不敢趋法国使作犹门的困兽。希特勒近方将罗马大公（即拿破仑之子，为奥公主所出）由维也纳移至巴黎与乃父拿破仑合葬，藉此以补法人百年来遗憾，以获法人的欢心。于此可见希特勒也知法人尚有敷衍的必要。于此亦可知，英国如继续得势，法必不至受进一步的侮辱。于此更可见法人去年六月停战的失策。

美国加强援英之举，迩来也正在进行中。本期撰稿时，我们尚未获读罗斯福总统向国会的咨文。就过去三周的经过而言，似美国未必即将对英直接贷款，但将用借贷物资的方式以助英。英国需要运输舰及普通商轮，美国除以此种轮船租与英用外，并将组织公司，代英经营太平洋的航运，庶英轮可以专用于其他航线。英国需要若干种金属原料，美国将以树胶为抵偿，而将此种金属原料运英，诸如此类的援助将不一而足。至于飞机军火，美国自然更将积极为英加工制造。最近罗斯福又派亲信霍布金斯（前商务部长）赴英。或者资源方面的援助即将有骤巨的进步。

但是美国助英最重要的表现，是罗斯福总统十二月二十九日的炉边谈话。在这谈话中，罗总统露骨的表示美与德意日之不两立，及中英之应受援助。此固罗斯福向来的一贯主张，但从无如此次的露骨者。读其词，如见其人；汤武之仁溢于言表。一班近代的桀纣将绝无成功之望，可以断言。

德国是否又将策动攻英，自然仍是大家最关心的问题。近来各方盛传德国于二月下半将有攻英之举，同时日本也进攻新加坡。这个日期究竟根据于情报，抑根据于推测，我们无从知道。如果为推测，则这推测殆根据于德日的军事调度。盖近来德国运输舰又在向西欧各港集中，对逼近英国的爱尔兰则取威胁的态度（十二月廿九日炸都柏林，同时又不许美船靠岸），而日本海军则正在台湾，海南及斯不泰来等岛布置根据地，并集中船只。如果集中不已，则二月中以后应可完成攻英及南进的准备。德国去年也曾准备攻英，也有过船只的集中，徒以不胜英国空军的破坏，致攻英无从实现。英空军近又正注视敌人的行动，攻英的企图，如果有之，亦势必徒成画饼而已。

太平洋的局面，这三周来，值得注意者，也有若干事：一为日本图谋缓和美国的失败；二为日本之继续预备南进及英之准备；三为日泰友好条约的成立；四为荷印对日态度的硬化。当去秋近卫松岗内阁成立之始，松岗对美本采取极端挑衅的态度。他们满以为有了三国同盟做泰山，美国可以不战而退。孰知德意日三国同盟的成立，适引起中英日三国的互助。美国态度不但未因松岗的咆哮而软化，反因而强硬起来。外强中干的松岗乃不得不打退堂鼓。先则派野村使美，欲借野村的通晓美情，以交欢美之朝野。再则发表声辩，巧辩三国同盟不以美为对象。最近则在日美协会欢送野村席上（十二月十九日），公然作乞好美国的演说，声明日之好意。松岗这个家伙本是无耻之尤者。他满以为可以三寸不烂舌骗服了美国，孰知美格鲁大使即席以极硬极直之辞还答松岗。略谓美国人民已熟闻一套虚饰之词，再不能为所欺骗，美国亦绝不改变太平洋的政策。格鲁的演词，次日赫尔国务卿且加以赞许。松岗不但落了一个无趣，而美国政策的不移，也获得了一番证明。

日本近来并未放弃其南进政策。海南岛据说有两个潜艇根据地正在建设中。德国的巡洋舰亦出入于南太平洋，以袭击英轮为能事，其根据地则为日本代管的加洛林及马沙尔群岛。日本此种纵容交战国军舰的行为，直等于对英作战。但英国亦并非无备。新加坡陆空军的实力日在增加。远东总司令波普翰则去过香港巡舰，认为防务满意。同时，中美对英亦作声援。英国驻华武官丹尼斯少将负有联络任务。此所谓联络者乃指联络华军，协助英军舰抵制日本南进之意。美国则一方不断地增加菲岛的军力，一方似已取得派舰协防新加坡之权。又耶纳尔海将亦重行入役。耶纳尔为海军界耆宿，兼为太平洋海战的大军略家。今兹重行入役，其意义自极重大。凡此种种，俱可表示中英美方面联合准备的认真。日本因之而不敢南进亦未可知。

日泰友好条约签定于十二月二十四日，这个条约号称友好，而实是对邻邦不友好的条约。条文虽简，但一则互允交换情报并协商有关之事，再则互允以互助的方式，抵御第三者的侵略，条约的原则与口吻实与轴心国家间的盟条无异。泰国一面订条约，一面继续与越南发生武装冲突。由此见之，日本之掀动法越冲突，已无疑问，泰国既如此甘心为恶日的帮凶者，则我们亦惟以帮凶者视之而已。

荷印惧日已久，亦敷衍日本已久，但最近似不无转变。自去年十一月中与日本成立购油的临时协定后，迄未肯再予日方以便利，虽则日方商务代表团至今仍在要索更大的购油权利。又日人要求成立一个汇兑协定，庶几购油时可获便利，但荷印亦未应允。今岁元旦起，荷印且实行进口统制，使日货进口大受影响。是亦可见荷印对日态度的强转。日人如不攻下荷印，此后所可得于荷印者自将日少。日人如攻荷印，则又有中英日的牵制。宣乎日本军阀之焦虑无状矣。

但日阀即焦虑也是没得办法。去年十二月中近卫内阁两度的改组乃是病人临危乱投医药的一种表现。十二月六日近卫请了平沼做不管部阁员。没有半月，他又请平沼继了政客安井为内相。同时又以柳川中将代了官僚风见章为法相，开军人为法相的恶例。但是无论军人也好，政客也好，官僚也好，重臣也好，近卫内阁仍是一个一筹莫展的内阁。他要请荒木为不管部阁员，荒木竟却之而勿为。近卫内阁的无聊更于此可见。有无聊的内阁，当然也有无聊的议会。第七十六届议会固然于十二月六日行了开院式，但其一筹莫展，进不能督促政府战胜中国，退不能忠告政府放弃侵略，也是不言而喻。我们看了日本政治只有一句话，就是"腻味极了"。

民国三十年度的工作

钱端升

我们如完全摒除宣传式的夸大，以估计过去一年的抗战形势，则我们可说，在军事，政治及经济各方面，我们并没有特别的成就或是进步。只有在国际形势方面，我们曾有过意外的收获。

说在军事，政治及经济方面没有特别的成就或是进步，并不等于说在这几方面，一点没有成就或是进步。成就与进步当然是有的，在军事方面，胜仗有过不少。五月中随枣会战就是一很大的胜仗。敌人的兵力也消耗了不少，三十四万多人的死伤当然是一个巨数。但这些胜利或是进步，是对我有利的持久战中应有的现象。在政治及经济方面，新县制的推行，四川省政渐入常轨，若干公路的完成或改良等等，也未始不是进步。但这些进步并不具有特别性，尚不能使一个较弱的交战国家突进为具有优势的交战国。

但在国际方面，则我们的地位，在过去一年中，有突的飞，猛的进。在去年九月底，德意日三国缔结同盟以前，我们虽百般求助于人，而人之助我，或则吝啬无比，或则代价甚高。在三国同盟以后，则英美二大国，不特开始予我以大量的助力，且能以益友视我，而不以倚赖者视我。当六七月间，法国方溃而英亦垂危之倾，国际形势本极不利于我。其危险的程度容为抗战以来所未曾有。稍一不慎，我国可以夷为德意的附庸，日本的鱼肉。然而一转瞬间，我国与英美隐隐然成为三大洲的三大主角，三大同盟；国际地位既骤然高升万丈，而抗战实力的后盾亦骤然增加不知凡几。

当然，此种国际地位的提高是由抗战而来的。如果不抗战，英美必不能重视我，也不能以友相待。但我们也不可过分自信。如果日本不与轴心言盟，或是日本稍示英美以妥协，则我纵同样抗战，也未必就能得到英美的重视与友视。

因此，我们如以严以律己的态度，考量过去一年的抗战形势，我们并不能对于我们的工作成绩感觉若何的特殊满意。如果不单着光明的方面。而照时也看到黑暗的方面，如果忆及敌方空袭所予我的损失，共产军所引起的纠纷，囤积居奇的风行，若干阶级的奢靡，则我们且须感觉极大的缺憾。我们必定要于今后一年中在各方面具有较大的成就或是进步，然后最后的胜利可以不至长久的延缓下去，虽知其必属于我，而不知其何时才属于我。

我们过去的大毛病是各方面的工作，除了整军外，俱缺乏积极性，缺乏远见，缺乏大力，缺乏提纲挈领的优点。因为如此，我们的成就，纵使款项甚多，在大体上俱无多轻重。欲使民国三十年成为抗战过程中有意义的一年，我们务须做几件基本大事，至少是开始做几件基本大事。我因此谨建议三事请政府与人民共勉：第一，我们务须开始使政治制度化；第二，我们务须开始切实推行本于民生主义的经济政策；第三，我们须确立一个积极的世界政策。

先说政治的制度化。我们认为在目前及最近将来的中国，政治的制度化容或比召集国民大会或颁布宪法等一类大口号，更有急切的需要。我们在前年此时（本刊第一卷各期），尝多次论及制度化的重要。傅斯年王赣愚诸先生的文章，虽隔二年，而时效不但未失，或且比昔日更显。国民参政会第三次会议时所通过关于制度化的提案，也依旧有他的价值。

所谓制度化，是说政治的推行要有一定的规范，一机关要有一机关的功能，一官职要有一官职的任务，如有一定的规范，则功可积聚而过可以知改；能人当权则事半功倍，庸人当局亦勉可按部就班。如无一定的规范，则握大权者可以凭一己的好恶冲动以行事；效率有时固可宏大，但一有错误，便无从纠正。而且因为人的成分太大之故，下级官吏每不敢多负责任，无过成了上计，进取则为下策。此犹是指优良分子而言。下焉者则但知一味迎合心理，文过饰非，而不知有真是非。结果，政治的若干特别点纵可赖领袖者的精明而有超越的进步，但政治大体则常滞留于无计划无执行的状态中。

单就平价一事为例。国人对于平价的要求不可为不大，最高当局对于平价的淬励不可谓不至，但平价的成绩至今不过尔尔者，良因政治机构尚未臻健全，政治尚未能制度化，所以在上者虽计日程功，而在下者类多缺乏推动的实力。如果政治已经制度化，则平价的责任早当由各级政府负起，初无待负军国重任者的分心计划。

故政治不制度化，则不特国家社会未来的隐忧甚多，即新政的推动与政治的效率亦难望有可能。我们竭望政治即能开始制度化者，盖因惟如此新国家才能有一牢固的基础。

推行民生主义的经济政策的重要亦不在政治制度化之下。后者仿佛是方法，而前者则应是中国立国的目的。没有公平正大的目的固然不成，有了目的而无正当的方法，则目的也虽有而若无。

民生主义的经济政策的厘定当然不是一朝一夕之事，但我们此刻所急需者不是完整的经济政策，而是民生主义的经济政策的开始推行。三年余的抗战已引起了社会上莫大的变动。在此变动中，抗战有功者，其地位不一定有了增高，而地位增高或权利增加者则不一定于抗战有功。抗战本有对外对内两种作用。对外在排除民族自由平等的障碍，对内则应产生社会主义化的功效。必如此，然后社会能安定，而人民能安乐。但三年来，社会经变动后，似乎离民生主义日远。发国难财者遍地皆是。此辈在社会上握有极大的经济实力，结果社会愈不平等，而有关抗建的许多大计亦随处遇到阻挠。如政府再不迅作有效的纠正，则其为害自将更大。

然则政府应如何开始推行新经济政策呢？我们以为政府应速采新的赋税政策，新的营业（指国营事业）政策及新的薪给政策。如果新的政策含有奖励或抑制某一阶级的作用，而同时执行者又得人，则短期内即可使社会趋近于民生主义的标的。必如此，然后后方的经济支持力可以增加，而战后的社会亦有安定可言。

政治制度化及采用新经济政策的目的在增加本国抗战的实力，采取积极的世界政策的目的则在增厚友邦的助力。我在本刊第四卷第二十二期曾建议一个世界政策。大意我主张民族自决；主张亚洲建立一区域组织，以中国及印度为领导民族；主张区域组织之上有一世界组织，以防止战争。我以为这应为我们的和平目的。我们的和平目的是如此，我们同时希望我们的与国——英美——能以我们的和平目的为他们的和平目的。只有如此，大战结束后和平会议席上，我们才有贯彻主张的可能。如果我们只顾目前的应付，而不问日后的大计，如果关于和平大计，我们仍消极的追随英美，则万一英美——尤其是英国——对于亚州南部各小民族有不利于我的主张时，试问我们又将何以善其后？

  我们要知道，我们虽然仍需要英美的助力，但英美之所以愿助我，乃因我已成为世界局势变迁中的一个重要因素。凡我们可以助英美之处，如遣兵南下助防等事，我们不可因顾惜实力而作壁上观。但我们应该主张之事，也不必因恐获罪英美而不敢声张。我们必须勇敢，也必须率直，然后英美益能尊重我，重视我，而加密三国的联系益可加密，同时我们胜敌的机会也可增加。

  我只贡述以上三点，而不及他事者，非敢说他事不重要，只因此三事具有基本性，行之可以使国兴，不行则进步无从快起。例如军事，军事当然极关重要，但军事方面的进步欲速不达。必政治有制度，经济能利国，外援有增加，然后军事方面的进步可长速。归根结底，总离不了本文所述的三点。因愿朝野能不以我言逆耳而忽之。

金融借款与金融政策

伍启元

从抗战开始到现在,我们先后有过三次金融借款。第一次是民国二十八年三月的中英金融借款,数目是五百万英镑。那次借款的目的,是在成立一个外汇平准基金:这个基金除英国的借款五百万英镑外,中国方面(中国银行和交通银行)也拨出五百万镑,合共是一千万镑。平准外汇的办法虽然时有变更,但这个基金始终被用来影响上海外汇的公开市场,则是毫无疑问的。在过去的二十多个月中,平准基金抛出的外汇不少,现在基金所余的外汇,已不及原数的一半了。第二次借款是民国二十九年十一月底的中美借款。这次中美借款总额一万万六千万美元,其中金融借款的部分是五千万美元。第三次是民国二十九年十二月的中英借款,总额是一千万镑,其中五百万镑是金融借款。第二次和第三次金融借款,其目的也在充实中国的外汇平准基金,并借充实中国外汇平准基金的办法来维持中国法币的对外汇率。把由第二次借款而成立的外汇基金的余额再加上最近两次的借款,现在中英美三国可以用来维持中国外汇的资金,总数约合英金二千万镑。

二千万镑并不是一个小的数目。我们应该怎样好好地利用这二千万镑,实为当局所应慎重考虑的问题。据我们所知,当局还是倾向于用在公开市场买卖的方式来稳定中国的汇价——特别是上海市场的汇价。我们认为这种政策——"公开市场政策"——是一种错误的政策。

"公开市场政策"实行至今已有两年半的历史。根据过去两年半的经验,我们不能说这种政策是成功的。本来在汇兑统制的初期(廿七年三月至六月),政府依照汇兑统制的常轨,只承认按照法定汇率的外汇买卖。假使中国政府的统治权能够达到沦陷区域，假使中国政府在开始统制外汇时便能把汇兑统制严紧化并把汇兑统制，贸易统制和物价统制打成一片，则我们相信外汇不会发生黑市场。即使发生了黑市场，黑市场也不会在国民经济占取重要的地位。但因中国政府的权利不能推及上海和沦陷区域，结果在上海产生了外汇的黑市场；同时因政府没有把外汇统制与贸易统制连贯起来，结果自由中国的外汇，也产生了黑市买卖（事实上在自由中国里并没有独立的黑市场，自由中国的黑市汇率是跟着上海汇率和当地申汇走的）。在上海黑市场中，汇率由廿七年三月上，中两旬的十四便士余跌至六月中旬的八九便士。在短短的三个月中，黑市场的势力一天比一天膨胀，而黑市场的汇率却一天比一天下跌。财政当局感觉到既不能防止汇兑黑市场的膨大，则不应坐视黑市场汇率的下跌，结果于廿七年六月开始采行"公开市场政策"，令由中国银行成立外汇平准基金，用在上海市场买卖外汇的方式来稳定黑市场的汇率。于是"黑市场"变成了"公开市场"，而"法定市场"的重要性便一天比一天减少。在最初的八九个月间，中国银行的小平准基金确是相当顺利。中间虽然经过广州和汉口的沦陷，但上海公开市场汇率始终维持于八便士水准之上。但到了廿八年春，因为敌人加紧华北的货币攻势，同时因为国际贸易差额的逆转（即入超增大），上海公开市场的压力逐渐变成不是中国银行的小平准基金所能支持。我们不得不靠向外借款的办法来充实我们的平准基金。结果就是第一次的中英金融借款。中英外汇平准基金成立以后，上海公开市场汇率便停留于八便士又四分之一的水准。但因市场压力不断地增大，这个巨额的平准基金也只能维持八便士水准约三个月，而终于廿八年六月七日放弃维持八便士又四分之一之企图。中间平准基金虽仍用公开市场政策去影响上海市场汇率和维持汇率于新的水准，但平准基金的力量已不足长期间防止市场外汇汇率的下跌，结果上海汇率继续由八便士而跌至四便士左右。因此假使公开市场政策的目的是在防止市场汇率的下跌，则很清楚地这个政策并没有达到它的目的。或者有人会说，公开市场政策的目的是在减少汇率的波动和防止汇率的剧烈上下，而不在防止汇率下降。倘使这种说法是对的话，我们也不能说它是成功的。因为平准基金活动的结果，只能减少汇率波动的次数，而不只不能减低汇率波动的剧烈性，反而增加汇率波动的剧烈性。倘使没有政府平准基金的活动，则汇率应该不会在两三天内狂跌百分之二十（如廿八年六月七日至九日）或三十（如廿八年七月十八至廿一日）

的。可见从颇少汇率的观念看来，公开市场政策也是不成功的。

"公开市场政策"，即使成功，也是一种利少弊多的政策。我们不能说用平准基金来稳定汇兑市场的办法完全没有利益。汇率如能维持不变，则可以减少物价的波动，提高法币的信用：这不能不说是有利的。不过维持汇率，通常不能不动用我们的外汇基金。动用大量外汇来维持法律以外的公开市场，实在是得不偿失。实行公开市场政策的弊病，绝不限于动用我国的外汇基金。这种政策的最大过失，是它会给予敌人以很多便利。在过去的两年半中，不但沦陷区内的进口（包括若干日本驻华军队和特务人员所需用的物品）是由上海公开市场去支付外汇，东北（或伪满洲国）等地的不少进口也是间接经由天津和上海市场去支付的。用向外国借来的外汇来供给敌人的使用，实是经济战上的一大失策。维持上海公开市场的另一个弊病是使自由中国不易建立起自主的外汇市场。直至今日为止，无论重庆汇兑市场或昆明市场，其汇率都是跟着上海外汇汇率（和各市场本身的申汇汇率）走的。所以重庆或昆明，只有独立的申汇汇率而没有独立的对外汇兑汇率。这是一件极危险的事：一则因为上海是在敌人占领区内的一个孤岛，中国政府不能在上海充分行使职权。我们现在放任全国的外汇由上海市场去决定，就等于把外汇的行为放在政府力量所不能及的地方：这很显明是一件危险的事。再则因为远东的风云日急，我们相信总有一天日美会发生冲突，那时上海自必暂时沦陷敌人的手里，我们各地的自由汇兑市场便会失去倚靠。到了那个时期我们再想在自由中国树立起自主的市场便已太迟了！

根据上面所说，可见从过去两年半的经验，公开市场政策——特别是用于上海——是一种很难成功并且弊多利少的制度。因此我们希望政府不要再把现有的外汇基金二千万镑用在这种政策上。已往的错误已经够严重，我们绝不应"一误再误"地再用借来的外汇去支持上海的外汇公开市场了。

然则我们应该怎样利用这二千万镑呢？我们主张政府应该用这二千万镑来在自由中国树立起一个自主的外汇市场和增强法定市场的地位（即减低公开市场的地位）。让我们先从后一点说起。在一个汇兑统制的国家，如要使统制成功，必要尽量减少黑市场活动范围。黑市场活动的范围愈小，则法定市场的地位愈高，汇兑统制便愈成功。缩小黑市场在自由中国的活动范围，其办法不外两点：（一）在需要方面，政府应尽量对合法的需要由政府供给外汇，而对不合法的需要则设法不许其继续存在。在各种需要中，商品需要最为重要。我们认为政府应该把进口统制与外汇统制打成一片。凡欲运输物品进口的应先向进口统制机关申请发给进口许可证。没有进口许可证的，应一律不许进口。凡取得进口许可证的，都可以按照法定商汇汇率向政府购买外汇，倘使政府能采取这种办法，则所有因进口而需要的外汇都可以由政府在法定市场中加以满足，而用不着再依靠黑市场了。（二）在供给方面，政府应尽量使所有外汇的供给都能按照法定汇率售给政府银行，而不流入黑市场里。例如对于出口物品，政府应该强迫所有出口商人将其因出口而取得的外汇售与国家银行。此外政府并应一般地规定凡持有外汇资产的都应将外汇售与政府。倘政府能够这样办的话，则黑市场所能吸收的外汇便有限得很了。

政府如要依照法定率去满足自由中国的各种外汇需要，则非动用若干外汇基金不可。现有的二千万英镑，其主要的用途应该用在这里。但为着要使这二千万镑不致减少过多，政府应该有三种辅助的办法：（甲）政府对各国外汇的需要都应先加以审核，凡审核不准的不得再用其他方式去购买外汇。政府对各种投机的外汇购买，应严加取缔。（乙）政府对法定汇率，可依现在法定商汇汇率（即每元合英金四便士半）。回复到十四便士半的水准已成不可能的事情。因此现在只能用一较低的法定汇率。（丙）政府应用统制物价的方法来和汇兑统制配合。物价与汇价有极密切的关连：物价变则通常汇价亦变。倘使政府能把物价稳定，则汇价也必随之而稳定的。

二千万镑的另一个应有的用途是辅助重庆树立起一个自主的外汇市地。政府既拥有这么大的一批外汇，自然可以在自由中国独立地买卖外汇。但为使自由中国的外汇市场能够顺利地建树起来，政府应立即停止在上海市场供给外汇。政府的任务，应在维持重庆市场的汇率，使整个自由中国只有法定的汇率或与法定汇率相同的汇率。它应放弃维持上海市场的任何企图。至于上海市场的对外汇率是不是因而降低，则是政府所不必过问的事。

或者有人会说：我如放弃维持上海公开市场的金融政策，则会损害英美在沪商人的利益，影响中英，中美两国的友谊和减少我们将来对外借款的机会。政府所以迟迟不肯放弃维持上海公开市场的政策，就是受这种理论的影响。我们认为这种看法是错误的。英美是否愿意借款给中国，与中国的金融政策没有多大的关系。倘使英美不感受到日本的威胁，则无论中国在金融政策方面怎样迁就英美商人的利益，英美也不会贷款给中国的。反过来说，倘使英美感受到日本的威胁，则我们用不着在金融设施方面迁就英美商人，也很容易借得款项。过去的三次金融借款，就是最好的例证。第一次金融借款是英国对日本企图垄断华北市场的一种答复，第二次金融借款是美国对德意日三国协定的一种抗议，第三次金融借款是英国在太平洋方面与美国合作的一种表示。所以三次借款都不是中国金融政策的结果。从这点我们可见只要我们放胆实施一种自利的金融政策，我们不会影响将来借款的机会的。

劳工的社会地位

费孝通

一

我在《西南工业的人力基础》一文里（见本刊四卷十四期），曾提到西南新兴的现代工业中潜伏着一个严重的危机：就是现在的情形若不加改变，则战后的西南工业很可能发生人力缺乏的现象。最近我们在昆明附近工厂里调查的结果，更使我们觉得这问题的严重。

先就技工来说，各工厂里的技工，最大多数是从沿海和沿江各工业区沦陷之后移来的。现在因交通线的阻断和沦陷区工业的复兴，这供给的来源已经阻塞。至于那些已经来西南的那一批技工，则又因生活费用的日涨，私人生活的不易调整，大多还是在过他们的流亡和避难生活。很多抱着五日京兆之心，有不少人曾很明白的向我们说战后无论如何是要回家乡的。如何可以设法把他们安定在西南工业里是我们将来还要提出来讨论的问题，这里且不多谈。

关心西南工业前途的人，似乎已都觉得西南工业的人力基础应当从速建立在当地的人力上。换一句话说，我们得赶紧造成一批可以担负将来工业发展责任的本地工人。可是我们的调查结果，却使我们十分寒心，因为我们发现现有工厂中的本地工人的安定程度甚至可以说比外来的工人更弱。在本地的男工中有大部分是为逃避兵役而入厂的。家里有相当的田产，在农村中本属于从雇工自营的地主阶级。在本乡暂时不能住，农田上没有他们也不要紧，于是到工厂里来消磨一些时日，等征兵这回事过去了，又可回乡享他们安闲的日子。

以本地的女工来说罢，她们固然没有兵役，但是有家庭中时生时息的冲突，使她们要找一个可以暂时维持生活，脱离烦恼的场所。靠了这一种旧社会的压力，新工厂中得到了一批女工，可是这压力并不是永远存在的。和丈夫吵嘴的，等丈夫回心过来说二三句好话，或是有亲戚朋友出面调解了，她们随时都准备离厂。

我们听了两位在工厂里实地调查的朋友的报告，不免觉得这些工厂，说得过分一些，真是兼做了收容所，避难所的工作了。就是那些因经济压迫出来当工人的，也并没有把工厂里当工人作为他们有希望的出路。欠债的人希望秋来收成好，可以清理了账，回家去，经营商业失败的，还是念念不忘有一天发财的日子，在工厂里是发不了财的，这在他们也是最明白。

这些事实表明了一点就是传统经济机构中还没有发生一个重要的变化，造下一种进厂的压力，使那些劳动者不得不在新工业中讨生活。回想欧洲工业革命的时候，同时有一个农业革命相配合，使大批的农民不能不离地，一离地工业正是为他们预备下的一条出路。在目前我们的处境恰与此相反：农村经济在抗战中繁荣了，农村的劳工可以得到一天二元的工资，外加酒肉；地主们因农产品价格的飞涨，生活普通的提高了；市镇里的工匠，因疏散人口的数量增加，生意兴隆；更加上交通运输的需要，一个赶马的小孩，一个月都可以有一百五十元左右的收入。试问工厂如何能去吸收他们呢？

当然，我并不是说农村里和市镇里是没有闲人了。只是说目前的农村里和市镇里使人进工厂的压力的确是极弱，在这个情形中要希望建立一个西南工业的人力基础只有在增强工厂的吸引力方面打算了。在本文中我愿意提到一个吸收劳工的重要因素，就是要提高劳工的社会地位。

二

我们曾和六百多个女工谈话，除了少数之外，大多觉得做工不但没有前途而且是失面子的事，有不少小姑娘们向我们痛哭，原因是她们的表姊妹都在学校里读书，而她自己当了个工人。男工中也有很多表示宁愿薪水少，做个小职员，不甘心做工人。他们感觉到工人在社会上的地位太低了，做不得。

提高社会地位是每个工人的要求，最显著的是现在的一切新工厂中，已没有人用"工人"的名称，而全改口作"工友"了。工友两字可说是新名词，在六七年前，只有清华大学那些学校里，才能听见人不呼"齐夫"而呼"工友"。现在"工友"是被普遍的采用。工厂管事的人和我们说，若呼劳工作工人，会得罪他们。

我还听见一个例子，有一位上海新来的太太，借用人家一辆汽车，她没有"入国问禁"，直呼"司机"作车夫，要他搬行李。司机的为顾全面子起见硬硬头皮把她送到了家，可是以后永远不再开她的车了。最近听说四川有些司机的又不甘心作"司机"而要人称他们作"工程师"了。

这些名称上的关心，却正表示了劳工们的"卑下心理"。他们对于社会地位的感觉过分敏锐，正因他们事实上得不到社会上公认的地位，有些教授们在饭馆里吃客饭，看着满座司机，技工们全席大嚼，回来觉得工人的享受已超过了他们自己，工人的社会地位已经提高到了教授们之上了。可是事实上却不然，社会没有全部接受他们，这些行为正是要求社会地位不得其道的表现。

"士农工商"社会地位的传统标准，在每一个人心理是否已经改变过来，在我看来还是很成问题。在农村里，依我自己的调查，我的确知道农民们认为下田劳作是件不体面的事。有面子的不下田。在市镇里，最穷也不能把长衫当去，长衫代表什么？是社会地位，是不用劳动的人。看不起劳动本是农业社会的特性。靠肌肉为动力时代的劳动，本是牛马的事。人们和牛马做同样工作，哪里会被人看得起呢？我们得承认体力劳动毕竟是件苦事情，避苦是人之常情，所以若是有避免劳动而能生活的人，他们总可以说比劳动者高胜一筹。不论他们的生活程度如何，他们的社会地位是高的。

劳工地位可以提高是发明了利用自然动力之后的事。有机器之后，劳工是处在管理机器的地位，他不再是牛马而是指挥牛马的人了。他们可以有"人的尊严"，有权利向社会要求崇高的地位了。

劳工要求地位是由农业到工业的过程中必然的现象。鄙视劳动却也是农业传统阻遏工业萌芽常见的压力。我们现在正处在农业到工业的大变局中，若是要促进工业的发展，一定要设法提高劳工的社会地位，改变对于劳动本身的看法。

三

提高劳工的地位是需要双方并进的。一方面要使工厂以外的人明了劳动的价值和工作的性质，一方面要把工人社会生活的质量同时提高起来。社会学家常说人是在别人眼中认识自己的。工人们要能安心做人是需要在别人眼中得到他所希望的看法。因之劳力的社会地位的提高是要靠社会一般态度的改造。我在上节中已说明看不起劳工是农业经济中所养成的成见，在运用机器的工业社会中是没有根据的。所以若是一般人能多和新工业接触，他们的成见是会改过来的。现在鄙视劳力的成见还是这样深，正表明了一般人还是不认识新工业。

我们在工厂里调查时曾注意工人家长们态度改变的事实，女工们的家长大部分是不赞成他们女儿入厂工作的，但是其中有些人到了厂里参观之后，发现厂中一切的设备，都不是他意想中的样子，他们被机器打入了一个很深的印象，就是新工业中的劳动和农田上的劳动在性质上基本是两回事。于是他们对于女儿的工作也不加干涉了。

若是我们要责备一般人不了解新工业，其实还是责备新工业本身较妥，试问一个普通人有什么机会和新工业能发生接触呢？"工厂重地，闲人莫入"之外，还有常派着武装士兵禁止参观。当然，工厂绝不能让杂人任意出入，可是在这工业初期，工厂参观是一种很重要的社会教育，只有把新工业具体给人看，才能把农业社会中传下的那些不合于工业社会的态度改变过来，对于个别工厂，招待参观是一件麻烦事，可是对于整个工业的前途着想这却是一件必需的工作。至少每个工厂应当从工人的家属做起，规定招待他们的日子，借这个机会把机器开给他们看，把出品的性质分析给他们看，把工作的意义讲给他们听，一言以蔽之，给他们一些工业教育，这样在厂的工人可以不致再受表姊妹的奚落，不会再感觉到社会的鄙视。

从劳工本身来说，被社会鄙视也不是没有理由的，过去在工厂做工的人，不但被人看不起，甚至可以说，没有被自己看得起过。教育程度低，使他们不能发展较高的兴趣。社会道德更是不甚注意。现在的"司机"们固然没有人称他们作"车夫"了，可是实际上他真的配称作"司机"么？他们能保护付托在他们手上的机器，使那些机器可以最有效率的应用么？他们能不利用他们特殊的技能做有害社会国家的事么？若是"司机"们整天作践他们的汽车，大量做走私的业务，单单名称上的改口，绝不会真的提高他们社会地位的。

四

从农业到工业并不是一条无阻的康庄大道，一路上有各种各色的挫折，劳工社会地位的低落是农业文化留下在工业发展道上的障碍，社会地位是筑在社会通行的价值观念的基础上。本文的结尾中，我们愿意再提到以前曾说过的一句话，就是工业的建立不能单靠机器的购买，厂房的建筑，这些是表面的东西，得来是不难的。重要的基本的，我们还得建设一个能使机器顺利和有效活动的社会环境，创造一个和新工业相配的精神，这是工业教育的工作。

论财产权与自由权

林良桐

"自由"是我们所常见常用的名词，同时也是涵义极复杂的名词。这在一方面固由于个人看法的不同，另一方面也由于自由的意义随时代而变迁。法国革命时代以自由为三大口号之一，当时甚至有"不自由毋宁死"之语，可见自由二字在人民的思想上占如何重要的地位；但是到了十九世纪下半叶自由就显着下坡的趋势，及上次欧战结束以后，在政治上发生极权国家，在经济上发生统制行为，于是自由遂为大家所唾弃，甚或目谈自由者为落伍。时尚所趋，原不足怪。钱端升先生最近在本刊第四卷第十七期发表《论自由》一文，这是年来所不经见的文章。至于他分自由为精神生活与经济生活两方面，而主张"前者应受绝对的保障，后者则不必在保障之列"，尤有独到之处。但钱先生对于精神生活方面的自由发挥较为尽致，而对于经济生活方面的自由则稍嫌语焉不详。作者不揣谫陋，拟于本文讨论财产权与自由权意义之变迁及其相互的关系，以补钱先生所未尽。

财产权的发生，原由于自然的吝啬与人类的群居。倘自然的供给非常丰富，取之无尽，用之不竭，根本就不会发生财产权的观念。倘人类离群索居，如鲁滨孙在荒岛上的生活，亦不会发生财产权的观念。然而，自然既不能与取与求，人类又不能离群索居，于是财产权的观念才因之而发生。所以提起财产权，我们不应注意于财物，而应注意于人与人之间的经济行为，盖至少须有两人才会发生财产权的问题。

财产权的发生如此，而财产的意义如何？我们对于财产的观念，普通系指有体物而言，即我们所看得见扪得到的东西，实则我们之所以视有体物为财产者，并非重视有体物本身，而是重视有体物的使用，换句话说，即有体物可能增加物的供给，可能满足人类的欲望。这不过是使由二字就社会上的意义而言，若就营业上的意义解释，则所谓物之使用者，实不过在交易中可为取得与处分的对象而已。从前我们重视有体物的使用，多着重其社会上的意义，因为在当时的社会里，物的所有者多以物留为己用；现在我们重视有体物的使用，则多着重其营业上的意义，因为在现在的社会里，物的所有者多以物不为人用，以资交换。若以经济学者的名词来说明，就是由物的使用价值而演进到物的交换价值。那末，所谓财产，就不能不包括无体物在内了。所以美国大理院的法官有认"财产为一切有交换的价值者"。这也是现在的通说。

交换价值的实现，必须保障买卖自由为条件；若买受人或出卖人的任何二方没有到市场买或卖的自由，则交易不成而交换价值亦无由实现。这足以解释资本主义时代何以财产权和自由权同被目为人民的基本权利，列于宪法条文之中，不但防止行政机关的侵害，甚且防止立法机关的侵害。

自由权和财产权同为资本主义时代的法律基础，殆无庸疑。然宪法上或法律上所指的自由，究系作身体不受拘束解，或应作可任意作为或不作为解？此则因时代而不同。一二一五的英国大宪章是谈自由者所祖述的，但大宪章里面所说的自由直是封建时代的特权。Blackstone说"特权和自由是通用的名词"。但是到了通常法时代，所谓自由，就是买卖的自由和作为或不作为的自由。

作为和不作为的自由，在交易频繁的现代，不但算是实现财产交换价值的要件，而且其自身亦有交换价值。这在商法和劳工法上屡见不一见的。譬如商业信用或招牌的出卖，这是我们的经见的。究竟他们卖了什么？出卖人并未出卖任何东西。亦未出卖顾客，因为顾客仍旧保持其购买的自由。招牌出卖人所出卖者，就是再用此招牌而营业的自由。换句话说，出卖人单纯的不作为而给予买受人营业的机会，就有交换的价值。再譬如劳动者甲，若受乙雇主之聘月薪为三十元，若受丙雇主之聘月薪为五十元，只要劳动者有去取之自由则可每月增加二十元之进款。这二十元，是因作为与不作为自由而增加的。那末，自由可有交换价值，可能增加交换价值，依前述财产的定义，自由就是财产。如果我们的制度不废止财产权，就要保护自由权。民主国家要保护自由，极权国家也要保护自由，根本不发生要不要的问题，因为在这种制度下，自由是大家需要的。

　　这好像说明在现制度下自由应受绝对的保护。然而不然。我们以上所说的只假定交易双方的经济力平等，可是事实上并不平等。现在的社会上，一方有绝大多数人的唯一财产是自由，靠出卖其局部的自由即劳动力而营生，他方有少数人却拥有丰富的自由以外的其他可资交换的财产。前者期待能力薄弱，在交易时讲价的能力亦薄弱，后者期待能力强，讲价的能力亦强。前者有抽选的机会，有操纵交易条件的能力，所以他们的自由是实在的；后者因生活的压迫，不能不在任何条件之下出卖其局部的自由，根本就没有考虑作为或不作为的余地，因之他们的自由是有名无实的。少数人的过分自由演成大多数人的不自由。

　　国家为维持公共利益计，必需扶植这大多数人的自由，压抑这少数人的过分自由。这少数人的过分自由从何而来？因其进款或所得系靠其"所有"，不是靠其劳力；换句话说，他们是有土地的地主，有资本家。所以救此病的良方就是孙中山先生的平均地权和节制资本了。孙中山先生已定下天经地义的原则，国民党或国民党政府只要善体中山先生的遗志，考量实施的方案，就能达到建国与治国的目标。我想钱先生所谓经济方面的自由应予随时规定者，也就是这样的意思。

敌伪在浙西的经济侵略（通讯）

张振华

敌伪军事政治的目的无非为了最终的经济侵略，它在浙西的特征大约有三。

一，是用"以华制华"的方法来达到"以战养战"的目的。

二，是严密的统制，组织。

三，是加强其据点内据线内的统制力，而谋扩大到面的统制。

根据以上三大原则我们看敌伪在各方面的设施如何。

一、仇货之倾销

浙西在战前原为依赖上海性较大较切之地区，再加上我游击区自给自足经济根据地之未曾建立，所以敌人倾销网便发生相当的效力，地理上浙西交通干线之密布与接近上海的缘故，所以来源均来自上海。

杭嘉湖这三个据点非但是敌伪军政之中心，亦为经济的重心，至于沪杭，苏嘉二铁道，以及京沪国道，杭湖段及湖嘉段的运河与太湖水道（湖嘉公道已破坏），把这三城市联络而成一个经济网，囊括浙西全部沦陷区域，这是敌人在浙西的骨干和血脉，除以上所述这三个据点三条干线之外，还有两个重要线的中心据点，这就是杭州嘉兴间的硖石和嘉兴与吴兴间的南浔（及江苏吴江县属的震泽）。

再次是沦陷区里的各县城，又如新市，乌镇，三墩，塘栖等重要据点……最近又加增了双林，菱湖两个据点，其他如海盐亦是新设的经济据点。

这便是浙西的敌货倾销网和敌人掠夺浙西游击区资源的大概。

二、走私

现在先以画示明走私的路线

（一）长兴县城（敌占）—长桥—林成桥—泗安

（二）太湖对岸之苏州，无锡—长兴之夹浦—鼎甲桥—水口—车渚里—合溪—白阜埠—泗安

（三）湖州—西门—番店—钮店桥—胥仓桥 ⎰ 和平
　　　　　　　　　　　　　　　　　　　　⎨ 虹星桥—林城桥—泗安
　　　　　　　　　　　　　　　　　　　　⎩ 港口—小溪口—梅溪　晓市

（四）武康莫干山之庾村—上舍—良村—钱坑桥—递铺—孝丰

（五）余杭—潘坂桥—黄湖—古城—木林头—独松关—安吉之递铺

（六）余杭之黄湖—双溪—冷水桥—青山—临安

（七）余杭之黄湖—双溪—后坞—东坞—港口—孝丰城

（八）余杭—白蚁桥—桐岑桥—三口—永昌—松溪—新登

（九）富阳—青云桥—松溪—新登

（十）杭州—三墩—临安

（十一）富阳对江至萧山之里山

（十二）萧山（敌人据点）—诸暨—绍兴—义乌

以上十二支大走私路线均以杭州之三墩，塘栖，吴兴，长兴等为敌人之集中点，再四散各地。

倒转来亦是我物资被敌人掠夺之据点与路线。

三、资源之攫取

敌伪之掠夺我资源特产是无微不至，其中以丝茶为最注重。

敌人掠夺我浙西蚕丝和策动浙西蚕丝统制的大本营为"华中蚕丝公司"，资本千万元，设于二十七年八月。该公司虽亦直接经营蚕丝事业，但大致上均假手伪建设厅。

（一）伪改良蚕丝委员会　此为伪建厅替敌人统制浙西蚕丝的最高机关

（二）各区蚕业指导所　现分六区

1.杭州市　2.杭县，余杭　3.海宁，海盐，崇德　4.嘉兴，嘉善，平湖，桐乡　5.长兴，吴兴　6.德清，武康

它的工作是：①指导农民育蚕、栽桑。

②调查农民所需蚕种并推销蚕种。

③指导农民售茧，并组织合作社。

（三）各区管理收茧办事处：以上六区为区，又萧山亦另设分办事处

（四）原蚕种制造场及蚕种制造场

（五）原蚕种管监所

（六）蚕业指导人员训练班

（七）同业公会亦有伪浙江省丝茧业同业公会

伪浙江省蚕种业同业公会

敌伪今年所发蚕种数如下

杭市十二万张　嘉兴五万七千张　崇德一万五千张　长安二万张　硖石十五万张　长兴一万张　吴兴一万张　桐乡二万张　德清二万张

共四十五万三千张。

茧价统制——本年浙西敌区茧价曾由伪浙蚕丝改良委员会及伪农矿部二次召集会议决定，伪蚕丝改良委员会开会于五月八日，其所评定价格改良种司马秤每担最高二五零元，最低一五零元，中心扯价二零零元；土种最高一五零元，最低一二零元，中心扯价一四零元。

丝茧收购——敌人对我浙西蚕丝收购大半假手汉奸及奸商，本年敌区茧行：杭州二十一家，临平九家，海宁十四家，嘉兴十五家。

敌人掠夺我茶叶方法与丝茧几乎完全相同。

（一）主持机关为三井洋行茶叶部，白木公司，阿部市洋行，木丸洋行，替敌人利用的是伪建厅所设管理改良茶叶委员会，该会于各产茶地分设办事处，及查验站。

（二）伪建厅本年度设立茶叶登记验查所，登记茶商，凭商营业。

（三）茶叶贷款

（四）敌伪茶行

杭州市四十五家，三墩十四家，留下三十五家，闲林阜四十家，余杭六

家 何家陡门二家，瓶窑五家。

（五）茶价——四百二十元至一千二百元一箱。

至于其他资源之搜括者为烧料，火柴，木材，金属，羊毛，鸡蛋，羊他等。

四、敌区米荒

（一）敌区自本年三月份起米价之变迁系为直线的上升，杭州三月份为四十八九元，六月份为六十八元，十月份为一百零五元，余杭，海宁，吴兴，长兴均自三月份四十元涨至目前八十余元不等。

（二）敌人解决粮食办法

1. 迫令伪组织设法筹集，限日交货。
2. 强征，抢劫。
3. 用军事扫荡之手段达到抢劫米粮之目的。
4. 购办洋米，由伪省府成立粮食采运处筹款。
5. 限制食粮运入内地。
6. 统制粮食，伪省府七月间饬伪民政厅及伪杭州市府组织民食调节委员会，取缔囤积办理登记，抑制米价。

最利害的办法就是敌人一面抢劫粮食一面办平粜施米收买人心，同时借此推进其政治（凡持有户籍证者方可向米店买米）同时还以米粮交换民间特产，资源，金银。

五、敌伪财政及税制的情况

敌人假伪组织把财政由散乱达到统一，由轻税变为苛杂，由赋税收搜我民族资本，这亦是经济上的一大毒计，今分述之如下：

伪中央对各地财政之整理：

（一）本年四月六日伪财政部通令各伪省市政府"未经财政部许可之一切捐税一律停止征收"。

（二）四月十二日伪财政部派员分赴各地调查。

（三）五月伪行政院通令各伪省市政府谓国地两税，应仍遵照民国二十六年七月以前国民政府公布暨已核准之法令施行。

（四）四月十日通令废除苛杂。

（五）四月廿五日伪财部裁撤江阴，浒浦，新生港，浏河口十处稽征所，这是其市惠于民以收买人心繁荣敌区和诱致民族资本之措置。

（六）四月十二日伪国府公布修正所得税暂行条例，决自四月份起征第二类（俸给）所得税。

以上所述的一套，看上去极美妙动听，其实一面通令废除苛细，一面却巧立名目大增其税，一面整理一面仍是分歧支散。

浙西敌伪所极力经营之税收如下：

（一）田赋——即召集各县旧征收员庄书，整理田赋底册，设法征收，或责成乡保长勒令苛派，挨户强征，最有趣的，在南浔敌人据点里，敌人的收税员在收，而我们的收税员亦在收税，老百姓只愿意向我们这方面缴，而敌伪的收税员收了两个月收不起几块钱。

（二）营业税——伪财政厅已有之营业税如下：

四月份　一八，六六五元

五月份　一六，一三一元

六月份　三零，三四一元

（三）自治户捐——按房金计算，自租金二元以上者取百分之五。

（四）自卫队捐——按保征收，甲保每月二十元，乙保每月十五元，丙保十元。

（五）船户捐——伪船舶事务所凡船经过一地即收四角至六角之捐。

此外如箔税，特别人口税，货物进口税，茶碗捐等不胜枚举，至于勒索无处不是，比如在沦陷区老百姓乘船到了城外就得先受检查，检查的时候敌人的哨兵岗位是不下船的，他只拿了枪上了刺刀对准着船口，真正下去查的是伪警，伪警是最恶劣的土棍，他到每个乘客处来查的时候，第一先就要给他看"良民证""户籍证""市民证"或"什么派司"之类的证件，但是他仍旧可以和你为难，只要说你是有支那兵的嫌疑，那你便要拿到敌人的特务机关，特务班，宣抚班之类的地方去一次，那你至少要吃些眼前的霉头，所以乘客们每每把一张五元券放在"良民证"的下面交给伪警验的，他见了钱便笑嘻嘻的说"通过！通过"，于是就太平无事的进了城。

有一次我方有几位志士身上放了三支木壳进城去，伪警一摸是武器，那位同志说"朋友！自家人，照顾点！"伪警亦就这样的把他放过去了。

最近进杭州城，每个人要打一针什么防疫针，不论男的女的老的小的，一进城便要把裤子自动的脱下来，睡在城门边上的草地或公路上让敌伪的医务人员来打那么一针，所以目前大家叫它为"进城先打屁股针！"有的摩登女郎亦只好自己脱裤子，那么打！打了针每人还要收费，这亦是苛捐杂税。

以上所述的是敌人据点和沿线的大概，目前再从我们方面来说说：

经济战的原则——浙西可以说是全国注意经济战最早的地区，在浙西的军政警党当局没有一个人不注意经济问题的，这亦是好现象。在浙西的经济战可分为三大原则：

（一）经济游击——在敌占区及敌后方。

（二）经济封锁——在敌我交界的点线上。

（三）经济建设——在我方所在地。

先就经济游击说起。自从我军开入游击区以后，可以说无时无刻不在与敌伪作经济上之战斗，即不直接参加抢购，管制，亦必因攻一城市据点，或破坏一公路铁道均无不含有经济之意义。所以我们的工作是配合的亦是统一的。

经济游击如破坏敌伪电话电线等等不算之外，其最明显的例子是我方工作同志破坏杭州拱辰桥敌人之吉祥，泰丰，久丰，源丰等四大茧行丝厂，又将敌人之华中蚕种制造场被我先后烧毁，炸毁，破坏，损失达三十余万元。

嘉兴民丰造纸厂亦被我焚毁，损失在二百万元以上，其余如海盐茧行，硖石茧行，新市茧行被我烧去者甚多。

最近长兴之煤矿亦被我作有计划之炸毁，煤矿工人千余名由我方组织，该矿之损失在五千万元以上。

次述封锁。自从长兴经吴，安，孝，临，新，富一带为浙西的封锁线，在这封锁线上虽然有许多走私，但是比不封锁要好得多，目前正注重于扫荡敌货的工作，一面加紧封锁，一面加紧查缉，双管齐下，似乎好了许多，但是有几个现象是特征，现在提出来供读者的一阅。

"到处是山，到处是路，哪里不可以走私？"

这是一个商人所说的经济封锁情形，由此可知光靠封锁点线是没有用的，同时还要靠保甲机构的健全促成面的封锁，亦同时要用经济游击加紧私货的检查，破坏，没收，消灭，竟可以不惜牺牲的把敌人的经济据点如三墩，塘栖等地加以焚毁，使敌货不能集中。

与经济封锁及经济游击有直接关系的便是特产的抢购和粮食的管理。

特产抢购在浙西是注重油茶棉丝四项，收购的机关有物产运销处，省贸易处油茶棉丝管理处及一二两区专员公署。

收购特产最重要的事是资金和人力，比如丝茶多有时间性，假如有名无实的收，资金用了二三天便没有的话，那是极危险的，一则失去对老百姓的信用，二则敌人不等待，它非但不等待而且积极的提高价格，用米粮换特产，用政治力量推动来收购，所以前两年的特产一则没有人注意，二则收不及，所以走的走了，去的去了，这是很痛心的事。

老百姓心里极愿意把特产卖给自己的政府，价格虽不一定要比敌伪那么高，只要打个七折八折亦可以过得去。老百姓是无辜的，有问题的是收购的基金，组织，人力和办事人员的道德。

第二个问题便是粮食的管理。

有一次有一位××师师长流着眼泪谈起军米的问题，他说"我带了这许多年的兵，从来没有看见弟兄们饥了肚子过"，"没有饭吃叫兵士们怎么打呢？"

老百姓目前个个都有几个钱，有一位老先生说"钱没有什么稀奇，但是买米比讨米还难呢！"由此就可以看出浙西目前的粮食问题了，老实说，粮食问题没有一个好好的统制管理，使大家买得到米的话，什么军事政治都没有用，到了真的粮食纷乱的时候，兵士有了枪叫他如何打？老百姓意志再坚强又如何可以担保他们不去做汉奸？这是个极严重的问题，作者想这不单是浙西认为重要，即全国亦应该有个真正能实行统制粮食的机构来解决大家的吃饭问题。

现在浙西已经极严密的管制粮食了，到目前为止浙西的粮食比浙东价格低而且有效力。

还有一个附带的现象在浙西是特别的，但是亦极重要的。

现在你到任何一条交通于敌我之间的线路上，都可以看到几百人甚而至于几千人在挑土产或走私货品到敌区里去，同时又从敌区里挑香烟，布疋，火柴等仇货回来，这一群一群的人都是壮丁，他们本来是种田的，目前放弃了本来种田的行当来挑担子，为什么呢？因为种田出息没有挑担子来的多，他们眼看着今年旱荒（浙西今年旱荒收成只三成至五成），天不下雨，他们亦不像往年那样求雨拜菩萨，但是他们还是挑呀挑的挑得热闹，他们挑来的工资，就拿来大赌大吃大嫖，所以目前上馆子一吃四五块钱的倒不是公务人员和军士，而是一班苦力，由此就可以晓得一面大家不去种苦生活的田，一面却把他们劳力所换来的贩私货的钱去做身败家裂的不正当娱乐的媒介工具。所以浙西的一般商人，农工壮丁都有了个不好的现象和心理，这就是要钱不要命，和道德的观念是非真伪，义理的观念竟给这想发财的谜迷惑住了。

再说一个怪现象。在封锁线上以前走私的人是男子，目前走私的是女子，因为女子走私不好搜索，即是搜着了，她们也不顾廉耻的就用种种诱惑手段用出卖她们的肉体来达到走私的目的。

假如男子走私被查出以后，就叫他们的妻女去和查私的坏分子发生关系，结果他们走私成功了，但是义理，道德的观念却因之而迷惑了。这种行为久而久之即使去做顺民汉奸只要"钱"，要"钱"就什么都可以了，这是多么痛心的事，所以经济问题同时还联系着道德问题，社会问题呢！希望当局和每个公民自己应当随时留意及之。

这是浙西敌我经济战的大概情形。

第五卷第二期（1941年1月19日）

这一周

　　巴第亚的陷落，本刊上期集稿时，尚未见诸报章，惟本刊尝言其将陷，还论及陷落的影响。本月五日，巴第亚果真陷落。不但如此，巴第亚西面的多布鲁克亦岌岌可危，朝不保夕。巴第亚是利比亚的重镇，位居利比亚的东北。为意军威胁埃及苏伊士运河的根据地。意人自占阿比西尼亚后，经多年的经营，始有此重镇。乃今竟为英澳军队所攻克。怪不得齐亚诺之流要垂头丧气，从自勉警戒之战中，愈足以见其懊丧之甚。至于英国方面之欢欣鼓舞，邱吉尔之贺澳政府，埃及国王之贺英政府，也是理所当然。最可为意人悲的，是军无斗志。当英方包围巴第亚时，意政府及意帅格拉齐亚尼曾多次严令巴第亚的戍军只准死守，不准投降，格拉齐亚尼自己且正率军赴援。乃戍军宁可被俘，而不愿死战。此诚是意大利所应痛心者。最可为英人贺的，则是帝国力量的见效。此次利比亚的战役中，主力军为澳军。此后海外军队源源开欧非作战，英方实力自可大增。英人又安能不喜？如果近来意方日夜建造的多布鲁克要塞也随巴第亚落于英人之手，则意之悲与英之喜更可知矣。

　　意大利的失败不限于北非。在阿尔巴尼亚，意军仍在败溃中。近日报传意军三万余人将自凡罗那登轮撤退。凡罗那为阿尔巴尼亚第二要港，如凡罗那亦在放弃之列，则意军之在阿尔巴尼亚者，势将无立足之地。一月来形势，希军自阿境北部及沿海一带步步进逼。班笃斯高地的占领，使希军获居高临下之势。如要港再落希军之手，则阿尔巴尼亚不久将非意之所有。北非失败，阿尔巴尼亚又丢落，墨索里尼其尚有何种面目见人乎？

德军之已控制罗马尼亚的全境，可于罗政府制裁铁卫团之举觇之。铁卫团是罗马尼亚的纳粹党，而首相安东尼斯哥则非铁卫团人，如德方不发维持秩序之令，则安东尼斯哥对铁卫团人诚有莫可奈何之苦。但德军既已切实控制罗国全境，则维持治安亦为有利于德之事。近日罗政府正大捕铁卫团人。足证在实际上罗马尼亚已成了第三帝国的一部分。

保加利亚的情形仍甚混沌。旬日报纸虽数传德军开入保国，或德将和平占领保国云云，但德军是否已入保境，仍无从确知。保国是没有加入轴心的国家。此点，保与罗匈不同。所以然，则因苏联与土耳其两大邻国俱望保国严守中立，以避免苏德间与土德间的直接冲突。苏土既要保守中立，则德绝不能轻易派大军入保境。德军如保境不啻是强土耳其加入英方作战，也不啻迫苏联采取战事戒备。德如无在巴尔干引起大规模战争的决心，恐一时尚不至遣大军进入保国。

罗斯福总统本月六日致国会的咨文，其声调与去年底的"炉边问话"一致而能呼应。那个"炉边问话"的真意义，本期张忠绂先生另有长文评及。简言之，其用意在策动全国人民，以最大可能的经济力量，打到德意日三敌人，而避免美国人民的流血。本月六日的咨文则指明了将用何种方法，以达到此经济作战的目的。罗总统所要求者，即国会畀总统以增加生产，并自由援助中英希及一切应予援助的民主国家的全权。这里所谓民主国实际就是抵抗德意日的国家。如总统取得其所要求之权，则他此后可以不管中立法如何规定，也不管强森法如何限制，可以考量需要，自由以美国的军需品，其他货物，甚或军舰飞机，借给友邦。唯一的限制，就是国会可以事后反对，并取消总统的行为。但事后的反对向来是不甚有效的。设总统以赊贷方式，赠予英国飞机一千。这个消息发表的当日，飞机或已全部运英。此后国会纵可决议反对，但飞机或者已因作战而毁灭。是以，事后的反对在实际上很难约束总统的大权。怪不得国会中的孤立派，如参议院克拉克及拉幅勒特等要大声指责，大声反对。但罗总统既在两院拥有多数，而美国实业界也主张以经济方式助英抗德，则国会必可通过总统建议的主要局分。通过后，主要的援助自将去英。但我政府如能对如何可以求助于美这件事妥为计划，则我国当然也可以获得远比一万万美元巨大的助力。

美国目下的打算固希望不费一兵一卒，胜德意日，但也无日不在备战之中。海军的改组即为实现两洋政策的先声。经此次改组后，舰队之数将有三个，一为大西洋舰队，一为太平洋舰队，又一为亚洲舰队。太平洋舰队的司令为全军的总司令。此主要舰队则以夏威夷为根据地，东过巴拿马运河可为大西洋舰队的声援，西航太平洋，可领导亚洲舰队与敌人作战。美国此时因急于援英，固无意引起日美之战，其未图即行取得新加坡的驻舶权，用意殆亦在不激怒日本。但美国对日本之不甘再有退缩，亦颇可于海军改组中窥见之。如日人不自量度，而强美国以作战，则美必不辞战矣。

日苏渔约，一年一度，也一年一紧张。于此也可见日本国际地位的低下。日苏关于桦太岛附近及柏林海中的渔业协定，从前本根据于樸资茅斯条约，于日方颇为有利。自一九三八年年底满期后，日人希望重订有利的永久条约。但苏方未允。当一九三八及三九年之交，两国国交几频破裂。最后苏方固仍允结条约，但所结者为一年为期的临时协定，且日方所得捕鱼的区域及晒渔便利亦多方限制。此临时协定已经展期一次，亦以一年为期。目下，展期者又满期。在日人心中，最好是订一永久条约。不获，则再将旧约展期一年。前些时，日方本盛传，去年岁杪，可成立一个新的协定，但届时亦未成功。渔约本于两方皆有利益，但苏方竟如此留难，则深见日本国力微弱，故主动之权操于苏，又可见苏日间的利害甚有冲突，故纵有希特勒从中调和，而仍无法调和。

泰越之间迩来交阋愈烈。虽两国均不认已入交战状态，而越方更极力表示愿和，但剑拔弩张，其疆土之争恐永无和平解决的可能。泰国之争疆土本有相当理由，但其行为颇有受日操纵之嫌。泰日友好协定更有类轴心协定。但泰政府最近尚表示泰英间关系极为友善。美国亦向为泰之益友。即如此，何以不由英美中三国联合向泰越调和？幸而成，则固南亚各民族之福。不幸而败，亦可以暴露泰越两国的政治背景，与中英美无伤。我外交当局其能予此事以有勇气的考虑乎？

英对新加坡闻将增派飞机二百架，其统帅布洛克波普翰亦仆仆道途，不遑宁处。马来与荷印在军事上早通声气。荷印实力近来扩充极速，陆军已自八万增至二十万，潜艇已自二十增至四十许。如果马来及荷印实力如此锐增，再加以菲岛美国军力的增厚，则日本南进的难逞，益发明显。

十一日《云南日报》渝讯，政府不日将成立粮食物工执行总局，以行政院副院长孔祥熙及贺耀组将军为正副主任，以社会部部长谷正纲为总干事。总局的权力将遍及于粮食及其他物资及工价的管理。如果此讯不虚，则此新设机关将为与人民生活最攸切相关的国家机关。这样一个机关必须成功。如果失败，则此后数年内其他管理粮食物工的尝试也不易成功。然而粮食管理与物价统制等等俱是又难又易的工作。如果社会有组织，统计及调查可靠，行政者廉洁公允，则管理的工作轻易。德国多年来的经验是一证。如果社会无组织，统计及调查或无有或不可靠，行政者又不廉洁公允，则管理工作极难。年来我国之外汇管理可为一证。我们甚愿政府先作管理的准备，然后再严厉执行管理。但如已经设局，则我们唯有希望执行者的廉洁公允已无问题。

说工读兼营
——大学变通论之一

潘光旦

抗战开始以来,最高的教育当局和主持各大学的人所最感觉痛苦的一点是,总想在这非常的一般局面之内维持原有的与一向认为正常的大学机构。大学的数目至今是一样的多,说不定还多了几个,旧的有取消的,或暂时停办的,但同时也有新的添置。搬迁到内地的学校,虽在流离颠沛之中,院系的组织,学程的开设,师生的数量,图书仪器的设备,学分与学年的限制,必修选修的分配,上课,请假,休学等等的规则,一切以前所有的如今都完全依样的有,即使事实上有做不到的,表面上也不能没有。这种努力,这种知其不可而为的努力是值得赞美的,我们的教育政策似乎和外交政策很有几分相像,就是,同样的采取以不变应万变的铁的原则。

不过这种努力也可以引起两个批评。第一个批评是主持大学教育的人似乎存着一种心理,抗战不久就要过去,胜利不久就要到来,这是一个过渡的时期,或者可以说是一个蛰伏的时期,是易卦明夷所代表的一个时期,在这时期内我们只有隐忍,只能维持原状,只能勉力支撑一个已有的格局,只能做些抱残守阙、补苴罅漏的工作。这心理是值得批评的。抗战是总要过去的,胜利是总要到来的,但三年五年以至于十年八年是谁也说不定的,如此支撑下去,虽后大费心力,行见残阙越来越多,罅漏越来越大,安知前途没有一天,抗战还未成过去,而残阙罅漏已经多到一个无法弥补的境界呢?

第二个批评是和第一个的性质相仿的,不过更见得深刻一些。上文所说隐忍或苟安的心理据说是有民族性的根据的。据说我们的民族,因为灾荒的经验特别多，已经养成一种性格，此种性格的效用，教我们对于四周的环境，只能消极的应付，而不容易积极的制胜。我们目前抗战的军事，可以说是很够积极的了，但我们的大学教育似乎终于不免掉进了消极应付的窠臼。以前敌人作进一步的沦陷，我们的大学就作进一步的向内地迁避，有的大学迁避至四五次以上，这固然也是一种消极的应付，但这是我们不能责备的。敌人空袭的来到，大家的师生全部向郊外疏散，空袭解除，又全部回来，照常工作，今日如此，明日也如此。这也是消极的应付，但这也是不应当责备的，因为要在这些地方化消极为积极，不是教育行政范围的事。教育行政至多只能减少消极的程度，例如学校迁避应作比较的一劳永逸之计，不要一而再、再而三的老是彷徨在旅途之上，又如空袭疏散的时候，学校可以叮嘱学生，要力持镇静，勿过事张皇等等。不过有的消极的应付与此种应付所引起的苦闷是可以避免的，例如，物价一天比一天高涨，调平物价的力量虽不在教育当局与学校当局的手里，但就能力所及而论，难道除了津贴，米贴，贷金，救济金以及其他头痛医头，脚痛医脚的方法而外，更找不到比较积极的，持久的制胜环境的措施？又如民族文化里缺少科学，国家人才里亟需技术的人才，理工两科的充实确属目前当务之紧，毫无疑问的，充实之法要不外多设理工院系，鼓励青年选择理工各科做专业和增加理工各科的仪器与图书设备等途径，而若干途径之中以设备的充实最关重要。这一方面的设备是要向国外采购的，采购需要外汇，又需要交通路线，这两点又不是教育当局所能自由支配，使外汇一日不利于我，外国交通的路线一日不能畅达，难道我们这部分的教育工作就得长此停顿不成？就目前论，我们在这方面的积极的努力似乎是已经停止了，我们目前所在做的，似乎只是鼓励青年加入理工科的一顿消极提倡的工作，而即就此种只重格式不重内容的提倡功夫而论，又不免失诸轻理重工，根本忽略了工从理出的那一点，好像只要一经提倡，技术人才就会产生似的。此种努力的苟安将就，舍本逐末，避重就轻，和用贷金的方法来解决学生的营养问题，岂不是如出一辙？

　　本篇要说的话，一方面假定抗战短期内不会结束，假如短期内可以轻易结束的话，那结果对我们一定是弊多利少；唯其一时不会结束，我们也不希望它结束，我们在教育的设施上，好比其他方面的设施一样，必须有一些更进一步的积极的应变的办法；一方面也假定，即使抗战结束，而建国的工作正式发轫，我们在抗战期内所实施的变通的办法依然可以适用，依然不悖于正常教育的原则。但兹事体大，绝非一二人的思虑所能周偏，姑就管见所及，提出四个宽大的原则来，一是工读兼营；二是训教合一；三是通专并重；四是理实分途。至于这些原则的是否完全合乎事理，应该如何实施，实施时节的细目如何，当有待于专家的从长计议。本篇姑先就第一个原则说一说。

工读兼营的原则有人说事实上等于教养兼施的原则，而教养兼施的原则是目前的教育当局已经在实行中的。抗战以前，学校教育只管教，而不管养；抗战开始以来，清寒子弟激增，于是贷金，救济金，伙食补助，零用津贴等等的办法便应运而生；最近更有人就青年营养的问题，或发为呼吁的文字，或从事于营养化学的专题研究等等；足见主持教育的人于教育而外，事实上已经兼顾到养。这见解是似是而非的。真正的教养兼施是应当取工读兼顾或手脑并用的方式的；工读的工所生产的养是自动的养，而目前所谓教养兼施的养是被动的养；自动与被动之间，实在有很大道德的分别。目前所谓的养是等于救济，在名目上也很不客气的是救济；青年对于受公家救济的态度，可以说有三种，大多数是家境确属清寒而以受救济为无愧的，一小部分是并不清寒而不以受救济为有愧的，更有一小部分虽属清寒而是不屑于受救济的。对第一种青年，救济金一类的办法可以培养依赖与不劳而获的心理，对第二种青年更足以助长贪黩的习惯，对第三种青年则不免摧毁其自尊独立的傲气；都是很不健全的，都违反了正常的教育的原则。

工读的养是自动的。工读兼营的原则本有许多好处，职业教育运动的一批朋友提倡手脑并用的教育已有多年，认为只有这种教育才可以打破以前读书人卑视劳作的陋习，少数热心于教育试验的人也作过零星的提倡；例如上海的立达学园。工读自有其很大的教育的效能，我们是不怀疑的；不过时至今日，我们更不妨承认工读的经济的结果，而设法充分的与普遍的利用此种结果，特别是因为比起救济的政策来，这种结果要富有道德的涵义的缘故。

就事实论，目前实行工读的青年已经不在少数。大学生之中，完全靠家庭接济与公私补助的人比从前少了许多。有的在不妨碍课业的条件之下，在学校内外觅取短时间的工作；有的取得了学校的同意，得酌量少选学分，而在学校附近觅取比较长期而有薪给的工作；有的更进一步的向学校申请休学，在外就业一二年之后，再以储蓄所得做继续攻读的挹注。他们工作的种类也是不一而足，大抵除了高深的专门职业而外，目前我们都可以找到大学肄业生的踪迹。工读兼营在目前已经不止是一个原则，而是一个事实，目前所缺的是组织，是合理的提调，是教育当局的承认而引为积极的政策的一部分罢了。

我主张工读兼营应该成为高等教育以至于中等教育的政策的一部分，并且认为特别应该注重生产的工作，例如园艺，畜牧之类。大学年限之内，应该划出一部分的时间，说是最初的两年罢，作为半工半读之用，或上半日工，下半日读，或每日每一学生应至少工作若干小时。其因经济情形特别困难或工作兴趣特别浓厚而愿意一面多做工作，一面延长求学年限的，也不妨设法加以容纳。

工读引起一些连带的问题。年限的问题就是一个。一向最少应读满几年的限制，当然不能没有，但可以延展至几年，或中间可以停顿几年，便大可不必限制；以前休学不得过二年的规定便可以取消，只要一个人有志力继续学业，又何必因年龄的缘故，加以阻挠？又一个是学分的问题。一个人最多应选习若干学分，当然要有规定，但最少的数量便可以不必限制。一个清寒有志的青年，因为同时要赡养家庭，愿意对于大学教育的完成，作一个七年或八年的计划，我找不到什么重大的理由来劝阻他。假定大学的前期将采取一个一律的半工半读的办法，大学教育最少的年限，以及每年最多的学分等问题，事实上便须根本加以通盘的增损。

工读所引起的一个最大的问题是学校的环境，特别要是所做的工作是属于生产一类而势须学校当局加以通盘筹划而引为行政的一部分的话，这样的工作需要一个农村或半农村的环境，需要大量可以自由支配的面积，无论作农业生产的园地，或工业生产的厂房，比较大量的地亩是不可少的。大学的环境，就通常的情势论，本来是乡村优于都市，郊坰优于城区，在抗战的今日与建国的将来，这种比较似乎更见得显然。

在抗战进行的前期里，大学以城市做环境是有相当的意义的。抗战期间后方生活的紧张状态或此种状态的缺乏，以及社会生活各方面的变迁，都是值得观察的。敌人对于城市的空袭，在这时期里也无须乎过于作安全的躲避的计划，因为空袭的身经目观，在不损失个人生命的有限条件之下，就是一种教育，也许是今后教育的最重要的一部分。不过抗战已经进入相当稳定的段落以后，城市环境的价值就减少了。一则后方的社会生活也渐趋于稳定，成为一种战时的正常状态，实地观察的需要也减少了，再则敌人空袭的频数增加以后，临时疏散的需要自然加大，此种情形虽并不能减少我们的胆量，摧毁我们的志气，但有一层是不能避免的，就是心理上的厌倦。厌倦的心理是可以妨碍学业的进行的。为避免这种心理计，也为图书仪器一类的设备得以铺陈出来而供充分的利用计，一个比较久远的疏散的办法，或转移入乡村或山野环境的办法，还是有它的地位。

就大学教育对于建国的需要设想，乡村或山野环境的优于都市环境，更要见得明显。中国人口的十之七八是乡村人口；无论工业经济前途会发展到什么程度，农业经济总是民族经济最基本的部分。不为别的，即为了和这十分之七八的人口发生联系，为了对民族的基本经济可以有些直接与不经转手的认识，大学青年应当拿乡村做他的教育环境。乡村与都市的文野程度原不能一样，但在中国，这差别是太大了，这种不应有的大差别是要教二三十年来的大学教育负责的。大学的所在地，既十之八九为大都市，而大学教学的内容，又几乎全部准备只教青年做城里人，而不做乡下人；于是成千成万从乡间吸引出来的青年就算是和乡村绝了缘；近年来乡村文明程度的特别见得落伍，这实在是最大的原因了。所以为乡村培植人才与保留元气着想，大学也应该选择乡村或山野的区域做它的环境。

最后可以说到工读兼营中工作的性质了。上文提过这种工作应当是生产的，即有狭义的经济的效用的。这种生产的工作又可以分为两类，一是一般的，即无论与前途的专业有无关系，凡属大学生，或凡属低年级的大学生，都应当参加；二是特殊的，即是与专业的准备有些关系的。理工科的学生可加入学校附设的工厂作工，或制造，或修理；法商科的学生可以管理合作社等等。可以说属于这特殊的一类。但我以为我们应当特别注意的是一般的一类，而这一类工作的性质是侧重于农业方面的，我们若不主张工读兼营则已，否则农业工作的结论是无可避免的。一则一样分配工作，只有这种工作最可以作普遍与平均的分配；再则根据上文乡村或山野环境之论，可知在这样一个环境里，最合逻辑的工作自然是属园艺畜牧等范围以内的，三则唯有这种劳作才可以教育青年对于民族的基本经济，可以有一个亲切的了解。当然，农事劳作的优点还不止这几层。这种劳作最合于个人卫生，若是钟点不太多，并且根本可以看作一种游戏或改换作业空气的安排。最后，我们不要忘记，这种劳作的生产力是最直接的，最可以取得近功的。在目前的情势之下，在贷金救济的局面之内，每一大学生吃两碗白饭，也许一时还不成问题，但菜蔬早就不敷分配，肉类的供给可以不必说；今后的大学生再想多吃几块肥肉，怕除了实行工读，实行兼事农业劳作以外，没有第二条路。

对于工读兼营的主张我们发现至少有两个可能的质难。一是国家需才孔亟，工读兼营的结果不免延长大学毕业的年限，因而展缓人才的产生与供给。这种质难是不容易成立的。我们承认国家兴办大学生贷金与救济金之类，原有这种苦心孤诣存乎其间。但救济不是办法，上文已经说过，即使是一个办法，即使在道德的立场上完全站得住，试问十数元的法币，又能有多大的贡献，这区区之数能维持残喘，则有之，要提高营养，则相去尚远。然而国家能"做好事做到底"或所谓"送佛送到西天"么？事实上怕又不可能。既不可能，则大学毕业的年限，平均不免从四年展到五年六年，也是无可如何之事。自从有先修班的办法以来，这年限不已经展到至少五年了么？

还有一质难是，大学教育是很崇高的，他的目的在教人做人，教人消受中外古今一切文化的精华而加以增进，如今主张工读兼营，岂不是与读学为老农老圃的樊迟犯了同样的毛病？这质难也是似是而非的。试问目前大学里职业准备的成分还少么？不少，在一般人的眼光里，大学根本是职业训练的一个场合，并且还抱憾它训练得不充分，以致大学出身的人不容易找出路！我个人平时对于大学的看法，也赞成陈义不妨较高。因为，求乎其上，仅得其中；我一向并且不赞成专为职业而教育，教育的结果，做人原是第一，吃饭本领应是余事。但从教育与身心锻炼的立场，适当的劳作是有很大的价值的，这一层谁也不能否认，主张工读兼营的人无疑的应从这一层出发，作为他的基本的立场，劳作的结果而能有助于主产，能于生活的营养，有所补益，那也是值得欢迎的一个副产品。工读教育不至于妨碍做人与通识的教育，以后别有讨论。

时至今日，大学的生活势非加以变通不可了。工读兼营便是变通的一个方向。西洋天主教教堂里的学者往往兼营农业，划时代的孟特尔遗传法则就是这样一个学者的贡献。中国民族也原有耕读并行的理想，这理想是很健全的，民族不少的元气，就是经这个理想保全下来的。假若我们一面想呼应与实行这民族原有的理想，一面又承认适当的劳作，特别是在发育的年龄里，对青年有很大的教育的价值，还有第三面，即对目前抗战的环境与需要，真想力图顺适，自求多福，为什么不把工读兼营的原则，有规模的实验一番。

我对"炉旁播讲"的观感
——表示了罗斯福总统"外交新政"的动态

张忠绂

"炉旁播讲"是罗斯福总统就任后所采取对美国民众宣布政见的一种办法。英文原名为Fire-side chat；由罗斯福先生坐在白宫内，火炉旁，经由广播机向美国民众播讲。Chat一字本可译为"闲话"，但其中包含有"谈心"或"亲密谈话"的意思。Fire-side chat既已成为一种制度，如上所云；这种制度我们似不宜称他为"炉旁闲话"。大凡一种闲话，都含有可谈可不谈的性质，而且含有"谈笑"的性质。我们若称罗斯福的炉旁播讲为"炉旁闲话"，既与这种制度的原意不符，而且减轻了讲词的尊严。美国大总统宣布政见的演说，我们绝不能说那是可谈可不谈的，我们更不能说那带有"谈笑"的性质，最好的译文，似应为"炉旁谈心"。这里面包含着有亲密的意思，然而仍嫌不够庄重。无疑，我将他译成为"炉旁播讲"；这种译法虽仍不完满，但尚切合事实。

自从一九三七年中日战事爆发，世界局势严重以后，罗斯福总统曾于该年十月中旬有一次"炉旁播讲"。这是中日全面战争爆发以后，罗斯福总统第一次的"炉旁播讲"。以那次播讲的内容与这次播讲的内容相较，其措词的强弱，简直不可以道理计。一九三七年十月中旬，美国国内孤立与中立的思想尚极浓厚，国民对于芝加哥演说（十月五日）的反响并不见佳，是以罗斯福总统不得不放弃"隔离"的字样，而采取调解的语气。

在这次的播讲（一九四〇年十二月二十九日）中，罗斯福总统公开表示："我可以适当的并且绝对的说，美国没有鼓励任何商谈和平的权力或理由……"罗斯福此语虽含有答复惠勒等孤立派的用意，但其词句的坚决，已足以反证美国舆论的进步。在一九三七年十月，孤立派的意见可以代表一大部分的民众；在一九四〇年十二月，孤立派的意见所能代表的民众，已为数有限。在一九三七年十月，美国的民众大部分畏惧战争，不愿意卷入战争的漩涡，唯恐"惹火烧身"；在一九四零年年底，美国民众大部分已不复畏惧战争，虽无意挑战，但已绝不怕"应战"。在一九三七年十月，美国民众尚未感觉，侵略国家对于美国本身的威胁；当日的先知先觉者，也不过认为，美国所受的影响，只是海外权力的损失。美国经济的波动，以及条约尊严与世界合法秩序所遭遇的打击。在一九四零年年底，不仅止美国的先知先觉者，就是美国的一般民众，业已感觉美国本身所受的严重威胁，而此种威胁已不仅限于经济方面，且已包括政治与军事方面。是以在此次播讲中，罗斯福总统说："坦白的并且决定的说，危险已在吾人的前面，吾人必须准备应付。"

罗斯福总统本是美国有先见之明的大政治家；他这次的播讲，一面反证美国舆论的进步，同时也负着领导舆论的责任。故此他特别提出八年前的经济危机，并重申他当日的态度，以与现时的国际政治危机相比拟。这暗示了，一九四一年将为罗斯福总统在外交上开始实施"新政"的一年。在过去，美国虽曾同情并援助民主国家，但那种援助，我们只能叫他为"同情的援助"。因德国对丹，挪，荷，比，法等国闪击的成功，美国舆论的转变（在一九四〇年春夏之交），德意日三国同盟的成立，以及罗斯福总统的三度被选，美国对中英两国的援助，已渐转为"自救的援助"。在远东，美国一向未曾中立；对欧洲，自罗斯福总统一九四〇年六月十日的演说发表后，美国在精神上亦已放弃中立。一九四〇年六月以后，年底以前，美国对中英两国的援助，业已表示出"自救的援助"的精神；其例证甚多，勿庸一一列举。随着一九四一年的开始，随着罗斯福先生就任第三十四届总统的盛举，美国对中英两国的援助与在外交上的行动，必将增强。十二月二十九日的播讲，在指示此种行动的倾向。

在十二月二十九日的"炉旁播讲"中，罗斯福总统对于他来年的"外交新政"，已阐明了主要的动态：（一）对于暴力，无可妥协，因此"美国没有鼓励商谈和平的权力或理由"。（二）欧亚两洲之战争，与吾人（美国）有生存攸关之关系，因美国绝不能听任欧亚两洲的战争祸首控制通达西半球的海洋。（三）美国应迅速而有效的重整军备，并必需成为"民主国家的伟大兵工厂"。

根据上述的启示，我们可以认定，罗斯福总统于一九四一年开始实施"外交新政"后，必将采取下列的步骤：（一）大量增强美国军需的生产，并迅速完成美国国防的准备；（二）竭尽一切的可能（包括财政，飞机，船只等等）以援助民主国家；（三）完全摒除中立的幻想，并准备"应战"。

在此次"炉旁播讲"中，罗斯福总统虽曾重行声明，美国绝不派遣士兵至欧洲作战的诺言，但同时会保证加强对英战争以外的援助。在英国海军仍能挖制北海海峡与大西洋面的期中，美国实无派遣士兵至欧洲作战的必要。而且自法国屈服以后，欧陆上已无战场。罗斯福总统所准备给予英国的辅助，也正是英国现时所最需要的援助。罗斯福总统向美国人民所保证的，不给予英国的援助，英国现时并不需要。故此我认为，罗斯福的"外交新政"若能付诸实施（我认为必能付诸实施，虽难免孤立派的反对），则在事实上，美国已不啻完全放弃中立。且观罗斯福通篇演词的语气，美政府实亦无意中立。盖罗斯福总统对于现实的国际状况，早已有深刻的认识。

专就远东而论，在这次的"炉旁播讲"中，罗斯福先生所用的词句与语气，也较以前的任何声明与谈话，坚定而强烈。日本为一暴力国家，自亦无可妥协。亚洲的战争与欧洲的战争相同，都与美国有生存攸关的关系。美国不能听任亚洲的侵略国家控制太平洋。中国为民主国家之一，而美国将成为"民主国家的伟大兵工厂"。此外，美总统已将日本与轴心国家并为一谈，并已公开承认，中国与英美两国的命运有密切的联系。因此他说："在现时，联盟以攻击一切在自由中生活之人民的那些国家的武力，现正被阻隔于我们的海岸以外……日本人现正被中国人在另一伟大的防卫战中，牵制于亚洲。"

根据上述，在罗斯福先生的"外交新政"实施以后，我们可以断定，美国对我们的援助，将由贷款，而扩展到军需品的供给；将由禁止出口而扩展到统制入口。我们在上面已经说过，美国对远东，素来并未中立。在此以后，美国对中日间的战争，实无中立的可能。

此外，尚有一事，极值吾人注意。罗斯福先生虽曾屡次表示，美国不愿参战，但他始终只允诺了两点：（一）美国绝不派遣士兵至欧洲作战；（二）美国企望和平。他并没有说，美国除不派遣士兵至欧洲作战以外，且绝不将战舰，运输船只，飞机甚至于飞机与军舰的驾驶员往欧洲，援助英国。当然，上述的第四项现时受有中立法的限制，但这些驾驶员可以退出美国政府服役，而自动投效英国。中立法若能被修正，则此种限制自将随之消失。他也并没有说，美国除企望和平外，且亦绝不对外作战。他所允诺的，只是"企望"和平而已。至于关系远东方面，他根本没有作任何然诺。他所允诺的两点，一向是对欧洲的问题而发。最多，我们也只能说，他在远东也同样的"企望"和平而已。拿这种背景，来看他这次"炉旁播讲"中的"在太平洋上，现有吾人之舰队"一语，其意义的严重，尤为显明。

英国在欧洲是主要的大海军国，其海军实力现时仍足以控制大西洋面。无怪乎罗斯福先生说："当不自由的英国仍为吾人在大西洋上强大的海军邻邦时，有人真相信吾人有恐惧攻击之必要乎？反之，假若轴心国家为吾人在大西洋上之邻邦，有人真相信吾人果能安居乎？"是以在事实上，美国现时并无自动参加欧战的必要，只需以物力财力援助英国，并支持英国舰队控制大西洋面的实力。在远东，中国不是海军国家，中国只能将日本"牵制于亚洲"，而不能完全阻止日本南进。是以美国之舰队必须留驻太平洋上，而罗斯福在此次播讲中，特别予以表明，其含义深远，不问可知。

罗斯福总统既已认定，日本与轴心国之目的，在"统治并奴役人类"。美国绝不能令"欧亚之战争祸首控制通至西半球之海洋"，是一九四一年罗斯福行将实施之"外交新政"必将依据此种认识与原则而努力也。罗斯福总统之预料侵略国家必将失败，美国今后之努力，当为其重要根据之一。

在本文完稿以后，我们又已看到，各通讯社关于罗斯福总统正月六日对议会致词的简略报告。"致词"的内容，与上述"炉旁播讲"的内容，无大差别。这两篇讲词的内容是美国今后外交的指南针；罗斯福总统的"外交新政"，已自兹开始。

美国外交的新动态
——援英与制日

王赣愚

本月六日罗斯福总统，向美国会宣读咨文，对今后的外交方针，有坦挚的阐述，这一篇演词的意旨，与去年底的"炉边闲话"，同是表示援助反侵略国家的决心。罗氏在这两项动人的言论里，首先促使美国人士认清严重的危机；再进而指出摒弃姑息政策的重要性；基于上述的论据，最后主张倾力于反抗轴心者的援助，务使美国成为民主国家的兵工厂，美国对于中英两国的抗战，自始所予的同情援助，现在已变成了自救的举措，所以纵然侵略者认为这种举措有违背国际公法，或强目为战争行为，美国亦将不为其威胁所慑，而趋于停止助英援华之一途。英明果断的罗斯福总统，过去因受中立法之牵掣，在外交上不敢放胆主持正义，卒使侵略者无所戒心。现在情形则大异了；罗氏为应付空前的国际危机，已获得便宜行事之权，不愿再受片面的国际公法的束缚。自今以后，美国在欧亚两洲，参战与否都是事实的问题，而非理论的问题，我们可以断言的最少是助英援华的程度，不必因需要参战，而后始能增强。

美国循现有政策以进行外交，其日益走向战争是必然的。罗总统在竞选时期，虽曾保证不使本国卷入战涡，但谁都预知其获选之后，美国参战的可能性确要增加。罗氏所能保证的，不外是以一切可能之努力，遏制战争之发生，及战争发生以后，竭力阻止其范围之扩大。我们固相信罗氏必将实践此项诺言。但若谓其必将把避战为固定的国策，则我们不能不无疑。反侵略已成为美人的一致态度。朝野人士深知与轴心绝无妥协的可能，所以呼吁和平,而不求苟安,准备应战,而绝不求战。虽然最近大选的结果,未引起外交政策的剧变,但以反侵略最力的罗斯福,继续主持外交,必使美国离开孤立主义日益遥远。近日美国外交的动态,实足证明这一点。

美国享受长期的孤立,纯是国际情势之赐,而华盛顿总统的箴训,绝不能永远决定美国外交的路向。其实,美国开始采行孤立政策,却在华氏去世二十余年之后。所谓门罗主义,自宣布以至上次欧战,认真施行尚不及九十年,况且在这九十年的时期中,欧洲并没有过大规模的战争,可使美国无从置身局外,因为当时美国海上霸权是未受摇撼的。一九一四以后,争霸之战,层见叠出,实际上无一次不牵涉及美国,这种情形与一八一四年以前相似。这次欧战发生后,美国之难保持中立,自始即有事实作为佐证。美国在当前国际环境中,已不能专恃天然的形势以自保持,倘使欧战扩大下去,就是大西洋也会变成轴心侵入的一条大道。以海洋为御敌的防线,首须积极建立"大海军",不然,则不足以应付外来的威胁。就大西洋方面言,过去美国进退自如的优势,显然是建筑英国海权上面的。由英海军所促成的欧洲均势,使美国百年来避免了不少外患,致在各方面得以自由发展。英国海权不啻是美国安全的屏障,这项屏障虽存在已久,而美国至今才了解其真正的功用,这是国际现势使之然的。现在英国正从事抗德意之战,尤其自法国屈膝求和之后,其所恃的最后武器,就是强大的海军,及其与海军相配合的空军。就实情上言,英国在大西洋上海权之保持,既与美国安全关系甚切,苟为希特勒所推翻。美国所受之威胁,将不亚于英国。为了这个缘故,美国此际不论为己为人,总须采用各项具体办法,以维持英海军之固有力量。协助英国,使其保持海上霸权,对美国扩军,确有很大的帮助;因为美国正在争取时间,以充实国防;国防一有了把握,联英以抗共同敌人,自然不会成问题的。然就欧洲形势上看,英国为防御德意进攻计,势不得不集中海军于北大西洋及地中海,这种需要在失掉法海军协助后,似乎尤为急迫。在这样情形之下,德意或许趁英海军力之分散,设法在南大西洋切断英国与南美间的交通,甚至将要侵入拉丁美洲。当然这个企图此时很不可能,不过,万一英国海权失势,德意或难保不出此一着。针对着这一忧虑,美国除维持英国海军力之外,事实上还须建造"无匹"的海军,以争取大西洋上的优势。这点我认为十分重要的。

在大西洋方面,助英是美国自卫的措置;而其对太平洋的关注,实际更为深切。美国在太平洋的处境，和英略有不同，前者在那里有重要海军根据地，后者则只有一个无防卫的香港。英国的远东第一防线，是在新加坡，而不在太平洋；日寇在海上一有蠢动，美国便首当其冲，照理应该早为之备。眼前日寇穷兵黩武，对华加紧侵略，使太平洋形势险恶，或有甚于大西洋者。在此情形之下，美国的态度，实为全局之关键；倘肯趁机助华制日，则侵略主义终究要失势。在太平洋方面，中美英的共同敌人，无疑的是日寇，日寇的国策是要乘欧洲扰乱之时，一面企图消灭中国生存，一面极力排除美英势力，然后建立所谓"东亚新秩序"。此次中国抗日之战，不啻是反侵略的前哨战，使日寇精疲力竭，不能再作独霸东亚的好梦。就厉害上言，美国助华制日，固然是助人，同时亦是助己；而我国对美国抱着较大的期待，自然也是以互惠共利为前提的。

近来美国对日益趋强硬，并非虚张声势，确已证之于实际行动。美政府除决对日加紧禁运外，又予中国以巨额新借款，甚至表示准备在太平洋作战。援华与制日，本是一件事的两面；美国竭力支持中国之抗战，其制日的作用是最显烈的。色厉内荏的日寇，鉴于美国政策之急变，知大祸无可或免，于是妄想以外交手段，对美企求缓和。去年十月间，敌四相曾开紧急会议，商定对英美对策，其决议的要旨，即在谋与美国妥协，俾得自脱于窘境。不久以前，野村受命使美，松冈发表谈话，都是日寇媚美的重要步骤。就日敌国内而论，哪一个不畏惧对美作战，而亟盼德国在欧洲胜利之后，可使国际形势转与日方有利，或可迫使美国自动退出远东，是故美国尽管在经济上加紧制裁，日寇势不得不暂时忍受，以静待幸获时机之来临。日寇对美外交，实际上是一场骗局，不管怎样拉拢，怎样谄媚，都难以遮盖敌视美国的事实。在现今情形之下，美国最有效的表示，莫过于以积极援华，答复日寇的妄想。

美政府的新远东政策，大致可视为民意的反映。舆论在美国政治上是比较有力的，平时政府受着舆论的牵制，凡须先得民意，才敢放胆进行。这固是一种很好的现象，但舆论的方向恒难逆测，每使当局决策定计颇感掣肘。本来美国国内即有乖谬的主张，流行于舆论界及政界，其潜在的影响颇大。我们曾引以为惋惜的，素来反侵略持正义的人，其中也有抱这种主张最出力者。他们立论大致失之太简，以为今日欧战所加于美国安全的威胁，实际远较结束战事为大，所以倡议暂时对日妥协，以专事反抗德意，俾使美国得集中海军力于大西洋。此说之悖理，过去不少美国人未必认得清楚，我们此时不妨再加指点。

这种谬说的产生，虽未必能左右政府的外交定策，但其所根据的两种完全错误的假定，此时不得不加以推翻：第一，主此说者妄想对日暂时退让，可使其军阀稍灭气焰，而不想敌阀根本是缺乏理智的黩武者，非至碰壁触礁，绝不会回头止步的。第二，此说主张分区遏抑侵略，先镇欧洲再顾到东亚；而不思欧亚侵略国始终结成一体，欲分别应付是不可能的。这两种误解萦绕着人心，乃乖谬的外交议论之所由生。过去张伯伦与达拉第，就是受这些误解所迷惑，造成今日欧洲的空前浩劫，到今适足为美国人的殷鉴。妥协在侵略者的心目中，总是怯懦的表示，况且以往民治国家委曲求全，哪一次不是一面牺牲弱国的利益，一面又徒助长黩武者的野心？欧战发生后，英国曾屡次对日屈膝，其结果究竟如何，已为世人所俱见。现在英国窥破了日寇的阴谋，决然抛弃传统的姑息政策，从此制日当不再畏葸退缩，以免自误误人。去年十月间，英政府不顾日寇的要求，毅然开放滇缅公路，是英国在外交上幡然改图的明证。英国在欧洲正从事反侵略之战，重西忽东，顾此失彼，容或有其苦衷；但美国处境与英完全不同，在欧亚两洲均不受任何直接威胁，初不必长他人的志气，灭自己的威风，坐令侵略日益放肆。最近罗斯福总统在屡次演词中，对于欧亚两洲，一律相提并论，这足以证明其无意于一隅反抗侵略，而在另一隅实行姑息政策。基于这个认识，我们始终认定美国外交的新动态，是今后国际政治的一大转捩。

自七七事变以后，美国在远东所玩弄的，是消极的外交，只管口嚷而不动手。她替自己的辩护，不外是海军力还不充足，难于重洋远征；现在虽已开始建造"两洋海军"，但完成尚需等待相当时间。其实这也是一种过虑。我们敢信美国此时倘以现有的海军力应付日寇，大体不致感到什么重大困难；在太平洋方面，最要紧的还是早做先发制人的准备，如借用新加坡，加紧美澳联防，及防卫香港菲岛等根据地。日寇经过了三年余侵华，既感力竭精疲，如再冒险南进，自不堪美国之一击。依此情势观测，美国制日丝毫无过虑的理由。现世弱小的国家，哪个不愿遏制侵略，但只嫌其力量不足；而美国以经济之充裕，军备之强大，及处境之优越，领导制暴扶弱，是各国中最有资格的。但以往她常以力薄为借口，只闻高喊制日，未见速定计划，下决心，真可谓"力有余而心不足"。力量是相对的观念，必须由于国与国间的接触，摩擦和斗争才能表现出来。所以美日间强弱的悬殊，实际上须至直接交绥之日始可毕露。美国尚一味计较力量，在严重的关头，不敢坚决作战，其制日的政策恐难于贯彻了。日寇向来想利用美国人的畏战心理，屡次以战争相恫吓，但现在这种贯技已不适用了，美国人既知日寇处境穷窘。当不再以力量不足为虑。这点我们看得很清楚的。

在远东，现在是美国领导，英国跟随，苏联又尾其后。美国站在反侵略阵线上，助英当不忘制日。今日的日寇，已成德意的伙帮，三国沆瀣一气，声息相通；去年三国同盟的签订，表面上是对英国的挑撩行动，实际则其对美国，威胁的意义居多。由此而论，助英与制日，俱是美国自卫的措置，二者应兼顾并重，不宜有所偏废。时至今日，为了日寇野心之日益显明，为了我国抗战之愈趋有望，美国制日援华，亟应下最大的决心，丝毫不容踌躇犹豫。

党治与法治

楼邦彦

"党治"与"法治"虽然都是我们熟听了的名词,可是一般人却不一定对于这两个名词具有正确的观念,而对于两者之间的关系恐更少加以注意。

让我们首先来解释党治的意义。这里所谓党治当然是指政党而言,政党原是西洋政治退步的国家中的一种制度,所以为要明了党治之意义,恐非在相当的西洋政治名词中,求之不可。党治应当就是指Party politics,可译为政党政治,惟有在明白政党政治之含义后,我们才同时确定了什么是党治。也许有人认为我们应该拿"以党治国"来解释党治,因为解释贵在通俗简明,而"以党治国"恰恰是一个现成的成语,不过正因为"以党治国"已经成为一个成语,一个成语是往往有它的传统的意义的,"以党治国"的传统的意义使我们绝不能拿它来说明党治是什么。依照传统的用法,"以党治国"是指以一个特定的政党,排斥异党,无限期地来治理国家而言,这非但与政党政治的基本精神相违背,即与政党本身的意义也是相冲突的。所以单就字面言,"以党治国"并非无可取之处,不过为了它有它的传统的含义,我就不主张因辞害义地拿它来解释党治。那么政党政治究竟作何解呢?简单的说,两个以上的政党以和平竞争的方法谋夺取政权的目的,这就是政党政治。所以政党政治一定是假定有两个以上的政党之合法的存在的。"党"的英文是Party法文是Partie,德文是Partei,都包含"部分"的意思,此可见党是一部分人的组织,在这一部分人的组织以外一定还有其他一个或几个代表一部分人的组织。我曾经偶然翻了一下手边的一本《牛津简明字典》,它对于party一词的一个解释是"一个对于公共问题组成各种派别的制度"(System of taking

Sides on public questions），这也是一个证明如果有党一定是不止一个的。所以我们要是采取一种严格的说法，一个不容许反对政党之合法存在的国家非但没有实行政党政治，即独霸政权的那一个集团（如德之国社党，意之法西斯党，苏俄之共产党等）也根本上就是一个政党。总之，所谓政党也者，它的存在目的是夺取政权，而与其他的政党共同采取和平理智的方法，在某一个时期内去竞争获得大部分人民的拥护。政党政治的精神是在于此，党治的意义亦如是而已。

其次，我们再来看一看法治的意义，这是一个很大的也是相当复杂的问题，这里我们只能加以概括的说明。所谓法治就是守法，守法在不同的情形下可以有积极的或消极的意义。有的时候，所谓守法是指法律上的权利义务主体的活动皆须积极地依据法，又有的时候，所谓守法也可以指一切行为之消极地不违反法，不过法律之规定活动的根据或行为之禁止只是法治的静态一方面而已，法治还有它的动态一方面，这就是说，应依据法的活动而不依据法时，或不应为而竟为违反禁律的行为时，一定要继之以制裁，因为要是没有制裁或有制裁的规定，而不能执行的话，则法律无论怎样详尽，至多也不过是不发生作用的具文罢了。法可以规定政府与人民的活动的根据或不应为的行为，但对于违法行为之是否加以制裁则全要看政府尊重法治之程度。抑又有进者，法治与制裁并不发生绝对的关系。凡是成为法的不一定都是良法，法之良与不良绝不因制法者动机之好坏而定；一般的人民之知识经验与兴趣总是很有限的，他们不一定有能力或有意去对法的内容加以评断，可是他们却又是理智的动物，在普通的情形下他们不至于会妄信制法者所公开宣示的善良的动机，他们所斤斤较量的只是形式上的制法者人选和形式上的制法程序。谁制法和怎么制法恐怕是最主要的因素确定人民对于政府和一般的法律的态度，换言之，法之究竟良与不良是全看人民对于客观的公法关系之忍许（Acquiescence）与否而定的。所以对于违法的行为加以制裁，是不一定绝对能够产生法治之结果的，因为人民要是在某种情形下不遵守不良的法，或竟至趋于极端而引起暴动革命等情事，人民固无咎也，其咎乃在制法时之不合乎法治的原则；在这种情形之下，制裁非但不能构成法治，实际上就是专制暴政。

根据上面所说的，党治与法治有一个根本相同的地方，它们是都以理智为基础的，党治与理智的关系甚为明显，因为第一，党治是假定两个以上的政党之存在，人民可以随时凭理智挑选他们所属之政党，或凭理智拥护任何一政党之政策；第二，在党治之下，各政党的目的虽都在夺取政权，然而绝不以武力来决胜负，它们所参与的是一个和平的政战。以理智的方法来竞取某一时人民凭理智所决定的拥戴。法治之理智的基础也是同样的显而易见。一方面，我们上面已经说过，法治的条件是人民对于客观的公法关系之忍许，换言之，活动所根据的法律，或规定禁止行为的法律，如果不是理智之产物的话，法治的先决条件便难以成立。另一方面，制裁虽然是完成法治的要素，但制裁要不是一种理智的行为，则法治仍旧是功亏一篑。明白了党治与法治是都以理智为基础以后，请进而言党治与法规的关系。

党治与法治是互为因果的两个制度。无法治则不足以论党治，无党治则不足以谈法治。一个没有法治的国家只有两种可能的情形：或则一个人或一派势力把持一国之大权，一意孤行地决定法律之内容，近今的独裁国家和军权国家即其例子；或则一个国家尚呈割据的局面，割据者在各地各行其是，鱼肉人民，既不以尚理智为行为之标准，当然是谈不到统一的法治，这一种的例子，我们也是很容易找到的。如果没有法治，理智在政治中便不成为重要的因素，权力的基础或维持权力的手段也因此常常是武力与恐怖，在这种情形下，党治当然是不容许存在的。要两个以上的政党都有相等的机会去取得政权，而用的又是和平的方法，互相批评反对，彼此攻击挑剔，最后让人民自动地凭理智来判定政战之胜负，这究竟是需要合适的客观场合的，这合适的客观场合就是法治制度。只有在法治制度之下，两个以上的政党才能有合法的存在，只要在不妨害国家之根本制度的范围内，每一个政党都有不能剥夺的生存权，每一个政党都有权要求与其他的政党享有相同的法律地位。只有在法治制度之下，多数的政党才有可能以和平的手段来夺取政权，一方面在朝握政府之权的政党必允许异党的存在，另一方面在野反对政府的政党，必思以理智的方法去变换人民的信心，这是由于法治使得各政党不采取任何和平以外的手段，也只有在法治制度之下，人民才能够凭理智选择组成政府的政党，人民对于政战胜负之判定也才能得到最公正的结果。于此可见，要求党治而不主张法治殆为徒然的努力。

试进一步再来看为什么党治又是法治所不可缺少的条件。我们已经知道了党治的意义及其成立的条件，我们也就不难推想没有党治的时候的情形。在一个否认党治的国家内，最近二十年的世界政治史告诉我们，往往有由一个人所领导的集团在把持着一国的大权,这个集团总是拥有政党之名(虽然在逻辑上是有毛病的),我们从前有一位要人曾经说过这么一句名言:"党内无派,党外无党",这句名言恐怕最能够道出这一类没有党治的国家的特色。在党治之下,所有的政党一定都是民治的政党,一个民治的政党的第一个条件,是党内的关系之受制于民治原则;党的纪律固然是要维持的,可是党的首领不一定要成为党员盲目崇拜的偶像,党员在本党以内必须有自由表示意见的权利,党的政策行动不是一个人所独断的,而是党的组成分子自由讨论的结果。根据这一点而我们要是采取一个较宽泛的说法,则一个民治的政党在本党以内未尝不能容纳不同意见的派别之存在。譬如在这一次欧战以后,英国劳工党内有少数很重要的分子主张由劳工党发动组织一个与国民内阁对峙的联合战线(A United Opposition to the Chamberlaio government)以期于大选时推翻张伯伦所领导的国民内阁,他们屡次向中央执行委员会提出组织联合战线的议案,然均为拒绝,可是他们还是继续主张。继续批评本党传统的政策,而劳工党则也始终遵守民治的原则,从未加以阻止。一直到劳工党觉得Sir Stafford Oripps(主张组织联合战线之最烈者)在党外的活动对于党的前途有绝对不利的时候,方议决将他革除劳工党的党籍。这是一个很好的例子,说明在不违反党的纪律范围内,一个民治的政党是可以并且应该容纳不同的意见或不同的派别之存在的。一个民治的政党的第二个条件,是本党与其他政党的关系之受制于民治的原则,这就是说它绝不排斥异党而将政权永久地拥为己有,它认为政权之谁属应以民意为转移,乃与其他的政党共同作公开的,和平的,理智的竞争,让胜负之决定全操诸人民之手。最近美国的总统竞选已有结果,我们除掉祝贺罗斯福总统的成功外,还应该去体会竞选时的那种和平活跃的空气,那么我们同时也会知道羡慕党治之可贵了,凡是在党内不容许派别之存在的政党,它一定有一个必然的趋势排斥党外的异党,反之,凡是排斥异党的也一定不容许党内有派,这两种情形是互为因果的。换句话说,党内有民治,则党外方有民治的可能,党外无民治,则党内亦必无民治。所以一个国家要是不实行党治,要是主张"党内无派,党外无党",则民治不过是装饰门面的号牌而已,法治也只是成为一个矛盾的名词。一九三三年以后的德意志未尝没有法,也未尝没有制裁,然而谁能辩护说德意志尚有法治制度的存在呢?有法有制裁,而尚不足以满足法治的条件,那是纯因为没有党治的缘故,所以在没有党治的情形下,法治是绝对不可能建立起来的一种制度。

　　我再重复的说，"党治"与"法治"早已成为很普通的名词了，不过不幸的是多少很普通的名词常常为人所误解，多少似平常而实不平常的事情常常不能引起很多人的注意！本文只是简单地对于"党治"与"法治"加以解释，特别提出两者间之关系的一点，这么一个正名的工作或者能够帮助我们了解国内许多问题的症结所在。

日本的南进

钱端升

日本大陆政策的实现，其入手之点，总脱不了三个途径：一先取西伯利亚，消减苏联在亚陆的势力，然后仿元蒙的故事，步步南进，以掩有亚洲的全部；二先平中国以增厚实力，然后南北并进，以完成其大陆政策；三为先收南洋各地，取消西洋各国在东方的根据地，然后俟机而动，或先攻苏，或先吞灭中国，依次而完成一统亚陆的大业。日本自明治维新以至一九三七的七十年中，盖无日不在考量这三大计的得失之中，而第一与第二两途径之孰难孰易尤为争论的焦点。九一八与七七之间相隔达六年之久，其所以然，亦大半因先攻苏联后平中国，与先平中国后攻苏联之争，始终没有解决。如果中国实力的增加不如七七前三数年之速，日本或者还是不能有所抉择。中国进步之速，逼迫日本采取了第二途径，而有三年未决的中日大战。但自七七以至一九三九年八月的苏德协定，在这二年多中，日本并未完全忘情于第一途径。当攻华不胜之时，日本也常思及攻苏的途径。日苏关系之所以久呈紧张状态者，盖即在此。

三大途径中，南进的主张一向是潜伏而不显。盖南进需要海军。日本的海军对世界大势向来要比陆军及政客多些认识。南进政策的主要对象为英国。日本海军对英国又素具敬意。所以在理论上，南进纵是一个好途径，但在海军对英敬意没有消失的期间，南进的实行很少有人作准备；在其他途径没有绝望的期间，南进的必要更少有人坚持。

最近一年半以来的形势却是不同了。在一方面，南进几成了日本唯一没有试过而或者可以取胜的途径；在又一方面，不南进的理由则已渐渐减少。

日本实现大陆政策的三途径中，攻华之路已证明了不通，攻苏则因苏无西顾之忧，无隙可乘，只有南进尚可一试。同时，英国比年对付侵略国家的政策，本蠢而又蠢，去年五六月法国惨败以后，其国运又是岌岌可危，无余力以顾及远东。在此情形之下，南进，至少在表面上，乃成为最有希望的政策。

但日人也并不轻视南进的困难。去年十月及十一月中，日人之所以竭其全力，以造作"和平"空气，以引诱中国言"和"者，其用意乃在使中国不战而接收和平其名而屈服是实的"和平"。如果诱和成功，则日本所采者，仍是第二个途径，即先平中国的途径。今诱和既失败，武力灭我无可能，苏联更无懈可击，于是南进始成为不得不试之路。

南进，如果成功，自然可有许多收获。日本攻华，多年无成，其国际地位早已一落千丈。如果南进成功，则纵被其所败者仅是英荷的殖民地，而不是英荷本国，但日本则仍可以胜英自诩。而且取得马来半岛之后，缅甸泰国俱可入日本的掌握，中国的西南可以被所包围，对华军事亦可易于进行。如就物资而言，则南进成功后，获益更多。日本所必需的油及橡皮可以无缺；日本所需要的其他金属，如铁锡钨锰钴等，亦可有所供给。无论为恢复国家的威望起见，或为继续援华起见，或为获取物资起见，南进俱为于日本有利之事。

但南进的困难至多。在军略上，南进为远征。便有远征的许多困难。南洋是英荷的殖民地，英荷的防御力须一一击破。中英美英的关系近日趋密切，如中美予英以援助，则南进的阻害更巨。今讲将这些困难分述于后。

所谓南洋可有广义狭义之分。狭义的南洋只包含英属马来半岛及荷属东印度群岛。广义的南洋则包含亚洲大陆南尖各国，荷属东印度群岛及菲律宾群岛在内。日本的野心是无限的；日本对菲岛，甚或澳洲，也具有野心。但在目前，则南进的直接对象仅在占领或控制越泰缅三国，马来半岛及荷属印度。要占领或控制这些地域的全部，新加坡的夺取或毁灭不但有必要，而且是先决条件。新加坡是世界四大要塞之一，军舰容量之大，与防御工事之固，与直布罗陀，珍珠港，暨德之赫立高兰同名。纵英方戍守新加坡的军舰现时为数无多，但此港一日在英国手中，及英国及其与国一日可以增厚驻在该处的军力，以威吓附近的敌人。换言之，日本如不能占领或毁灭新加坡，则他对南洋大部分的地域无从进攻；即偶可占领一二地区，也有被英军反攻的危险。

　　日本至现时为止，除了可以台湾为根据地外，台湾以南，只有海南岛及海防在其手中。海防为一次要军港。占领海防，固可封锁中国经越出口线，但对南进大计，却不能发生多大帮助。海南岛筑港之事，近虽屡有传说，但海南本无天然良港，即有相当可用之港，如使其成为良好根据地亦需时甚久。如以海南为根据地，而策动争夺新加坡的战事，最近期内殆无可能。基隆与新加坡之间，最佳的现成军港，要推越南的金兰。以我们所知，日人至今尚未能占用金兰。即今越南法当局能拱手以金兰西贡两港让日人，日人亦未必遽能利用之以攻击新加坡。新加坡离西贡金兰近，而基隆离金兰西贡远，其间远近约差一倍。日英一旦入作战状态，则日人所占的金兰西贡最易受新加坡的威胁，而日方的援军则多半须远由基隆开来。纵暂不论英之香港与美之马尼剌所可发生的阻挠力，单就距离而论，日方固已处于极不利的地位。

　　日本如不由正面攻新加坡，不由基隆，海南，越南之线，以攻新加坡。而取侧袭的方法，则其困难也不减少，太平洋中的加洛林群岛为日人的代管地，在耶普，在柏乐（Palau），日人皆建有秘密根据地。日人如由这些地方，西南向以入马加塞（Macassar）海峡，则不难占领波罗尼洲东岸的要城如塔拉甘（Tarakan），如白利班班（Balipanpan），以及色利皮斯岛（Celebes）西岸的马加塞。这三者均是马加塞海峡的要城，也是产油之区，日人得此，颇可满足其一部分的需要。但日人军事的行动绝不能止于此；不进则退，日人不是向荷印主要军港苏拉白耶（Surabaya）前进，便将被荷印所击退。苏拉白耶在爪哇岛的东南角，位于荷印的中心，荷人在此有军港，有巡舰，有潜艇，有机场。日人如单由加洛林群岛出发，不由基隆出发，恐甚难派出足以制胜荷印的大军。如由基隆出发，则又逃不了先占新加坡的问题。所以以偏师由加洛林取马加塞海峡之举，很难有成功希望。

　　另一侧面攻击的办法，是一面占领越南泰国，一面假道云南，以取缅甸，待占了泰国之后，再待机以动，或以陆军直捣新加坡，或另辟克拉（Kra，在泰国南端）运河，以使新加坡成为废港。以最近泰越冲突情形观之，似泰国已入日本彀。但假道云南以攻缅，日本无此国力。缅甸不入日手，则攻新加坡的陆军将随处受缅甸及马来陆空军的威胁。至于开辟新运河，则更少可能。

　　日本要取新加坡，绝不能假想新加坡是一孤立的静止的根据地。新加坡不孤立。除了英人在马来半岛的陆海空军外，荷印的陆海空军也即是新加坡防御力的一部分。新加坡也不孤立，除了南洋群岛的英荷武力外，缅甸印度的陆空军，澳洲的陆海空军，香港的戍军，美国在菲岛的武力及中国的陆军，也可为新加坡的声援。此中，除了美国的援军外，其余均可无忌惮的开往日军所进之地，与日作战。美国的武力固然不一定与日作战，但日人又如何能不防呢？

英荷所能在南洋集中，以抗日人的军力，果然不易计算，但海军大小船只约有二百，陆军约有三十五万，飞机约有七百。这尚未将印度及澳洲所能派遣的声援计算在内。这也未尝将新加坡要塞的炮火力计算在内。日人如欲攻克这样许多武力所集中的中心——新加坡——势非以较大的武力从事不可，假如日方攻军的数量须大于英荷守军的数量一半，则日本须以三百船只，五十万大军，一千架飞机，组织远征军，才有获胜希望。但日本何能有如许大军？即使日本因有长期的准备，可抽如许大军，但日本又何能必美国之不参战？更何能必英国之不于地中海调海军，印度澳洲调陆空军，以助战？

所以如单从武力正面竞争而言，日本实难有取胜的把握。日本只有用"偷"之一法，巧获时机，才有些许希望。论者谓希特勒一生的胜利皆赖机会，皆因其善得时机。自一九三五年占莱茵区，以至一九三九年大攻荷比法国，希特勒每乘人之无备，或乘人的龃龉。日本如能善得时机，或尚可击破对方相当雄厚的准备。我们相信，日本如果于去年六月下旬南进，不稍顾忌，不稍踌躇，则南洋当早已为日所有。但日人凶狠有余，而缺少冒险性，既未能攫取去夏天予的机会，则此后或不能再有同样的好机会。

就现势而论，日人此后南进的好机会不外有三：一是英国在欧的惨败，二是中国的丧失斗志，三是美国的转趋孤立。英国惨败的结果，必无法在新加坡增援，而美国所可给予英国的援助亦将集中于大西洋。中国丧失斗志的结果，使日本的南进可无后顾之忧，假道云南攻缅亦易成事实。美国孤立的结果，可为日本除东顾之忧。有一于此，南进成功的可能性自可大增。但三者中，第三很少有可能性，不必讨论。第二之是否发生，一要看国人是否能努力抗敌，二要看团结是否巩固。以过去推将来，可能也极微小。如国人能知丧失斗志的危险，而益图奋勉，则其可能更小。第一的可能较二三为大。但以半年来英国士气民气之盛，与今后美国助英之力，英国既惨败于去年七八月，又乌至败于今后？是故日人如欲乘机而动，则机也诚不易得。说者盛传日人本应与意人同时进攻南洋希腊。这本值不得认为良机。且意人之败北已使这所谓良机者消逝，真正良机更何从觅得呢？

日人的南进，如不俟良机，则荷印及其与国的实力有非日人所能制胜；如俟机而进，则又不知何日始有良机。日人宣传南进已久，而迄未能进者，以此。日人在台湾，海南，中太平洋群岛，准备南进已久，而仍不南进者，也以此。然而，日人果真能放弃南进者，则又不然。日人大陆政策总须求其实现，成功与失败，二者必居其一。日人侵华三年余，尚未成功，侵华既不能为实现大陆政策的起点，而攻苏又绝无可能，则南进仍须考虑。日人目下盖仍在待机会。等到久待不得机会，耐性消失之时，殆即日人盲目冲撞之时。到了那时，如果中美英荷能扑杀此獠，或者就是日人大陆政策最后失败之日罢！

然而南进的困难也许会促使日人再度以权力攻华。国人于讨论南进之时也不可不慎防此着。

本期撰者：

　　本期五篇文章，三篇皆论国际时势。张忠绂先生从罗斯福总统去年年底的"炉边播谈"，论到美国外交政策的加强，并推及其今后的趋势。王赣愚先生撰文在本月六日罗斯福向国会致词之后，美国今后援助民主国的方式已很明了，故他更论及美国行动对于今后国际大势的影响。

　　钱端升先生讨论日本南进的困难甚详。因为南进有困难，敌人或会再竭全力以攻我。事虽未必如此演变，防范却不得不周。

　　潘光旦先生大学应工农兼营的主张，是对症而发的。反复加以讨论，容可发现它是一服良药。

第五卷第三期（1941年1月26日）

这一周

日人如无法南进，则对中国势必另有企图。近来传言甚多，不是说敌人将于何时何地大举进攻，便是说敌人正遣派大宗第五纵队扰我后方。实则传言是不可靠的。敌人容有制空权，故对空袭可故意事先广播，以增威胁，但在陆上，则两方军力早已难分上下，日人曷敢先泄军机，自贻伊戚？故日人仅可遣师北上或西上以图一逞，而绝不能先以行军的路线及时日告我。正因如此，故传言不可以信，而防范则不能不加密。日人如果真的北上东上，其势或甚猛，故防御抵抗的军队也须求其精而强。

地中海方面近来颇多德国飞机开到，故本月十日，两方海空战的结果，已互有死伤，而不像从前之英军必胜或意军必败，在本月十日的交绥中，意失驱逐舰一艘，德失飞机十数架，但英有航空母舰，巡洋舰及驱逐舰一艘均受损伤。都布鲁克又并未陷落。德意在地中海力量的增强，足以使英方疲于奔命、邱吉尔近又警戒英人，其用意殆亦在嘱英人慎防德意之突袭英国。

德军在罗马尼亚者似仍在准备向保加利亚方面前进。但保总理本月十二日的演词，则可视为保国将与土耳其一致决心守中立，也决心抵抗侵略的先声。同时，交战国双方在巴尔干的外交活动，近来也益见活跃。此可视为德尚未能或未愿以武力攻保攻土的象征。

自罗斯福于本月六日向国会读咨文,建议增强国防新法案后,众院外委会即开始听取各方意见。自十五日起,赫尔,诺克斯,斯汀生等均先后莅会陈述意见,夺辩责难。将卸任驻英使节的甘纳第,亦获得政府同意,作公开演说,以作总统的声援。对罗总统政策表示好意的威尔基则将不日赴英。据说此行将代罗斯福作耳目。由此观之,国会内的孤立派议员,纵对总统提案有所非难,亦当无作重要修正的实力。果然,则新法通过之日,即总统可以自由以美国无限的资源及军备援助中英希之日,无怪日人闻而心悸,而赫尔痛斥日本侵略主义的演词,日人不敢对驳,连善吠的松岗洋右也要装聋作哑起来了。

抗战时期的西化问题

陈序经

一

　　五年前，我在《国闻选报》第十三卷第二期曾发表过一篇《一年来国人对于西化态度的变化》。我曾指出七十年来国人对于西化这个问题讨论最为热闹的，要算民国廿四年那一年。我并且指出经过这一次讨论之后主张复古的人固已逐渐绝迹，主张折衷的人也已逐渐减少，只有主张根本西化与全盘西化的人日趋日多。从民国廿五年至民国廿六年国人对于西化这个问题的讨论虽不像民国廿四年那样的热烈，可是国人的态度是趋于根本西化与全盘西化的，七七事件发生以后，不但在理论上我们觉得全盘西化的必要，就是在事实上，我们也是朝着这条路走。所以在文化的物质方面，七七事件以前，还有人提倡"大刀救国"，七七事件以后，这种运动，可以说是完全没有了。在文化的精神方面，所谓民族至上，国家至上，不只是一种口号，而且是一种事实。这都可以说是西化的结果。所以我们相信全盘西化不只可以持久抵抗我们的敌人，而且可以建设一个强有力的国家。

　　我以为凡是稍能留意于我国近代的历史与我们目前的需要的人，都很能容易感觉到全盘西化的必要。比方蒋廷黻先生在抗战后所刊行的《中国近代史》里很显明的指出全盘西化的必要。其实，全盘西化不是凭空造说的，而是有了充分的论据以为后盾，有了显明的事实以为明证。正是为了这个原故，全盘西化论的主张，不只是对于数千年来的根深蒂固的复古论调加以极彻底的打击，就是对于八十年来的老生常谈的折衷办法也指出其根本的错误。这一点凡愿意把数年来国人对于西化问题所讨论的文章，加以翻阅的，便能容易明白。

然而这不是说在抗战时期，国人对于全盘西化的主张是没有异议的。在抗战时期里坚持复古的言论，固已绝迹，可是有意或无意的徘徊于折衷的论调的著作，比较上值得我们注意的，要算张申府先生所刊行的《文化教育哲学》一小册，冯友兰先生在《新动向》半月刊所发表的《新事论》十二篇，与贺麟先生在《今日评论》第三卷第十六期所发表的《文化的体与用》一文。这三位都是学哲学的，而且是以哲学的观点去解释西化这个问题。我个人对于哲学虽是门外汉，然却感觉到张冯贺三位先生对于文化的根本原理与文化的实际应用却有不少曲解之处，因而草成此篇，以供国人参考。

二

分合的观念——张申府先生是用所谓分的观念，去批评全盘西化论。在《文化教育哲学》的小册的《抗战建国文化的建立发端》一章里，他以为主张全盘西化的人：

> 根本没有了解西洋文化，根本没有了解西洋文化一个核心的科学的出发点是分，因此所注重的是数量，是分析，是分别，是分寸，为什么对于文化要囫囵待遇？

我们承认科学的出发点是分，同时我们不能否认科学的实体也是合。分是为着我们研究的便利起见，合是科学的基本原理。植物与动物就有其根本相合之点。普通生物学之所以能够成立就是筑在这个合的观点上。其实，科学愈发达，则这个合的观念，也愈显明。生物学家像赫胥黎的有名的孙儿，已经告诉我们，生命与非生命的分别的困难已逐渐的增加，自然现象的方面固有其相合之点，文化现象的方面，也有其相关之处。就以张先生所说的西洋文化一个核心的科学来说，科学发达不但文化的物质方面有了剧烈的变化，就是文化的社会与精神各方面，也受了很大的影响。近代文化的物质方面的发展，是由于科学的发达，这是人们所共知的。在文化的社会方面，所谓资本主义的社会，或是社会主义的社会，无论是直接上或间接上都与科学有了密切的关系。连了所谓社会的基础的家庭，也深刻的受科学的影响。因为科学发达，工业发展，不但在形式上，大家庭的制度，逐渐崩溃，就是在功用上，以前的家庭人员，而特别是妇女们，终日忙于自耕自织，自备燃料，自制食品的工作，也大为减轻。因此之固，所谓妇女运动的发展，婚姻自由的主张，也可以说是直接上或间接上受了科学的影响。此外在文化的精神方面，比方在思想上，因科学的发达而转为精密，在迷信上却因科学的发达而逐渐破除。前者的关系可以说是相成的关系，而后者的关系可以说是相反的关系。

总而言之，西洋文化的各方面，既可以因科学的发达而受了影响，那么假使中国若采取了西洋的科学，则不但中国的文化的品质方面必受了波动，就是中国文化的社会方面与精神方面，也必受了波动。全盘西化的理论的根据，可以说是筑在文化各方面的关系上，与文化的现象的合点上。

而且事实上，中国的近代文化，不但与科学有了相成的关系的西洋文化的各方面已经自动或被动的西化，就是连了与科学处于相反的关系的西洋文化如宗教迷信等，也有意或无意的西化。西洋文化的各方面，中国都已采纳，或正在效法，固是全盘西化，西洋文化的各方面，中国若能彻底采纳，整个的效法，也是全盘西化。其实中国的今日的文化，无论哪一方面没有不受西洋的影响的，所以全盘西化，不只是一种主张，而且是一种事实。但是中国文化的各方面虽受西洋的影响，可惜这种影响不够彻底，所以比方我们虽有轮船制造厂，可是我们所造的轮船，不但质的方面，没有人家那么好，就是量的方面，也没有人家那么多。而且我们的轮船制造厂，不但所造的轮船不如人家的好，就是轮船制造厂的组织与计划，也不如人家的那样周密。所以主张全盘西化的人，不但主张全盘西化而且主张彻底的全盘西化。

张先生又说：

> 事实上，中国历史的文化，已受过多度的外来影响，吸收了不知多少当时的新分子。最什么的从汉起为天笁，其次为大食，更次在明末清初有西洋。中国文化久已不是一个单纯的整体了。西洋文化自希腊而发展衍变到现在，更是一个化合物，那么今日怎么不可以自觉的把中国最好的东西清理出来，把西洋最好的东西，慎选起来，根据新陈代谢的作用，化合出一个更新的东西。

我们并不否认中国文化或西洋文化是一个化合品，不是单纯的整体。不过我们也得问问，中国现在有了什么最好的东西，可以和西洋最好的东西，化合起来而成为一个新的文化呢？假使张先生说西洋最好的东西是科学，那么采取了人家的科学，则中国文化的别的方面正像上面所说，必受科学的影响，而趋于全盘西化。其实科学是不是西洋的最好的东西，就没有一个正确的标准，五年前，西化问题讨论得热闹的时候，有些人像吴景超先生，就感觉得科学是西洋最好的东西，有些人像张佛泉先生，以为共和国的头脑是西洋最好的东西。还有些人像刘湛恩先生，又以为基督教是西洋最好的东西。所谓选择西洋最好的东西，既没有一个正确的标准，那么所谓选择，就无从选择。其实科学，共和国，基督教等等，既都已来了中国，事实上中国已在全盘西化的路上，不过这些西化还不够彻底，所以主张全盘西化的人，希望科学家要专于科学的研究，致力于共和国的研究的人，要得共和国的精神，做基督教徒的人，要有耶稣基督的人格。在西洋，科学，共和国，基督教，既有了密切的关系而可以同时存在，同时发展，在中国，也可以同时存在，同时发展，何况事实上这些东西都已经来了中国，若照选择的办法去施行起来，则主张科学为西洋最好的东西的，不只是专要西洋的科学，而且必至于排斥共和国与基督教。这么一来，结果必使文化趋于一个单纯的整体。反之主张全盘西化的人正是觉得文化不是一个单纯的整体而是一个化合物或是复杂总体，所以才主张文化的各方面，都可以全盘采纳。而况事实上，也已全盘采纳，不过这个全盘，不够彻底罢。总而言之，社会是分工的，你觉得西洋科学是最好的东西，你可以作科学家；我觉得共和国是西洋最好的东西，我可以研究共和国；他觉得基督教是最好的东西，他可以做传教士。假使因为你觉得科学是西洋最好的东西，而主张中国只好取西洋的科学，而不要西洋的共和国，或是基督教，或其他的东西，这是武断，这是偏见，理论上既说不去，事实上也做不到。而况人生的兴趣是多方面的，一个科学家不但同时可以读共和国，而且同时可以做基督徒。一个人尚可以同时受了文化的几方面或许多方面影响，一个国家有了那么多人，却不能受整个西洋文化的方面的影响，这是说不去的。而况事实上，今日的西洋文化无论哪一方面，都已介绍过来。

至于中国文化的优点，直到现在，一般主张保存中国文化的人，尚未能具体的指明出来。五年前，西化问题讨论得最热烈的时候，爱护固有文化者，能举出我们的文化比西洋的为优的，并没有几个人。比方，梁实秋先生曾提出三点：第一，是中国菜比外国菜好吃；第二，是中国的长袍布鞋比外国的舒适；第三，是中国的宫室园林，比外国的雅丽。张奚若先生也提出三点：第一，是宫廷式的建筑，第二是写意的山水画，第三是中国饭。张奚若先生的第一点与第三点与梁实秋先生的第一点和第三点是相同的。其实梁张两位先生所提出的中国文化的四优点，是否比西洋的为优，也大有讨论的必要。就使我们对于这点，不必加以讨论，我们也得明白，文化的各方面或成分，是千绪万端，把梁张两位先生所提各点总合起来，也不过四点，那么把中西的文化比较起来，我们的文化，相形见绌，是不能否认的事实。其实，梁实秋与张奚若两先生，还能想出他们所觉得数种优点，以资讨论，张申府先生除了空空洞洞的说了长短之外，并没有具体的指出中国文化，在哪一方面或几方面，是我们的特别优点，是值得我们去保存。

我们并不否认我们的文化的许多方面，曾有过光荣的历史。指南针，火药，印刷术，曾为西洋人所赞美与采用，然而这是历史的陈迹。这些东西，经过西洋人的改进之后，无一不比我们为优，这又是我们所不能否认的事实。

三

共殊的区别——冯友兰先生是以共殊的区别，去批评全盘西化论。他在《新动向》杂志上发表了十二篇文章，名为《新事论》。第一篇是别共殊。照冯先生的意见，文化可以分为共同与特殊两方面。所谓共同的文化，或冯先生所谓类型的文化，是人类共需的文化。所谓特殊的文化，就是每个民族的特有的文化。前者可以改变，而后者却不能改变。大致上，这种区别，差不多在三十年前韦伯A.Weber在其《社会学的文化观念》(*DerSoziologoische kulturbegriff*)一文里，已经解释。后来马其维R.M，MacIver在其《社会》(*Soeiety*)一书又加以说明。照韦伯与马其维的意见，我们可以区别文明与文化，文明是人类努力去设法以统制其生活的状况的一切机构与组用。文化是人类努力去满足自己的内在的结果。质言之，文明是利用的东西，文化是自足的东西。文明是常变的，文化是少变的。文明是工具。文化是目的，是价值，是时款，是情绪的结合，是智力的努力。打字机，印书馆，工厂，电话，银行等等，都是文明。小说，图书，诗歌，哲学，剧曲，教条等等，都是文化。因为文明是利用的东西，所以文明可以从一个地方传到别的地方，而不失其原有的意义与形式。文化是一种自足的范围（Eine Geschlossene Welt）而与民族精神不能分离，所以不易传播。

事实上所谓共需与特殊的文化，就有了密切的关系，而难于分开。所以韦伯与马其维虽把文明与文化或是利用的文明或自足的文化分开，然他们而特别是马其维，却承认两者都有密切的关系，而不易分开。马其维对于这点，很能了解。他自己就指出，比方，一件衣裳从衣以御寒方面来看，固是一种利用文化，但从其时款方面来看，又是自足的文化。利用的文化与自足的文化，既有了密切的关系，所谓共需的文化，与特殊的文化，也难于区别。

冯友兰先生所谓共同的文化，或类型的文化，与特殊的文化区别，大致上是近于韦伯与马其维所谓利用的文化与自足的文化的区别。他承认，从共需的文化来看，中国必需全部改变，就是全盘西化，所以他说：

> 照此方向以改变我们的文化，则此改变是全盘的，因为照此方向以改变我们的文化，即是将我们的文化自一类转入别类，就此一类说，此改变是完全的，彻底的，所以亦是全盘的。

但是冯先生又说：

> 此改变又是部分的，因为照此方向以改变我们的文化，我们只是将我们的文化自一类转入别一类，并不是将我们的一个特殊文化改变为别一个特殊。我们的文化之与此类有关诸性，则不当改变，不必改变，所以自中国文化的特殊的文化说，此改变是部分的，此改变又是中国本位的。

冯友兰先生可以说是主张全盘西化者，同时又是主张本位文化者。质言之，从共需的文化方面来看，他是主张全盘西化的，从特殊的文化方面来看，他是主张部分西化，或本位文化的。

我们上面已经指出，所谓共需的文化与特殊的文化是有了密切的关系而不易分开的。冯先生自己也告诉我们，中学为体，西学为用的主张，是不通的。同时他又指出以中国的精神文化与西方的物质文化来融合的见解，是谬误的。冯先生所说的共殊，究竟是不是近于体和用或精神和物质的区别，冯先生自己没有明白的说出来，不过若从他同情于中国本位的文化的方面来看，那么他是近于中学为体西学为用的办法。又韦伯与马其维的利用的文化，是偏于物质的文化，自足的文化，是偏于精神的文化。冯先生的共殊既近于利用与自足的足的区别，那么他一方面主张共殊的区别，一方面又有意或无意反对共殊的区别，这是一个矛盾了。

假使他以为他的共殊的区别，是与体与用或精神与物质的区别，有了根本不同之处，那么他所谓共同的文化，究竟是什么，所谓特殊的文化，究竟又是什么，在他的著作里，他并没有明显的列举出来。他既不像张之洞一样的把中国的四书，五经，史事，政书等等当作体，把西洋的学校，武备，算，缯，矿，医，声，光，化，电当作用；他又不像韦伯与马其维一样的，把利用的文化与自足的文化分别加以列举，这么一来，所谓共殊的别，只是一种空谈，只是一种名词上区别而已。

然而冯先生在《赞中华》一篇里，又好像以为道德是中国文化的特殊文化，所以他说：

> 清末人所谓中学为体西学为用者，就一方面说，是很不通的，但是就一方面说，亦是可以说得的……如所谓中学为体，西学为用者，是说组织社会的道德，是中国人所本有的，现在所须添加者是西洋的知识、技术、工业。则此话是可以说的。我们新事论的意思，亦正在此。

总而言之，《新事论》的旨趣，是要指出自清末至今中国所缺的是西洋的知识、技术、工业，所有的是社会组织的道德，这种主张不只是中学为体西学为用的说法，而且是保存中国的精神文化，采取西洋的物质文化的变象。因为清朝末年一般人所说的中学为体，主要既是指着中国固有的道德，民国初年一般人所要保存的中国的精神文化，主要也是指着中国固有的道德。冯先生自己一方面很明白主张中学为体西学为用，很明白的主张保存中国的精神文化，采纳西洋的物质文化，别方面又很坚决的反对这些主张，这又不能不说是一个矛盾。

其实道德之于知识技术工业是有了密切的关系的，知识发展，技术进步，工业发达，则社会组织的本身也要起了变化，所谓组织社会的道德，也不能不受了影响。我们知道家庭是中国社会的基础，家庭道德是中国组织社会的道德的基础，自西洋的知识技术工业输入中国之后，中国家庭的组织，固正在变化中，中国家庭的道德，如父母之命，媒妁之言，不孝有三，无后为大；男尊女卑，夫死妇殉；以及其与家庭有关的各种信条礼俗，无一不受了重大的影响。所以采纳了西化的知识技术工业，则我们在无意或无意之中不得不采纳了西洋的道德。反过来说，中国今日对于西洋的知识，技术，工业，所以不能够全盘采纳，彻底讲求，也是由于固有道德作祟。"学而优则仕"，所以求知识的目的是做官，作官是扬父母，益宗族。君子讲道不讲器，所以对于技术工业都不愿讲求。因此之故要想提倡西化的知识技术工业，非推翻这些道德，是没有用的。

冯先生好像以为道德是不变的，所以他说：

> 在基本道德一方面，是无所谓近代化，或不现代化的。有些人常把某种社会制度与基本道德为一谈，这是很不对的。社会制度是可变的，而基本道德就是不可变的。

然而同时他又说：

> 忠孝可以说是旧道德，我们现在虽亦仍说忠孝，如现在常有人说我们对于国家尽忠，对于民族尽孝。不过此所说忠孝与旧时所谓忠孝意义不同。此所谓忠孝，是新道德。

一方面说道德没有新旧，这又不是自相矛盾吗？我并非没有注意到冯先生所谓基本道德的"基本"两字。这就是说，以前人讲忠孝，现在人也讲忠孝，所以在基本上仍然存在。不过这里所谓"基本"最多也不过是一个空洞的名词。比方以前人有舟车。舟车的名词固然存在，然而舟车的意义，已不大相同。这正像忠孝的名词固然存在，忠孝的意义，已大不相同。意义的变化，总是真正的变化，我们要现代的"忠国家""孝民族"的道德，正像我们要现代的火轮船，摩托车一样呵！

冯先生好像以为中国人之所以为中国人，必定有其特殊之处。而这种特殊的地方，就是中国人的文化。其实文化是变化的，衣蔽前而不蔽后的，固是中国人的文化，戴冠带与穿衣裳的也是中国人。着马褂与穿胡服的，既不失其为中国人，难道戴洋帽穿洋服的，就不是中国人吗？信了孔孟，信了佛回的，固是中国人，信了耶稣的，难道就不是中国人吗？我们可以从衣树叶而变为穿衣服，我们也可以从衣胡服而穿西装，我们可从信孔孟而信佛回，我们也可以从信佛回而信耶稣，文化是人类的创造品，我们要作文化的主人，不要作文化的奴隶。

我翻阅冯先生的《新事论》，觉得有许多处如《办城乡》，《明层次》各篇，是有意或无意的主张全盘西化论，然而有些地方，如别共殊，赞中华，又有意或无意的趋于折衷办法与本位文化。这其实就是犯了矛盾的病，未知冯先生以为如何？

四

体用的关系——贺麟先生是用体用的关系，去估量全盘西化论。把体用的观念去调和中西文化的主张，虽是甲午战败以后的事，但是体用的观念，是与道器的观念，有了密切的关系。

薛福成与李鸿章在七十年前已提倡以西洋的器的文化，来调和中国的文化。张之洞与刘坤一一般人，是否受了薛福成与李鸿章的影响，不得而知，但是两者都是中西文化的折衷派。这就是说中国的道的文化，或体的文化，是可以与西洋的器的文化，或用的文化相混合的。

贺麟先生是极力反对这种体用分开的办法。他是从哲学上的观点，去说明体用的合一。所以他说：

> 根据文化上体用合一的原则，便显见得中学为体西学为用之说法之不可通，因中学西学，各自成一整套，各自有其体用，不可生吞活剥，割裂零售，目因体用不可倒置。西学之体在中国来，绝不会变成用，中学之用，亦绝不能变做西学之体。而且即在精神文明为体，物质文明为用的前提下，成道学为体器学为用的前提下，中体西用之说，亦讲不通，盖中学并非纯道学，纯精神文化，西学亦

非纯器学纯物质文明。西洋的科学或器学,自有西洋的形而上学或道学以为之体,西洋之物质文明亦自有西洋之精神文明以为之体,而中国之旧道德,旧思想,旧哲学,绝不能为西洋近代科学及物质文明之体,亦不能以近代科学及物质文明为用。当中有独立自得新科学时,亦自会有独立自得新哲学以为之体,中国的新物质文明须中国人去自力建设创造;而作这种新物质文明之体的新精神文明,亦须中国人自力去建设创造,这叫做以体充实体,以用充实体,以用辅助用,使体用合一发展,使体用平衡并进。除此以外,似没有别的捷路可走。此外以新酒旧瓶旧酒新瓶之喻,来谈调合中西文化的说法,亦是不甚切当。最易滋误会的比喻,因为各部门的文化,都是一有机统一体,有如土壤气候之于植物,密切相关,绝不似酒与酒瓶那样机械而凑合。

贺麟先生又说:

研究介绍采取任何部门的西洋文化,须得其体用之全,见其集大成之处。必定对于一部门文化,能见其全体,能得其整体,才算得对那种文化有深刻切实的了解。此实针对中国人研究西洋学问的根本缺点而发。因为过去国人之研究西洋学术,总是偏于求用而不求体,注重表面而忽视本质。只知留情形下事物,而不知寄意于形上的理则,或则只知分而不知全,提倡此便反对彼,老是狭隘自封,而不能体用兼赅,使各部门的文化,皆各得其分,并进发展。假使以这种偏狭的实用的态度去研究科学,便难避不陷于下列两个缺点:一因治科学缺乏哲学的见解和哲学的批评,故科学的根基欠坚实深厚,支离琐屑,而乏创造的学派,贯通的系统。一因西洋科学家每承中古修道院僧侣之遗风,多有超世遗形骸的精神寄托与宗教修养,认研究科学的目的,而在于见道知天,非徒以有实用价值之技术见长,此种高洁的纯科学探求的境界,自非求用而不求体者所可领略。

**我特地把这段话抄下来,不但因为贺麟先生是一位认识西洋文化较为深刻的人，而且因为他这种理论，是十余年来主张全盘西化的人的一种基本的理论，一种有力的理论。然而，贺麟先生却又告诉我们道：

> 我所谓西学，须先见其体用之全，须得其整套，但这并不是主张全盘西化，因为说须对于所研究的那部门的学术，文化，得其体用之全，或得其整套，不唯不致被动的受西化影响，奴隶式模仿，而且可以自觉的吸收，采取，融化，批评，创造，这样既算不得西化，更不能说是全盘合化。

我要指出：主张全盘西化的人，并不主张被动的西化，奴隶式模仿，而是主张自觉的吸收、采用、融化、批评与创造的精神。西洋文化本身之所以能有剧烈的进步，也就是有了这些精神，中国文化本身之所以落后，就是缺乏了这些精神。其实主张这些精神的人，已是有了西化的精神。

贺麟先生又说：

> 我承认中国一切学术文化工作，都应该科学化，受科学的洗礼，但全盘科学化，不得谓为全盘西化，一则科学乃人类的公产，二则科学仅是西洋文化之一部分。

我们承认科学乃人类的公产，然而我们不能否认近代的科学是西洋的特产。所以科学化不能不谓为西化。我们并不否认科学在中国的前途是很光明的，我们也不能否认我们的西化的科学，还很落后，所以科学的提倡，虽有七十年的历史，科学的介绍，虽有三百年的历史，然而直到现在我们还要派留学生到西洋学科学。明明是到西洋学科学，明明是受西化的教育，却又否认是西化。这是国人的夸大狂。正像陆象山之徒，明明受了佛教的影响，却口口声声说这是"我儒之道"。正像一般留学生，自小至大就进西化的学校，出了九虎一牛之力，希望一到西洋，然而回国以后，却大吹其复古的法螺，对于中国的固有的生活，既并不见愿意享受，反而阻碍科学的发达，西化的发展。今日一般之住洋楼，乘汽车，而说周孔之道，甚至享姨太太之权者，都是这种夸大狂作祟。

我们承认科学仅是西洋文化的一部分，然而要西洋的科学，也得要西洋的哲学，因为在西洋的文化里，这两种东西是有了密切的关系。这一点贺麟先生自己就很明白。他不但用亚里士多德的相对的"体用"概念去说明哲学为科学之体，科学为哲学之用，而且以为西洋的科学家，每承中古修道院僧侣之遗风。我所以说贺麟先生对于西洋文化，认识较深，就是这个缘故。西洋的科学，既与西洋的哲学以至神学都有了密切的关系。那么照贺麟先生理论所谓西洋体用之全，就是不只要得西洋的科学之全，而且要得西洋的哲学以至神学之全了。我已说过西洋的物质文化，是由西洋的科学产生出来。西洋的精神文化是由西洋的哲学，以至神学产生出来，物质精神两方面，都要西化，这岂不是全盘西化吗？孔德把西洋的文化分为神学时期，哲学时期，科学时期，若照贺麟先生的理论恐怕所谓效法西洋不只要效法现代的西洋，而且要效法十七十八世纪以至中世纪的西洋了。

总而言之，若照贺麟先生的前提来看，他是偏于全盘西化的主张的，可是他的结论，却是中西合璧的办法。结论与前提相背而趋，就是一种矛盾。不但这样，他一方面很明白的指出中学西学各自成一整套，各自有其体用，不可生吞活剥，割裂零售，一方面又反对中西文化异同论，反对全盘西化论，这又不能不说是一种矛盾。此外贺麟先生一方面以为假如全盘西化后文化中国会沦为异族文化之奴隶，而一方面又以为"文化乃人类的公产，为人人所取之不尽，用之不竭的宝藏，不能以狭义的国家作本位"，这又是一种矛盾。

五

上面是把在抗战时期里几位批评全盘西化的代表人物的言论简单的加以批评，同时说明我们的立场。我个人以为他们最大的缺点，是一方面既忽视了中国西化的事实，一方面又没提出一个具体的办法，我说他们忽视了中国西化的事实，这就是说，有了许多西洋的东西，如基督教之类，虽有许多人主张不要采纳，然而事实上三百年来，而尤其是一百年来，国人虽不断的加剧烈的反抗基督教，然而基督教却继续的传入，继续的发展。反对全盘西化的人，好像以为基督教完全尚未输进来，所以主张我们可以不要基督教，而要别的东西，如科学之类。他们不但忘记了消灭基督教，是一件不易做到的事，而且忘记了，中国的科学，直到二十年前，主要的还是由教士的传入。

主张全盘西化的人，未必是赞成或鼓吹基督教的人，但是他们看得基督教已经传入，而且他们相信信教是自由的，所以他们以为与其反对人家信仰基督教，不如劝信基督教的人，诚意的去做基督教徒，彻底的去宣传教理。

我说反对全盘西化的人，并不提出一个具体的办法，这就是说，他们既不主张全盘西化，他们又不主张复古，他们应该是折衷派，然而西洋有什么东西是值得我们采纳的，中国有了什么东西是值得我们保存的，他们从没有详细的列举出来。单只笼笼统统的说了取长去短，这是空谈而没有用的。结果不但没有益处，反而为了一般所谓中西文化之短的人们张目，以为这是折衷，这是中西合璧。带姨太太去作无意义的跳舞的人们，就是一个例子罢。

我们回想十余年前，我们开始提倡全盘西化的时候，好多人都以为这是不经之谈，这是情感作用。可是经过民国的广州学术界与民国廿四年全国人士，作过热烈的讨论之后，不但谩骂全盘西化的主张的人们，逐渐趋于绝迹，而且赞成全盘西化的主张的人们，越来越多。现在一般所谓头脑较为冷静的学哲学的人们，又从哲学的观点去估量这种主张，这不只是表示国人对于西洋的文化作进一步的认识，而且对于全盘西化的主张作进一步的了解。

我们回想在上一次欧战的时候，不但有了许多名流没有条件的歌颂中国精神文化的超越，很不客气的指责西洋精神文化的缺点，而且有了不少人士，以为西洋的物质文化，也是一种文化的病态，不久就要趋于崩溃。所以辜鸿铭要重开"孔家店"，梁启超也大叫"向东转"，然而在这次抗战与欧战的时期里，反对西洋物质文化的人们，固已绝迹，指责西洋精神文化的人们，也已寥寥无几。这又不只是表示国人对于西洋文化作进一步的认识，而且是对于全盘西化的主张作一步的了解。

我们回想八十年来，一般的国人，若非偏于复古，就是偏道器体用与精神物质的调和论调。到了近来，许多的国人，不但反对复古，而且反对任何折衷。张冯贺三位先生的言论，固是这样。头脑稍为清楚的人士也是这样。我们承认在表面上，像张冯贺三位先生的言论，是异于全盘西化的主张，然而他们在消极方面，既极力反对复古运动，又极力反对折衷办法，虽则在积极方面，他们没有给我们一个具体的办法，标出一个显明的态度，然而他们既指出复古的道路是不通，折衷的办法又不行，那么他们的言论，至少在消极方面，是近于全盘西化的主张。而况事实上，他们，而特别是冯贺两先生，于有意或无意之中，已说出全盘西化的理由，已偏于全盘西化的主张，这又不只是表示国人对于西洋文化作进一步的认识，而且是对于全盘西化的主张作进一步的了解。

我们的结论是，在抗战时期，事实上我们固趋于全盘西化，态度上，我们也是趋于全盘西化。

谈所谓"文化膏药"问题

蔡枢衡

读了本刊第四卷第三期许箇仲教授的《谈文化膏药》，很有点兴奋。这是一篇很有意义的文章，我想趁着兴头，作一番浅薄的共鸣和补充。

把因病异药，一病一药作标准，膏药的特点在其对于同种类型的疾病之普遍妥当性。然而有效的范围愈广，效力的程度便愈小：这是普遍性自身所规定了的。假使"百效膏"并不能治疗各种各样的病，而只能治疗某种类型的病。那它本质上也只是对于特定类型的疾病保有相对的妥当性，并不是无条件普遍妥当的。所谓"百效"只是指示它对于同种类型的各病都有效。

西洋近代科学最初并不是膏药。后来因为发现它可以治疗同种类型的疾病，才变成膏药。西洋近代科学原来是治疗西洋"中世"这一病的一药。西洋的"中世病"是衰老症，也是贫血症。西洋近代科学是返老还童术，也是补血剂。这不仅是对症的药，并且是临床后的特别处方。所以不是膏药。不过，西洋的"中世病"是一种历史病，也是社会历史到了一定的情形下必然发生的毛病。正因为这个缘故，凡是有社会历史的地方，或早或迟也必然会发生这种病；为的是社会历史的发展法则是有抽象的同一性的。尽管病的症状具体不同，病的类型却总有着抽象的同一性。又因为这个缘故，西洋近代科学一面是专治西洋"中世病"的对症药，同时其中又含蓄着治疗同种类型的病之同种类型的药之抽象的同一性。既发现了病之抽象的同一性，又知道了药之抽象的同一性，于是西洋近代科学在理论上被当做膏药了；事实上只也保有着膏药所可有的效能。

把这种膏药来治中国的"病"，会不会有效？程度又怎样？解答这问题，需要追问中国的"疾"是不是历史"病"？和西洋的"中世病"有没有抽象的同一性？我的答复是：中国的"病"是"历史的"。中国的历史病在于经济上的"农业"，政治上的"专制"，社会关系上的"家族本位"。西洋近代科学这剂药定性分析的报告是，它的主要成分是"工商业"，"民主"，"个人本位"和"自由"。从这点看，洋膏药——西洋近代科学对于中国的历史病是对症有效的。至于效力的程度固然是把"一般性"作限界的，但适当地投药和改造原药，可以增进药的效能，也是毫无疑问的。从这点看，贩运洋膏药的留学政策原则上没有错；洋膏药业者的罪过也不在贩卖洋膏药。

不过，中国近百年来的病是二重的：一面是"历史病"，同时还有"社会病"。中国的社会病是在国际关系中的地位不平等。换句话说，中国一向被别人当做了姨太太，兔子或娼妓，大家肆意发挥野性，任情蹂躏。若说中国这种社会病至今没有治愈便是由于留学政策无用，便是膏药业者的无能。这话是可以说的；也是不可说的。因为西洋的膏药原来是在没有"社会病"，只有"历史病"的前提下调剂的；假使也有社会病，我们相信必是定会"加味"。这点似乎留学政策根本没有考虑到；膏药业者也多半没有留心到。所以要责备是无能，似乎是百喙莫辩的。然而假使把西洋近代科学的重心当做洋膏药的范围。"社会病"的对症药简直不在本来意义的洋膏药的范围内。没有留心到，毋宁是当然的。并且假使"加"了"味"，结果是固有意义的洋膏药变了质。留学政策和洋膏药业者自始即无心贩运这种变质的膏药，从这点说，要责备是无能，不免有点语不中肯，文不对题的感想。

近百年来中国的"历史病"和"社会病"是有机地结合了的。自纵的观点看是历史病，自横的观点看是社会病；历史病和社会病是一体的二面。专重社会病的治疗，抛弃历史病不管，固然根本治不好。假定治好了，也会外强中干，虚弱得利害。专治历史病，抛弃社会病不管，不仅治不好，并且死得快。因为治历史病的药是补药，也是兴奋剂。在被蹂躏的过程中，兴奋剂的作用足使元气加倍消耗，自然死得快。必须治历史病的药和治社会病的药双管齐下，互相顾盼，然后可以霍然。孙中山先生的三民主义就是在这种企图下配合的处方之典型。从这点说，留学政策的意义是有限度的；根本上只能当做合目的的手段之一部分看待。同样，膏药业者的业务也是有益的；不过不是处方的全部，必须和固有意义的膏药业者所没有的东西相配合。换句话说，也只是处方的一部分，不是整个的处方。膏药业者把自己当做整个的处方，或者对于膏药业者求全责备，同一是不符事实和理论的夸大或苛求。

自另一点看：西洋的中世病是"西洋的"和"中世的"，洋膏药——近代的西洋科学也是"西洋的"和"近代的"。这具体的"西洋的"和"近代的"一面是具体的"西洋的"和"中西的"之具体的克服者，同时是西洋膏药的全世界。换句话说，因为洋膏药有着时间性和空间性，并且因为膏药的研究工作非常发达，结果使一个膏药的全体被分割为无数的认识单位，各个单位间固有的有机关系完全被切断了，剩下来的只是一个膏药的部分品，不见了膏药全体的整形。整个膏药之历史的意义也不容易看出来。这样，每一膏药业者所贩来的，充其量常常只是治特种病疾的特定膏药整体中的几分，几十分或几百分之一。这若干分之一是被全体化了普遍化了的；结果不容易还原复为全体中的若干分之一。假使全体的部分品幸而化合起来，结合起来了，这个整体又是被绝对化永久化了的整体；很不容易还原为历史的一阶段。无论如何，这种情形，易使每一膏药业者陷于无知，决定了每一膏药业者的无能。缺点的补救，至少需要所有的膏药业者意识地分工合作，并且需要超越于膏药业者之上的人作适当运用和调度。从这点说，膏药业者是不是应该责备？是把有没有适当的调度？是不是服从了调度？和每一膏药业者是否已经明白了自己的知能之限界性？等等作前提的。

这是不容讳言的：一般说来，洋膏药业者并没有完成膏药业者应负的使命，因为膏药业者中似乎并没有多少人真把洋膏药的整体或若干分之一的部分品贩运回来了。从这点说，不是留学政策要不得，而是留学政策并没有达到预想的目的。有些富翁或游历家拿来炫耀世人的并不是膏药或它的部分品，只是贩膏药之名，行游历之实的过程中的见闻谈，印象记甚或享乐的回忆录。这是没有膏药味的"富翁"或"游历家"的神情；富翁或游历家的神情和贩洋膏药，本质上没有内的关联。"富翁"或游历家和"膏药业者"完全是二种不同的资格。富翁或游历家的本钱是"金钱"；膏药业者主要的本钱应该是"聪明睿智"。不过，富翁和游历家的存在的确是自由主义的放任的留学政策之副产物。从这点说：派人留学是对的，可是放任起来便会发生画虎类犬的毛病。

在客观的见地，富翁和游历家只能把他当做富翁和游历家看；对于膏药业者本身的责难。只能限于业者的"业务"范围内。在这种前提下，对于富翁和游历家的责难另是一回事；对于膏药业者有意义的批评，只能举出：膏药全体和部分应有的素质，分量，效能，应用，制造方法等等的贩运不完全和不彻底。不过，同时也不可忘记：这种毛病不少膏药业者已经自觉了。近年，自己研究，把自己作对象来研究的新倾向，都是这种自觉的表现。

举目一看膏药世界的全貌，很易肯定这是显明的事实：我们虽然随时随地可以发现很可宝贵的民族自我觉醒的因素，可是普遍现象还是充满了"自我无上"和唯"洋"主义间的错综对立，也就是洋膏药和土膏药，洋膏药业者和土膏药业者的尖锐矛盾。

这也是不容否认的："自我无上"不能在唯"洋"主义之前抬头；土膏药不能和洋膏药并驾齐驱；土膏药业者见着洋膏药业者会"自惭形秽"；民族自我觉醒的因素却介于二大之间，几乎不容易维持它的存在和地位。换句话说，唯"洋"主义压倒了"自我无上"；洋膏药君临了土膏药；洋膏药业者克服了土膏药业者；民族自我觉醒的因素却在二者斗争的火花中萌芽生长，并且在二者夹攻的局势中讨生活。

还有一点也是活现的：唯"洋"主义对于"自我无上"是以力服，不是以德服；土膏药业者对于洋膏药业者是形服，不是心服；土膏药败于洋膏药完全是品质胜不过洋膏药，不是由于效能或销路。民族自我觉醒的因素是想在"洋"和"自我"二者中提取积极的成分做营养，培植成功新的自我；在洋膏药和土膏药二者中提取有效的成分，炼成对症的药方；舍土膏药业者之短，取洋膏药业者之长，独树一帜，创造一种非百效的因症异方，一病一药的作风。

假使把上述三点内容间的关联综合并抽象一下，我们的认识是：整个文化现象一面是矛盾的克服；同时是不统一的矛盾对立；此外另有负有统一矛盾的事物之萌芽。因为"自我无上"和唯"洋"主义，土膏药和洋膏药，土膏药业者和洋膏药业者，由本质上的对立到事实上的抗衡，最后是唯"二"主义，洋膏药和土膏药业者打了得胜仗，获得了支配权。所以说是矛盾的克服。可是一方对于他方是力服不是心服，是形服不是心服，是败于品质而不是败于销路；换句话说，优胜者并没有摄取劣败者内在的积极成分，劣败者虽然丧失了"无上"性，却仍维持着相对的独立性，这独立性便是表示不统一的矛盾对立。然而民族自我觉醒的因素是气吞唯"洋"和"自我无上"，而从这中间产生出新的自我。这显然不是单纯的唯"洋"，也不是单纯的

"自我无上",而"洋"和"自我"却都在怀抱之中。这怀抱"洋"和"自我"的民族自我觉醒之因素便是"洋"和"自我"间矛盾的统一之主体。这主体现在虽还只在萌芽——至少是还没有长成,可是明日中国文化天下的真明主,客观上似乎非这位储君莫属。

工业与交通

张德昌

新式工业制度的发展，有赖于交通条件的具备原为一般人所理解。可是在以往这两件事情没有受到同等的注意，两者之发展未得相辅而行之效果，因为工业大部分是私人企业，而筑路则为政府职分以内之事，私人的要求在过去很少成为政府政策的骨干的机会，政府的精力多半注重于军事政治之急需上，以是在理论上虽有人论及交通与工业商业之关系，在事实上做到的很有限。自抗战开始以来，经过三年多的持久战争，西北西南成了抗战的根据地，在西南重镇上我们要建立新式工业的基础，本于实际的急需，由于爱国心的发挥，公私奋发，期于有成，各方面深切的感觉到交通条件的解决是今日工业发展的第一个当前问题，不能在交通问题上得到相当的解决，工业问题很难谈起。我们过去在西南方面交通设备做的功夫不够，到了今天我们还当从头儿做起，付较大的代价。

无论在战时，还是在平时，工商业的发展与交通都息息相关。只有在进步的交通状态之下，新式工商业才有发展的可能。我们把当代经济制度分析起来，有两个基点：其一为高度的分工，其二为交换范围的扩大。因分工而交换成为必需，由于交换而愈臻合作之妙。分工不只是技术上的分工，地域上的分工亦同等重要。无论自哪一点来说，都以有进步的交通为先决条件。因此就工业生产与交通而言，两者固互为因果，没有进步的工业技术，不能产生现代的交通工具，但是自经济演进的阶段来说，交通的进步可使工业一般的进步为可能。交通的进步推动了工业生产的发展。因此有许多人以交通的发展来划分经济进步的阶段。十九世纪有了新式交通方法之后，便走入了另一个新的时代。铁路时期是一个时代划分期。所谓铁路时代就是近代工业发展时期。新式交通的首先发达于英国，使英国工业成为世界的工厂，近代德国交通网的树立，奠定了工业化德国的基础。俄国在十九世纪始有新式工业的基础，也因为交通条件未能具备之故。

交通与工业之密切相关，在重工业方面尤易看出。交通之所以能促进工业的发展，不只是因为新式交通方法的运输能力大，速度超越旧式交通工具，还因为在时间上有准确性，在运输成本上节省得多。有了新式交通方法，工商业家可以依照一个时间来作事，可以预计程期，可以据以计算一切。可以计算的交通方法是新式工商业所需要的一种要素。工业家可以感触到市场的需求，可凭以决定生产量，以之计算事业的得失赔赚，这对于工业家是很重要的一件事。在通常情形之下，进步的交通代表的是运输成本最低的方法。只有在运输成本轻的交通状况下，新式工业才能欣荣发展。

在过去中国近代经济史上，稍为大一点的工业也都与交通便利的条件息息相关。旧式山西省的冶铁及铁器制造依靠河南的卫辉彰德的河运之便而输于冀鲁一带。糖，漆器，布工业都在沿海沿江的粤闽和江苏等省。政府的织造局所也在水运便捷之处。我们可以说，即在清代手工业阶段的工业，只有在交通便利之地才有较大规模的组织，中国工业之局促于东南沿海沿江各省。受交通条件的支配，早已如是。近代由清末至抗战前，中国民族工业的基础没有建立，方在萌芽的一点新式工业基础在地域上又畸形分布于东南沿海省分。此其故并非全由于中国工业家之缺乏眼光，实在交通形势使然，只有东南沿海地带具备了新式工业发展的条件，至于内地省分的交通状况则使新式工业无法立足，过去畸形交通的发展既决定了抗战前中国工业在地理上分布之状况，我们不能专责备前人之失策。第一，中国在清季工业技术处于手工业时代，新式交通的发展，学之外洋，所以自沿海修筑起。第二，清季政府财政困难，几条铁路干线的修筑大半借自外国资本，在外国资本控制之下，沿海港口成为外国工商业的吞吐港，铁路变成了洋货由沿海口岸向内地推销的辅助线。有新式交通的地带都是洋货可到达的范围，在这种情况下民族工业无法建设起来。第三，当时社会对于新兴事业的阻力很大，愈深入内地愈难举办新兴事业。所谓社会的阻力不单是迷信风水的平民，一般假通时务的顽固官绅尤为可畏。光绪十五年政府拟修建津通铁路，有一般政府官吏引经据典力请停修，他们的理由是当地人民反对，修路后将有不少人失业，外国兵可易于登陆，外国人可入内地传教，更举出即在西洋法国欲修铁路以通俄国，为俄所停而停修，以为本国不可修路之理由，当时有少数大臣虽能据实指出这些反对者之荒谬，但社会上的阻力究竟使他们不敢忽视。虽然张李诸人能明白铁路与振兴本国工商业的关系，可是把军事理由放在第一位。在当时只有军事理由可以压倒反对者。在这种情形之下，实现了近代中国地图上几条干线。因为有以上诸种原因，所以这几条路线对于中国民族工业基础的开创，没有贡献。由清季至抗战前，虽略有兴建，然交通已定之轮廓未变。在经济上中国分裂为两个地域：一是外国资本势力支配下的地域，一是没有铁道线的旧经济制度区域。中国新式工业在这种地域不能兴建起来。民国以来虽曾有人倡言交通建设之重要，但是旧有的交通形势未变。因为民国以来十余年中由于政局的不安定，不是建路，而是毁路。仅有的几条路线不曾达到政治统一的任务，却变成了军阀争夺的工具，有铁路线的地方成了内战最多的地方，新式交通反成了工业发展之害。

　　随着时代的进步，公路成为与铁路同等重要的运输线。国民政府自始迄今，均以发展交通为主要任务之一，政府的交通部，铁道部，国防委员会（资源委员会前身）以及私人团体共同努力的结果，使中国在战前有了九千五百公里的铁路，上一万公里约公路，五万三千公里的电话线，九千五百公里的电报线，一万四千公里的航空路线，五十八万公里的邮政里程，中国在表面上已有走入工业化途径的可能。然而平心静气的来看，这种发展的情形不足以应当前民族工业发展之急需。第一，近年来以公路的修筑为最有成绩，就已有之公路分布看来，去经济的意义尚远。公路之为用须与铁道相配合，公路本身须路线枝干四布畅达成为公路网，始能与经济脉络相呼应。近年来所筑的几条干线，既无铁路运输为之主干，又无自造器材，运输成本过昂，有军事政治的价值，没有多少经济的价值。在不计成本以赴事机的情形下，在抗战前军车可以由首都直驶西南，高级官吏的观光团可计程而达，但很少商家能利用公路作运输的途径，很少商品能担当得起运输的成本。东南省份通黔滇的公路已开通了，商品的运输仍以沿海沿河的运输线为主。所以单单的公路交通不能促进工业的发展。第二，抗战前数年中建了几条铁路，十年内修了十一万多公里公路，其动机及目的多为军事及政治。固然有军事政治价值的公路也可以有经济价值，然而照战前那种修路的速度仍嫌不够。专就成绩卓著的公路而言，平均我们每年造了一万余里的路。若照这样速度下去，须九十年如此不断的做，我们才能赶上面积只有我们四十分之一的英国道路里数。第三，交通的分布不平均，不合经济需要。在过去是如此，在现在仍未校正。单用数字来比较不能得事实之真相：英国平均每二千二百人有一英里铁路，德国每一千七百二十二人有一英里铁路，中国平均每五万余人可有一英里铁路，相差虽远，但事实上真况并不如是可乐观。有几省地方连一尺铁路都没有。四川在现代中国经济上地位之重要，于今益形证明。其一省人口几与德国相埒，但四川是无铁路的省份。若是没有大江的自然运输动脉，四川在经济上之处于隔离状态是无疑问的。就是在铁路线较多的省份，公路也不一定最发达。有人说过新式交通对于中国一般经济生活没有发生影响，有其真实性。

　　过去的情形是如此，我们要讲究民族工业的发展，自当在交通方面进一步的努力。今后中国工业之发展，必须以国内市场为目标。一个晚进国家只有在领域以内培植市场，此在其他各国皆然。中国地大人多，国内市场之大对于工业发展来说是一个优特的条件。但是这个大的市场，必须用近代交通制度组织起来。我们必须尽先的办到像孙中山先生那样约十万英里铁道，一百万英里公路的计划，修竣现有运河，开新运河，治河辟港，联络成一国内市场，现在因为交通不备之故，西北蒙疆之附庸于俄国经济范围，西藏之连系于印度，东南省份的制品须假道于越缅而达云贵，像这种的分离割裂情形必须除去，而后才真能有大的国内市场之出现。新式工业制度的建立，须农村由自给自足的基础进而为市场生产的农业，然后可刺激农业生产，解脱人与土地的束缚，农业商业化，劳工能自由流动，在客观环境上新式工业始能发展，这些都是要看交通的条件。在过去政府有过五年筑路计划，在自前更有速成的修建办法，我们不要以为我们进展的速度不慢，在认清了工业与交通关系以后，我们应当尽可能的首先完成我们的交通网，然后才能谈工业的发展。

法国最近的外交政策

周信铭

法国人是爱国的。怎样不会爱国？今日享有八十岁寿命之法国老翁，就亲眼看见可爱之港土三次曾被德国铁蹄所践踏。战争之结果，胜也罢，败也罢，法国人总不免付予最大之代价。法国之领土，好像是天注定当作战场的。是以上次的欧战，虽使法国人一跃而操欧洲之霸权，惟战后底满目荒凉，庐墓为墟，国家牺牲之大，亘古未有，使同情法国者，引起"胜利何价"之感慨，这一个国家，这个只有团结，牺牲，尽忠方可御侮图强之国家怎样不会在国民心中，造成爱国之热忱。论者谓："法国乃爱国之国家"，诚非虚语。在此爱国之热诚，只要外患感觉之轻拨，便油然而生。其实，内部之纠纷停止，政党团结，素以主张分歧之政见虽在 l'union aacre'e 之口号下统一起来。

这次欧战，法国弃甲曳兵而走，引起我们对法国民族灵魂是否存在之疑问，甚者目法国之战败为亡国，置其与印度，越南，朝鲜于等量齐观。这是不明了欧洲权力之消长所致。其实，称雄一时之德国，何尝不在一九一八年一败涂地，今日败北之法国，何尝未有过凡尔赛一页之光明。德国以短短二十年之努力，遂能扬眉吐气，抱怨雪耻，可知民族之前途，不决于一胜一败，而在跌下有无爬起之勇气。

法国已跌下去了，但谁敢说，法国前途不光明？近日德法关系之微妙，德法数月谈话折冲无成，维琪内阁之改组，法舰之云集北非，法边自动封锁，都是法国求生之努力，绝不因战败而灰心丧志，陷民族于万劫不复。

自法国惨败后，维琪表面尽卑屈之能事，而此举亦无不以复兴为大前提。贝当执政伊始，首先改变政体，国会立刻在维琪开会，以三百八十五票对三票通过给予贝当以极权力量，赖伐尔被邀制定新宪法，据此，国会议员，不复为民众投票选举，而是工团代表，一若法西斯制度然，上议院议员则由政府指定。法国之法西斯化，一方面虽是应战后社会之紊乱而生，亦国中保守商人金融资本家乘机用不流血之革命向工团作当头之一击之阴谋，惟根本之理由，却不在上二者。受极权国对佛朗哥之宽大之影响，维琪希望用主义底共鸣与德意接近，而获得宽大之和约收获，把作战之责任，委诸民主的亲英的政客上，使德意之忿怒，找得发泄之对象。战后之维琪政府，遂得藉友谊之立场上与德意接近，贝当变政，理由在此。

其次，为获得德意欢心起见，进一步起用赖伐尔。研究赖伐尔之政治立场，不能不稍涉及上次大战后法国外交政策主张之分野。战后之法国元勋，以Clemenceau Poincare为代表，抱短见政策，杜绝德国复兴之希望，使法国永无东顾之忧。故在始，则图占领莱茵右岸，得有沿莱茵由北而南的德国重要工事——Cologen, Coblenz, Mainz Dermershein，使德国西境门户大开，失却抵御之力量。及此要求未得英美支持后，又诱乔治·威尔逊签订军事保证法国安全之公约。此议虽得威尔逊之同意，却遭美国国会之否决，保证法国遂终止实行。自法国不克获英美之保证后，遂转而加强国联之制裁力，希望使之武装化，建起国际之警卫力量，作国联行动之后盾。惟其时，英国时在保守派之包尔温统治下，雅不欲放弃其传统之孤立政策，复因法战后在欧之领导地位而生猜忌，法国之国联美梦，遂不能实现。法国之最后努力，乃与欧陆大小国家结为盟友，企图包围德国，使其永无复兴之希望。

但德国竟不因法国之短见而束手待毙。德国之强大，已为不可遏止之趋势，在时易境迁中，法国政界，产生著的外交主张，感觉徒然压迫德国之无用，转而施用恩德政策。这个转机，当以赖伐尔为时代之手印。自一九三四年赖伐尔出任外相，法国外交显出妥协之姿势，直至其升任首揆时，更进一步而主张放弃武装联盟之法国系，而代之以对德作直接之合作。后因德国长的过大，法国之缓和政策，根本失败，经此挫折，赖伐尔遂挟同样之政策，拉拢意大利。他给予意大利沙漠之一小块，让意以联络Addis Adab阿比西尼亚之首都，与布提港间之铁路之股份与治理权，使意把军火沿路接济远征军，促成阿国惨败。其时，英国正敦促国联对意制裁，后复调海军开入地中海，而法竟为侵略者之蒂凶，英国之孤掌难鸣，不得已而或立Hoare, Laval协定,断送这硕果仅存之沙漠黑国。赖伐尔遂博得意人之好感,而他亦公开称誉墨索里尼为一代之英杰。

在妥协政策不断施行中,希特勒遂一举而并奥吞捷,进兵波兰,法国自知危机日深,阵线论者籍械攻击政府,温和派失势,而大战展开,赖伐尔之势去,迫于息影耕园。

明白赖伐尔之思想与政治背景,则知贝当执政伊始,骤置赖伐尔于重要地位,绝非无因。国际关系,非爱则恨,非和则战,战败之法国,悔当无益,只有爱,虽然是表面的,方可冀换得较有利之和约,贝当所以寄重托于赖伐尔者,非慕其能也,特有所利用也。

去年九月初,赖伐尔获得全权代表资格,与希特勒正式谈判。希氏对法之要求,虽无正式发表,然大约不出乎华盛顿外交界所传出之数点,如加入轴心,割让土地,要求法在非洲及近东之陆空军协助下,攻埃及及近东接管法在地中海之海空军根据地,和再分配法之殖民地等,尤重要者,取得法舰指挥权,经多次之会议,多次之折冲,德法接近,似到成熟阶段,此点可从贝当亲自出马会见希特勒一事见之。然而在谈判进行中,法国忽持强硬态度。国际之形势,国内之局面,可解释这个变迁。

从国际现势而言,德国已显然无力进攻英伦三岛,日后战争之重心,必在地中海无疑。获得法国之合作无异控制西地中海。何以故?法国之舰除可供利用一也,法国之摩洛哥沿岸和法国之地中海岛屿可为纳粹根据地二也,法国一旦加入轴心,可使西班牙放弃其犹豫态度三也。若西加入轴心,则直布罗陀将不可守,纳粹只要度过一哩宽之海峡遂能沿利于机械化前进之沙漠公路,与意军会师于里比亚,与英决战。故曰:德国愈遭困难,对法国复兴愈有利。今日德国之苦闷,无疑对法增加不少勇气。

其次,从内政言之,法国舆论,已显出坚强之力量,对维琪和平进行,予不少之牵制。法国人对维琪之反感,是可想象的,试观贝当在去年十月廿一日发表文告称:"法政府已决定与德合作,予个人对此事,负全部责任,人民一律应予遵守,否则政府一举扑灭之",这可见法国人之情绪,对政府并不盲从。对法国人之心理分析,所得之结论是:他们是矛盾的,他们一方面同情政府处境之困难,对德迁就,乃舆论所默许,惟他方面,则诚恐政府过于软弱,出卖民族万世之寿命。对外交政策思想冲突若此,对内政亦持一种相反态度。爱好自由之法国人,在极端困难中,对独裁政治,原得国人谅解，惟此制度，并不切合国人口味。贝当政府之能站得住与否，全靠在此等矛盾中，找出中庸之道。法国人是不安于独裁的，其历史已证明法国人每一滴血是为自由流出的，其已往政潮之起伏，更深见政府之寿命，依舆论而存在。法国之民主政体，有悠远之历史，人民绝无日耳曼之机械化，理想是放任的，情绪是革命的，是则维琪偶一不慎，则政策非只不能贯彻，而本身寿命，尚且不保。贝当政府有见及此，一方面加强对德态度，以代表舆论，故自由法国认赖伐尔之去职，乃证明法国舆论力量增强。对外政策如此，对内为缓和民众情绪起见，贝当决创立一咨询机关，罗致各党各派名流学者，以备元首请其贡献主张，收集思广益之效，此乃贝当政府公开政权初步之表示。及后，他组织中心内阁，以海长达尔朗任副总理，阁员则以外长佛兰亭陆军洪特辛格尔充之。由是观之，最近之法国，已由绝对屈服与光荣和约，武夫政治与民主国体中，找出中庸之道，法对德态度之加强是此努力之表示。

关于赖伐尔本人之遭遇，不能代表贝当政策之向后转，更不能目之为德法关系破裂之明示。在今日处境之法国，兵临城下，强硬外交，绝难谈得到。就算维琪外交，发生惊人之变更，赖伐尔虽不免撤职，而扣留查办是绝对不合的。可知赖氏之曾遭阶下囚，实有其他理由所在，美国国际新闻社谓赖伐尔之去职，乃其曾企图在法组织纳粹政府，此言或许可信。

法国之外交，虽因国内外之环境而加强其立场，可是强度是有限制的。论者有时不免过于重视法国舰队，比之女人之美貌，以为有此资产，则不难"朝为浣纱女，暮作吴王姬"。不然，法国为世界有数的海军国，舰队直至今日亦堪称完整，这是希特勒所愿占有的。因此，很多人说，有了舰队，法国就可强硬讲话。这并不一定的，设德国不予法以让步，法舰当可离开本土，德国是绝无办法的。可是离开本土，向哪条路走，投入英国怀抱吗？这是不易的。奥兰（Oran）之创尚新，英为要接受法舰，它刚烈抵抗，一部舰队，遂遭毁灭，千余法海军蒙难，贝当评此事件为"鼠胆之攻击"，他与英国绝交。这难道贝当算健忘？是以法舰队投入英国之怀抱，是希特勒之噩梦，惟此梦断不易实现。至于与戴高乐合作，非惟不易。亦无大作用。在非洲建国吗？惜法无一如英属加拿大一样之属土，本身就是强国，工业农业能均衡发展的。法舰当可开往非洲，但只恃舰队，不能把沙漠，变成伊田园。

不管法国态度强硬，这次政潮，并非反德之表示，佛兰亭之出任外长，可知法对德之态度，仍是和解的。我们若非健忘，当知"慕尼黑会议后，渠曾特电希特勒致贺，因而为法内部各界所不满。自法溃败以后，佛兰亭即不断与德国保持接触，赖伐尔首次自巴黎会见德国代表时，即值德方代表正与佛兰亭会谈，赖伐尔乃不得不在侧室坐等，此事颇引起各方之讥讽"。佛兰亭是亲德的。

现在法国之问题，不是亲德与否之问题，而是怎样利用德国来换得民族生存之条件。法对德之态度强硬，显示其已感觉世界大局对其已得顺转，意大利攻英之失败，德国渡海之无成，使法国之力量，成轴心国之绝大引诱，利用轴心需求法国援助之心理，获得法国人生存之条件，是法国今日外交活动底重心之所在。

悒 郁

汪曾祺

秋天生长在淡淡的稻花香里,成熟于戟指的稻芒上。秋天总不免有些悒郁,成熟的稻穗也低垂了头!

时近黄昏,夕阳在西天烧起篝火,地面一切都薄薄的镀了一层金。在卷发似的常青树梢上勾勒起一道金边,蓬松松的,静静的。

银子像是刚醒来,醒在重露的四更的枕上,飘飘的有点异样的安适,然而又似有点失悔,失悔蓦然丢舍了那些未圆的梦;什么梦?没有的,只不过是些不可捕捉的迷离的幻想影子罢了。一个生物成熟的征象。

——青春的远树后冉冉的暮霭。

银子漫不经心地走着,沿着恬静的溪流,轻轻地叫唤着自己名字:"银子,银子……痴丫头!要真是宝贝,为什么你娘不叫你做金子?"

她心里藏着一点秘密的喜悦,不愿意给人知道。并且像连自己都不给知道似的,一涡浅笑镶上她的脸。

她走着,眼睛跟着自己的脚尖。这脚尖,小小的,可以把她带得多远!究竟能走多远?她想问问自己,但是她不愿意自己回答,默默地,她又笑了。说了她怕人知道,也怕自己知道,还不是走到——那个坪里!

脚下是带绿的浅草,有的也已经红了心,茸茸的,被西风剪得很平齐,朝露洗得很干净。

她很耐心地寻找,看看有没有马齿咬过的印子。仿佛觉得有一匹浑身柔润如天鹅绒的长毛俊物,嚼着草,踢着前蹄,悠然拂着修齐的尾巴。马在哪儿呢?她乐意有那么一匹马。

陌头躺着一头倦怠的牛,她心里想:笨东西,我不欢喜看见你啰,你太笨,太懒,太……让你早上自己走出来,晚上再自己走进栏里去,甚至还想拾一块青鹅卵石扎它一下,因为牛角上正栖了两只八哥儿,那么从容自在,那么得意,竟想甜甜地做一个梦。但是她没有这么作。这草里一坦平,不会有石卵儿。也许有吧,可是她不再找了,多费事。

草坪四近都没有人影,洗净了泥腿的人早给高挑的酒旗儿招去了。咦,连马号的声音都不听见,世界这样清静,究竟是什么意思?

这已经出了庄了,银子左手在前,勒住缰辔,右手在后,抓住鞭儿,嘴里一声"哈—嘟"马来了,得得得……一气跑了不知多远。她停住了。唉,不像!怎么两脚总不腾空?

马累了后得息息,饮点水,于是她大步走下土坡,坐到最下一级,今儿这坡忽然像是嫌宽了些。比往常宽,也比往常静。

河水清极。水里一处有两只黑晶晶的大眼睛,怔怔的对着她。

嗨,这胸前为甚么起伏得这么剧,跳甚么?春天的花过去了,夏天的云过去了,秋天的一把白了头的狗尾草在风中摇,谁家葡萄园不采摘葡萄酿酒?无意又似有意的,她的手触到自己的胸脯边,忽然无端的红起脸来。心子飞到什么天上去?人都说有三十三重天!飞去了怎么回来,多远的路!

——嗯,银子,很害羞的往坡上草里一伏。

"吓,吓"一只青椿儿飞过去了,它笑银子。有什么可笑的?银子知道。

银子回去了,她听得妈妈叫"银子,银子,——回—来—啵—"的声音,渐渐归去了,妈也晓得银子一定会听见的,她只是不答应罢了。其实她正心中想到好笑:一天银子银子的叫,应当发一百万财!可是一个金戒指还换掉了。

隔山有人吹着芦管,把声音拉长,把人的心也好像拉长了,她痴了一会儿,很想唱唱歌,就曼曼的唱着:

第一香橼第二莲
第三槟榔个个圆,
第四芙蓉五桂子,
送郎都要得郎怜。

好像又有谁在接口唱：

> 天上起云云重云，
> 地下埋坟坟重坟，
> 娇妹洗碗碗重碗，
> 娇妹床上人重人。
> 狗嘴里说人话，不像人。

门外场上被风儿扫得平平的，除了一两片落叶掠过留下的线条外，只有几个脚印，那是妈妈底，银铃儿将撷来一把狗尾草，不高兴似的恨恨的一撒。她高兴？她怎么不高兴？快吃饭了。

饭已经摆到矮桌上，爸爹喝着一小杯酒，银子呆呆的注视着爸喝一口酒吮一吮胡子。她不说一句话，像是拿不动筷子。

"银子成人了，"爸跟妈看看，默默的笑笑。妈微攒一攒眉。若在往常，她非得往爸爸怀里一撞，问他"笑些什么"不可。但是今天她不想问。她心里想："你们笑我，不回来了，明儿！我会跑，跑到远远的天边，看妈再会不会叫'银子——回—来—啵—'银子一走，你们找金子去。"

突然，她把筷子往下一放，飞奔的跑出门外去了。外面的天宽宽的，罩着大地，地面一切都在成熟。

得得得……明明听见的唔？

银子向林子里跑去，今天好像甚么都欺负她。她要去林子里哭一会儿。她要看看那匹马。

本期撰者：

  陈序经先生主张全盘西化，数十年如一日，其主张从不游移。我们今特将其长文一期登完，庶有意参加讨论此基本问题的论战者可以及早应战。蔡枢衡先生的文章本已草成多时，今与陈文一同发表，因两文的内容多少有关联处。

第五卷第四期（1941年2月2日）

这一周

　　"出钱劳军"运动，目前进行甚为热烈，并且甚为顺利，踊跃参加这个运动，的确是后方每个人民的责任。关于这个运动的意义，蒋委员长本月二十四日的训词，说得十分恳切，十分明白。蒋委员长说："我们前方将士，在那荒原旷野风雨交加之中，舍身效命的和敌人奋斗，是不是为我们全国同胞捍卫空前的患难？我们处在后方的人民，能够自由安度这欢欣鼓舞的春节，是不是由于前方将士浴血苦战的保障？"我们以为在这春节期中，个个人民拿蒋委员长提出的这两个问题，反心自问，他的良心一定督促他去尽力参加"出钱劳军"运动。蒋委员长特别勖勉高级官吏及富商巨室自动参加这运动。蒋委员长说："出一分钱，即显示一分良心。"的确，有钱的人拿钱出来劳军，完全是良心问题。因为前方将士舍身效命，固然是捍卫国家，实际又何尝不是为高官捍卫权位，为富商捍卫资产。国民对前线作战将士都有酬功报德的义务，高官巨商这义务特别重大。高官巨商对将士的功德是报答不尽的。即尽其全力，从事劳军，亦不过良心上之所当然为罢了，我们惟希望蒋委员长的训词，可以激发高官巨商的良心，而劳军运动可以得到更大的成功。

　　倭寇内政上日暮途穷的现象，愈来愈显著。寇国议会开会的时候，议员质问权已经取消了。这在寇政府自有苦衷。因为议会中质问程序，最容易使议员攻击批评政府，同时最容易暴露政府的弱点。寇政府自知最近在外交军事财政等等上,弱点太多,势不得不取消质问权,以为掩饰弥缝之计。同时,寇政府又计划修正选举法,将议员名额减少,将选民年岁限制提高。寇政府渐次剥夺民权的举动,都表示寇政府对人民的恐惧心日益加深,亦表示寇国人民对政府的怨恨日益扩大。寇国统治阶级彷徨忧虑的情况,确是政权动摇崩溃的象征。

日寇出面调停泰越冲突,日寇的鬼蜮伎俩,亦早在我们预料之中,泰越冲突这一幕,从始至终是日寇从中挑拨排演。日寇鼓动泰国攻越,一方面可以讨好泰国,一方面可以威胁法国。但越南今日已为日寇囊中物。泰国攻越而胜,法之损失,实际等于日寇之损失。泰国果有所得,则又成了泰之厚,日寇之薄了。日寇图谋独霸亚洲的今日,又怎能容许泰国的兴起。泰国攻越,适可而止,到时日寇出面调停,俾得完全操纵泰国,这正是日寇的阴谋。纵之战即战,命之和则和,无论为战为和,日寇总是从中操纵图利。惟泰越两方,陷入诡计中,为他人排布利用,终或且为人吞食而不自觉,为可惜耳。

日寇对美态度,最近似又从摇尾乞怜中,转回到狂吠。日寇外相松岗及海相及川,本月二十六日在寇议会众院预算委员会中,对美又作虚词恫吓演说。三国同盟条约签字以前,日寇对美极尽献媚能事。美国不为所动。三国同盟成立后,日寇以为德意可恃,于是一度乱噬狂吠。其结果,美国援英援华政策更趋积极。近卫松岗之流意图恫吓他人者,终为人所吓。于是又转而摇尾乞怜。美国复不为所动。日寇今日似又有恼羞成怒之感,又转而狂吠。罗斯福总统的远东外交政策,是"以不变应万变"。无论日寇对美为倨为恭,当不足以影响美国远东外交政策于毫末。我们敢预言,不久当可复见松岗近卫之徒,现出摇尾求怜之丑态。日寇当国者,其在外交上表现态度,已失正常,假如患疟疾的病夫,有时发奇冷,有时发奇热,冷中夹热,热里夹冷,神经错乱,不克自主,这正证明敌寇国策患病之深,危机之大。即质诸近卫松岗之徒,处苦恼失措外,当亦不能有其他解释了。

威尔基访英,与哈里法克斯赴美就驻美大使职,这是英美国交上最近数日中两件比较重要的事。威尔基是上次美国大选时共和党的总统候选人。倘使没有这次欧战发生，威尔基在今日或是已往就任的美国总统。罗斯福今后的继任者，威尔基极有希望，绝无疑问。这可证明威尔基在美国的人望。哈里法克斯原为英国的外交总长，因前任英国驻美大使逝世，英国感驻美大使人选重要，故以外相移充驻美大使。威尔基的访英，与哈里法克斯的使美，这证明英美两国实已竭全力加紧合作，以求英国在欧战中取得最后胜利。同时，我们相信，威尔基与哈里法克斯两人，必能使美国援英政策在实际运用上得到更美满的成绩。

罗斯福已于本月二十日就任他的第三届总统职位、这在美国宪法史上是创例。从开国的华盛顿，直到今日，美国继续三任总统者罗斯福为第一人。只是三任总统一事，罗斯福总统，已与美国历史，永垂不朽。然而我们相信，罗斯福总统不朽之点，当不在此。我们读罗斯福总统的就职宣言，就知道他的怀抱。他相信"民主主义是最合人情，最进步，是人群生活中一种最颠扑不破的方式。"他相信"民主主义在改造人类生活的工作上，建设了得以作无限进步的不可限量的文明。"他相信"民主主义永不能灭亡。"他是为捍卫民主主义而作第三任总统。他是为谋取整个人类的幸福而为总统。罗斯福总统的志愿是为整个人类而服务。罗斯福总统的勋荣将与人类历史永垂不朽。际此罗斯福总统联任就职之日，我们谨颂祝罗总统政躬康泰，罗总统捍卫民主主义的事业，完满成功。

希特勒与墨索里尼最近又有了一次会晤，会晤的内幕，完全保守秘密。惟据我们的推测，其中亦很难有什么神奇的花样。欧战的事实，都摆在世人的目前。墨索里尼在阿尔巴尼亚吃了败仗，意军在那里几有不能立足之势。北非的英意战争，意军一再败退，英军占领多布鲁克以后，继续前进，已从事进攻阿比西尼亚。说不定墨索里尼过去几年辛辛苦苦抢夺来的两个阿国（阿比西尼亚与阿尔巴尼亚）都要原还交出。希特勒的攻英计划，时间愈延长，实现的希望愈幻，这一切都是事实。倘墨索里尼还有神奇法宝，他绝不至接二连三到处打败仗，倘希特勒还有法宝，他不至站在法国海岸的岩石上深夜对英伦望洋兴叹。两个独裁者到今日都已智穷技绝，进退维谷。那末两个独裁者会晤一次，又变得出什么神奇的戏法来？我们以为希特勒与墨索里尼见面的时候，必相对歔欷。其所以绝对秘密者，实证明此中无法螺可吹，无内容可谈罢了！

罗马尼亚最近又经过一次政变。铁卫团与拥护安多尼斯哥的国军在国内各地曾经发生极激烈的冲突。其结果，铁卫团失败，铁卫团领袖希玛失踪，而双方的死伤据传在五千人以上。安多尼斯哥目前或可暂维政权。铁卫团本为罗国的纳粹团体。罗国总理安多尼斯哥则为希特勒支持的人物，罗国今日全局在德国军队支配之下。铁卫团之反对安多尼斯哥，内幕或即反对德军之压迫。而安多尼斯哥之所以得能维持政权，依然倚赖德军的帮助。纳粹主义，本系希特勒倡导的主义，其精神为狭义的国家主义，为排外主义。罗马尼亚人的狭义的国家主义，当然反对希特勒统治罗马尼亚。故罗国今日之一切变乱，依然受希特勒之赐。而罗马尼亚铁卫团之排外，在希特勒真又是"以夫子之道害夫子"了。希特勒统治欧洲的迷梦，前途荆棘多端，于此又可概见一斑！

罗斯福总统的秘书居里先生，代表罗总统访华已启程东来，正在途上，我们站在国民的立场，对居里先生预致盛意欢迎。居里先生此来，对中美国交上的亲睦，大有贡献，可以预卜。中国几年来努力抗战，其目的，其成绩，已为罗斯福总统及全体美国人民所深悉。中国几年来抗战意志如此坚强，成绩这般伟大，这虽然是我国国民辛勤奋斗的结果，然而出于友邦人士的协助与奖励者亦不少。居里先生此来，必可代表罗斯福总统及美国人士，对我抗战事业，在美国援华政策上，作进一步的策划。居里先生之访华，其意义实为中国抗战胜利之早日来临。居里先生之行，将使东亚局面，有早得安定的机会，我们谨预致中国国民热烈欢迎的盛意。

德国的远东政策

邵循恪

我们要明了任何国家的外交政策，就不能不分析可以决定外交政策的几个因素。第一是统治阶级所代表的利益，民主国家外交的实施；实际上还不过受少数操纵舆论的团体所左右。在集权国家中，统治阶级，当然更有决定外交目标的力量。第二是传统的信念。没有一国的外交基本信条，不是根据切肤利害所得到历史上教训。无论第三帝国标榜任何主义，它并不易改变传统的德意志帝国外交政策。第三是物质环境。一国的外交策略，不能不随时受到实际上需要，或是技术上条件所影响。就是传统的基本外交政策，没有放弃，为适应一时的军事上或是经济上新形势，外交策略不能不时有变化。

第三帝国的远东政策，因统治阶级所代表的不同利益，就有不同意见。简单说起来，有亲华派，有亲日派。亲华派曾经得势。代表工商业及金融界利益的德意志银行总裁察氏（Dr.Schacht）与经济部，已往极力主张增进德华经济关系。一九二六年的德国对华进出口贸易，已经超过欧战前一九一三年的总数。在国社党当政以后，德国不但对华贸易继续增加，而且对中国新建设各铁路及国防新工业，巨额投资。此外还有货物交换协定，将德国重工业出产品，交换中国原料。工商业的利益，并得到国防军拥护，因为与国防军的政治上利益相合。国防军是素主亲苏，反对德国联合日本或是其他国家，包围苏联。它的理由为法国是德国的主要敌人，所以应极力避免在国境两端发生战争，而且日本力量太薄弱，不是可靠的盟友。但是希特勒在一九三八年二月，用直接的压力，让它与外交部的亲日政策，得到胜利。从一九三三年德日退出国联，它们都是在外交上孤立。苏联加入国联，与法苏盟约的成立，很自然地让德日假定为公敌，而且希特勒本来是宣传要征服乌克兰，所以更要增进德日间友谊。德日反共协定，在一九三六年十二月才正式成立，到了中日战事发生，希特勒在一九三八年二月国会中，就公然宣布德国固然是中立，但是中国没有抵抗共产的力量，日本胜利，远不如赤化危险。德日关系，因一九三九年八月德苏互不侵犯条约的成立，渐趋冷淡，等到一九四零年德意日三国盟约成立，希特勒联日政策才告一段落。它的远东外交目标，不外三种：（一）政治第一。它不惜牺牲在华现存的经济利益，交换日本的政治合作。（二）希望德国重工业，可以在日本占领区内受优待，可以得到更大的现在及将来经济上利益。（三）德苏既有互不侵犯条约，德意日协定又声明不影响及任何同盟国与苏联间现存的地位。希特勒的亲日政策，与国防军的亲苏政策在政治上，已经得到圆满妥协办法。

　　希特勒在远东的政策，是没有脱离德意志帝国传统思想的窠臼。和第一帝国时期相仿，第三帝国的远东政策，同样地是整个世界政策的一部分。普法战争后，俾斯麦拒绝不勒门（Bremon）商人的请求，不在佛兰府和议谈判中，要求法国割让远东及太平洋殖民地，他说德国缺乏人力及物力，用来发展殖民地。等到威廉第二时期，才执行它的世界政策，一八九五年中日马关和议后，德俄法就组织三国同盟，强迫日本退还辽东三岛，后来德国在华的侵略，并没有固定的目标，纯粹受它在世界政治中的整个状况所决定，一有机会便得寸进尺。第三帝国要推翻凡尔赛条约的桎梏，好像第三共和国要推翻佛兰府合约，在"复仇战争"没有完全胜利，当然没有实力向海外发展，所以只好采取纯粹机会主义的外交。希特勒上台以来，德国在远东的外交，并没有固定的方向，有时亲华，有时亲日，但是总想同时能保全中日双方友谊，希望可以有一天实现德日华集团的迷梦。更可随时有机会得些便宜。在德国正向中国巨额投资，中德新订货物交换协定，与德国外交使节升格为大使时期，德日伪满仍可进行一九三六年贸易协定的谈判，德国依然派遣驻"满"商务代表。一面与日本签订一九三六年反共协定，另一方面向中国声明反共协定无若干意义，继续在财政上援助中国发展国防工业。在柏林欢迎孔祥熙氏所率的代表团，称颂中德邦交亲睦的一天，恰巧是德国商务代表在长春欢迎会中，宣布德"满"亲善。中日战事开始，自一九三七年十月至一九三八年一月，德国既不愿日本因中国长期抵抗，丧失实力，减少反共协定的效力，复不愿中国全部为日本所征服，对德国工商业将来的发展，发生不良的影响，调停中日间。但是没有成效。从一九三八年起，德国在华军事顾问撤退，军火供给表面上是禁止了，但是实际上到一九三九年五月，还有中德货物交换协定的续订，以及德国军火运华新办法。德意日三国协定成立后，传闻协定中还附有秘密条款。德意应在有利日本条件下，调停中日纠纷。第三帝国对远东的观望政策，表面上有不少矛盾，但是实际上是一贯的，它受传统的世界政策所影响，远东政策，是要受到德国在世界政治中的整个地位所决定，德国世界政策的最后目标，当然是维持欧洲霸权，发展海外贸易，吞并殖民地。在远东实现德日华集团，当然是希特勒心目中所要建造的"大东亚新秩序"。

希特勒在远东的外交策略，因物质环境的日新月异，当然不能不时有变化。第一的因素，可以发生决定的影响，是军事上形势。德国许多观察家，特别是到过中国的军事顾问团，明了中国地大物博，总是公开承认空间是中国有利的武器。他们承认无论在淞沪，南京，徐州，汉口诸会战，日军总无法消灭华军主力。既然无法速战速决，日本侵华的结果，只有像拿破仑想征服俄国，一样地要走上失败之路。假如日本在华陷入泥淖，实力消灭，无法南进对付英美，那么德国亲日政策就完全失败，德华外交当然有好转的可能。第二的因素，可以影响希特勒的远东政策，是经济的趋势。从七七抗战开始以后，德国对华与对日贸易的趋势，就发生显著的变迁。根据德国官方统计，在一年内，对华出口减少总额的半数，对日"满"出口反有增加。而且战前对华出超变为入超，对日"满"仍为出超，换一句话说，德国不但对日"满"贸易增加，对华贸易减少，而且不再向中国放款投资，反开始清理中国的债务，同时向日"满"集团新投资。在一九三七年九月，德国已与伪"满"成立信用借款协定，在财政上援助"伪满"实现五年计划。日本要发展"伪满"重工业，由德国重工业供给各项机器。一九三八年九月德国与伪满又签订交换货物的新约，甚至与"华北临时政府"，同样地有货物交换的协定。当然德国工商业，在日军占领区内，是可以得到较第三国更优的待遇，尤其因日本要发展"伪满"的国防工业。一时更不能不依赖德国大批机器的供给。德国等于直接与间接援助日"满"集团的发展，在经济上早已变成日本侵华的同盟。但是在世界大战争中，德日意都是先天不足，资源贫乏的国家，它们总有一天要经济崩溃，向民主国家屈膝，那么将来的德国，只有重新考虑它的外交路线。

从德意日协定签订后，中英美因利害相同，已经形成天然的联合，对抗法西斯的侵略，苏联更是没有变更抗战以来的援华政策。中德邦交的前途，当然有不少暗礁，但是中德有传统的友谊，所以邦交还不至破裂。在国民党中，亲德主张，更有悠久历史，在上次欧战中，孙中山先生就不赞成对德宣战，因为他反对加入日本及其联盟国方面作战。等到一九一七年美国参战，黎元洪才接受美国公使的劝告，对德绝交宣战。所以中德外交关系，将来只有两种的可能发展。第一，假如日本因在华军事冒险的失败，踌躇不敢南进，设法避免与英美发生冲突，德日关系渐形冷淡，德国就不能不对华另眼相待，设法笼络。第二，假如民主集团，与法西斯集团的冲突，日形尖锐化。德意日站在同一战线，向民主国家挑衅，发动全面战争，我们耽应当随时准备与其他民主国家采取平行的行动。

日寇的动态

王迅中

现在的日本，正如一位病入膏肓的病人，因为群医束手，所以心慌意乱，今天吃这个药方无效，明日再换一位医生，药石杂投，迄无一贯的方策。号称非常时期唯一适当首相的近卫失败后，换了一位右派巨魁的平沼，平沼试验后束手无策，再换以与平沼对立的陆军稳健派巨头宇垣的替身阿部大将，阿部被迫去职后，又换以海军稳健分子的米内大将，米内又失败，于是再搬出八面玲珑的近卫。近卫鉴于过去自身以及历届内阁的失败，再看了德国闪击战的成功，误以为效颦德意，便可解决日本内政外交的国难。所以在内政方面创导新政治体制运动，诱胁既成政党解散，妄想树立极权政制，根本推翻过去的议会政治。外交方面公开加入德意军事同盟，集中军力，准备南进，威胁英美太平洋上的权益。

不过新体制运动虽然宣传了半年余，但除成立了一个官僚杂凑集团的大政翼赞会外，并无丝毫成效。既成政党如民政，政友，社大等党虽已解散，但对新体制运动仍存观望态度，并未积极参加。而各右翼小党更想趁机扩充势力，根本没有解散。所以大政翼赞会虽然组织庞大，中央组织分国民协力会议与中央事务局二部。国民协力会议在各地设支部，以谋沟通中央与地方之关系。中央事务局下又分设总务，企划，议会，组织等局，每局之下又设若干部，对于国家的立法行政，国民的组织训练等，妄想整个加以控制，但实则困难重重，无从执行，结果反变成一种架床叠屋的废物，徒然引起官僚政客间的明争暗斗。当局整天宣传新体制运动。不限于政治，经济等重要部门，甚至吃饭穿衣也要新体制化。不过究竟怎样是新体制？半年来成就了什么？恐怕连日本人自己也莫名其妙，画虎不成反类狗，庸人自扰而已。

外交方面满以为加入了德意军事同盟，便可威胁英美，趁机夺取荷属东印，英属马来，法属越南，甚至缅甸印度，而独霸东亚。想不到这着又完全估计错误。德国的军事地位正由最高峰日渐下降，意大利在希腊及北非的惨败更使轴心集团黯然无色，日寇本想攀附德意以自重，结果反弄得哭笑不得。英美对日的态度日趋强硬，一方面积极巩固远东根据地的军事建设，一方面加紧援助中国。而美国对日的态度尤为严厉，日汪签订伪约之后，美国便宣布对华贷款一万万美元。军事方面除巩固太平洋上各岛屿的防卫，与英国磋商远东军事合作外，并积极扩军，宣布两洋大海军计划。罗斯福与赫尔更先后发表谈话，抨击日本，措辞之严厉，前所未有，日寇本企图挟德意以胁英美，结果弄巧成拙，最近虽想设法缓和英美感情，尤其对于美国，拟藉遣派野村使美，以松弛美日的紧张。但美英早已洞悉日寇的诡谋，毫不为动。日寇加入三国同盟所铸成的大错，已无挽回的可能，外交的苦闷，无有甚于今日者。

再就对华政策言：在过去，日本历届内阁的一贯政策，是以解决对华事件为先决条件。和平攻势与军事压迫相辅而行，但诱和阴谋屡被我当局严拒。军事进攻亦迭遭失败，于是不得不退而采取扶植汪逆伪政权与经济封锁两种比较慢性的政策。去夏欧战激烈后，德军闪电战节节胜利，素主"彻底消灭重庆政府"的法西斯分子也转变论调，主持对华事件暂时搁置，先参加德意轴心与英美作战，胜则对华问题自可迎刃而解。近卫受了军部及法西斯分子的包围和压迫，终于毅然加入德意军事同盟，对华放弃徒劳无功的胶着战争，并发动大规模的和平攻势，诱我言和，撤退南宁据点，集中军力于海南岛，待机南进，以威胁英美，响应德意。不过德国的巴尔干及近东攻势，迟迟未能发动，意大利的侵入希腊，又吃了大败仗。英美远东的合作日趋繁密，新加坡与菲律宾的防务积极加强，美国对日的态度愈益强硬。日寇的南进计划大受打击，进退维谷，彷徨莫知所措。

根据日寇以往的作风，在走投无路，苦闷彷徨之中，常有新的策动，不惜冒险作孤注一掷。据电讯所传近来日政府要员屡度鸠首集议，讨论重要国策，并召集贵众两议院及经济新闻各界代表谈话，请求协助，近卫首相与东条陆相更大声疾呼邀请全国同心协力，应付目前难关。而在越南方面，日寇的军事调动又渐趋频繁，陆军次官亲至越南视察，因此，一般人深恐日寇在军事方面或将有新的策动,以图打开难局。所以日来街头巷议传说纷纭。或谓日寇将利用泰越纠纷,设法占领越南南部,更进而迫缅甸,南胁新加坡。或谓日寇将以越南的北圻为根据地,北向侵滇,截断缅甸路交通,威胁川黔。

  日寇的笼络泰国,本非始自今日,泰国向越要求收复失地,适值日寇压迫法越当局之时,即使泰国的要求完全正当,不能不使我们怀疑是受了日寇的恣恿。而况近月来泰国因要求不遂,进兵侵越,日寇不但予以军火的大量接济,且据法越宣称,被击落的泰国飞机中,发现有日本机师。所以日寇的赞助泰国侵越,已是极明显的事实。它的目的很显然,是想藉泰越纠纷,而伸张势力到越南南部,然后南可威胁英属马来及新加坡,西可通泰国以窥缅甸。最近唯恐法越求助美英,调停泰越纷争,强迫法越割地言和。作风虽似不同。但其企图控制法越,笼络泰国之目的则相同。

  日寇的北图窥滇,也非始自今日,自广西南宁失守后,云南成了西南交通的枢纽。所以去夏日寇一再胁迫法越当局。始则要求停止中国的军运商运,继则要求借用滇越铁路运兵。法越当局慑于日威,不顾我国之抗议。对日屈服,日寇得寸进尺,强占机场,修筑军事根据地,军队登陆人数及行军范围,亦不遵守条约规定。更鼓励土著越民叛乱,企图从中渔利。侵滇的企图虽因我有备而未发动,但北圻事实上已入寇军掌握,而我西南重要交通路线的滇越路因亦中断。不过滇越的交通虽然中断,但缅甸路迅速完成,日寇虽一再向英要求停止滇缅运输,但以日本与德意沆瀣一气,英国决计重开滇缅路。最近美英均贷我巨款,作大量援华之准备,日寇更分外眼红,北进窥滇,截断滇缅交通,断我对缅交通,阻止美英援我,当然并非不可能的。

  以上两种推测虽都不乏可能性,不过我认为日寇是否敢于立即实行,尚有讨论的余地。日寇想利用泰越纠纷以控制南越,当然是毫无疑问的。不过在什么时机和用什么方式执行,恐尚在考虑之中。即使得了南越,是否敢于立即南下威胁新加坡,或西通泰国而谋缅甸,更须视欧局的发展及英美——尤其美国的态度而定。至于北窥滇者,威胁黔桂,直扑川康,简直是不可能的。因为日寇的兵力有限。滇境山路崎岖,川康更长途迢迢,日寇要倾多少兵力才能作此梦想。而况太平洋的局势日益险恶,日寇更何敢作此孤注一掷。目前日寇虽不敢南进,但又绝不能放弃南进企图,何能以数十万大兵,深入中国内地,作此毫无把握之冒险。虽然日寇未尝不想抄袭广州登陆及偷越广西十万大山的老法子，企图沟通土匪导引，偷越滇边，进窥个蒙，更西北向而截断滇缅交通。不过日寇是否敢即发动，恐尚须视我们防范的严密与否而定。倘若我军防范严密，以滇边山峦叠嶂，瘴疠猖獗，日寇是否敢于冒险进攻，至成疑问。

三年余来的抗战，使我们深信军事方面已有抗拒日寇进一步侵略的绝对把握，日寇如欲改取攻势，冒犯滇边，徒自丧兵折将，多辟一个战场，适中我消耗战的目的而已。晋北，豫南，鄂西，鄂南，湘北，粤桂战事的前车可鉴，侵滇又焉能例外。日寇倘若不自量力而南进威胁马来缅甸，英美与日寇的关系本已如箭在弦，日寇的蠢动更是我们所馨香祝祷者。我国抗战局势的稳定，无逾于今日，而国际局势的对我有利，更莫甚于现时。我们现在唯恐日寇不妄动，而且妄动得愈早愈好。我们所忧虑的，倒是日寇不妄动，一面静观欧局的演变，一面节储实力，必要时甚至再向英美乞求妥协，也未尝是不可能的。

内地新工业中劳工的地域来源

史国衡

在内地建设新式工业,有许多困难是无法避免的:例如内地经济组织不完备,各门生产事业未能齐头并进收联络互应之效,加以原料不充足、机器不齐全,交通不便,治安不良,等等,足以阻碍工业之进展,然而年来事实的昭示,使一般人士逐渐感到上述这些困难,并不算得太急迫,还可以徐图补救,而我们自认为有办法的劳工因素,却成为一个相当严重的问题,并已引起各方面的讨论,好像:黄汉瑞先生在《论战时技工管理》一文里(《新经济》二卷一期)说过一段话,"许多物质上的困难,就内迁工厂而言,有些已告解决,有些已在解决中,惟有一人为的困难,大家都感觉到了,似尚无具体办法,这困难就是技工管理",张平洲先生也曾提出"经济建设不要忽视了管理问题"(《新经济》三卷四期),张先生说"我们已往各种企业的失败,失败于管理的成分,恐怕要比失败于技术的成分多些",而杨端六先生于《再论战后内地工业建设问题》文中(《今日评论》第四卷第十七期)亦特别论到管理和训练问题,费孝通先生在《论西南工业的人力基础》(《今日评论》第四卷第十四期)文中,也曾指出"人的因素"的重要性,最近重庆《大公报》(廿九年十二月二十六日)有一篇社评,题为《工业化的两个重要问题》,一为技术人员的数量,一为工业人员道德之养成,诸如此类的议论,很足以表示牵涉的范围很广泛,其性质尤为复杂而特殊,本文将专论劳工的地域来源,其他问题留待以后再讨论。

昆厂的资料

让我先从事实来说明现在内地新工业中劳工是从哪里来的,关于这问题,我们还没有很详尽的统计材料来答复,所以在这里,只能根据作者个人在昆明附近调查过的某工厂(以下简称昆厂)作例子,我想这厂里的情形,至少可以代表内地新工业一部分的情形,我的材料有两种,一是昆厂人事科所供给的,一是我去年下季在厂中和工人共同生活的两三月中,得来的个案记录。这两种材料,经我事后分析,发现性质无大出入,所以觉得在这里,只举出个案的材料来做例子就够了。

昆厂工人地域来源表

项 目		技 工	帮 工	小 工	合 计	技工所占百分比
外来工人	江 苏	27	—	—	27	90.6
	浙 江	11	—	1	12	
	广 东	4	—	—	4	
	湖 北	10	1	1	12	
	湖 南	4	2	1	7	
	河 北	1	—	—	1	
	河 南	1	—	—	1	
	合 计	58	3	3	64	
内地工人	贵 州	—	1	—	1	7.8
	四 川	1	6	5	12	
	西 康	—	—	3	3	
	云 南	6	34	33	73	
	合 计	7	41	41	89	
总 计		65	44	44	153	42.4
外来工人占各项百分比		89.2	6.8	6.8	41.8	

右表将所有工人分为外来的及内地的两类,凡沿海,沿长江中下游及华北平原来的工人属于前一类,西南诸省的工人属于后一类。工人等级,分为技工,帮工和小工,技工即熟练工人,如车工,钳工,木工,铁匠,漆工等是;帮工亦名助手,多系经过正式考试入厂的,他们居于技工的辅助地位,三个月后,可升为三等技工,实则仍应归于非熟练工人之列。小工之工作为移运货材,打扫厂地及其他零碎事务,实即粗工。那末就于厂工人入厂时之程度言,可以简括的分为技工和非技术工人两种了。

右表告诉我们，所有外来工人，约占工人总数百分之四二点四，而外来技工则占技工总数百分之八九点二，帮工为百分之六点八，小工亦为百分之六点八，至于外来技工占外来工人总数之百分比为百分之九十点六，内地技工占内地工人总数之比仅百分之七点八，由此我们可以总括起来说，昆厂的外来工人总数和内地工人相差无几，但在技工当中，外来工人占绝对多数，又可以说在外来工人当中，大多数是技术工人。

一般的见解

劳工的地域来源，所代表的意义是什么呢？关于这一类的见解很多，我们不妨举几个例，杨端六先生在上述一文里曾提到这一点"以湖南而论，一般人民短于经商，而长于作工，要在这里训练工人，似乎不是很困难的工作，至于四川，民情稍有不同……初看似极易训练，不过他们有一个通病，就是自作聪明，每每不易接受下江人的指示，或许是他们习于旧惯，总以为他们的旧法是再好不过的。"杨先生论工人性情，固未忘旧习惯这因子，但是重视工人地域来源，是很显然的，我还听过一位工业界的领袖，说过与此类似的一番话，大意是"中国工人来源，最好的是宁波上海区的，脑筋灵活，次为山东河南区的，体格魁伟；再次为广东湖南区的，动作敏捷"，其余省份的工人，似乎是自邻以下了。

确实内地工人地域来源的分布情形，很可以使我们加强对于工人地域差别性的信念，觉得新工业中的下级干部，非外来工人莫属，实际负工人管理之责者，恐怕尤深此感，在昆厂里，有个工友告诉我，他有位云南朋友，在外省作过多年的工，这一次回来进昆厂，就是报的江苏籍，我又亲自遇着一个自某大学的实习工厂转过来的云南工人，说得一口四不像的下江话，他说："厂里下江人占便宜，我有一位同事，手艺和我一样，又是同时进厂的，却比我多拿四分钱一小时。还不是靠下江的牌头！他当时要我也报外省籍，你看怎样好意思呢？"我想这类风气，绝不是偶然形成的。

在工人之间，这种偏见，更为深刻，例如我在厂同桌吃饭的下江工人老龙，原为行伍出身，去年二月进厂，还不过是一个小工，不到三个月就升为技工了，九月间他仍嫌工资少，准备辞职他去，有一天他对我讲："我已经对工程司交涉过，下月份工资加上四分五分我才干下去，若只加两三分，和对付本地工人一样，我就走路。"后来他果然如愿以偿，有几个鄂籍技工，也素来瞧不起本地工人，他们常常对我讲："本地人绝对学不好手艺，第一他们不肯用心学，一有机会，就偷闲坐下来；第二他们的脑筋笨，一件工作，讲上三四遍，还是个不懂。"一位常熟的工人也常当着我的面，笑本地工人无常识，连修理雷线时，脚下垫一块木板，可以减少触电的危险的道理也不明白，河南的老焦也告诉我，他们的朋友当中，都瞧不起本地工人，说他们笨脚笨手，一点也没出息，只配一生作小工。诸如此类的见解，可以用一句简括的话来归纳，就是内地工人不适于新式工业。

几个解释

我们首先不必辩论，内地工人到底是不是配在新式工业里面来作工，只问内地工业建设将来应否放在内地的人力基础上，关于这问题的答复只第一要看战后外来技工，是否愿意住留在内地，第二是假使他们的住留不成问题，内地工业放在外来人的身上，是不是合于经济的原则，关于第一点杨端六先生的答复是否定的，据我在昆厂的研究，结论亦和杨先生同，以后我将专题论及。关于第二点，我们可以说是不经济的，因为要维持外来工人在内地，非用差别工资作吸引力不可，由此以推，我们如把内地工业设施，看作一种暂时的避难的策略则已，如其不然，而视之为开发后方，奠立民族工业，树立独立自主的经济体系之基石，势必在内地人力当中，选择并调练出来一大批新的工人，来肩负这种艰辛的巨任。

有了这个先决条件，我们可以进一步看，内地工人在种种表现上赶不上外来工人，除了生物的因素，我们无法分析者外，到底有不有社会的和"人为"的限制在里面，在此，我可以举出几点来讨论。（一）无工业的传统：中国的新式工业，虽有几十年的历史，但多偏于沿海一带，故下江居民，入新式工厂，犹如近水楼台，现在青年的下江工人，可以说从小就受过新工业的潜易默化了，例如上海的老杨对我讲，他的父亲是一个汽车修理匠，他小时，常随父亲到一家汽车行去闲玩，后来他的哥哥还是在家制备了一套简单的工具，做点零星的小包活，因此许多机器零件，从小就是他司空见惯的东西。有一个晚上，在小工宿舍里，我亲见一个湖北小工修电线，一群本地小工，看得目瞪口呆。我问他是怎么学会的，他说"这有什么难，我家住在汉口时,向来不出灯费,总是自己接私线,偷电用。"至于从内地农村出身的工人,是没有新工业的习惯和常识的,一旦走进新式工厂,自不免现出几分土气来,动作不灵活,了解能力差,连举止态度也赶不上外来人,此无他,内地工人,缺乏一个工业的传统。(二)待遇及机会的不公平。如上面的例子,本地工人总以为自己的工资较同等的外来工人为低,狡焉者,遂图侥幸取巧之心,忠实者,自难免灰心丧志,无意于作工。好像我听得老赵的故事就是这样的,他是六月入厂的帮工,论成绩是第一,所以被派到车床上学习,不到一月,另外一个下江人就取他的位子而代之了,原来这下江帮工,是一个技工的小舅子,那技工向上司说了个人情,又如上面提到过的鄂籍技工,就有许多本地工人不满意他们,"他们心思毒狠,不肯教本地工人的手艺,话也难懂,动不动就糟人!"另外我知道一位上海的小工友,进厂不到一年半,已居于二等技工的地位了,是因为有个老技工受过他家的委托,特别照应他的缘故,待遇及机会的欠公允,当然是阻碍本地工人进入技工阶级的又一因素。(三)无做工人的决心。内地工人的本身,也有可以非难之点,我发现他们当中,很少有人愿意把作工看为终身事业的,他们的中心兴趣,还在种田,作小贩,或家庭手工业上面,他们过不惯有规则的有一定作息时间的工厂生活,许多人是迫于征兵或其他社会压力不得已而入厂,他们并没有把当前的工作看作一种长久的职业,不仅内地工人如此,内地学徒中亦不乏例。昆厂有两班学徒,第一班是在云南招收的,第二班是从湖南招收的,据一位负技术指导的人告诉我:"论学历,本地学徒平均程度较高,写字读书也不差,不过学技术却赶不上湖南的学徒,原因是本地学徒不专心,每件工作,非教上四五次不可,他们的家又多在昆明,常常请假回去,学得一点东西,过几天就又忘光了。"有一次,开除了两个云南学徒,一位课长对我发慨叹:"人不穷到没饭吃,大约是不会作工的,他们家中有钱,不在乎这一点工资,自然是马马虎虎呀!"这群缺乏作工决心的工人,在学习上,又不能专心致志,自然是不会有好的成绩表现出来的。

从上文看来,内地新工业中现有的技工干部是建筑在一批不稳定的外来工人的身上,这种现象,在我们看来,对于内地新工业的前途是极危险的。因之我们必须提出一个基本问题,就是:内地人民有没有可以训练出配作新工业劳工干部的人才。据一般的见解似乎觉得这种可能性不太大。可是依我个人看来现在内地工人所表示的成绩不太满意的原因,并不是无法改善的。

我们虽承认很多不适宜于新工业的习惯不是旦夕可以取消，但是若有较积极的工业教育和社会宣传，也不是永远不能改变。

若我们认为本地技工的养成是建立西南新工业所必需的条件之一，则我们即使暂时觉得本地工人训练有种种困难，也有设法解决的必要，依我看来，心理上的歧视和待遇的不公，却正是使本地工人对于新工业缺乏热心的一个重要原因。因之我们希望有远见的工业领袖能在本地工人中特别下些功夫，奖励他们的上进。

当然，我充分承认在现有的内地工人中有很多是不配做新工业劳工干部的，可是，我愿意特别提醒的，这并不是说在内地人民中没有配做新工业干部的人才。我将接着本文，另将本地工人入厂动机的分析发表来说明现有内地工人不能安定在新工业中的原因。同时我将根据对于内地农村的情形，指出现在的新工业并没有招到适当的分子。我希望关心内地工业前途的人，不必过分悲观，同时也希望他们能感觉到内地工业人力基础的确立，还有许多应该加重着努力的地方。

洱源散记

曹立瀛

一、洱　源

洱源县也有两个平坝。罗平山东的平坝可总称洱源平坝：西以罗平山脉为界，北以观音山为界，东北以马耳，佛光，灵应，连珠诸山为界，东南以蒲陀硐，天马，起始，弥勒，云龙诸山为界，南端界限笔者不详，但知大部分属永平县，惟东南角点苍山西，有缺水的花甸坝，为大漾邓洱交界处，也是"四不管"的地方。洱源平坝是不整齐的三节葫芦状。（一）葫芦的中部宽大，可称茨碧平坝，南北约二十五公里，东西约二十公里。县城在西边的罗坪山下，城北约五十里有茨（茈）碧湖，洱海南源凤羽河自西南方注入，复由东南流出，汇北源而为洱苴河，东行去天马山谷。（二）北部东边有祥云山，火焰山，自马耳山向坝伸出，西边有长虫山象鼻山，自罗平山北部的华丛（黄虫）山伸出，值平坝窄狭如瓶口（不及五公里），口北约有长阔十公里的平地，可称牛街平坝。牛街平坝在地理上是洱源平坝的一部，在交通上牛街距洱源城仅四十里，但行政上不归洱源，而由九鼎大山以东的鹤庆县辖为第五区，距城一百二十里，于是许多政治，保安和经济问题，因这不合理的行政划分，起了无数的阻碍。其实剑川牛街间的山，比鹤庆牛街间的山小，牛剑间公路路基已成，所以牛街平坝第一应归洱源，第二应归剑川，绝对不应归鹤庆管辖。（三）南部，天马山和起始山形成茨碧平坝的南界，起始山与罗平山东部的铁甲场山，共扼成一不及半公里阔的瓶口，口南有南北约十五公里，东西约八公里的平坝，可称为凤羽平坝。

罗平山西的平坝，可总称黑惠平坝，因为是黑惠（㵚）江东岸罗平山西麓的缓坡和平地。这一平坝在行政区划上，又很不自然的分做两半，以罗平山流入黑惠江的一条龙门涧为界：北部为剑川县，因乔后盐场关系，似可称为乔后平坝；南部属洱源第四区，分上江下江两乡，以炼铁街为中心，不妨称为炼铁平坝，炼铁平坝东以罗平山隔凤羽，西以黑惠江界云龙，南则闻以山地划永平及花甸坝，笔者行踪未及南端，不悉其祥。炼铁附近，罗平山麓至江边仅约五公里。

洱源县城在茨碧平坝西边，海拔与大理邓川同为一七五零公尺。西城依坡而筑，地势略高。东西不及半公里，南北亦仅半公里余，惟南门外市房延长有半公里的郭，遂使全城成长方形，东门城墙不全，东南及东北两角与田亩相接，听说土城不坚，被水冲毁。街道略作十字形，县府在北街，警察局及邮政代办所在南街，不通电报。十字街口至东门最近，不及百余步。

洱源温泉极多，城西门附近就有温泉浴室，沿途所见，尤以平坝北部火焰山附近，遍地皆是。最著名的温泉为九气台，产天生磺，据《浪穹县志略》所载："天生磺，出治东九气台，平地起石岩，石空如蟹壳，上建真武阁，岩下出温泉，有热气九股上蒸，凝结为磺，最异者，四面冷水，温泉独沸其中……气味甘温无毒，其色黄间白，亦有凝如燕窝蜂片牛角丝者……"。事实上，并不如描写的好看。出东门，沿大路东进稍折北，约一公里余，便到数十户人家的九气台村，进村路旁有一池热水，温度很高。街上坐南朝北有一座门，横匾曰"九气朝真"。进门一间大殿，殿西南有些不重要的空屋，殿东有约四公尺阔，七公尺长的天井，靠殿墙地上露出约二公尺阔，五公尺长的半块蟹壳形石，看不到石下的温泉，只天井东南角有出水小沟，温泉温度甚高，以指试探，烫手，沟内有鸡蛋壳甚多。据老人说，这就是九气台，温泉可煮鸡蛋，熟后蛋黄先凝，蛋白后凝或不凝，这是很奇特的。此外，街上沟内皆温泉，居民各就自家门前覆盖以砖，以便硫璜凝集。每年产量极少，用作药物，据说可治心痛肚痛痢疾及调经云。

洱源，原名浪穹，县志最初是明万历间何邦渐纂，清康熙间李崇阶续修，道光二十二年樊肇新重辑。最近一次是光绪癸卯年完稿，周沆纂辑，罗瀛美鉴定，称《浪穹县志略》。全书分十三卷：天文，地理，建置，赋役，学校词祀，秩官，选举，人物上下，艺文上下及杂志，各有分目。其载气候曰"春冬多晴夏秋多雨，不裘不葛，四序恒温。至罗坪山穷岩邃谷，竟有冰雪经春不消者"（卷一）。这与洱海附近各县略同。其载风俗有曰："……妇女最苦，而男子不免游惰……"。已流露滇西女性中心的特征。其载街期行城中及炼铁皆为卯酉，三营子午，凤羽辰戌，长邑寅申；现在还是如此。

二、洱海的南源

　　大风雨中骑马是要相当经验的，一手擎伞，一手挽缰，石路上要防止马蹄滑蹶，土路上要留心马蹄陷入，枝叶多的路上要注意勾破雨伞，旷野间的路上要认清风的方向。在马上，裤及鞋袜是无法防雨的，如加一件不良的雨衣，连上衣的下部也免不了潮湿。我就是这样到洱源：身上的衣裳鞋袜是不消说了，被，褥，衣服，帆布床……完全湿透，油布并没有尽他的职能。半夜的薰笼烤干后，第二天是溯洱海南源到凤羽的行程，风雨和昨夜一样的大，走上征途的骑士，自然是准备衣裳再湿的。

　　凤羽河发源于罗坪山与云龙山的南端，由南向北，直贯凤羽平坝的中心；在凤羽村东北还形成两个囊状小水泊，并纳了西北自罗坪山来汇的铁甲场河水，再北流到起始山与罗坪山的峡口，折向东流，出峡仍然向北，经洱源城东，注入茨碧湖，全长在三十公里以上。

　　从洱源城到凤羽村，大体是溯河而上。出南门不远就走上河堤，沿右岸（东岸）行，河床宽仅丈余，流速甚大，堤阔数尺，杂以丛林，绿树清波，在平坝中蜿蜒如带，景物颇具幽逸的情调。南行至山麓，折西南入一宽谷，烟树人家，一如平坝，而岗头岩壁，屡见浮图。丛林深处，隐约有庙，以岗岩塔庙为点缀，自多秀雅，不像平原的单调了。大路跨河到左岸，愈行而谷愈狭，至于山麓，复折向南，两山对峙，相距不过百步。过桥再至右岸，渐出峡谷，略上小坡，已可见椭圆形的凤羽平坝，河道自平坝中间来，大路则沿东边的山坡，此时雨稍止，天暗云低，只偶而看到东边笔架似的山岭和西边苍翠如屏的罗坪，没有看到凤羽山的姿容，只见那东向缓斜的坡，认识是凤的尾羽。原来凤凰羽山是罗坪的高峰，在凤羽村西北，命名的原因，就是那三一五零公尺的高峰，西北三面总连住罗坪山的其他峰峦，只有东面作平缓的倾斜，伸入平坝，苍翠如凤凰的毛羽。凤羽村在凤羽山东南麓，也可说是金掌山的东北麓，马既沿东山（弥勒山的西麓）南行，到凤羽村相对的三个村落（忘其名），便转折向西，再过凤羽河，直穿凤羽平坝，趋向凤羽村。行到平坝的中心,仿佛在一个椭圆形的盆底;最有趣的是中央没有人家,村落排列盆边的周围,看得见而数得清的有十六所,凤羽是最大的。

洱海南源就在这小盆地的南缘,正南突起一座山峰,左右形成两道沟壑,坡度平缓,树木不多,那周围数百里的洱海,便是这些沟壑的涓滴汇成的。

凤羽是一个大镇,虽只一条南北大街,但已具比较复杂的,不规则的,无计划的巷街,在城市发达的过程上,已达到较高的阶段,赶街的场所在正街的中段,附近已有些零售商的铺面。凤羽平坝原为洱源第三区,现改甸中镇,通称,凤羽镇,镇公所在街北端的一座庙内。甸中的命名,因为北有甸头村,南有甸尾村,甸头中尾是迤西各县普遍的乡村名称。

从洱源到凤羽的行程计时,遗失了;仿佛记得是四小时半,由城至河谷最狭处约二小时。天雨,马行慢,据称只四十里。

三、初度罗坪

罗坪山,又称罗平山,纵亘洱源剑川之间,北接鹤庆九鼎山,南连大理点苍山,南北直线距约六十公里。原来九鼎山脉是老君山支脉之一,南行至牛街之北,再分二支:东南支为马耳佛光灵应联珠鸡足诸山,抵洱海东北,为洱源平坝(指牛街及茨碧平坝)及邓川平坝(包括湔苴及羊塘平坝)的东界;西南支为观音,无丛,大猪,凝云,标,伏虎蟠龙,铁甲场,罗平,凤坪,金掌诸山。较广义的罗坪山包括凝云至金掌诸山,最广义的罗坝山包括华丛至金掌诸山。此支脉为洱源平坝(包括牛街茨碧及凤羽平坝)的西界。由金掌山折向东南,又接邓川西南的云龙山及苍山北段的云弄峰。又,九鼎山脉东南支自联珠山分一小支南行(或可称为中支),即蒲陀硐,天马,起始,覆钟,黄罗箂,弥勒,云龙,玉屏诸山,划洱海源流域为三节,北为茨碧平坝,西南为凤羽平坝,东南为湔苴平坝,如前所述。

就较广义的罗坪山说,东以凤羽河及茨碧湖为界,西以黑惠江为界,这是不成问题的,南北因山脉相连,不易得天然的界限,姑且以洱海南源凤羽河的分水岭(当在金掌山之南)为南界,以茨碧湖与大猪山间的洱海北源分水岭为北界:如此则南北约五十公里,东西约二十公里。

用文字描写罗坪山地形是不容易的。简略地可以说,黑惠江东的大猪山,高二七五零公尺,与其东南海拔一七五零公尺的茨碧湖间,另有一狭长山脉，北部与大猪山连接，洱海北源从此向北流，这就是武断划定的罗坪山北界。罗坪山的东西距，以这部分为最狭，主峰在哨坪，高二六五零公尺。哨坪以南，山势渐高，宽距渐大，东面的高峰称凝云山，西面的高峰称标山（三三零零公尺），中间有大树及鸡登二村。鸡登村南，有一条东南流的溪，即铁甲场河，分罗平山为两半：东半较小，称伏虎山（三一三零公尺），蟠龙山及铁甲场山（峰高三一零零，三零九零及三零五零公尺）；西半即狭义的罗平山，峰头甚多，至少有四，海拔在三一一零至三二五零公尺之间。狭义的罗平山南，又有东西二峰：东峰称凤羽山（三一五零公尺），规模不大，东部狭长摺皱如凤尾，故称凤羽；西岸迤逦南行，峰峦排列，称金掌山，北峰三三八零公尺，南峰更高，似为罗坪最高处。

自洱源平坝至黑惠江边，横跨罗平山的通路甚多，除极北之牛街经观音山至甸尾街的洱剑大路（现为公略）不算外；依次有大猪山线（路线名均笔者所定），即自牛街，经南山脚（似应作寺墩村），过大猪山，经西江边，至沙溪街；有哨平线，即自茨碧湖西的大庄，经哨坪至沙溪；有大树线，即自大庄，经官充蕨菜坪大树村，自江坪村；有鸡登线，自洱源城，经伏虎蟠龙二峰间，过鸡登村之南，以达乔后；有铁甲场线，即自铁甲场（凤羽村北约十里山坡上），过铁甲场河，由凤羽山及金掌山北至石明月；有凤羽线，由凤羽村直接到石明月或炼铁。此次我初渡罗平经凤羽线，再渡罗平，经鸡登线，这是两条大路。

在一个雾雨蒙蒙的早晨，出凤羽村的北门，直上金掌山的东坡。坡并不太陡，但为石块铺成。年月既久无人修补高低不平，马行极易滑蹶，只得策马徐行，有时步行数里。上山时，雨已停止，但天空密布着灰色的浓云，令人笼罩住一种不愉快的感觉，并且还有一种不安定的忧惧，恐怕走到山深坡峻处，大雨滂沱，在寒冷的山岭中湿透了衣裳，马不能进，路不能行，以致进退维谷（这样的情形，以后经过几次）。因为坡度不大，曲折甚多，不能望见峰顶，只回头凤羽平坝村落星罗，阡陌交错，凤羽河掩在小丛树里，蜿蜒着像一条苍翠的长蛇；东面的弥勒云龙等山，峰峦起伏，中间高而两端低，无怪本地人称为笔架山，再且坡间少树，沟壑极多，纤微毕现，直曲相间，红土与碧草辉映，形成无数的不规则条纹，正像凤羽的翅，披覆在平坝的东边，我怀疑人们为何不称平坝东面的山坡为凤羽山。然而这样的景物是不常见的，一霎时，当我没有走到半山，麓畔壑间已起了几缕白云，凤羽平坝漫成银色的海，只有笔架似的峰尖，浮沉于银海之上；当我那疲乏的马再爬上几里山坡，回头看时，笔架似的峰尖消失在白云深处了，那苍翠的方格似的田亩，反又笼罩在银海的下面；我的马愈爬愈高，壑底的白云愈涌愈多，结果笔尖与方格俱不见了，我的来路也不见了，人马皆飘飘乎白云银海之上，就在这梦幻似的境界里，我到达金掌山巅。由麓至巅行程二小时半，将到山巅时，径在土石壁间行，壁高丈余，径宽一公尺余，据说此地是易藏匪的地方。

　　山巅是一平地，可称罗平台地，间有圆顶型的峰头，最高也不过百余公尺，金掌山北主峰海拔三三八零公尺，所以罗平台地当在三二零零公尺以上；天气寒冷，登山时人马皆流汗，至此冷风吹来，寒砭肌骨，极不舒适。据云一个月前有马一匹在此冻僵，数日前有一背盐老翁冻卧山顶，经过路人曳驮下山，送至区公所救治云云。因为气温太低，牧草难丰，冬春不能利用。山巅平地上马行较快，共四十五分钟（十五分钟后至最高的峰头）就到达西面的边缘下山。从这里可看到黑惠江两岸的风物。东岸金掌山坡度平缓，但有起伏的丘陵，炼铁附近形成一小型平坝，由山麓至江边，肉眼估计，当在四五公里左右。最有趣的，是金掌山近麓有两座小"麓丘"，和滇东北巧家县的汤丹同样，北面的小山只有很薄的山脊，像一面旗，南面的山有平圆的山顶，像一个鼓，巧家人迷信风水说，旗鼓是汤丹的大门，然则这里应当是罗平的大门罢。西岸是一片重叠连绵的幼期山谷，数百里的苍翠峰峦，表面说来似乎单调些，但用艺术的眼光看——至少是我主观美的标准——这一群立体的曲线，似简单而复杂，似相同而实异，似雄奇而秀丽，可当得这样一句赞美辞——仪态万方。这一瞬间美的鉴赏是可宝贵的，因为只有在三千公尺以上的大山顶，可以享受这一形态的大自然美的裸露。

　　下坡起初很陡，加以乱石与碎石堆成的道路，比上山时的大石铺路更艰难。但是不久便上了土路，惯骑马的会知道，土路会给马骡以便利，给骑者以安全。西坡的树木森茂，不似东坡的石棱嵯峨；人行万绿丛中，有时傍近溪壑，唯闻流水潺潺，不知来源去路，有时不知名的山鸟，舒开轻盈美丽的歌声，不知在哪一丛的高树枝头；更有时枝叶覆盖如屋，穿拱如桥，人行其下，幽暗如晦，转折而出，豁然开朗，又可见那黑惠西岸曲线形的丛山。土路很平坦，因为蜿蜒而降，不从旗鼓二山间入平坝，都绕过那红石嶙峋而薄脊如削的旗山之北，走上一条象鼻形的小丘，到达那象鼻头上的炼铁，下山的行程计二小时四十五分钟。总计由凤羽到炼铁,行程六小时正。这大约三十公里的途程,完全没有居民。